www.b-books.co.kr

다향

www.b-books.co.kr

# 내 안에
# 퐁당

# 내 안에 퐁당

초판 1쇄 찍음 2017년 9월 7일
초판 1쇄 펴냄 2017년 9월 14일

지은이 | 바 나
펴낸이 | 정 필
펴낸곳 | (주)뿔미디어

편집장 | 박경희
기획 · 편집 | 이영은
표지 디자인 | 박현진

출판등록 | 2002년 9월 11일 (제1081-1-132호)
주소 | 경기도 부천시 원미구 소향로 17, 303(두성프라자)
전화 | 032)651-6513 / 팩스 | 032)651-6094
E-mail | dahyangs@naver.com
블로그 | http://blog.naver.com/dahyangs
비북스 | http://b-books.co.kr

**값 10,000원**

ISBN 979-11-315-8190-2 04810
ISBN 979-11-315-8188-9 04810(세트)

바나 장편 소설

# 내 안에
# 퐁당

DAHYANG ROMANCE STORY

2

# contents

## 19.
### 역사적인 순간, 그들은

'우리 집에 가자.'

결아의 심장은 순식간에 폭주 기관차처럼 어마어마한 굉음을 내
며 내달리기 시작했다.

우리 집에 가자는 건……. 아, 아니. 그런 의미일 리가 없잖아!
분명 평소처럼 청소를 하라거나 크리스털 유니콘의 섬세한 뿔을
닦으라거나 그, 그런 거일 거라고!

"아, 청소가 덜 된 곳이 있나요?"

결아가 필사적으로 미친 심장의 박동을 억누르려 노력하며 묻자
휘가 가만히 그녀를 보며 대답했다.

"청소 때문이 아니라 내가 너에게 할 말이 있어서."

"할…… 말이요? 여기서는……."

"여기선 곤란해. 그러니까…… 우리 집에 가자."

그가 똑바로 바라보자 결아는 침을 꼴깍 삼켰다. 오늘의 휘는 확실히 평소와 달랐다.

"……싫어?"

"아! 아니요! 가, 가요."

매혹적인 눈동자에 담긴 열기를 홀린 듯 보고 있던 결아가 정신을 차리고 얼른 대답했다. 신호가 바뀌었는지 다시 차가 움직이기 시작하고 휘는 또 전방에만 시선을 고정한 채 말이 없었다. 그런 그를 흘끔거리며 결아는 생각과는 다르게 점점 더 시끄럽게 쿵쾅거리는 심장 소리 때문에 귓속이 먹먹할 지경이었다.

분명 노예 계약에 관한 사항이거나 업무적인 걸 말하려는 걸 거야. 딱히 내가 이렇게 기대할 만한 말을 할 리가 없……. 아니 기대라니? 내가 뭘 기대하고 있는 건데? 미쳤나 봐 정말!

결아의 머릿속은 어질어질한 열기와 혼란스러운 속마음 때문에 패닉에 이르고 있었다.

그사이 어느새 휘의 집에 도착했다. 결아가 얼른 벨트를 풀려고 하는데 휘의 목소리가 들렸다.

"잠깐만."

결아가 고개를 돌리는데 갑자기 그의 몸이 가까이로 다가왔다.

"……!"

수려한 얼굴이 코앞까지 다가오자 결아의 눈이 커졌다. 설마 키스……! 하고 생각하는 순간 휘가 팔을 뻗어 결아의 벨트를 풀어 줬다. 달칵. 벨트가 풀리는 소리를 듣고서야 결아는 그의 의도를 알고 민망함에 얼굴이 화르륵 타올랐다.

"제가 할 수 있는데……."

그런데 여전히 그의 얼굴이 너무 가까이 있었다. 어두운 주차장에서 짙은 눈빛으로 자신을 내려다보는 휘의 눈동자에 결아는 입술이 바짝바짝 말라 왔다. 하아, 왜 저렇게 관능적인 눈빛으로 빤히 쳐다보는 거야? 이 남자 오늘 사람을 말려 죽일 생각인가 봐!

"왜……요?"

참을 수가 없어진 결아가 침을 삼키고 묻자 휘가 손가락을 그녀의 얼굴로 가져갔다. 입술 옆을 스치고 지나가는 손길에 결아는 그대로 굳어 버렸다.

"뭐가 묻어서."

"네? 아, 아아. 그랬……."

휘가 입술 옆을 닦아 주고 물러나자 결아는 황급히 자신의 얼굴을 문질렀다. 창피하게 정말. 벅벅 세수하듯 얼굴을 문지르는 사이 휘가 차에서 내렸다. 결아도 얼른 내려 졸졸 그를 따라갔다.

그런데 이상해. 평소의 휘라면 인상을 쓰고 칠칠맞게 뭘 흘리고 먹은 거냐며 당장 닦으라는 식으로 말했을 텐데 이렇게 직접 닦아 주다니. 자신도 이상하지만 오늘의 휘도 영 이상했다. 사람 혼을 빼놓는 섹시한 페로몬을 팍팍 풍기며 진지하게 바라보고 벨트도 풀어 주질 않나……. 결아가 속으로 중얼거리는데 엘리베이터가 도착했다.

작은 공간 안에 또 둘만 있게 되자 결아는 눈동자만 도르륵도르륵 굴려 댔다. 함께 차를 타거나 엘리베이터를 타는 일이 한두 번도 아닌데 정말 왜 이러는 걸까. 왜 심장이 터질 것 같지?

긴장한 얼굴로 서 있던 결아가 순간 흠칫했다. 자신의 손을 휘가 마치 제 손처럼 부드럽게 집고는 깍지를 끼는 것이 아닌가. 결아가 커다래진 눈으로 쳐다보자 휘가 그녀를 가만히 내려다보며 말했다.

9

"아까 내가 이렇게 손잡았을 때 기분 나빴어?"

"아까…… 공원에서요?"

"어."

휘가 낮은 음성으로 말하며 깍지 낀 손을 들어 엄지로 손등을 쓸자 결아는 간질간질한 기분에 목이 꽉 조여드는 느낌이었다.

"기분 나쁘진…… 않았어요."

침을 꼴깍 삼킨 결아가 겨우 대답하자 그가 방금 전보다 조금 더 짙게 잠긴 눈동자로 시선을 맞춰 왔다.

"……그랬어?"

되묻는 목소리가 은근해서 결아는 이번엔 아랫배가 간질간질거리고 다리 사이 묘한 부분이 자극되는 기분이었다. 하아, 이 남자가 오늘 무슨 약을 빨았기에 이러지?

"……네."

결아는 덩달아 은밀한 목소리로 대답하고는 작게 숨을 들이켰다. 마치 관능의 신 같은 휘의 시선을 마주 볼 엄두가 안 나 슬쩍 눈을 내리깔자, 휘가 여전히 잡고 있는 자신의 손이 보였다.

"저 이거 그만…… 어?"

결아가 손을 슬쩍 빼려는데 휘가 깍지 낀 손에 힘을 줬다. 갑자기 단단하게 힘주어 잡는 손에 당황한 결아가 고개를 들자 그의 어둡게 잠긴 다크브라운색 눈동자가 시야에 들어왔다. 어둡게 잠긴 눈동자를 결아가 놀란 눈으로 보고 서 있는데 그가 말했다.

"지금은?"

"네?"

"지금은, 싫어?"

낮게 물어 오는 목소리에 결아는 머릿속이 혼란스러워졌다. 휘가 왜 이런 것을 묻는 걸까? 손을 잡는 것이 싫으냐고 묻는다면 분명 자신은 싫지 않았다. 그저 좀 당황스러울 뿐, 싫은 건 아니니까. 그런데 그렇게 대답해도 되는 건지 몰라 입술만 달싹이고 있는데 엘리베이터가 멈추고 문이 열렸다.

휘가 손에 깍지를 풀고 먼저 밖으로 나가자 결아는 뒤에서 훅, 하고 작게 숨을 토해 냈다.

으아, 심장이야⋯⋯.

얼굴이 터질 듯 빨개진 것 같아 얼른 손으로 양 볼을 감싸 쥐고 엘리베이터에서 후다닥 내렸다. 뭐랄까, 오늘의 휘는 무척 위험한 느낌이었다. 특히 심장에. 아니면 그사이 자신의 취향이 바뀌어 얼굴성애자라도 된 걸까? 왜 휘의 수려한 얼굴과 눈빛 하나, 행동 하나하나가 다 근사하게 느껴지지?

결아가 혼란스러운 얼굴로 휘를 뒤따라가는데 소파로 걸어간 그가 먼저 앉았다. 그의 앞에 선 결아가 휘가 쳐다보기 전에 뺨에 대고 있던 손을 슬쩍 내리고는 물었다.

"차라도 가져올까요?"

"그러라고 부른 거 아니니까 여기 앉아."

휘가 자신의 옆자리를 가볍게 툭툭 치자 결아의 눈빛에 잠시 갈등이 스쳤다. 가뜩이나 심장에 무리를 주는 이 위험한 남자와 단둘이 있는 집에서, 바로 옆에 붙어 앉아 내내 이 얼굴을 가까이서 쳐다보면 오늘 밤 내 심장은 과연 무사할 것인가.

"네."

하지만 어쩐 일인지 몸은 고민과는 달리 고분고분 휘의 옆자리에 착석했다. 아니 이렇게 앉아도 되는 걸까? 휘의 요구에 몸이 익숙해진 것인지 그저 자신이 그 옆에 붙어 앉고 싶은 건지는 잘 모

11

르겠지만, 의식보다 빠른 제 행동에 결아는 내심 당황하고 있었다.

휘는 그런 결아의 마음은 알 바 아니라는 듯 우아하게 머리칼을 쓸어 넘기고는 고개를 기울여 가까운 거리에서 시선을 맞췄다.

"방금 전에 대답 아직 못 들었는데."

"손……이요?"

"어. 내가 손잡는 거 기분 나빠?"

고개를 비스듬히 기울인 채 묻는 휘의 표정은 무척 진지했다. 자신에게 모든 신경을 집중한 듯한 휘의 태도에 결아는 머뭇거리며 대답했다.

"만약에 기분 나쁘다고 하면요?"

"그럼 다신 안 잡아야지."

"그럼…… 기분 나쁘지 않다고 하면요?"

결아가 휘의 눈을 보며 묻자, 그가 잠시 시선을 맞춘 채로 응시하다가 아래로 내려 입술을 바라봤다. 휘의 시선이 입술에 닿자 결아는 심장이 쿵쾅거리며 머릿속에 산소가 부족해지는 것 같았다.

"그럼……."

휘의 시선이 입술에서 다시 천천히 눈으로 올라왔다. 어둡게 물든 그의 눈동자와 마주치자 결아는 숨을 삼켰다. 마치 마른 장작더미에 활활 타오르는 불을 휙 던진 것처럼 휘의 눈빛은 자신의 몸을 이상한 열기로 뜨겁게 지펴 오르게 만들었다.

"지금부터 더한 걸 할까 하는데."

결아의 눈이 커다래지자 휘가 곧장 이어 말했다.

"그러니까 똑바로 대답해. 네가 원하지 않으면 그럴 생각 없으니까."

"원하지 않으면……요?"

"그래. 네가 원하지 않으면."

휘가 낮게 말하며 결아를 응시했다. 겉으론 그렇지 않아 보이겠지만, 지금 그의 심장은 터질 듯 뛰고 있었다. 아까 결아가 자신의 소유라고 말한 순간부터 결아에 대해 치미는 강렬한 열망을 죽을 힘을 다해 참고 있었다.

하지만 이제 더는 그럴 여유가 없었다. 이미 결아에 대한 자신의 마음은 확인된 뒤다. 오랫동안 고민했지만 늘 결론은 같았다.

난 결아를 원한다는 것.

하지만 감정의 정체를 깨닫고도 한동안 고민해야 했다. 누군가를 이런 식으로 원하는 마음을 가진 적이 없었기 때문이다. 그리고 혼란스러운 와중에, 결아가 자신 때문에 절벽에서 떨어지는 일까지 생겨 버리자 죄책감에 그 감정을 버리려고도 했었다. 결국 결아를 곁에 두고 싶은 자신의 욕심에 헛된 노력으로 끝나고 말았지만.

그리고 결아 같은 마음이 약한 사람이 자신을 받아들일 수 있을까 걱정되는 마음도 있었다. 현석과 재영을 동시에 봤을 때, 그리고 욕실에서 마주쳤을 때도 기절한 전적이 있었으니까.

하지만 오늘 준영 앞에서 결아가 자신의 소유라고 말한 순간, 이 감정을 더 이상 억누를 수 없는 상태가 되어 버렸다. 더는 숨길 도리가 없다. 이결아를 원하는 이 마음을.

"널 겁먹게 하고 싶진 않아. 만약 원하지 않는다면 지금 거부해. 지금 거부하지 않는다면……. 나도 날 멈출 수 없을 거야."

휘가 결아를 향한 욕망이 확연히 드러난 짙은 눈동자로 시선을 맞췄다. 이 시선만으로도 결아는 겁을 먹을지도 모른다. 도망칠지도 모른다. 그럼 난 분명 후회하게 될 텐데…….

휘는 초조한 눈빛으로 결아를 바라봤다. 갈등과 욕망이 고스란히 드러난 그의 눈을 한참 동안 응시하던 결아가 돌처럼 굳어 있는 듯싶더니 입을 열었다.

"휘 씨가 그러고 싶다면…… 그렇게 해요."

결아의 말에 휘가 순간적으로 미간을 일그러뜨렸다.

"이건 노예로서 들으라는 말이 아니야. 거부하고 싶으면 해도 돼."

"아니, 거부하고 싶지 않아요."

결아가 고개를 젓고는 그를 똑바로 바라봤다.

"내가 그러고 싶은 거예요."

발그레해진 얼굴로 결아는 그렇게 말했다. 무척 긴장된 모습이었지만 눈빛만은 확고한 빛을 내고 있었다.

"정말…… 그래도 돼?"

"네. 돼요."

결아는 고개를 끄덕였다. 솔직히 무척 당황스러운 말이었지만 휘가 자신을 원한다는 것이 어쩐지 신기하고 무엇보다 그를 거부하고 싶지 않았다. 자신이 이렇게 생각하고 있었다는 게 신기할 정도로 휘의 말에 그러고 싶다는 생각이 들었다. 지금 자신의 마음과 반대되는 말을 한다면 어쩐지 후회할 거 같다는 생각도 들었다. 결아는 나중에 후회할 행동을 하고 싶지 않았다.

"……."

말없이 그녀의 얼굴을 응시하는 휘의 눈동자가 더욱 어두워졌다. 그가 천천히 손을 뻗어 결아의 새빨간 토마토 같은 뺨을 어루만졌다. 휘의 손길에 결아는 바짝 긴장된 눈동자로 그를 바라봤다.

정말 이래도 될까? 휘는 연예인이고, 나는……. 혹시 콧등을 튕

기면서 또 속냐? 하는 거 아니야? 아아, 그럼 너무 창피할 것 같은
데…….

머릿속으로 온갖 생각이 돌아다녔지만 결아는 그 모든 생각들보
다 지금 자신의 뺨에 와 닿는 휘의 부드러운 손길에 더 기분이 좋
았다. 그리고 진지하게 부딪치는 그의 눈빛이 좋았다. 어떤 여자가
이 남자를 거부할 수 있을까? 장승이나 돌하르방이라도 그건 무리
이지 않을까?

그때 가만히 얼굴을 매만지던 휘가 천천히 다가왔다. 가까워지
는 그의 근사한 얼굴을 멍하니 바라보고 있는데 그의 속삭임이 들
렸다.

"……눈 감아."

아차. 휘의 말에 결아가 얼른 눈을 꼭 감았다. 발갛게 달아오른
얼굴로 결아가 눈을 감자 휘가 고개를 기울여 그녀의 입술을 머금
었다. 작고 말랑한 입술을 가볍게 빨다가 혀를 밀어 넣어 입술을
가르고 들어가자 결아가 숨을 들이켰다.

"하압……."

휘가 고개를 옆으로 더 기울이며 촉촉하고 말캉한 혀를 휘어 감
아 부드럽게 빨자 결아의 숨결이 가빠 왔다. 하아, 너무 달콤
해……. 아찔할 만큼 달달하고 보드라운 감촉에 결아는 가슴 끝이
뽀족해지는 묘한 느낌을 받았다.

"하, 하아……."

결아가 더운 숨을 흘리자 그 야릇한 숨소리에 휘의 움직임이 좀
더 거칠어졌다. 결아의 뒷목을 잡아 끌어당기며 제 혀를 깊숙이 밀
이 넣어 타액을 빨아들이자 점막이 스치는 촉촉한 소리가 났다.

아, 어지러워…….

숨결을 모조리 빼앗을 듯 점차 격렬해지는 키스에 결아는 머릿속의 산소가 희박해지는 기분이었다. 혀와 혀가 뒤엉키며 빨아들이는 야릇한 감각에 몸이 붕 떠오르는 것 같았다.

그때 휘가 입술을 떼어 내고 결아와 가까이에서 시선을 맞췄다. 어둡게 물든 눈동자와 타액이 번들거리는 입술을 몽롱한 눈빛으로 쳐다보며 하아, 하아 숨을 뱉어 내자 그가 결아의 젖은 입술을 손가락으로 쓸었다.

"네 입술이 날 얼마나 시험에 들게 한지 알아?"

"하아, 하아. 시험……이라니요. 내가 사탄…… 하아, 도 아니고, 하아."

결아가 어깨를 들썩이며 숨을 몰아쉬자 휘가 그녀의 얼굴을 다시 끌어당기며 말했다.

"넌 사탄보다 더 유혹적인 존재야. ……나에겐."

그러곤 휘가 결아의 입술을 다시 삼켰다. 방금 전보다 좀 더 뜨거워진 숨결이 벌어진 입술 사이로 흘러들어 오고 동시에 거칠게 혀가 엉켜들자 결아는 배 안 깊숙한 곳이 꽉 조여드는 느낌이었다.

기분이 이상해…….

"아합…… 하음. 압……."

고개가 이리저리 기울어지며 입술이 크게 벌어질 때마다 야릇한 소리가 입술 사이에서 새어 나왔다. 휘가 결아의 입술이 촉촉이 젖어 들 때까지 빨다가 아랫입술을 지그시 물고 속삭였다.

"왜 이리 달아? 꿀 같아."

설마 침이 꿀 같다는 소릴까? 결아는 혼미한 정신으로 자신도 지금 무척 달콤하다고 생각하고 있었다는 걸 깨달았다.

"계속 빨고 싶잖아."

"……하아."

결아가 달콤한 한숨을 내쉬자 휘가 달짝지근한 그녀의 입술을 벌려 들어가며 티셔츠 안으로 손을 밀어 넣었다. 결아가 작게 흠칫하자 순식간에 맨살을 타고 오른 손이 브래지어 위로 밥공기를 엎어 놓은 것처럼 동그란 가슴을 감싸 쥐었다.

"앗."

결아가 저도 모르게 놀란 목소리를 내자 휘가 거친 숨결을 흘리며 낮게 속삭였다.

"후우, 만지기만 했는데도……."

뒷말은 하지 않았지만 목소리가 너무 야해서 분명 무척 야한 말일 것만 같아 결아는 심장이 터질 듯 뛰기 시작했다.

아, 어떡해.

결아가 얼굴이 발갛게 달아오른 채 어쩔 줄을 몰라 했다. 숨이 턱까지 차오르고 심장이 입 밖으로 튀어나올 정도로 크게 뛰고 있었다. 어떡하지? 어떡하지? 머릿속이 패닉에 빠져들 것 같았지만 휘의 손길을 거부하고 싶진 않았다.

괜찮아…… 휘니까. 괜찮을 거야.

마음을 다잡은 결아가 눈을 꼬옥 감았다.

그때 휘의 손이 보호막 같은 브래지어를 들추고 들어가 탱탱하고 보드라운 맨가슴을 한 손에 감싸 쥐었다. 작지만 탄력적인 가슴을 주무르는 그의 커다란 손안에서 작은 분홍색 유두가 야릇하게 쓸리자 결아의 숨이 점차 가빠졌다. 몸 안에 달아오른 뜨거워진 열기가 온몸 구석구석에 번져 야릇한 감각을 자아냈다.

"아, 휘……."

가슴을 주무르던 그가 점점 탱탱하게 피가 몰리는 유두를 손가락으로 잡아당기듯 비틀자 결아가 허리를 흠칫거렸다.

"아앗!"

"아파?"

휘가 잠긴 목소리로 물으며 동그란 유두를 손가락 끝으로 문지르자 결아가 발갛게 달아오른 얼굴로 할딱였다.

"아, 아니 아픈 게 아니라…… 하웃."

그가 티셔츠를 가슴 위까지 올리고 들춘 브래지어 아래 보이는 탱글한 젖가슴을 입술로 삼켰다. 뜨거운 입술에 예민한 피부와 유두가 삼켜진 생소한 감각에 결아는 다리 사이가 조여드는 느낌이 들었다.

"하, 하앙, 기, 기분이 이상……."

"어떻게 이상한데."

타액으로 물든 유두를 살짝 문 채 말하는 휘의 목소리가 허스키하게 잠겨 있었다. 그 목소리와 유두에 와 닿는 뜨거운 입김의 감촉에 결아는 어쩔 줄 몰라 하며 허리를 비틀었다.

"모르겠……어요. 막 이상한……데 설명할 수가 없…… 아앗!"

휘가 물고 있던 팽팽하게 부푼 유두를 살짝 깨물자 결아가 얼굴을 찡그리며 신음을 내질렀다. 한 번도 느껴 본 적 없는 강한 쾌감에 그녀의 눈망울에 눈물이 맺혔다. 쭙쭙 가슴을 빨아 대는 은밀한 소리가 예민한 귀를 자극시키고 마치 제 것이 아닌 듯한 야한 목소리가 자꾸만 입술 사이로 새어 나왔다.

"아, 아응…… 아앗."

아아, 정말 어떡하면 좋아.

결아가 입술을 지그시 깨물며 새빨갛게 달아오른 얼굴로 휘를 내려다봤다. 자신의 가슴을 맛있는 사탕처럼 입술로 빨고 있는 휘를 보자 온몸이 달아올랐다. 다리 사이에 고여 든 물이 막 흘러넘칠 듯 뜨겁게 찰랑대는 듯한 묘한 기분에 어찌할 바를 모르고 신음만 흘리는데, 휘가 타액으로 물든 유두를 문 채 시선을 올렸다.

아…….

욕망이 짙게 물든 휘의 눈동자와 시선이 마주치자 결아는 온몸에 힘이 탁 풀렸다. 도저히 거부할 수 없는 관능적인 모습에 멍하니 내려다보자 그가 시선을 똑바로 맞춘 채 그대로 고개를 들어 얼굴을 가까이 가져갔다.

"그렇게 사람 미치게 하는 얼굴로 보지 마. 얼마나 더 힘들게 하려고."

낮게 말한 휘가 타액으로 물든 번들거리는 입술로 벌어진 결아의 입술을 삼켰다.

"아읍……."

휘가 거칠게 키스를 퍼붓자 결아의 몸이 점차 뒤로 밀렸다. 강한 힘에 그대로 소파 위로 눕게 된 것도 모른 채 키스에 휩쓸리다가 정신을 차리고 보니, 휘의 몸 아래 겹쳐진 채 야릇한 자세가 되어 있었다.

"하아, 하아."

입술이 퉁퉁 부어오를 정도로 빨리다가 휘에게 입술이 풀려난 결아가 숨을 몰아쉬며 그를 올려다봤다. 어둡게 물든 눈동자로 자신을 응시하는 휘에게서 남자의 강렬한 욕망이 느껴지자 결아는 심장이 미친 듯이 빠르게 뛰기 시작했다.

이, 이 분위기는 분명……. 결아는 숨을 꿀꺽 심켰나. 완전한 수컷의 분위기를 풍기는 지금의 휘는 이 뒤에 벌어질 일을 짐작하게 만들었다.

"……이결아."

휘가 양팔로 결아를 가두고 똑바로 내려다봤다. 그 시선에 사로잡힌 채 결아는 쿵쿵 크게 울리는 심장 소리를 들으며 생각했다.

어쩌지? 도망……치고 싶은 건가? 난? 아니, 그건 아니야. 휘의 저 강한 눈빛을 피하고 싶지도 않고 지금 그가 하려는 것에서 도망치고 싶지도 않아. 오히려 난…….

딩동—

"꺄악! ……아얏!"

갑자기 들린 현관 벨소리에 결아가 파드득 놀라 벌떡 몸을 일으키다가 휘와 이마를 꽝 박았다. 두 번의 돌고래 비명을 내지른 결아가 흠칫 정신을 차리고 보니 휘가 난해한 자세로 고개를 숙이고 있었다.

"휘, 휘 왜 그러는……."

아차! 그러고 보니 방금 벌떡 일어나려는 순간 다리로 아주 딱딱한 부위를 찬 기억이……?

"꺅! 어떡해! 괘, 괜찮아요?"

딩동— 딩동—

또 벨이 울리자 이를 악문 휘가 겨우 말했다.

"……괜찮아."

목소리가 안 괜찮은 것 같은데! 결아가 당황한 얼굴로 어쩔 줄 몰라 하는데 휘가 엉거주춤 일어나 몹시 난해한 걸음걸이로 인터폰 쪽으로 걸어갔다.

그리고 인터폰을 터치해 화면을 본 휘가 미간을 일그러뜨렸다.

"……왜."

분노의 손짓으로 스피커를 누른 휘가 말하자 화면 안에서 입구에 차를 댄 재영이 해맑게 말했다.

— 야! 왜 비번 바꿨어? 입구가 안 열리잖아!

"이렇게 예의도 없이 무작정 찾아오니까 당연히 바꾸…… 어?"

짜증스럽게 말하던 휘는 빛의 속도로 엘리베이터로 달려가는 결아의 뒷모습을 보고 멈칫했다.

"제길……. 이결아!"

— 옹? 누구? 결아 씨? 결아 씨랑 같이 있냐?

인터폰에서 흘러나오는 말을 무시한 휘가 내달렸지만, 이미 날쌘 다람쥐처럼 엘리베이터에 올라탄 결아는 닫힘 버튼을 연타하고 있었다.

"잠깐 멈춰 봐. 결아야!"

휘의 다급한 외침에도 결아는 가방으로 제 얼굴을 가린 채 닫히는 문 안으로 사라졌다. 뒤늦게 엘리베이터 앞으로 온 휘는 이미 한참 내려가 버린 숫자를 보며 미간을 좁혔다.

"후우."

휘가 성마르게 제 머리칼을 흩뜨려 놓고는 길게 한숨을 내쉬었다. 초조하게 엘리베이터 앞에서 서성이던 그가 그 자리에 털썩 주저앉았다. 그동안의 결아를 봐 와서 알지만, 지금 따라가서 억지로 잡아 봐야 역효과만 날 거란 확신이 들었다.

기절하지 않고 도망친 걸 다행으로 여겨야 되나.

"……미치겠군."

휘가 짜증스럽게 내뱉고는 마른세수를 했다.


결아는 한참을 정신없이 뛰다가 온몸에 힘이 빠질 때쯤 멈춰 서서 숨을 골랐다. 후아후아 숨을 고르다가 이마의 땀을 닦아 내는데

다리에 힘이 훅 풀렸다.

"아고고고."

그 자리에 풀썩 주저앉은 결아는 두 손으로 얼굴을 가렸다. 꺅! 어떡해! 미쳤나 봐! 방금 전의 묘한 분위기에 홀려 휘와 이런 짓 저런 짓 그런 짓까지 한 것을 떠올리자 얼굴에서 불이 나올 것처럼 뜨거워졌다.

"꺅! 어떡해!"

펑! 하고 얼굴이 터져 버릴 것 같은 창피함에 결아는 지금 이 길바닥에서라도 데굴데굴 구를 수 있을 거라고 생각했으나, 가까스로 참아 넘기고 숨을 골랐다.

미쳤나 봐, 정말. 어쩌자고, 대체 어쩌자고 그런……!

결아의 눈이 극심한 동공지진을 일으켰다. 분명 분위기 탓이라고 생각되긴 했지만, 휘가 이끄는 대로 꼬, 꼭 뼈 없는 연체동물처럼 흐느적흐느적하게 녹아내려선…….

"꺄아아악! 꺄악! 꺄……!"

아까의 이런저런 일이 세세하게 떠오르자 결아는 저도 모르게 돌고래 비명을 내지르다가 얼른 손으로 입을 막았다. 아, 안 돼. 진정, 진정하자. 한밤중에 이게 무슨…….

하지만 생각할수록 믿기지 않았다. 내 안에 그런…… 그런 요망한 암고양이 한 마리가 들어앉아 있었다니. 휘의 그 눈빛과 입술과 손짓에 온몸이 짜릿해질 정도로 달아올라선 막 이상한 소리도 내고…….

"꺄……!"

"이결아."

다시 패닉에 빠져 비명을 지르려던 결아는 뒤에서 들려온 소리에 흠칫 놀랐다. 헉! 이, 이 목소린?

결아가 돌아보지 못하고 굳어 있는 사이 휘가 모자를 깊게 눌러 쓴 채 긴 다리로 성큼성큼 빠르게 걸어왔다. 그가 숨을 몰아쉬며 바로 뒤에 선 것이 느껴지자 결아는 난감한 얼굴로 어쩔 줄을 몰라 했다.

어떡해! 못 보겠어.

"너 진짜…… 그렇게 가 버리는 게 어디 있어?"

"……."

"나 봐 봐."

"……."

"이결아."

휘가 굳어 있는 결아의 어깨를 잡아 돌리려는데 그때 결아의 시야에 골목 아래에서 차가 올라오는 것이 보였다. 그것을 보자 결아는 이 상황에서도 몸에 밴 숙달된 매니저 정신이 발동했다.

"으앗! 차가 와요!"

결아가 갑자기 몸을 날려 휘를 담벼락 쪽으로 밀었다. 어두운 골목 담벼락에 몸이 밀착되자 옆에서 차가 지나가는 소리가 들렸다.

후우, 들킬 뻔했네. 결아가 안도의 숨을 내쉬는데 머리 위 가까운 곳에서 낮은 음성이 내려왔다.

"……지금 이렇게 붙어 있으면 위험한데."

"네……? 앗!"

결아는 휘를 숨기느라 자신이 그의 몸 앞에 바짝 붙어 있있나는 것을 깨닫고 화들짝 놀랐다. 하시만 얼른 뒤로 물러서려는 그녀의 팔을 잡은 휘가 다시 자신 쪽으로 바짝 끌어당겼다. 멀어지려던 거리가 되레 더 가까워지자 결아는 마치 그의 품에 안길 듯한 자세로 눈을 크게 떴다. 결아는 고개를 숙인 채 숨을 삼켰다.

"이, 이 자세는 좀……."

"위험하지. 알아. 위험한 건 아는데 이렇게 하지 않으면 네가 날 보지 않으니까."

휘의 낮게 속삭이는 소리에 결아는 입술만 달싹이며 마른침을 삼켰다. 방금 전에 찾아왔던 이성은 휘의 페로몬 때문인지 다시 아득하게 멀어지며 심장이 크게 울리는 소리만이 귓속을 먹먹하게 만들고 있었다.

"이래도 안 볼 거야?"

여전히 고개를 숙이고 있는 결아의 정수리를 보며 휘가 말했다.

"모, 못 보겠어요."

결아는 솔직한 심정을 말했다. 정말 지금은 도저히 휘를 쳐다볼 수가 없었다.

결아의 말을 들은 휘가 낮게 한숨을 내쉬었다.

"그럼 계속 안 보려고?"

"으, 아니 그건……."

"내가 아까 싫은 행동 해서 그래?"

"아니 그건 아니고……. 싫은 건 절대 아니……."

결아가 고개를 숙인 채 머리를 붕붕 젓고는 말했다.

"그냥 지금은 볼 수 없……달까. 너무 패닉이랄까……."

역시 그런가. 결아의 말을 들은 휘는 난감한 눈빛으로 그녀를 내려다봤다. 결아가 어떤 성격인 줄 알면서도 멈추질 못했다. 느낌이 너무 좋았으니까. 그래서 결아가 겁을 먹어 버린 것이란 생각이 들자 속으로 후회가 됐다. 후우……. 어떻게든 참았어야 되는 건데.

24

휘가 잠시 생각하다가 말을 꺼냈다.

"계속 나 피할 거 같아?"

"네?"

결아가 저도 모르게 고개를 빠끔 들었다가 눈이 마주치자 얼른 다시 내렸다.

"지금 이렇게 나 못 보고 있잖아. 내일도 계속 그럴 거 같냐고 묻는 거야."

"그건……."

입술을 달싹이던 결아가 잠시 생각하다가 고개를 저었다.

"그건 아니에요. 오늘이 지나면…… 아마 나아지지 않을……."

자신은 없었지만 그래도 그렇게 되지 않을까 하는 긍정적인 기대감으로 결아가 말하자 휘가 부드럽게 미소 지으며 그녀의 동그란 머리통을 쓰다듬었다.

"그래. 그거면 됐어. 나 안 피하고…… 날 싫어하지 않으면 되니까."

"……네."

"지금 보기 힘들면 굳이 얼굴 들지 않아도 돼. 그냥 그대로 있어."

"……네."

결아가 작게 대답하자 휘는 그녀의 머리칼을 부드럽게 쓸어내렸다. 다정한 손길에 결아의 패닉에 빠졌던 머릿속도 점차 안정을 되찾아 갔다. 한참 그러고 있던 결아가 어깨를 들썩이며 작게 숨을 뱉어 냈다.

"후우."

말없이 머리칼을 쓸어 주던 휘가 그녀를 내려다봤다.

"좀 나아졌어?"

휘의 물음에 결아가 그제야 빠끔 고개를 들었다.

"네. 조금……요."

이제야 얼굴 보여 주다니. 갈 길이 멀구나. 이결아. 휘는 조금 씁쓸한 미소를 지으며 결아의 뺨을 매만졌다.

"괜찮아졌으면 됐어."

네가 날 봐 주면 됐어. 네가 이런 성격인 건 처음부터 알고 있던 거니까……. 천천히, 아주 천천히 경계를 풀어 나가면 되겠지. 네가 겁먹지 않도록.

"이렇게 따라오면 네가 더 당황할 걸 알았지만 이대로 보낼 수는 없었어. 만약 이대로 보낸다면 네가 앞으로 날 피할 것 같아서."

"전 그럴 생각은……."

"정말 피하지 않을 거지?"

"네."

결아가 작은 머리통을 열심히 끄덕였다. 그래도 거짓말은 아닌 것 같아 휘는 안도했다.

"잠깐만."

결아에게 말한 휘가 휴대폰을 꺼내 정석에게 전화했다.

— 네, 형.

"차 가지고 지금 주소 보내는 데로 와."

— 지금요? 왜요?

"토 달지 말고 오라면 빨리 와."

전화를 끊은 휘는 시계를 바라봤다.

"정석이 15분이면 올 테니까 그 전에 할 말이 있어."

"아, 네."

여전히 발그레한 뺨으로 결아가 착하게 고개를 끄덕였다. 그 모습을 보며 휘는 지금 결아의 이 순진한 얼굴과 귀여운 홍조가 자신에게 얼마나 위험한지 정말 결아에게 알려 주고 싶은 기분이었다.

"너, 내일부터 촬영장 나오지 마."

"또요? 휴가 해제된 지 얼마 안 됐는데……."

결아가 눈을 깜빡이며 묻자 휘가 미간을 좁혔다.

"네가 감독이랑 마주치는 거…… 싫어."

휘가 진지한 얼굴로 말했다.

"네가 감독과 같이 있는 모습만 보면 화가 나. 그러니까 촬영장에도 나오지 말라고."

"그럼…… 계약은 어떻게 되는 거예요? 또 휴가예요?"

결아가 동그란 눈으로 묻자 휘는 속이 답답하게 죄어들었다. 내가 이렇게 질투심을 드러내 보이는데 휴가인지 아닌지 궁금할 때냐. 대체 이 천연기념물 같은 여자는 어디서 생성돼선 지금 날 이렇게 힘들게 하는 거냐.

"놀라는 소리 아니야. 나 없는 동안 우리 집에서 얌전히 청소하고 있어."

"아, 청소요? 알았어요."

결아는 이해했다는 듯 방긋 웃었다. 그래도 저번처럼 아예 오지 말라고 하진 않아서 다행이라고 안도하며.

"그리고."

휘가 힐긋 시계를 쳐다보고는 다시 결아와 시선을 맞췄다.

……지금 배우라는 것도 잊고 이 자리에서 너와 아까 하던 걸

이어서 하고 싶은 생각만 하고 있었다고 하면, 넌 뭐라고 할까.

"네……?"

휘가 말없이 쳐다보고만 있자 결아가 눈을 깜빡이며 물었다.

"아니다. 아무것도."

진지하게 내려다보고 있던 휘가 씩 웃고 말았다. 겨우 풀어 놨는데 다시 겁을 먹게 하면 안 되겠지.

"청소 열심히 하고. 농땡이 치면 혼난다."

"네. 열심히 할게요."

아무것도 모르는 결아는 솜사탕처럼 달콤한 미소를 지었다. 몹시 위험천만하게도. 앞으로 결아와 있을 때마다 이런 인내의 한계를 여러 번 겪을 생각을 하니, 휘는 속이 답답해지는 기분이었지만 할 수 없었다. 이건 자신의 의지대로 되는 일이 아니니까.

그때 휘의 타들어 가는 속은 알 길이 없는 정석의 차가 골목 아래에서 올라오고 있었다.

♡　♥　♡

"웬일입니까? 한동안 바빠서 술 마실 시간도 없다더니."

하준이 의외라는 얼굴로 바에 앉으며 말했다. 이미 혼자 위스키를 마시고 있던 준영은 자신의 옆에 앉는 하준을 힐끗 쳐다봤다.

"좀 기분이 그래서."

위스키 잔을 든 준영이 낮은 목소리로 중얼거리듯 말했다.

"왜요. 무슨 일 있었어요?"

앉자마자 자신의 잔에 위스키를 따르며 하준이 물었다.

"무슨 일이라……. 맘처럼 되지 않는 일은 있지."

28

하준이 준영의 잔에 살짝 잔을 부딪치며 관심을 보였다.

"장르가 뭔데요? 일? 아니면 전에 감독님이 얘기한 그 신경 쓰인다는 여자?"

"……."

준영은 대답하지 않았지만 그의 표정을 살핀 하준이 흥미롭다는 듯 눈빛을 빛냈다.

"감독님 얼굴에 쓰여 있네요. 후자라고. 그 여자가 맘처럼 안 됩니까?"

하준의 질문에 준영이 테이블을 내려다보며 미간을 찡그렸다.

"……솔직히 영화 말고 처음이다. 이렇게 맘대로 되지 않는 건."

"그거야 감독님이 지금까진 영화 말고는 관심 둔 게 없으니까 그런 것 같은데요? 원래 애착을 쏟으면 쏟을수록 내 맘같이 안 되니까요."

하준이 위스키 잔을 천천히 돌리며 말하자 준영이 그를 가만히 바라봤다.

"왜 그렇게 봅니까? 설레게."

하준이 농담하듯 말하자 준영이 피식 웃었다.

"득도한 사람처럼 보여서. 하긴 경험에서 나오는 말인가."

"하하…… 전에 말씀드린 적 있는 것 같은데. 제 와이프 만나기 전까진 불감증이었잖아요."

"알아. 영화 소재 같은 연애사던데."

준영의 말에 하준이 쿡쿡 웃었다.

"저도 그렇게 미친놈처럼 그 여자를 찾아다닐 줄은 몰랐어요. 그것도 이국땅에서 만난 이름도 모르는 여자를……."

잠시 추억에 잠긴 듯 입술 끝을 끌어 올린 하준이 말을 이었다.

"어쨌든 운명이었든 뭐든 간에 그때 저를 그렇게 필사적으로 만든 게 제 와이프였어요. 저도 그 전까지는 저 스스로가 그렇게 이성을 놓을 정도로 한 여자한테 빠질 수 있는 사람인 줄은 정말 몰랐거든요."

"이성을 놓을 정도라……."

하준의 말을 되뇌던 준영이 위스키를 따랐다. 잠시 위스키 잔을 들고 있던 그가 입술 끝을 휘어 올렸다.

"하긴 배우 이하준을 그렇게 미친놈처럼 만든 여자라면 대단한 거겠지."

"뭐, 제 경우는 그렇다는 거죠. 감독님은 다릅니까?"

하준이 묻자 준영이 예리한 눈을 내리뜨고 잠시 생각에 잠겼다.

"처음 마주쳤을 땐……. 아니, 내 쪽에서 일방적으로 본 거지만, 그땐 자기도 벌벌 떨면서 자신과 아무 관련도 없는 아이를 지켜 주려는 모습이 뇌리에 남았었어."

위스키 잔을 매만지며 준영이 계속 말을 이었다.

"그 후 촬영장에서 자주 마주치게 됐을 땐 왠지 모르게 시선이 갔고, 우연히 내 시나리오를 그녀가 완벽하게 이해하고 있다는 걸 알았을 땐…… 기뻤어. 무척."

"감독님 세계를 이해하다니, 대단한데요? 저도 난해해서 몇 번이나 대본을 읽고 공부했었는데. 좀 이해하기 쉽게 써 주시면 안 됩니까?"

하준의 말에 준영이 자조적인 웃음을 띠었다.

"어쨌든 내 감정이 어떤 건지는 정확히 모르겠어."

"음, 지금 듣기론 감독님 성격상 아주 관심 있게 지켜본 거 같은데요."

"끊임없이 관심은 가. 하지만 정확히 이 감정이 어떤 건지는 모르겠어. 여자에게 흥미나 관심이 생긴 것 자체가 처음이니까."

하준이 이해한다는 듯 고개를 끄덕였다.

"충분히 이해합니다. 그럴 수 있어요. 저도 그랬으니까."

준영이 입꼬리를 올리며 위스키 잔을 입술로 가져갔다.

"별로 위로받고 싶은 건 아니었는데 위로가 되네."

"겪어 본 사람만 아니까요. 어쨌든 의외긴 하네요."

"뭐가?"

준영이 하준에게 고개를 돌리자 그가 진지한 얼굴로 말했다.

"전 감독님은 평생 누구에게도 빠지지 않고 혼자 고고하게 영화만 찍다가 늙을 줄 알았거든요."

"나도 내가 그럴 줄 알았다."

하준이 싱긋 웃으며 준영의 빈 잔에 위스키를 따라 줬다.

"그래도 이 편이 훨씬 좋은데요. 인간적이고. 제가 감독님께 연애 상담을 해 주는 날이 오다니. 영광입니다."

"영광은."

준영이 느른한 미소를 흘리며 잔에 든 위스키를 단번에 마셨다.

'휘 씨 말이 맞아요. 전 휘 씨 소유거든요.'

그렇게 말하고 휘에게 걸어가는 결아의 모습이 떠오르자 준영의 표정이 어두워졌다. 그 작고 작은 여자가 언제부터 이렇게 머릿속을 차지해 버린 건지, 그 모습만 머릿속에서 수도 없이 리플레이되고 있었다.

준영이 손을 펴 자신의 손바닥을 물끄러미 바라봤다.

"……이 손에 잡혔으면 좋겠는데."

"네?"

낮게 중얼거리는 소리에 하준이 고개를 돌렸다.

"……."

준영은 말없이 자신의 손바닥을 응시하고 있었다.

하준은 생각에 빠진 준영을 방해하지 않기 위해 더는 묻지 않고 조용히 자신의 잔에 술을 따랐다.

## 20.
### 이러시면 호흡 곤란

"장준영 감독과 토크쇼 예능에 나가란 말입니까?"

휘의 얼굴이 대번에 굳었지만, 그것을 미처 보지 못한 대호가 흡족하게 고개를 끄덕였다.

"그래. 역대급 게스트라고 두 시간 풀로 생방 내보내기로 방송사와 협의 봤다."

"두 시간 생방송이요?"

정석도 눈을 둥그렇게 뜨자 대호가 자랑하듯 떠들어 댔다.

"방송사에서도 아주 이례적인 일이지. 어쨌거나 곧 첫방 앞두고 아주 좋은 타이밍에 잡혔어."

"안 합니다."

휘가 잘라 말하자 대호가 놀란 얼굴로 고개를 돌렸다.

"안 해? 왜?"

휘가 소파 위에 느른하게 앉은 채로 말했다.

"저 홍보 예능 안 나가는 거 아시잖아요. 게다가 이 드라마, 이미 충분히 화제 돼서 더 홍보할 것도 없고."

"그, 그거야 그렇지만……. 이거 홍보하려고 잡은 거 아니야. 필요해서 잡은 거지."

"필요?"

휘가 눈썹을 모으고 바라보자 대호가 끙, 하고 머리를 문지르고는 설명했다.

"그때 제작발표회 이후로 너와 장 감독 불화설이 자자해. 그 후로 의혹을 제시한 기사도 여러 번 났고……."

"그런 거 무시하면 되잖아요."

"나도 그러고 싶은데 스폰서 여럿이 문제 삼았어."

"엑. 스폰서 쪽에서 문제 삼았으면 골치 아프겠는데요?"

정석이 끼어들어 말하자 대호가 어두운 얼굴로 고개를 끄덕였다.

"복잡해. 노이즈 마케팅 아니라면 이쯤에서 안 좋은 소문들은 눌러둘 필요가 있어. 괜히 뒷말 나오지 않게."

인상을 쓰고 있던 휘가 말했다.

"장준영 감독도 그런 거 할 리가 없을 텐데요."

"그쪽은 이미 계약상 예능 한 개는 반드시 출연하기로 되어 있어서 문제없대."

싱글거리는 대호를 보며 휘가 짜증스럽게 머리칼을 쓸어 넘겼다.

왜 지금 타이밍에……. 그래도 뭐, 그 녀석도 요즘 내 집에 못 박아 뒀으니 상관없겠지. 눈을 가늘게 뜨고 생각하던 휘가 말했다.

"알았어요."

휘가 승낙하자 대호의 얼굴이 환해졌다.

"그래! 잘 생각했어. 이거 잘만 끝내면 내가 큰 거 하나 쏘마."

"그건 됐으니까 다른 예능 잡아 오지나 마세요. 절대 안 할 거 니까."

"알았어, 알았어! 하하하."

대호가 걱정 말라는 듯 호탕하게 웃었다. 내심 휘가 끝까지 거 절할까 봐 마음 졸였는데 생각보다 순순히 오케이를 받아 내서 한 결 마음이 가벼웠다.

♡　♥　♡

토크쇼 생방송 촬영 당일. 결아는 한 통의 전화를 받았다.

"네. 정석 씨?"

— 아! 전데요. 저기, 오늘 시간 괜찮죠?

다급한 정석의 목소리에 결아가 의아한 얼굴로 말했다.

"시간요? 휘 씨 집 청소만 하면 되긴 하는데……. 무슨 일이에 요?"

— 실은 제가 지금 형 촬영장 가는 길에 접촉 사고가 나서요! 빠져나갈 수 없는 상태라…….

"네? 사고요? 괜찮으세요?"

— 전 괜찮으니 걱정 마세요. 그보다 형이 오늘 생방이라…… 결 아 씨가 지금 좀 가 주실 수 있어요? 다른 직원들을 보내긴 했는데 영 마음이 안 놓여서요.

"그럴게요. 제가 가 볼 테니 걱정 마시고 잘 해결 보고 오세요."

— 고마워요! 제가 장소는 문자로 보낼게요. 그럼 부탁 좀 드릴 게요!

안심한 목소리를 한 정석의 전화를 끊은 결아는 슬쩍 뺨이 붉어졌다. 그날 이후로 휘의 집에서 열심히 집안일을 했지만, 다행인지 불행인지 휘와 만날 일은 없었다. 요즘 휘의 촬영이 많이 바쁘기도 했고 그녀에겐 촬영장 접근 금지 명령이 떨어졌으니까.

"오늘은 특별 상황이니까 괜찮겠지……?"

아니, 내 심장이 안 괜찮나.

결아는 두두두두 울리고 있는 심장을 지그시 눌렀다. 그날의 일은 틈만 나면 머릿속에 떠올라선 심장을 방망이질 치게 만들곤 했다. 휘의 그 관능적인 눈빛이며 거칠어진 숨결이며 몸을 어루만지던 손가락의 감…….

"……촉을 떠올릴 때가 아니야! 잊어! 잊으라구!"

결아는 머리를 푸르르 털고는 촬영장에 나설 준비를 시작했다.


촬영 스튜디오 안에서 리허설 중인 휘는 정석의 전화를 받지 못한 상태였다.

정석이 이놈은 왜 안 오는 거야? 손목시계를 보던 휘가 문득 이상함을 느끼고 고개를 들었다.

잠깐, 방금 시야에 뭔가 익숙한…….

그때 스튜디오 저쪽에서 야구 모자를 눌러쓴 결아가 부랴부랴 들어오고 있었다.

쟤가 왜 여기 있어?

당혹스러운 눈으로 저를 보고 있는 휘와 눈이 마주치자 결아가 얼른 손을 흔들었다.

"저 왔어요."

손을 흔들며 방긋 웃고 있는 결아를 한참 보던 휘가 흠칫 고개를 돌렸다. 블랙 티셔츠에 블랙 슈트를 입은 준영의 시선이 결아를 똑바로 향해 있었다.

준영의 시선은 눈치채지 못한 결아는 스튜디오 안에 서 있는 휘를 저도 모르게 빤히 바라봤다. 와…… 생방송이라 그런지 평소보다 더 신경 썼나 봐. 네이비 재킷과 그레이 셔츠, 화이트 팬츠에 보트슈즈를 신고 있는 휘는 완벽한 헤어 스타일링까지 더해져 그야말로 모델 같았다.

결아가 홀린 듯 휘를 바라보고 있던 그때, 휘는 피디의 설명을 들으면서도 연신 당혹스러운 시선을 결아에게로 보냈다. 쟤가 왜 여기 있는 거지? 준영과 마주치는 사태를 피하기 위해 일부러 결아를 촬영장에도 나오지 못하게 하고 있었는데…….

"대강 방금 리허설 했던 대로 갈 거니까 큰 문제는 없을 겁니다. 대본대로만 진행되진 않겠지만, 그때그때 작가가 적어 주는 글을 참고하면 되니까 걱정하지 않으셔도 돼요."

"잠시만요."

손을 들어 피디의 말을 중지시킨 휘가 몸을 돌려 세트장을 빠져나갔다.

어? 이쪽으로 오는 건가? 결아는 자신에게 걸어오는 휘를 보며 심장이 콩콩 뛰는 걸 느꼈다. 아, 멋있다……. 그가 긴 다리로 성큼성큼 걸어오는 길이 패션쇼의 런웨이 같은 착시 현상을 일으킬 정도였다.

그대로 결아 앞으로 온 휘가 빠르게 말했다.

"네가 여긴 왜 왔어?"

"아, 그게요. 정석 씨가 급작스러운 사정이 생겨서 제가 대신 오게 됐어요."

"무슨 사정."

"접촉 사고가 난 것 같던데……."

휘가 미간을 좁혔다.

"그놈은 하필 오늘……."

짜증스럽게 말을 내뱉은 휘가 준영이 있는 스튜디오 쪽을 힐긋 쳐다봤다. 그러고는 결아에게 다시 고개를 돌려 말했다.

"너 저기 구석 끝에 가 있어."

"네?"

휘가 가리킨 스튜디오의 구석진 곳을 본 결아가 의문 어린 표정을 지었다.

"저기 있으면 촬영이 잘 안 보일 것 같은데요. 제가 필요할 땐 어떻게……."

"상관없으니까 지금 가. 당장."

"앗, 네. 아, 알았어요."

휘가 등을 떠밀자 결아가 할 수 없다는 듯 스튜디오 구석으로 뽈뽈 걸어갔다.

멀찍이 결아를 떨어뜨려 놓은 휘가 매의 눈으로 위치를 확인하고는 몸을 돌려 세트장으로 돌아갔다. 피디와 함께 기다리고 있던 준영을 본 휘는 피디에게 빙긋 웃으며 말했다.

"매니저가 와서요."

"아! 그랬군요."

피디가 고개를 끄덕이고는 설명을 이어 갔다.

"설명은 다 드렸는데 대충 이해하셨죠? 꼭 대본대로 따라가실 필요는 없으니 상황에 맞게 적당히 토크 풀어 가 주시면 됩니다. 요즘은 틀에 박힌 예능보다 자연스러운 예능을 선호해서요."

"알겠습니다."

휘와 준영이 대답하자 피디가 몸을 돌렸다.

"자! 마지막 점검 들어갑시다! 세트, 조명, 카메라, 마이크 빠짐 없이 확인하고!"

피디가 멀어지자 얼굴에 홍조를 띤 여자 스태프가 휘에게 다가왔다.

"저…… 선우휘 씨 마이크 착용 좀 할게요."

휘가 끄덕이자 스태프가 달달 떨리는 손으로 몸에 착용하는 마이크를 들고 말했다.

"재킷 좀 살짝……. 아, 셔, 셔츠도……."

평소 휘의 팬이었던 스태프는 그야말로 초긴장 상태였다. 선우휘를 이렇게 가까이서 보게 되다니……. 시, 심장 떨려! 수전증 걸린 사람처럼 벌벌 떨리는 손으로 마이크 장착을 하는데 셔츠 아래 휘의 탄탄한 초콜릿 복근이 살짝 드러났다. 얼굴에 피가 확 몰린 스태프는 얼른 코를 가리고 고개를 돌렸다.

"다 됐습니다."

빠르게 말한 스태프가 도망치듯 그 자리를 벗어나 여자 스태프들이 모인 곳으로 질주했다. 호기심 어린 얼굴로 기다리고 있던 여자 스태프들 앞에 달려온 스태프가 숨도 못 쉬고 소리쳤다.

"대박! 대박! 대애박! 휘 실물 완전 쩔어!"

"정말? 나도 가까이서 보고 싶다! 그 정도로 쩔어?"

"완전 대박이야! 내가 흥분해서 코피 터질 정도라니까? 이건 그냥 깎아 놓은 조각, 신이다, 신!"

"오오! 나도 가까이서 보고 싶어!"

"이따 슬쩍 큐시트 확인하는 척 가 봐."

흥분해서 떠들고 있는 스태프 중 한 명이 말했다.

"장준영 감독도 생각보다 스타일 좋아. 선우휘에 비할 바는 못 되지만, 난 저렇게 마르고 긴 몸이 좋더라고."

"장 감독? 좀 신경질적으로 생기지 않았어?"

"세계가 인정한 천재 감독인데 그런 마스크가 더 어울리지. 냉미남 스타일이잖아."

"맞아. 냉미남도 좋지!"

여자 스태프들의 수다 도마 위에 올라가 있다는 걸 모르는 휘와 준영은 세트장 소파 위에 앉아 대기 중이었다.

"……"

서로 다른 방향으로 다리를 꼬고 앉은 두 사람 사이로 차가운 정적이 흘렀다.

휘는 멀찍이 떨어져 있는 결아의 위치를 습관적으로 확인했다. 결아는 혜진과 나란히 벽에 기대선 채 대화를 나누고 있는 중이었다. 무슨 얘기 중이기에 저렇게 웃고 있는 거야? 휘가 환하게 웃고 있는 결아를 못마땅하게 보고 있는데, 그때 남자 스태프 한 명이 결아에게 뭐라 말을 거는 모습이 보였다.

저놈은 뭐야? 휘의 미간이 확 구겨졌다. 날카로운 시선으로 주시하고 있는데 결아는 남자 스태프와 얘기하면서도 생글생글 웃고 있는 게 아닌가? 어쭈? 모르는 사람 앞에선 얼굴이 허옇게 질리던 애가 이젠 아무하고나 헤실거려?

결아를 그렇게 변화시킨 사람이 자신이라는 걸 알 리 없는 휘의 속만 부글부글 끓었다.

"생방 5분 전!"

스태프 목소리에 어수선하던 스튜디오에 긴장이 흘렀다. 메인

MC와 패널들이 자리에 착석하고 촬영 대기 상태에 들어갔는데도 휘의 시선은 여전히 결아에게 있었다.

"선우휘 씨. 3번 카메라 봐 주세요."

"아, 네."

휘가 마지못해 시선을 카메라 쪽으로 돌렸다.

"장준영 씨는 4번 카메라 봐 주세요."

그 말에 휘가 준영 쪽을 봤다. 카메라로 시선을 돌리는 준영은 분명 자신과 같은 방향을 보고 있었다. 이 자식……. 휘가 테이블 아래에서 주먹을 움켜쥐었다.

"자! 5초 전! 5…… 4…… 3…… 2…… 슛!"

피디의 외침과 함께 전국적으로 생방송되는 토크쇼가 시작됐다.

우려와는 달리 방송을 시작한 지 한 시간이 훌쩍 넘어간 이후에도 촬영은 순조롭게 진행되고 있었다. 무수히 많은 조명과 카메라가 밀집된 스튜디오 쪽을 보고 있는 결아에게 혜진이 속닥거렸다.

"휘 씨 예능 안 한다고 들었는데 꽤 잘하네?"

"그러게요."

결아도 고개를 끄덕이며 능숙한 말솜씨와 적절한 유머를 섞어 촬영을 잘해 나가고 있는 휘를 바라봤다. 솔직히 의외네……. 평소의 독설이 나오진 않을까 내심 조금 불안했는데 휘는 그런 걱정 같은 건 기우였다는 듯 선을 넘지 않고 유쾌하게 이야기해 나가고 있었다.

저 남자는 대체 못하는 게 뭘까. 결아는 조금 억울한 기분도 들었다. 신은 왜 한 명에게만 저렇게나 많은 재능을 내리셨지? 이왕이면 나 같은 사람에게도 좀 나눠 줬으면 좋으련만.

"지금 메인 기사에 실시간 댓글 장난 아니야. 선우휘나 감독님이나 예능 희귀종이다 보니 확실히 반응이 다르네. 봐 봐."

혜진이 스마트폰으로 기사를 보여 주자 결아의 눈이 둥그레졌다.

"와아……. 댓글 수 정말 많네요. 그만큼 저 두 사람한테 관심이 많다는 거겠죠?"

"당연하지. 특히 휘가 지분 대부분을 차지하고 있고. 어쨌거나 지금 가장 핫한 배우니까."

"아아. 그렇구나……."

결아는 새삼 놀라운 휘의 인기를 실감하며 여유롭게 카메라를 향해 웃고 있는 그를 바라봤다. 그런 휘를 보니 늘 보아 오던 드라마 촬영과는 또 다른 느낌이었다.

이 나라에 저 남자 팬이 얼마나 많을까? 셀 수 없이 많겠지? 그런 생각을 하다 보니 왠지 갑자기 휘가 멀게 느껴졌다. 그가 반짝반짝 빛날수록 더 멀게 느껴지는 기분이랄까. 전에 보성 녹차 밭에서 광고 촬영 하는 휘를 봤을 때도 비슷한 기분을 느꼈었는데…….

괜히 우울해지는 기분에 결아가 고개를 푸르르 흔들었다. 에이, 생각하지 말자. 촬영에만 집중해. 그게 지금 내 일이잖아. 결아는 그렇게 생각하며 세트장을 응시했다.

마침 MC가 질문을 던지고 있었다.

"이번 드라마에서 모든 촬영을 사전 제작 형식으로 진행한다고 들었는데요. 드라마 쪽에선 아직 흥행을 검증받지 않은 상태에서 파격적이라고도 할 수 있는 시스템을 도입시킬 수 있었던 원인이 뭐였을까요? 감독님."

"제가 이번 드라마를 할 때 첫 번째로 걸었던 조건이었습니다. 쫓기듯 촬영하는 상황에선 제가 만들고 싶은 영상을 얻기란 불가능하다고 봤으니까요."

준영이 담담한 어조로 대답했다.

"그거야 당연한 말씀이지만, 우리나라 제작 여건상 쉽지는 않은 일인데요. 장준영 감독님과 배우 선우휘 씨의 스타 파워가 있기에 가능한 일이 아니었을지 조심스레 짐작을 해 봅니다. 하하."

MC의 말에 휘와 준영이 웃어넘기자 질문이 이어졌다.

"그런데 촬영장에선 두 분 다 어떤 모습이었을지 궁금하네요."

휘와 준영이 서로를 슥 쳐다봤다.

"선우휘 씨는 비밀이 상당히 많은 남자던데요."

준영이 먼저 입을 열자 결아가 움찔했다. 감독님…… 설마 노예 계약을 말하시는 건가? 결아가 조마조마한 얼굴로 보고 있는데 휘가 말했다.

"감독님은 남의 것을 탐내는 습관이 있으신 것 같던데요."

휘의 받아치는 공격에 준영이 한쪽 입술을 말아 올렸다.

"갖고 싶은 건 가져야 하는 성격이라서요."

휘와 준영 사이에 보이지 않는 전류가 흐르자 MC와 패널들이 당황했다.

"아, 저…… 무슨 말씀이신지요?"

그러자 휘가 빙긋 웃으며 말했다.

"농담입니다. 회사에서 자꾸 감독님과 저를 이런 분위기로 몰아가려고 해서요. 뭐 노이즈 마케팅을 노리는 거겠죠."

"이미 장안의 화제인데 그럴 필요까진 없을 것 같은데요? 하하…… 그럼 다음 질문으로 넘어가겠습니다."

식은땀을 흘리던 MC가 서둘러 진행했다.

"이번 질문은 조금 민감할 수 있는 질문인데요. 많은 분들이 궁금해하셔서 질문을 안 드릴 수가 없네요."

질문을 읽던 MC가 휘와 준영을 바라봤다.

"현재 두 분 다 솔로이신가요?"

"네. 휴식 기간이랄까요."

휘가 익숙한 질문에 대처하듯 능숙하게 대답하자 여성 개그맨 패널이 말했다.

"에이, 솔직히 믿음은 안 가네요. 누가 선우휘 같은 남자를 그냥 놔두겠어요?"

"진짠데."

휘가 하하 웃으며 대답하고는 여성 패널를 향해 싱긋 미소 지었다.

"휘 씨가 그렇다고 하니 그렇다고 해 두죠."

MC를 향해 여성 패널이 진지하게 말하자 사방에서 웃음이 쏟아졌다.

"스튜디오에서 선우휘 씨 미남계가 통하는 걸 실시간으로 보게 되네요. 그래도 일단 그냥 넘어가도록 하고, 장 감독님은요?"

이번엔 준영에게 질문이 향했다. 준영은 손가락으로 턱 선을 쓸며 잠시 생각하더니 입을 열었다.

"얼마 전 같이 영화를 본 여자가 있는데…… 아마 그녀가 첫사랑인 것 같습니다."

준영의 말에 휘의 눈썹이 꿈틀거렸다.

"어머나! 감독님 첫사랑이요? 그럼 지금까지 한 번도 연애한 적이 없다는 말씀이세요?"

"네. 전혀."

흥분한 패널들이 호들갑을 떨어 댔다.

"그럼 지금 여기서 처음 밝히시는 거 맞죠? 여러분! 채널 고정하셔야 됩니다. 지금 깜짝 놀랄 만한 중대 발표가 있을지도 몰라요!"

"감독님 첫사랑의 그분께 이 자리에서 고백하세요. 그분도 아마보고 계시지 않을까요? 너무 좋은 기회인데!"

시청률을 위한 패널들의 집단 뽐뿌를 받으며 준영이 결아 쪽을 쳐다봤다.

한편, 그새 잠시 자리를 비웠다가 돌아온 결아는 방송 중 무슨대화가 오간지도 모른 채 준영과 시선이 마주치자 눈을 깜박였다. 응? 왜 날…….

휘도 초조한 얼굴로 준영을 바라보고 있었다. 저 자식 설마……. 결아를 똑바로 응시하고 있는 준영을 보니 휘는 피가 거꾸로 솟는 기분이었다. 설마 아무리 개념이 없다고 해도 생방송 중인 지금 뭔가 일을 저지르진 않겠…….

"그럼 이 자리에서 고백해도 되겠습니까?"

준영의 갑작스러운 말에 휘의 얼굴이 굳었다.

"되고말고요! 자! 카메라 저쪽 보시고…….""

"그럴 필요 없습니다."

"네?"

몰아가기 공격을 펼치던 MC와 패널들이 의아한 얼굴로 보자준영이 결아를 응시하며 말했다.

"지금 이 자리에 있으니까요."

"!"

준영의 말에 그 자리에 있는 모든 사람이 굳었다. 순식간에 술렁이는 사람들 사이에서 준영이 몸을 일으켰다.

"여러분! 보고 계십니까? 저희 프로 시청률 터지는 소리가 들리는 듯하네요! 생방송 역사상 가장 역사적인 순간이 아닐까 합니다!"

흥분한 목소리로 떠드는 MC가 자리에서 몸을 일으켜 걸어가는 준영을 가리켰다.

"여러분들은 지금 전 세계가 인정한 천재 감독 장준영 감독님의 공개 프러포즈 현장을 보고 계십니다! 그것도 생중계로 말입니다!"

준영이 세트장을 걸어 나가자 주변이 분주해졌다.

"1번부터 7번까지 다 장 감독 잡아! 조명 따라가고!"

피디가 인터컴에 대고 소리치자 카메라들이 동시에 준영을 향했다. 밝은 라이트까지 쨍하게 비추자 준영이 지나가는 길에 스태프들이 홍해 갈라지듯 양쪽으로 쩍 비켜섰다.

결아 쪽으로 똑바로 걸어가는 준영을 보던 휘가 이를 악물고 벌떡 일어섰다. 젠장! 휘는 흥분에 찬 패널들을 지나쳐 세트장을 급히 빠져나갔다.

"응? 왜 우리 쪽으로 오는 거 같지?"

혜진이 주변을 둘레둘레 둘러보자 결아도 빠르게 주변을 살폈다. 뭐, 뭐지……? 결아는 자신에게 다가오는 준영을 보고 의아스럽게 혜진에게 물었다.

"저…… 언니. 지금 이게 무슨 상황이에요? 저 없는 사이에 무슨 일 있었어요?"

"어? 그게……."

주변을 둘레둘레 둘러보던 혜진이 결아에게 빠르게 방금 전의 상황을 설명했다. 그리고 이야기를 들은 결아는 패닉이 되어 더는 아무 소리도 들려오지 않았다.

서서서서설마…… 아, 아니죠, 감독님?

결아가 창백한 얼굴로 자신에게 다가오는 준영을 바라봤다. 그의 뒤에 보이는 수많은 카메라에 결아는 심장이 쪼그라들었다. 도, 도망가야 되는데 다리가 안 움직여! 너무 놀란 나머지 온몸이 굳어 움직이질 않았다.

그리고 마침내 준영이 결아 쪽으로 가까이 다가가자 주변의 모든 시선이 그들에게 집중됐다.

"저 여자앤가?"

"카메라! 구석 끝 여자애 잡아! 조명!"

팟!

으앗!

쨍한 조명이 결아를 환하게 비추는 순간, 갑자기 나타난 휘가 결아 앞을 가로막고 섰다. 팔로 얼굴을 가렸던 결아는 질끈 감았던 눈을 뜨고 자신의 앞을 보호하듯 선 휘의 등을 쳐다봤다.

"휘……?"

휘는 결아의 앞을 가로막고 서서 준영을 쳐다봤다. 입으로는 웃고 있는 듯 보였지만, 휘의 눈은 웃고 있지 않았다.

"저, 저건 뭐야? 선우휘?!"

"무슨 구도야. 저건?"

"찍어! 일단 찍어! 한 장면도 놓치지 말고 다 카메라에 담아!"

"네!"

주변이 소란스러운 가운데 휘가 뒤에 있는 결아에게 빠르게 말했다.

"저쪽 통로 보이지?"

"네? 아, 네."

휘가 턱으로 가리키는 쪽을 본 결아가 고개를 끄덕였다.

"손으로 얼굴 가리고 저쪽으로 도망쳐. 지금. 빨리!"

"네, 네!"

결아가 모자를 깊게 눌러쓰곤 두 손으로 얼굴을 가린 채 휘의 말대로 잽싸게 통로 쪽으로 내달렸다.

"여자가 도망갑니다!"

"뭐? 카메라로 잡아!"

"뭐 저렇게 빨라? 꼭 날다람쥐처럼 빨라요!"

도망치는 결아를 카메라로 포획하기 위해 시끄러운 가운데 휘는 웃는 얼굴로 준영을 응시했다. 준영도 눈을 가늘게 뜨고 그를 쳐다보고 있었다.

"이렇게 공개적인 자리에서 이래도 되나. 선우휘가?"

"이런 공개적인 자리에서 이런 일을 저지른 건 감독님이십니다."

휘의 말에 눈을 가늘게 뜬 준영이 뭐라 말하려는데 뒤에서 목소리가 들렸다.

"저, 두 분 일단 이쪽으로 돌아와 주세요."

세트장 쪽을 힐긋 본 휘가 준영에게 말했다.

"일단 돌아가는 게 좋지 않을까요? 감독님."

"……."

겉으론 미소를 유지하면서도 휘의 목소리에선 분노가 느껴졌다. 그런 휘의 얼굴을 응시하던 준영이 몸을 돌렸다.

준영이 세트장 쪽으로 향하자 휘는 통로 쪽을 짧게 바라봤다.

결아가 무사히 빠져나간 것을 확인한 휘도 스튜디오로 걸어갔다.

"아, 저……."

돌발 상황에 우왕좌왕하고 있던 MC가 자리에 앉는 준영에게 물었다.

"방금 저 자리에 계시던 분이 감독님의 첫사랑이신가요?"

"맞습니다."

"그, 그럼 그분이 휘 씨와 무슨 관계가……?"

MC와 패널들이 의혹 어린 시선을 보내자 휘가 싱긋 웃었다.

"아! 제 매니저인데, 그 친구가 사실 극도로 소심하고 대인기피증이 있거든요."

"방금 도망…… 아니, 밖으로 나가신 분이 선우휘 씨 매니저라고요?"

"네. 그대로 두면 119를 불러야 할 상황이 올 것 같아 매니저 보호 차원에서 제가 나섰습니다."

"대인기피증이 있으신 분이 매니저라니……."

MC가 믿기 어렵다는 듯 말했다.

"사실 이 일도 치료 차원에서 하고 있었던 겁니다. 원래 그 친구가 낯을 심하게 가리고 소심해서 낯선 사람 앞에선 고개도 못 드는 성격이거든요."

한참 설명을 늘어놓던 휘가 준영에게 고개를 돌렸다.

"아마 감독님이 그걸 모르셨던 모양입니다."

입은 웃고 있지만 눈은 전혀 웃지 않은 채 휘가 차갑게 말했다. 그리고 준영은 눈을 가늘게 뜨고 생각에 잠긴 듯 앉아 있었다.

MC가 작가가 써 준 스케치북을 보며 급히 상황을 정리했다.

"잠시 소란이 있어 시청자 여러분께서 당황하셨을 텐데, 광고 나가는 동안 숨 좀 돌리고 오시면 어떨까 합니다. 그럼 잠시 쉬었다 가겠습니다!"

노련하게 멘트 한 MC가 휴우, 하고 숨을 내쉬며 소파 위에 쓰러지듯 앉았다.

"아! 정말 놀랐어요. 역사적인 순간을 눈앞에서 보나 했는데……."

"그런데 그렇게 나가 버려서 어째……."

걱정스러운 표정으로 패널들이 한 마디씩 하자 그때 휘가 일어나며 준영에게만 들리도록 말했다.

"감독님. 잠깐 저 좀 보시죠."

"……"

휘가 걸어 나가는 것을 본 준영이 따라 일어섰다. 두 사람이 세트장을 빠져나가려 하자 피디가 황급히 달려와 말했다.

"5분 후에 다시 촬영 들어가니 빨리 돌아오셔야 됩니다!"

"알겠습니다."

휘가 고개를 끄덕이고 세트장을 벗어났다.


그 시간 결아는 전력 질주 중이었다.

"잠깐만요! 저기요!"

"잠깐만 멈춰 보세요!"

으앗! 왜 따라오는 거야? 뒤에서 쫓아오는 스태프들의 목소리에 결아는 극심한 패닉 상태였다.

그때, 마침 복도를 지나던 현석은 필사적으로 방송국 복도를 내달리는 결아를 보고 멈춰 섰다. 어? 저 날다람쥐처럼 달려오는 여자는…….

"결아 씨?"

그의 말을 들을 겨를이 없는 결아가 현석의 옆을 광속으로 스쳐 지나가자 현석이 의아스러운 얼굴로 돌아봤다.

"결아 씨! 잠깐만요."

현석은 결아를 따라가 잡았다.

"으악!"

누군가에게 잡혀 깜짝 놀란 결아가 고개를 돌렸다. 그리고 눈앞에 현석이 있는 걸 확인한 그녀가 여전히 패닉 상태로 말했다.

"자, 저, 전 지금 빨리 여, 여길 벗어, 벗어나야……."

"도망가다니. 왜요?"

"지, 지금 설명할 시간이……."

이리저리 흔들리는 결아를 의아스럽게 보고 있던 현석의 귀에 모퉁이 저쪽 통로에서부터 두두두두, 발소리가 들려왔다.

"저기요! 멈춰 보라니까요!"

"쪼그만 여자가 뭐 저렇게 날쌔?"

대충 상황을 파악한 현석이 하얗게 질린 얼굴로 오들오들 떨고 있는 결아를 내려다보고는 그녀의 팔을 잡아끌었다.

"날 따라와요."

"네, 네?"

당황한 결아의 팔을 잡아끈 현석이 옆 비상구 문을 벌컥 열었다. 그대로 비상구 계단을 통해 주차장으로 내려온 현석이 결아를 자신의 차에 태웠다.

"마침 일이 끝나서 다행이네요."

벨트를 매며 현석이 미소 짓자 결아가 여전히 창백한 얼굴로 주변을 둘러보며 말했다.

"어딜 가는……."

현석이 결아를 보며 안심시키듯 다정하게 웃었다.

"여길 벗어나야 한다면서요. 내가 가장 빨리 벗어날 수 있게 해 줄게요."

말을 마친 현석이 빠르게 차를 출발시켰다.

방송국을 빠져나와 한참을 달린 뒤에 현석은 한적한 공원으로 와서 차를 세웠다.

"좀 괜찮아요?"

현석이 결아를 쳐다보며 물었다.

"아, 네, 네, 괘, 괜찮……."

"잠깐 실례."

결아의 창백한 얼굴을 보던 현석이 그녀의 손목을 들어 맥을 짚었다. 잠시 손가락 끝에 신경을 집중하던 그가 안경을 추켜올렸다.

"괜찮은 게 아닌데요?"

"아……."

현석은 결아의 손바닥 중앙 위 뼈와 뼈 사이를 지그시 눌렀다.

"아야야."

결아가 미간을 좁히자 현석이 부드러운 목소리로 말했다.

"잠깐만 참아요. 노궁이라는 혈 자리인데, 크게 놀랐을 때 이 혈 자리를 눌러 주면 좋거든요."

"아, 네……. 고맙습니다."

결아가 아픈지 얼굴을 찌푸리면서도 꾹 참아 냈다.

그렇게 한참 손바닥을 지압하던 현석이 결아의 의자를 젖혀 주며 말했다.

"편하게 누워 보세요. 그리고 여기, 가슴 사이 정가운데를 손가락으로 꾹 눌러 봐요."

"이, 이렇게요? 아야야."

결아가 자신의 가슴 사이를 손가락으로 누르다가 인상을 썼다. 그 모습을 본 현석이 고개를 끄덕였다.

"아프죠? 전중혈을 좀 풀어 줘야 해요. 계속 지압해요."

"네……."

결아는 현석이 시키는 대로 열심히 가슴 사이 지점을 꾹꾹 눌러 줬다.

"숨을 천천히, 길게 내쉬어 봐요."

"후—하—후—하—"

"더 길게."

"후우—하아—후우—하아—"

필사적으로 자신이 시키는 대로 하고 있는 결아에게 현석이 물었다.

"어때요? 좀 나아졌어요?"

결아가 숨을 깊게 들이켜고는 대답했다.

"……네. 훨씬 나아진 것 같아요. 감사합니다."

"다행이네요."

현석이 빙긋 웃으며 의자를 다시 세워 줬다. 결아는 그제야 민망한 듯 머리칼을 정돈했다. 창피하게 완전히 넋이 나가서는…….

결아가 부끄러움으로 괜히 전중혈만 꾹꾹 누르고 있는데 현석이 그녀를 지그시 바라봤다.

"그런데 무슨 일로 얼굴이 새파래져선 달려 나왔어요? 결아 씨 그런 모습 오랜만에 보는 것 같은데."

"아, 그게…… 저도 무슨 일인지 잘 모르겠어서……."

결아가 난처한 얼굴로 말하자 현석이 잠시 생각하다가 다시 물었다.

"혹시…… 오늘도 휘와 관련된 일이에요?"

얼굴이 붉어진 결아가 손을 휘휘 저어 댔다.

"네? 아뇨! 그건 아니고, 그냥…… 조금 당황스러운 일이 있었어요."

결아는 필사적으로 둘러댔다. 어떻게 그 일을 설명하라고? 지금 생각해도 자신의 착각이 아니었을까 싶을 정도로 말도 안 되는 일이었다. 그것도 생방송 중에…….

"음. 결아 씨가 곤란해 보이니 더 이상 묻진 않을게요."

"감사……합니다."

"아! 휴대폰 좀 잠깐 줘 볼래요?"

"휴대폰이요? 여기…….""

현석의 말에 결아가 얼른 자신의 휴대폰을 건네줬다. 그러자 현석이 그녀의 휴대폰에 빠르게 무언가를 입력하고 다시 내밀었다.

"이게 내 번호예요. 도움이 필요할 땐 언제든 연락해요."

현석이 미소 지으며 말하자 휴대폰을 받아 들던 결아가 눈을 깜빡였다.

"아. 감사합니다."

"일일이 감사하다는 말 할 필요는 없고, 그냥 편하게 생각해요. 나도 결아 씨가 그래 줬으면 좋겠으니까."

"네. 감사…… 아니, 네. 네."

현석의 친절에 결아는 열심히 고개를 끄덕였다. 좋은 사람이구나. 현석 씨는……. 휘 친구라서 그런가? 당장 벗어나고 싶던 방송국에서 순식간에 자신을 탈출시켜 준 데다 이런 친절까지 보여

주는 현석에게 결아는 진심으로 고마움을 느꼈다.


스튜디오 밖으로 나온 휘가 인적이 없는 복도 끝에서 준영과 마
주 섰다.

"누가 이기적이라는 건지."

휘가 헛웃음을 흘리며 말하자 준영이 한쪽 눈썹을 치켜올렸다.

"상대방 생각 못 하는 건 감독님이 훨씬 더한 것 같은데요?"

"뭐?"

준영의 얼굴이 굳는 걸 보며 휘가 말했다.

"그 애, 불과 얼마 전까지만 해도 연예인들 실물로 보고 기절한
앱니다."

"……."

준영이 말없이 휘를 응시하자 그도 강렬하게 준영을 노려봤다.

"그만큼 여린 애란 말입니다. 그런 애한테 무슨 짓을 하려고 한
겁니까?"

휘의 낮게 으르는 소리에 준영의 눈빛이 일순 흔들렸다. ……실
수했다. 자신의 감정에만 휩싸여 상대방을 전혀 배려하지 못한 행
동이었다는 걸 준영은 이제야 알아차렸다.

그의 얼굴에 명백한 당혹의 빛이 스쳐 지나자 휘가 입을 다물고
몸을 돌렸다.

"저 먼저 들어가 볼 테니 짧게라도 머리 좀 식히고 오세요."

준영은 아무 말도 하지 못한 채 그 자리에 서 있었다.


"바레다주셔서 감사합니다."

"들어가요."

집 근처에 자신을 내려 준 현석의 차가 어둠 속으로 사라지는 것을 보던 결아는 몸을 돌려 집 쪽으로 향했다.

"휴우, 오늘은 정말 뭐가 뭔지⋯⋯."

결아는 힘없이 중얼거리며 아까의 일을 떠올렸다. 만약 그때 휘가 자신을 도피시키지 않았더라면⋯⋯. 그랬다면 지금쯤 내 얼굴은 생방송 전파를 타고 전국에⋯⋯.

"으아아! 소, 소름 끼쳐! 그건 정말 큰일 날⋯⋯ 꺅!"

그때 갑자기 누군가가 자신을 잡아채자 결아가 화들짝 놀랐다.

"쉿, 나야."

익숙한 목소리가 귓가에 울리자 결아가 고개를 들었다.

"휘?"

눈앞엔 모자에 마스크를 쓴 휘가 서 있었다.

"여긴 언제⋯⋯."

휘는 주변을 둘러보고는 결아를 골목 쪽으로 이끌었다.

"여긴 누가 볼 수 있으니 저쪽으로 가자."

"아. 네."

결아도 순순히 휘를 따라 좁은 골목 안쪽으로 향했다. 담벼락 밑 차와 차 사이 좁은 공간으로 결아를 데려온 휘가 잡고 있던 손을 놔줬다. 그러고는 마스크를 턱까지 내리고 예리한 눈으로 결아를 쳐다봤다.

"너. 감독이랑 영화 봤냐?"

날카로운 휘의 시선에 움츠러든 결아가 작게 대답했다.

"⋯⋯네."

"미치겠네."

휘가 숨을 들이켜고는 짜증스럽게 모자를 벗어 머리칼을 푸르르 흔들었다. 와. 저 모습 무척 섹시…… 헛! 지금 그런 생각 할 때가 아니잖아? 결아가 속으로 고개를 붕붕 젓고는 다시 휘를 쳐다봤다.

휘가 머리칼을 성마르게 쓸어 넘기며 분노를 삭인 목소리로 말했다.

"오늘은 내가 대충 둘러대긴 했는데 기자들이 작정하고 달려들면 위험해져."

"위험하다는 게 무슨 뜻……."

"언론에 노출될 수 있다는 거야. 스캔들 터지고 싶어?"

결아의 얼굴에 단번에 핏기가 싹 가셨다. 스, 스캔들?! 격하게 흔들리는 결아의 눈을 보던 휘가 한숨을 내쉬고 말했다.

"뭐, 회사에서도 커지지 않게 막을 거고 네 신변도 안 새어 나가게 최대한 조치해 둔다고 했으니까 너무 걱정할 건 없어. 어차피네가 회사에 소속돼서 일한 건 아니니까 기자들이 네 개인 정보를 캐는 건 거의 불가능해."

"아아…… 다행이네요."

결아가 안도한 듯 휘를 올려다보니 눈을 가늘게 뜬 그가 말했다.

"그래도 안심할 순 없으니 조심해야 해. 당분간 방송국 근처엔 얼씬도 하지 말고 가능하면 집 안에만 있어. 행여나 감독이 불러도 나가지 말고. 너도 스캔들 터지긴 싫지?"

"네, 네."

열심히 고개를 끄덕이는 결아의 몸이 다시 덜덜 떨렸다. 그녀의 흔들리는 동공을 내려다보던 휘는 안쓰럽다는 듯 작은 머리를 쓰다듬었다.

"걱정 마. 원래 이런 해프닝은 잠깐 이슈 되었다가 금방 가라앉으니까. 이 세계가 원래 그렇잖아. 조금만 참으면 돼."

아, 왠지 안심이 돼…….

휘가 커다란 손으로 머리를 쓰다듬어 주자 점점 떨리는 증상이 나아졌다. 작게 심호흡한 결아가 고개를 들었다.

"아까…… 도와줘서 고마워요. 휘 아니었으면 정말 큰일 날 뻔했어요."

"그래. 넌 나한테 고마워해야 돼."

긴장을 풀어 주려는 듯 장난스럽게 하는 말에 결아가 눈을 반으로 접으며 웃었다.

"네. 고마워요."

순해 보이는 결아의 까만 눈을 내려다보며 휘가 말했다.

"어쨌든 상황 나아지면 다시 부를 거니까 얌전히 집에서 기다리고 있어."

"그럴게요."

결아가 강아지 같은 눈으로 올려다보며 고개를 끄덕였다.

"……."

그러자 그녀의 얼굴을 가만히 내려다보고 있던 그가 쓰다듬던 손을 어색하게 내렸다.

"그럼, 간다."

"네. 조심히 들어가세요."

휘가 모자를 깊게 눌러쓰고 다시 마스크를 끌어 올리며 결아에게서 몸을 돌렸다. 그가 주변을 살피며 빠져나가는 모습을 보며 결아는 멍한 얼굴로 잠시 서 있었다.

"엄청 무서웠는데 왠지 휘의 손길에 금방 안정이 됐네……."

스캔들이니 언론이니 듣기만 해도 심장이 벌렁거리는 소리를 연달아 들었는데도 생각보다 괜찮다니. 역시 저 남자 때문인가? 결아는 제 손을 들어 방금 휘가 하던 대로 머리통을 슥슥 어루만졌다.

"음…… 역시 내가 하는 거랑은 다르네. 어쨌든 휘의 말대로 한동안은 조심, 또 조심해야겠어."

결아는 그렇게 중얼거리고는 집을 향해 타박타박 걸어갔다.


한편, 결아가 집 쪽으로 걸어가는 걸 준영이 차 안에서 가만히 응시했다. 오늘 자신의 기분에만 빠져 결아를 곤란하게 만들었다는 데에 사과하고 싶었지만, 방금 전 휘와 함께 있는 결아의 표정을 보고 나니 나설 수 없게 됐다.

결아의 마음이 자신에게 향해 있지 않다는 걸 알고 있었다. 난감해하는 얼굴을 보면서도 왜 그냥 놔주지 못하는 건지……. 이런 집착, 지금까지는 우습다고만 생각했었는데. 자신이 한심스럽다고 생각했던 이기적인 남자들과 똑같은 짓을 하고 있다는 자괴감이 들었다.

그런데도 놓을 수가 없다. 뒷걸음질 치는 게 뻔히 보이는데도.

"……후우."

깊게 한숨을 내쉰 준영이 시동을 걸고 차를 출발시켰다. 기자들을 따돌리고 온 상태였지만 혹여 자신의 위치가 파악되어 결아를 더 곤란하게 만들고 싶지는 않았다.

골목을 빠져나가며 그가 어딘가로 전화를 했다.

"접니다. 오늘 방송 기사 중에서 상대방에 대한 개인 정보는 철저히 안 나오도록 조치 취해 주세요. 네. 수습하는 데 필요한 비용은 제가 다 지불할 테니 그렇게."

　용건을 전달하고 전화를 끊은 준영은 핸들을 움켜쥐고 속도를 올렸다. 그의 차가 한밤중의 도로를 질주했다.

## 21.
너희들은 포위됐다

집으로 돌아온 결아는 마음을 진정시키고 곰곰이 생각했다.

"후. 난감하네……."

스캔들이라니. 물론 감독님의 영화를 무척 좋아하고, 존경하는 분이긴 하지만 그것과 이건 전혀 다른 문젠데…….

"아니 그보다 감독님이 왜 날?"

스물다섯 해 살아오면서 고백은커녕 남자 사람과 대화다운 대화를 하게 된 것도 얼마 안 되는 결아는 혼란에 빠졌다. 연애라고는 전혀 경험해 본 적이 없는 그녀에게 준영의 태도는 너무나 낯설고 이질적인 것이었으니까. 솔직히 지금은 그것보다, 자신 때문에 휘의 첫 토크쇼를 망쳐 버린 게 아닐까 하는 걱정이 우선이었다.

"휘는 별말 없었지만 기분 상했겠지……? 에휴, 무슨 배우 방송을 망치는 매니저가 다 있어!"

결아가 부끄러운 듯 두 손으로 제 얼굴을 감쌌다. 그러다 생각났다는 듯 번쩍 고개를 들었다. 혹시 좀 전에 휘의 표정이 안 좋았던 이유가 그거 때문인가……?

"큰일이네. 어쩌지?"

결아의 표정이 걱정으로 어두워졌다.

다음 날, 생방송에서 벌어진 엄청난 해프닝은 인터넷상에서 뜨거운 감자가 되어 일파만파 퍼지고 있었다.

「장준영 감독의 그녀, 카메라 피해 도망가다.」

「선우휘가 구해 준 그녀는 누구?」

「두 남자 사이에 흐르는 이상기류, 그리고 도망친 신데렐라의 정체는 과연?」

툭, 휴대폰으로 기사를 읽고 있던 결아는 창백해진 얼굴로 폰을 떨어뜨렸다.

"우, 우려했던 일이 설마……."

결아는 떨어뜨린 휴대폰을 두고 주춤주춤 뒷걸음질 쳐서 벽에 착 달라붙었다. 그러고는 마른침을 꿀꺽 삼키고 고개만 돌려 슬쩍 창밖을 내다봤다.

"기자들은 없는데……."

매의 눈으로 기웃거리며 창밖을 살피던 결아가 다시 걸어가 휴대폰을 집어 들었다. 순위권을 장악하고 있는 기사 중 하나를 클릭해 댓글 창을 열자 어마어마한 추천 수를 받은 베스트 댓글들이 쏟아졌다.

「대인기피증 매니저를 온몸으로 가려 준 선우휘! 대박 멋짐!」
「그거 다 연출 아닌가? 짜고 치는 고스톱 스멜이 나는데……」
「난 연기 아닌 거 같음. 진짜다에 한 표.」
「근데 그 여자는 뭔데 장준영이 고백하고 휘가 구해 준대?」
「전생에 최소 나라 서넛은 구한 위인인 듯요.」

"위인? 내가?"

댓글 창을 읽어 내려가던 결아가 어안이 벙벙한 표정으로 고개를 들었다.

"왜 내가 공공의 적이 되어 버린 기분이지……? 그래도 다행히 내 신상이 공개되진 않은 모양이네."

다들 궁금해만 할 뿐 세세한 정보가 나오진 않는 걸 보니 우려하던 상황은 벌어지지 않은 것 같았다.

"휴, 다행이다."

일단 안도한 결아는 휴대폰을 들고 방문을 열고 나갔다.

"아! 결아야."

마침 출근 준비를 끝내고 나오던 루리가 그녀를 불렀다.

"네가 좋아한다던 장준영 감독 스캔들 터졌더라? 봤어?"

루리의 말에 방을 나오자마자 잠시 돌하르방 모드가 되었던 결아가 불안하게 시선을 피하며 말했다.

"조, 좋아한다기보다 어디까지나 패, 팬으로시……."

"그게 그거지. 아! 상대가 선우휘 매니저라던가? 그렇다던데."

태연한 척 걸음을 옮기려던 결아가 다시 석상처럼 굳었다.

"아, 그래? 그랬구나. 난 몰랐는데……. 추, 출근하는 거야? 잘 갔다 와. 나나나난 화장실에……."

삐걱거리며 몹시 어색한 걸음걸이로 걸어가는 결아를 루리가 의 아스러운 얼굴로 쳐다봤다.

"손발이 같이 나가다니 역시 제정신이 아니네. 아닌 척해도 상 심이 큰 모양이야. 쯧."

안쓰러운 시선으로 결아를 보던 루리가 혀를 차며 현관으로 향 했다.

"그럼 언니 갔다 올게! 기운 내고!"

"으, 응!"

……어? 기운을 내다니? 왜? 엉겁결에 대답한 결아가 미간을 좁히는데 주머니 안에서 전화벨이 울렸다.

"네. 정석 씨?"

결아가 얼른 전화를 받았다.

— 결아 씨. 미안해요. 내가 갑자기 부탁하는 바람에 이런 일이 생겨서……. 어제 많이 당황했죠?

정석의 미안한 목소리에 결아가 괜찮다는 듯 웃으며 말했다.

"그게 왜 정석 씨 탓이에요. 사고 처리는 잘하셨어요?"

— 네. 저야 잘 끝났는데…… 결아 씨 성격에 많이 놀랐을 거라 고 형이 화를 많이 냈어요.

정석이 의기소침한 말투로 말하자 결아가 눈을 깜빡였다.

"화를 내다니……. 휘 씨가요?"

— 말도 마세요. 너 때문이라고 어찌나 불같이 화를 내던 지…….

결아는 된통 시달린 듯한 정석의 맥 빠진 목소리를 들으면서도 휘가 자신 때문에 그렇게 화를 내 줬다는 사실에 가슴이 두근거렸다.

― 사과드릴게요. 정말 미안해요. 결아 씨.

˙"아! 아뇨. 전 정말 괜찮아요. 정석 씨 때문이라는 생각 안 하니 걱정 마세요."

― 그렇게 말해 주니 고마워요. 아, 회사에서도 이번 일로 기자들 레이더망에 걸릴 수 있으니 조심하라고 하더라고요. 당분간 매니저 일은 하지 않는 게 좋을 것 같아요.

"네. 저도 그렇게 들었어요."

결아가 어제 휘에게 들은 말을 떠올리며 대답하는데 묘한 허전함이 맴돌았다.

― 당분간은 못 보겠네요. 아쉽긴 하지만 들켜서 좋을 건 없으니 조심하는 게 맞는 것 같아요. 그렇죠?

"네? 아…… 네. 그거야……."

당분간 못 본다는 건 휘도 못 본다는 거겠지……? 알고 있던 일이지만, 확인 사살을 당하는 기분에 결아는 가슴 한편에 알 수 없는 서운함이 밀려들었다.

― 그럼 푹 쉬면서 놀란 마음 좀 추스르세요. 다음에 연락드릴게요.

"그럴게요. 신경 써 주셔서 감사합니다."

전화를 끊은 결아는 잠시 그 자리에 오도카니 서 있었다.

"휴가인데 왜 아쉬운 마음이 들까……."

결아는 휴대폰을 만지작거리며 조용히 옹알거렸다. 가슴 한편에 지펴진 서운함의 불길이 점차 뜨거운 열기로 온몸을 데워 가고 있었다.

그게 휘를 향한 열망이라는 것을, 결아 자신은 아직 느끼지 못하고 있었다.

♡  ♥  ♡

그 시간 휘는 취재진 무리에 둘러싸여 있었다.

"매니저라는 분이 회사에 소속되어 있지 않던데, 직원이 아닙니까?"

"선우휘 씨. 장준영 감독과의 관계가 틀어진 게 그 매니저의 영향이라던데, 사실인가요?"

사방에서 터지는 플래시를 선글라스를 낀 채 돌파하는 휘의 옆에서 정석이 필사적으로 막고 있었다.

"인터뷰 안 받습니다. 좀 비켜 주세요. 인터뷰는 다음에 할게요, 다음에. 아, 좀 비켜 달라니까요?"

"장준영 감독과의 신경전이 연기라는 말도 있던데 여기에 대해서 한 말씀만 해 주시죠."

"선우휘 씨! 그분과 함께 찍힌 사진이 SNS상에 많이 돌아다니던데 언제부터……."

휘가 하이에나처럼 달려드는 기자들을 뚫고 차에 타자 잽싸게 문을 닫은 정석이 스피디하게 운전석으로 올랐다.

"선우휘 씨!"

"잠시만요! 선우휘 씨!"

우르르 따라붙는 기자들을 따돌리며 자리를 빠져나가자 정석이 크게 한숨을 내쉬었다.

"후우, 한동안 고생 좀 하겠는데요."

"큰 덩어리 하나 떨어졌다고 사방에서 작정하고 달려드는군."

휘가 시니컬하게 중얼거리자 정석이 진저리를 쳤다.

"저도 아주 징글징글합니다. 어쨌든 제가 형 집으로 갈게요."

"네가? 왜."

"네? 그야 결아 씨는 당분간 못 오잖아요."

정석의 말에 잠시 멈칫한 휘가 창밖으로 고개를 돌렸다.

"아…… 그랬지."

창문에 비친 휘의 얼굴이 어두워졌다. 결아를 위해 자신이 한 말인데도 한동안 결아를 볼 수 없다는 사실을 머릿속에서 인정하고 싶지 않아 했다. 하지만 저 하이에나 떼 같은 기자들에게 결아를 노출시키는 일은 결단코 없어야 했다. 그것이 결아를 지키는 길이니까.

……할 수 없지.

휘는 떨칠 수 없는 아쉬움으로 깊게 한숨을 내쉬었다.


집에 혼자 남은 결아는 땀을 뻘뻘 흘리며 냉장고며 식탁이며 싱크대를 닦고 있었다.

"나 청소가 습관이 됐나 봐. 원래 이 정도로 청소에 집착하진 않았던 것 같은데……."

결아가 번쩍번쩍해진 주방을 당혹스러운 얼굴로 둘러보고 있는데 켜 놓은 TV에서 익숙한 이름이 흘러나왔다.

— 이번 주 가장 핫한 연예 뉴스는 생방송으로 프러포즈를 하려던 장준영 감독의…….

"헉!"

결아는 잽싸게 달려가 TV를 꺼 버렸다.

"심, 심장에 안 좋아……. TV를 끄고 있어야겠어."

중얼거리듯 말한 결아가 고개를 들어 시계를 봤다. 그 남자는 뭐 하려나? 촬영 끝났으려나……? 응? 왠지 아까부터 내내 그 남자 생각만 하고 있는 기분인데?

"정신 차리자, 정신!"

결아가 손으로 자신의 머리를 콩 때리고는 머리를 푸르르 저었다.


"형. 전 그럼 이만 가 볼게요. 쉬세요."

정석이 가방을 챙겨 들며 말하자 소파 위에 앉아 무료하게 TV 채널을 돌리고 있던 휘가 고개를 들었다.

"어. 들어가 봐."

"아! 맞다."

정석이 생각났다는 듯 가방 옆에 뒀던 까만색 모자를 들고 휘에게 내밀었다.

"결아 씨가 이거 놓고 갔던데요?"

휘는 정석이 내민 모자를 말없이 받아 들었다.

"다음에 올 때 전해 주세요. 저 진짜 갑니다."

"아, 그래."

모자에 시선을 두고 있던 휘가 다시 고개를 드니 정석은 엘리베이터 쪽으로 걸어가고 있었다.

"……."

휘가 모자를 소파 위에 툭 내려놓고 다시 리모컨을 잡았다. 마침 넘어간 채널에서 익숙한 얼굴이 화면에 나타났다.

— 이번 주 가장 핫한 연예 뉴스는 생방송으로 프러포즈를 하려

던 장준영 감독의…….

휘의 눈썹이 꿈틀거리더니 본능적으로 TV를 꺼 버렸다.

"첫사랑? 하……. 서른이 넘도록 연애 한 번 못 한 게 무슨 자랑이라고."

휘가 짜증스럽게 중얼거리며 소파 등받이 위에 고개를 젖히니 그의 시야에 벽시계가 들어왔다. 휘는 그 상태로 시계를 응시했다.

"……그 앤 뭐 하고 있으려나."

휘의 입술에서 맥 빠진 목소리가 흘러나왔다.


— 사노라면~ 언젠가는~ 바맑은 날도 오겠지이~ 흐린 날도~ 날이 새면~ 해가 뜨으지 아안 터어냐아아~

결아가 걸쭉한 목소리의 벨소리를 들으며 멍하니 액정을 바라봤다.

……휘?

순간 결아의 얼굴에 화색이 돌더니 얼른 전화를 받았다.

"네! 여보세요?"

— 기운이 넘친다?

못마땅한 목소리가 휴대폰 너머로 들려오자 결아가 배시시 웃었다.

"아…… 청소하고 있어서요."

— 넌 또 청소하고 있냐.

휘가 피식 웃으며 말하자 나른하면서도 낮은 목소리에 결아는 귀가 간질간질해지는 기분이었다. 익숙한 목소리인데 왜 오늘따라 이 남자 목소리가 유독 달달하게 들리는 걸까?

"휘 씨는 촬영 끝나셨어요?"

— 어. 끝났어. 집이야.

"청소랑 식사는 어떻게 하고 계세요?"

— 그건 정석이가.

"아아. 그렇구나……."

결아의 목소리에 살짝 서운함이 묻어 나왔다. 내가 없는데도 잘 돌아가고 있다니까…… 괜히 서운한 마음이 드네?

"그런데 무슨 일로 전화하셨어요?"

결아가 조금 뾰로통한 목소리로 물었다.

— 너 여기에 모자 놓고 갔어.

"모자요?"

— 그래. 까만 모자.

"아! 맞다! 그러고 보니 전에 놓고 온 것 같아요."

결아의 얼굴이 확 밝아졌다. 휘의 집에 갈 수 있다는 구실이 생겼……. 어? 잠깐.

"근데 그거 지금 가지러 가면 안 되잖아요. 기자들 눈에 띄면 안 된다고……."

— 아. 맞다. 그랬지. 그럼 내가 가져다줄…… 아니다. 그것도 위험하겠구나.

"아무래도 그렇죠……."

결아가 시무룩하게 대답하자 휘가 잠시 말이 없었다.

— 후, 골치 아프네.

전화기 너머로 휘가 답답한 한숨을 내쉬었다.

"……."

한동안 정적이 흘렀다. 말없이 휴대폰을 들고 서 있던 결아가 먼저 입을 열었다.

"그냥 나중에 가지러 가면 되니까 우선 거기 두세요."

— 그렇게 해.

"네. 그럼…… 쉬세요."

— 너도.

"네."

짧은 인사가 오고 갔지만 둘은 여전히 전화를 끊지 않고 휴대폰을 잡고 있는 상태였다. 휴대폰을 귀에서 떼곤 여전히 통화 중인지 확인한 결아가 다시 귀에 가져다 댔다. 어? 왜 안 끊는 거지? 휘가 늘 자기 할 말만 하고 휙휙 끊어 버리는 데에 익숙해져서 당연히 먼저 끊겠지, 하고 기다리고 있는데 여전히 통화 시간은 흐르고 있었다.

꿀꺽. 결아가 긴장된 기분으로 침을 삼켰다. 어쩌지? 내가 먼저 끊어야 되나? 근데 지금 타이밍에 끊는 것도 더 이상한데? 아니지. 안 끊는 게 더 이상한 건가? 으앗! 시간이 계속 흘러가!

휴대폰을 부여잡은 결아의 머릿속이 패닉이 되는 순간 휘의 목소리가 들렸다.

— 끊는다.

"아, 네!"

갑자기 들린 목소리에 결아가 얼른 대답했다. 그러곤 뚝 하고 전화가 끊기자 결아가 크게 숨을 내쉬었다.

"하아…… 긴장됐네."

왜 이 남자는 평소엔 잘만 끊어 대던 전화를 끊지 않아서 사람을 긴장시키고 말이지……. 한숨을 포옥 내쉬고 가슴을 쓸어내리던 결아가 열이 오르는 뺨을 토독토독 두드렸다. 그냥 통화만 했을 뿐인데 왜 이렇게 얼굴이 벌게지고 심장이 쿵덕쿵덕거리는 거야?

"앗, 더 빨개져! 세, 세수해야겠다! 찬물로!"

결아는 홍당무처럼 붉어진 얼굴을 감싸고는 벌떡 일어나 욕실로 뛰어 갔다.


전화를 끊은 휘는 결아의 모자를 들고 가만히 바라봤다. 안 된다는 걸 알면서도 아쉬워서 전화까지 하고, 그래도 목소리 들었으니 됐나. 휘가 모자를 슬쩍 머리에 툭 걸치고는 피식 웃었다.

"얘 머리 되게 작네."

입가에 미소를 떠올리던 휘가 크게 한숨을 내쉬었다.

"하아…… 보고 싶다. 이결아."

매일같이 같이 있을 땐 이 정도까지 마음이 큰 줄 몰랐는데 외부적인 요인으로 만나지 못하니까 정말 참을 수 없을 정도로 보고 싶어졌다. 그 작은 얼굴이, 그 동그란 눈동자가, 그 체리색 붉은 입술이…….

"나만 이렇게 힘든 건가. 넌 힘들지도 않지?"

모자에게 애꿎은 타박을 한 휘가 소파 등에 머리를 기댄 채 얼굴에 모자를 덮었다.

결아의 달달한 체취 때문에 가슴에 더 큰 그리움이 차오른다. 안 그래도 일방적으로 마음을 억눌러야 한다는 게 힘들었는데 이런 물리적인 제한까지 생겨 버리니 점점 마음이 위험한 쪽으로 뜨거워지는 기분이었다.

이러면 안 되는데. 결아를 겁먹게 할 텐데…….

전에 스킨십을 제어하지 못해서 결아를 놀라게 한 뒤 스스로를 누르기 위해 무던히 애를 썼었다. 아니, 훨씬 그 전부터. 마음을 깨닫게 된 뒤로는 늘……. 나 자신도 자신이 점점 버거워지는데 어떡하면 좋을까.

아스라한 결아의 샴푸향을 느끼며 휘가 깊은 한숨을 내쉬었다.

♡ ♥ ♡

다음 날, 휘가 주차장으로 내려가자 정장을 입은 덩치 큰 남자
두 명이 서서 대기하고 있었다.

"안녕하십니까."

흡사 곰 같은 남자 둘이 휘를 보고 인사하자 휘가 눈썹을 삐딱
하게 치켜올렸다. 그러고는 이건 뭐냐는 시선으로 옆의 정석을 쳐
다봤다.

"아! 형. 이분들은 오늘부터 특별 경호를 맡게 된 분들이래요."

정석이 얼른 말하자 휘의 눈썹이 더욱 치켜 올라갔다.

"촬영장에서만 경호하면 됐지 왜 여기까지 온 건데? 집은 엄연
한 사적인 공간 아닌가? 내가 스토커에 시달리는 여배우도 아니
고."

"그, 그렇죠. 그렇긴 하지만……."

정석이 난감한 표정으로 경호원을 쳐다보자 경호원이 다가와서
말했다.

"이번 사태로 당분간 기자들이나 스토커들의 공격이 있을 수 있
으니 밀착 경호 하라는 회사의 지시가 있었습니다."

"……그렇습니까?"

휘가 삐딱한 시선으로 경호원을 보며 휴대폰을 꺼냈다.

― 어, 그래.

"대표님입니까? 이런 쓸데없는 감시자 붙인 거."

— 어이구, 감시라니? 다 널 걱정해서 한 건데 서운하게……. 하하하.

대호의 능구렁이 같은 웃음을 들은 휘의 표정이 살벌해졌다. 그리고 그 표정을 본 정석은 위험 신호를 감지하고 슬금슬금 뒷걸음질 쳤다.

"제가 알아서 처신한다고 했잖습니까."

— 알지. 휘 네가 물론 아—주 잘 처신하겠지. 그걸 아—주아주 잘 알고는 있지만, 그래도 내가 조금 걱정이 돼서 말이야.

"쓸데없는 짓이니까 돌려보내요."

— 이미 경호 업체에 추가시킨 인력인데 어떻게 그래. 걔네들 겉모습이 좀 깍두기 같아서 그렇지 착해. 물거나 해치지 않으니까 염려 말고.

휘의 이마에 핏대가 곤두섰다.

"누가 그딴 걱정을……!"

— 어이쿠, 이런! 마침 거절할 수 없는 거래처의 전화가 들어오네? 나 그만 끊어야겠다. 그럼 수고하고.

"대표님!"

일방적으로 전화가 끊기자 휘의 얼굴이 사납게 굳었다.

"제기랄! 이딴 발연기를 연기라고!"

휘가 끊긴 휴대폰을 들고 버럭거리자 정석이 얼른 차로 들어가서 시동을 걸었다.

"형. 일단 타요."

정석이 잽싸게 휘를 불렀다. 어서 이 자릴 떠야 했다. 안 그럼 또 분노한 휘에게 운전대를 뺏겨 충격과 공포의 질주를 하게 될지도 모르니.

휘가 부글부글 끓는 표정으로 서 있자 경호원이 슥 다가와 말했다.

"타시죠."

휘는 짜증스러운 표정으로 성큼성큼 걸어가 차에 올라탔다. 물거나 해치지 않는다는 곰 같은 경호원 둘도 자연스럽게 밴에 올라 자리를 잡았다.

"그럼 출발할게요."

정석이 지체 없이 차를 출발시켰다. 주차장을 빠져나가는 동안 휘는 분노에 어린 얼굴로 짙게 선팅된 창밖을 노려봤다.

……망할 대표 같으니!

생각하면 할수록 분노가 일었다. 말로는 자신을 위하는 척하지만, 혹시 모를 스캔들을 방지하기 위해 감시자를 붙인 대호의 속셈을 모를 리 없었다.

무엇보다 짜증 나는 건, 저런 밀착 감시조를 붙여 놨으니 그 녀석한테 가는 것은 더 힘들어졌다는 거였다.

……젠장.

창에 비친 휘의 눈빛이 점차 깊게 잠겼다.


스케줄이 끝난 뒤 휘의 집으로 올라온 정석은 폐를 찌르는 차가운 냉기류를 느끼며 초고속으로 청소를 끝냈다.

"혀, 형. 그럼 전 이만 가 볼게요."

앞치마를 푼 정석이 잽싸게 몸을 돌리자 뒤에서 음산한 목소리가 붙잡았다.

"잠깐."

으이그, 곱게 보내 줄 리가 없지!

정석은 낭패 어린 심정으로 표정을 구겼다가 얼른 웃는 얼굴로 고개를 돌렸다.

"네, 형."

이 집 안을 감돌고 있는 시베리아 냉기류를 만든 장본인인 휘가 소파 위에 앉아 정석을 보고 있었다. 고드름이라도 발사할 듯한 날카로운 시선에 정석은 절로 몸이 위축됐다.

"감시자 붙이는 거 너도 알고 있었냐?"

"제가요? 그럴 리가요!"

정석이 얼른 고개를 젓자 휘의 눈빛이 가늘어졌다.

"너 아침에 알고 있었잖아."

"저, 저도 아침에 연락받은 거예요!"

휘가 배신자를 보는 듯한 차가운 시선으로 노려보자 정석이 결백을 주장하듯 필사적으로 말했다.

"정말이에요! 저도 들었을 때 좀 놀랐다고요. 대표님이 독단적으로 결정하신 거라 참견도 못 하고……."

믿어 달라는 애처로운 눈빛으로 정석이 호소하자 휘가 피곤한 듯 눈을 문질렀다.

"알았다. 가 봐."

"믿어 주시는 거죠…… 형?"

"알았다니까."

"그럼 가 볼게요. 내일 봬요. 형. 전 진짜 결백합니다!"

마지막까지 자신의 결백을 주장하며 정석이 집을 나가자 휘는 미간을 좁히고 소파 위에서 팔짱을 꼈다.

촬영장 갈 때부터 집에 올 때까지 착 달라붙어서 따라다니는 걸로도 모자라 엘리베이터 앞에서 대기하며 감시하고 있었다. 그 망할 곰 같은 놈들이.

"후."

짜증스럽게 머리칼을 흩트리던 휘가 테이블 위에 올려 둔 결아의 모자를 바라봤다.


그 시간.

결아는 침대 위에서 휴대폰을 만지작거리고 있었다.

"하루가 왜 이렇게 길까?"

지금껏 하루가 길다는 생각을 해 본 적이 없는데 지금은 꼭 한 시간이 열 시간 같다. 혼자 있는 시간을 지루하다거나 심심하다고 생각한 적은 한 번도 없었는데……. 아니 오히려 혼자 있는 시간을 좋아했지.

소심한 성격 탓에 누군가와 함께 있는 시간이 불편해서 어릴 때부터 인형놀이도 혼자 하는 게 좋았다. 혼자 책을 읽거나, 글을 쓰거나 다이어리를 정리해도 심심함을 느낀 적은 없었는데…….

그 남자를 못 만난다고 생각하니까 시간이 너무 안 가.

"어떡하지?"

휴대폰을 매만지던 결아가 작게 한숨을 내쉬었다. 그 남자가 왜 이렇게 보고 싶은 거냐고. 하루 종일, 내내…….

그때 노크 소리가 들렸다. 결아가 고개를 돌리니 루리가 방문을 열었다.

"언니 치킨 시킬 건데 같이 먹을래?"

"아, 응."

솔직히 입맛은 없었지만 그래도 루리와 같이 있으면 이 우울한 기분을 잊을 수 있을까 싶어 결아는 얼른 대답했다.

잠시 후 치킨을 다 먹은 루리는 캔 맥주를 마시며 오징어 다리를 뜯고 있었고 결아는 그 옆에 오도카니 앉아 우울한 얼굴로 사과를 먹고 있었다.

이상해. 맛있는 치킨도 먹고 재밌는 예능 프로를 봤는데도 하나도 기분이 나아지지 않다니.

결아가 그렇게 생각하고 있는데 TV에서 얼굴이 모자이크 처리된 여자의 음성 변조 목소리가 흘러나오고 있었다.

— 그 남자가 원래는 그런 사람이 아니거든요……. 착한 사람인데……. 무지 착한 사람이에요. 속이 너무 여려서 그렇게밖에 표출을 못 할 뿐이지. 알고 보면 불쌍한 사람이거든요.

"어이구! 그렇게 착하고 여린 남자가 지 부인을 오뉴월에 개 패듯이 두들겨 패냐? 안 그래?"

오징어 다리를 격렬하게 씹던 루리가 분개하며 말하자 멍하니 있던 결아도 시선을 TV로 향했다.

"그렇게 맞고 저렇게 말하는 여자도 문제야. 저게 다 스톡홀름 증후군이라니까? 맞으면서도 자신이 맞을 만하다고 스스로를 합리화시키는 거라고."

— 솔직히 처음에는 당황도 되고 화도 났어요. 이 남자가 나한테 왜 이렇게 함부로 하나. 내가 우습나. 혹시 내가 괴로워하는 걸 보며 즐거워하는 건 아닌가…….

……응? 왜 저 사람 심정이 내 거인 듯 내 거 아닌 내 거 같은……? 화면을 보던 결아가 진지한 얼굴로 자세를 고쳐 앉았다.

— 그런데 점점 그 사람이 이해가 되고…… 이미 정신 차렸을 때는 그 사람을 너무나 깊이 사랑하게 된 이후였어요. 되돌리긴 너무 늦은 거죠.

또, 똑같아! 결아가 놀라운 얼굴로 화면을 바라봤다. 저거 완전 난데? 어? 잠깐. 그렇다는 건…… 내가 휘를 좋아한다고 느끼는 건 매 맞는 여자와 같은 심리라는……?

땡그랑!

"풋! 으앗! 깜짝이야! 놀랐잖아!"

결아가 들고 있던 포크와 접시를 바닥으로 떨어뜨리자 그 소리에 깜짝 놀란 루리가 마시던 맥주를 뿜었다.

"아. 미안……."

결아가 황망한 얼굴로 접시와 포크를 주우며 사과하자 입가에 묻은 맥주를 닦던 루리가 눈을 가늘게 떴다.

"그런데 너 갑자기 표정이 왜 그러냐?"

"내, 내 표정이 왜?"

뜨끔한 결아가 황급히 고개를 옆으로 돌리자 루리가 더욱 눈을 가늘게 떴다.

"너 혹시……."

시선을 피한 채 결아의 눈동자가 흔들렸다. 서, 설마 언니가 눈치챈 건…….

"저 여자 불쌍하다고 또 울려고 그러지?"

"아, 아니야. 그런 거!"

결아가 벌떡 일어나선 얼른 자기 방으로 들어가 버리자 루리가 혀를 쯧쯧 찼다.

"아니긴, 또 울려고 자기 방 들어가는 거 봐. 좀 강해진 거 같아노 애 마음이 워낙 여리니 원."

맥주를 쭈욱 들이켜며 TV로 시선을 돌린 루리가 팍 인상을 썼다.

"저놈 면상엔 모자이크 따위 해 주질 말아야 돼. 아주 공개해서 전국적으로 망신을 시켜야 된다고! 결아 너같이 약한 애는 저런 놈 재물 되기 딱 쉽다. 조심해야 돼! 알았어?!"

루리의 쩌렁쩌렁한 목소리를 방에서 들은 결아는 또 움찔했다.

"도둑이 제 발 저린 것도 아니고⋯⋯. 왜 이렇게 흠칫거리는 거야? 나도 참."

책상 앞에 앉아 일기장을 꺼내 든 결아의 얼굴이 어두워졌다.

"하아⋯⋯ 그나저나 어떡하지?"

정신을 차려 보니 매 맞는 여자와 결을 같이하는 격이 되어 버리다니. 결아는 일기장을 파라락 넘기며 의기소침한 목소리로 중얼거렸다.

"하긴, 그때는 그 남자를 좋아하게 될 줄 누가 알았겠냐고. 처음엔 이렇게 욕만 해 대던 남자인데⋯⋯."

휘에 대한 저주로 가득했던 그를 만난 초반의 일기를 훑어보며 결아는 생각에 잠겼다.

정말 신기해. 노예 생활의 하루하루가 그렇게나 끔찍하고 두려웠는데, 어느 순간 계약이 끝나는 날을 아쉬워하게 되고, 또 어느 순간 그 남자에게서 연락이 없으면 왠지 적적해지고, 기다리게 되고⋯⋯.

"지금은 하루 종일 그 남자가 뭐 하나, 만 생각하고 있는 거 같잖아."

정말 나 왜 이렇게 된 거람?

그렇게 한참 고민하던 결아는 우울한 얼굴로 일어서서 화장실을 가기 위해 방문을 열었다. TV 화면을 보니 다행히 매 맞는 여자 사연은 이미 지나간 모양이었다.

다행이다. 끝난 모양이야. 이번엔 단발머리 여자 얼굴이 모자이크 된 화면을 본 결아는 내심 안도하고 거실을 가로질렀다.

— 전 하루 종일 우리 오빠 생각만 해요. 오빠가 지금 뭐 할까. 일어났을까. 스케줄 갔을까. 밥은 뭐 먹었을까…….

……엥? 저것도 난데?

화장실 쪽으로 걸어가던 결아가 우뚝 멈춰 섰다. TV를 보며 앞에 빈 맥주 캔을 쌓아 두고 있던 루리가 한심하다는 듯 중얼거렸다.

"쯔쯔쯔. 빠순이들 저것도 문제야. 하라는 공부는 안 하고 연예인 사생팬질이나 하고 있고."

아. 팬질……. 응? 팬? 그러고 보니 휘도 연예인이잖아. 그럼 이것도 그냥 팬심인가? 결아가 무언가를 깨달은 얼굴로 서 있자 육포를 씹고 있던 루리가 결아를 힐끗 봤다.

"너 왜 화장실 가다 말고 그러고 있냐? 감이 오다 말았어?"

"어? 아, 아니. 가야지."

결아가 다시 몸을 돌리는데 루리가 불렀다.

"결아야! 너 언니가 부탁한 건 써 뒀어?"

"응. 마무리만 하면 돼. 메일로 보내 놓을게."

그녀의 말에 루리가 안심한 얼굴로 히죽 웃었다.

"그래. 네가 대본 맡은 날은 확실히 반응이 좋아. 심야 방송에 딱 맞는 서정적 문구가 많다더라. 계속 그렇게 부탁해."

"아…… 응."

결아가 작은 머리통을 끄덕거리고는 화장실 쪽으로 향했다. 그때 루리의 목소리가 또 들렸다.

"근데 너 기다리는 연락 있냐? 게임도 안 하는 애가 왜 화장실까지 휴대폰을 가져가?"

루리의 질문에 결아가 움찔해선 손을 내저었다.

"거, 검색할 게 좀 있어서."

결아가 어색하게 웃으며 화장실로 쏙 들어왔다. 문을 닫고 오도
카니 서서 자신이 쥐고 있는 휴대폰을 바라봤다. 어느새 습관이 됐
나 보다. 휘의 연락을 기다리는 것이.

"전화라도 해 주지……."

작게 옹알거리던 결아는 한숨을 포옥 내쉬었다. 팬심이든 뭐든
휘를 향한 자신의 마음은 벌써 이만큼이나 커져 버렸구나, 하는 실
감이 났다.

'널 겁먹게 하고 싶진 않아. 만약 원하지 않는다면 지금 거부
해. 지금 거부하지 않는다면……. 나도 날 멈출 수 없을 거야.'

억지로 잊으려고 했던 그날의 휘의 말이 떠오르자 결아의 얼굴
이 뜨거워졌다.

……그날 만약 재영이 나타나지 않았더라면, 그랬다면…… 어
떻게 됐을까?

떠올리기 않기 위해 무던히 노력은 하고 있지만, 실은 하루에도
수십 번씩 그날 일이 떠오른다. 그날의 휘의 진지한 눈빛과, 뜨거
운 숨결과, 단단한 몸의 감촉이.

"……하아."

결아가 더운 숨을 내쉬었다. 워낙 이런 쪽으로 경험이 없어 자
신의 복잡한 감정에 뭐라 정의 내리기는 힘들지만, 확실한 건 점점
더 휘에게 끌리고 있다는 거였다.

이건 정말 처음 노예 생활을 시작할 때는 상상도 할 수 없었던 거였는데.

"어떡하지⋯⋯?"

이렇게 점점 마음이 커지면 어떻게 하면 좋을까.

휴대폰을 응시하는 결아의 동그란 눈이 깊어졌다.

♡　♥　♡

다음 날. 휴대폰에서 벨소리가 울리자 결아는 바로 옆에 놔뒀던 휴대폰을 0.2초 만에 빠르게 잡아 들었다.

혹시 휘?

하지만 기대와는 달리 [G택배 아저씨]라고 써 있는 화면을 보자 기운이 쭉 빠졌다.

"네. 오늘 집에 있어요. 네, 네⋯⋯."

힘 빠진 목소리로 전화를 끊은 결아는 휴대폰을 물끄러미 바라보다 다시 내려놨다. 그러고는 이미 과하게 반질반질해진 상태인 금딱지를 두른 돼지 저금통을 다시 걸레로 문지르기 시작했다. 그 옆엔 이미 그녀의 손을 스쳐 완벽하게 광이 나는 장식품들이 줄줄이 놓여 있었다. 세심하고 섬세한 손길로 정성스레 광을 내면서도 그녀의 시선은 수시로 휴대폰에 닿았다.

— 사노라면~

이번에도 벨이 울리자마자 번개 같은 속도로 휴대폰을 집어 들었다. 그리고 액정을 확인한 결아이 눈이 확 커졌다.

[주인놈]

"휘다⋯⋯."

휘의 전화임을 확인한 결아의 심장이 콩콩콩콩 빠르게 뛰기 시작했다. 얇게 숨을 들이켠 결아가 볼을 발갛게 물들인 채 얼른 전화를 받았다.

"여, 여보세요?"

— 휴가라고 계약도 잊고 있는 건 아니겠지?

휘의 듣기 좋은 중저음 목소리에 결아의 심장은 두두두두 빨라졌다. 으아, 나 좀 봐! 이 남자 목소리에도 심장이 이렇게 반응하다니!

"그걸 어떻게 잊어요?"

결아가 애써 태연한 목소리로 대답하자 휘가 바로 말했다.

— 그럼 보고해.

"보고라니…… 뭘요?"

결아가 둥글게 뜬 눈을 깜빡거렸다.

— 매일매일 뭐 하고 지내는지 보고하라고. 밖에선 전화받기 힘드니까 문자로 보고해.

"네? 그냥 집에만 있는데도요?"

— 어디 있든 보고하라고. 난 주인으로서 네 일과를 알 필요가 있으니까. 아, 되도록 사진 섞어서 보내.

"사진도요……? 알았어요."

결아는 더욱 알 수 없다는 표정을 지었지만 고개를 끄덕이며 대답했다. 그래도 휘의 말인데 일단 보내라면 보내야지.

— 지금 바로 보내.

"네. 그럴게요."

결아가 대답하자 전화가 끊겼다. 결아는 휴대폰을 바라보며 고개를 갸웃거렸다.

"이상하네. 집에만 있는데 왜 그런 걸 보내라고……."

의문 어린 얼굴로 곰곰이 생각하던 결아가 눈을 반짝 떴다.

"아! 그래도 이걸로 계속 연락할 구실은 생기겠구나!"

잘됐네. 응. 잘됐어! 결아가 생글거리며 고개를 주억거렸다. 내심 먼저 연락할 방법을 고민하고 있었는데 고맙게도 휘가 고민을 덜어 준 셈이었다.


"여기 계셨습니까?"

경호원이 불쑥 나타나자 휴대폰을 주머니에 넣던 휘가 인상을 썼다.

"남의 사생활까지 간섭하진 맙시다. 좀."

귀찮다는 듯 툭 말을 내뱉은 휘가 경호원을 지나쳐 걸어갔다. 그때 주머니에서 진동 소리가 들리자 힐긋 뒤돌아본 휘가 경호원과의 간격을 확인하고 휴대폰을 꺼냈다.

메시지 창을 열자 과하게 번쩍거리는 돼지 저금통 사진이 떡하니 떠 있었다.

[청소하고 있어요.]

사진을 확인한 휘의 미간이 좁혀 들었다.

"자기 사진을 찍어서 보내야지 앤 뭘 보내고 있는 거야?"

낮게 투덜거린 휘의 입술이 기분 좋게 말려 올라갔다.

"귀엽네. 그래도."

이결아답고.

그래도 잠깐 목소리라도 들었다고 에너지가 충전되는 기분이다. 휘는 휴대폰을 소중히 주머니에 넣고 촬영장 쪽으로 걸어갔다.

♡ ♥ ♡

띠링.

[일기 쓰고 있어요.]

침대 위에 누워 결아가 보낸 하늘색 일기장 커버 사진을 본 휘가 손가락으로 턱을 쓸었다.

"일기도 써?"

신기한 표정으로 화면을 보던 휘가 피식 웃었다.

"무슨 초딩도 아니고……. 그래. 뭐 이것도 이결아답다. 이 단순하기 짝이 없는 사진들도 그렇고."

휘가 중얼거리며 받은 메시지 사진들을 하나하나 넘겨 봤다. 인터넷 서핑 하고 있다는 문자와 함께 온 노트북 사진. TV 보고 있다는 문자와 함께 온 TV 사진. 밥 먹고 있다는 문자와 함께 온 식탁 사진…….

"어쩌면 이렇게 하나같이 단순 명료한 사진밖에 없냐. 은닉술도 아니고, 애 머리카락 하나 나온 게 없어. SNS 보면 다른 여자들은 셀카 잘만 찍어서 올리더만."

투덜거리듯 말한 휘가 다시 사진을 유심히 들여다봤다.

"이렇게 보니 애 방이 언뜻 보이네. 이렇게 생겼구나……."

휘가 흥미진진한 시선으로 사진을 응시했다. 파스텔 톤의 아담하고 아기자기한 방을 보니 왠지 이결아와 무척 닮았다는 생각이 들었다.

"그런데 왜 자기 사진은 하나도 안 찍냐?"

사진을 넘기던 휘가 불만스럽게 눈썹을 추켜올리고 휴대폰을 침대 위로 휙 던졌다.

"아, 정말. 내 기분은 하나도 모르는구나. 이결아."

괜히 자존심 상하는 기분에 휴대폰을 던져둔 휘는 침대 위에서 몸을 홱 돌리고 누웠다.

"……."

벌떡. 잠시 뒤 갑자기 몸을 일으킨 휘가 다시 휴대폰을 덥석 움켜잡았다. 그가 메시지 창을 열어 빠르게 타자를 입력했다.

[사진은 얼굴이 나오도록 찍도록.]

결아는 눈을 깜빡이며 휘의 문자를 한참 바라봤다. 얼굴이 나오도록 찍으라는 건…… 내 얼굴이겠지?

"그렇다는 건 혹시 휘도 내가 보고 싶다는…… 꺅!"

얼굴이 화르륵 붉어진 결아가 두 손으로 얼굴을 가렸다. 아니, 아닐 수도 있잖아. 그냥 생존 확인차의 다른 이유일 수도 있잖아. 꼭 내 얼굴이 보고 싶은 건 아닐 수도 있…….

그렇게 생각하면서도 슬쩍 거울을 꺼내 보던 결아는 깜짝 놀랐다.

"헉! 내 얼굴 상태 왜 이래? 피부는 왜 이렇고! 이, 이건 다크서클?! 안 되겠어! 이 얼굴을 휘에게 보일 수는 없지!"

결아는 결연하게 마스크 팩을 챙겨 화장실로 달려갔다.

"사람 말려 죽일 셈이구나. 이결아……."

휘가 휴대폰을 잡고 누운 채 힘없는 목소리로 중얼거렸다. 사진으로라도 얼굴 좀 보여 달라고 말한 지 벌써 두 시간이 지났는데 결아에게선 아직도 답장이 없었다.

"후우……."

깊게 한숨을 내쉰 휘가 생각에 잠긴 표정을 지었다.

"벌써 열흘 정도 지난 건가."

경호원의 밀착 감시 때문에 열흘 동안 결아를 만나지 못하고 있었다. 아무리 따라붙어도 캐낼 게 없자 어딜 가든 귀찮게 굴던 기자들도 이젠 많이 줄었다. 그런데도 경호원들의 망할 밀착 감시는 여전했다.

"미치겠네. 감옥도 아니고."

휘의 매끈한 미간이 바짝 좁혀 들었다.

결아를 알기 전까진 혼자 잘 살아왔었다. 적당히 연애도 했지만 채은 이후로는 그야말로 가벼운 연애만 했다. 하지만 나름 첫사랑이라고 생각했던 채은도, 지금 이 감정과 비교해서 생각해 보니 그저 가벼운 마음에 불과했었다. 그땐 채은 때문에 이렇게 마음이 무너질 듯 아프지도, 보고 싶어서 미쳐 버릴 것 같은 기분도 느껴 본 적이 없었으니까.

휘가 답답한 얼굴로 머리칼을 쓸어 올렸다.

"이대로라면 정말 말라 죽을지도 모르겠어."

진심으로 그런 생각이 들었다.

"그렇게까지 해서 네가 얻는 게 뭐야!"

휘가 주미의 손을 강하게 움켜잡으며 으르자 주미가 그 손을 세게 뿌리쳤다.

"그건 당신이 알 바 아니잖아요."

"진희경!"

서로를 죽일 듯 살벌하게 노려보는 휘와 주미 사이에 팽팽한 긴장이 흘렀다.

"······?"

그 상태로 한동안 서 있던 그들의 표정에 의아함이 어렸다. 휘와 주미의 시선이 준영에게 향하자 다른 스태프들의 시선도 준영에게 향했다.

"감독님?"

조연출이 의아스러운 얼굴로 준영을 부르자 흠칫 놀란 그가 얼굴을 쓸었다.

"아, 미안. 잠시 쉬었다 하지."

"네."

준영에게 대답한 조연출이 소리쳤다.

"컷! 잠시 휴식 시간 갖겠습니다!"

조연출이 현장 지휘를 하는 사이 준영이 끼고 있던 헤드셋을 내려 두고 벌떡 일어섰다.

준영이 휴게실 쪽으로 향하는 모습을 본 스태프들이 술렁였다.

"요즘 감독 상태 조금 이상하지 않아?"

"그러게. 뭔가 평소와는 다른데······. 어디 아픈가?"

"그럴 수도 있겠네. 촬영 들어가면 집중력이 장난 아닌 사람인데 진짜 이상하잖아."

스태프들의 숙덕이는 소리들을 들으며 휘도 준영의 뒷모습을 예리한 시선으로 응시했다.


순영은 휴게실에서 얼굴을 모자로 가린 채 의자 위에 누워 있었다.

촬영에 집중을 할 수 없다니⋯⋯. 믿기 어렵군.

처음 겪어 보는 증상에 준영은 스스로 적지 않은 충격을 받았다. 지금껏 작품을 하는 데 있어 누구보다 놀라운 집중력을 보였던 그다. 특히 촬영 중에는 다른 생각이라곤 전혀 떠올려 본 적이 없다고 자신했다. 그런데 요즘은 통 집중을 하지 못하고 오늘은 완전히 다른 생각에 빠져들어 버리다니⋯⋯.

그때 조연출이 휴게실 안으로 들어왔다.

"저, 감독님⋯⋯. 괜찮으세요?"

조심스럽게 묻는 소리에 준영이 모자를 치우고 일어나 앉았다.

"오늘 한 씬 남은 건 네가 담당하고. 모레까지 촬영 스케줄 비워 둬."

"네?"

준영의 말에 조연출은 눈을 크게 떴다.

"아시다시피 모든 장소 섭외와 장비 대여 예약도 다 끝나 있어서 그건 좀 어려운⋯⋯."

"위약금 손해 비용 다 내가 감당할 테니까 그렇게 해."

"아, 네⋯⋯."

준영이 완고하게 말하자 조연출도 어쩔 수 없다는 듯 수긍했다.

"어디⋯⋯ 아프신 건 아니죠?"

조연출이 걱정스러운 얼굴로 묻자 그가 잘라 말했다.

"개인적인 일 때문이야."

"그럼 다행이구요. 그럼 전 나가 볼게요."

조연출이 안심한 표정으로 휴게실을 빠져나가고, 준영은 다시 생각에 잠긴 얼굴로 그대로 앉아 있었다.

"⋯⋯."

말없이 앉아 있던 준영이 휴대폰을 꺼내 어딘가로 전화를 걸었다. 한참 신호가 가다가 통화가 연결됐다.

— 네. 감독님.

결아의 목소리가 들리자 준영이 숨을 삼켰다. 바보같이 긴장하고 있었다는 것을 깨닫자 그의 미간이 좁혀 들었다.

— 감독님? 여보세요?

준영이 말이 없자 결아가 의아스럽게 물었다. 준영은 익숙지 않은 심장의 쿵음을 느끼며 입을 열었다.

"하루."

— 네?

"마지막으로 단 하루만 나에게 시간을 줘. 그 시간만 허락해 주면 나도 더는 바라지 않을 테니까."

진지한 준영의 목소리에 결아가 당황한 듯 말했다.

— 감독님. 그건…….

"전에 너에게 반나절의 조건을 건 적이 있었지."

— 반나절이요……? 아, 그때!

결아는 휘의 노예라는 사실을 비밀로 하기 위해 준영이 제시했던 딜을 기억해 냈다.

— 맞아요. 그랬었죠. 하지만…….

"난 약속을 지켰고 이번에도 마찬가지야. 그러니 나에게 하루의 기회를 줘."

— …….

"부탁이야."

준영과 어울리지 않는 간설한 목소리에 결아는 거절하기가 힘들었다.

— ……알았어요. 단 하루라면.

결아가 대답하자 준영은 순간 속으로 안도의 숨을 내쉬었다.

"내일 시간 괜찮아?"

— 괜찮아요.

"그럼 내일 아침 9시에 데리러 갈 테니 네가 편한 곳을 지정해서 문자로 보내. 집 쪽은 부담스러울 거 아냐."

— 그럴게요. 그럼 내일 봬요.

"그래."

전화를 끊은 준영은 자리에서 일어나 그대로 촬영장을 빠져나갔다.


띠링. 마침 쉬는 시간이었던 휘는 대본 옆에 둔 휴대폰을 들어 올렸다. 발신인을 확인한 그의 눈매가 부드러워졌다.

"이제야 보내기냐."

결국 결아는 얼굴을 찍어서 보내란 말 이후로 꽁꽁 숨어 버렸다. 문자를 아예 보내지 않자 스멀스멀 화가 나고 있었는데, 이제야 자기 사진을 보낸 모양이었다. 입술 끝을 말아 올리며 잠금장치를 해제한 휘가 메시지 함을 열었다.

[<보고> 내일 감독님과 만나기로 했어요.]

메시지를 읽은 휘의 얼굴이 순식간에 눈깔 없는 석고상처럼 변했다.

……누굴, 만나?

점점 무시무시한 얼굴로 변해 가더니 휘는 세계 신기록을 수립할 만한 스피드로 전화를 걸었다.

"네가 감독을 왜 만나?"

— 감독님이 내일만 시간을 내 달라고 하셔서요.

휘의 관자놀이가 불끈 일어섰다.

"아주 시간이 주체 못 할 정도로 넘쳐 나냐? 못 써서 안달일 정도로?"

— 그게 아니라 감독님이 앞으로 그럴 일 없을 거라고, 마지막이라고 하시는데 거절하는 건 예의가 아닐 것 같아서……

"예의? 예의가 밥 먹여 줘? 너 우리나라가 동방예의지국이라 불리는 게 좋은 말인 줄 아냐? 조선이 중국한테 하도 굽신거리니까 거기서 우리나라 깔봐서 붙여 준 말이 동방예의지국이야."

휘가 분노 어린 목소리로 동방예의지국의 유래를 설파하는데 뒤에서 그를 부르는 소리가 들렸다.

"선우휘 씨! 준비해 주세요!"

"네!"

뒤돌아보며 대답한 휘가 휴대폰에 대고 으르듯 말했다.

"지금 촬영 중이라 끊는데, 너 가기만 해."

— 저, 하지만…… 이미 간다고 했는데요?

"야!"

휘가 버럭 소리치는데 뒤에서 또 그를 부르는 소리가 들렸다.

"선우휘 씨, 스탠바이 들어갑니다!"

"네, 갑니다! 나중에 다시 전화할게."

빠르게 말한 휘가 전화를 끊고 몸을 일으켰다. 장준영 그 자식……! 대기하고 있던 스태프 쪽으로 성큼성큼 걸어가는 휘의 눈초리가 살벌해졌다.


"촬영이 많이 바쁜가 봐. 통화 오래 못 했는데……"

결아는 시무룩한 표정으로 휴대폰을 내려놓았다. 비록 휘가 화를 냈지만 통화했다는 것 자체만으로도 설레었다.

"나중에 다시 연락한다고 했으니까……. 또 오겠지?"

아쉬운 목소리로 중얼거리던 결아의 머릿속에 수시로 떠오르던 한 장면이 또다시 불시에 떠올랐다.

'네 입술이 날 얼마나 시험에 들게 한지 알아?'

'하아, 하아. 시험……이라니요. 내가 사탄…… 하아, 도 아니고, 하아.'

'넌 사탄보다 더 유혹적인 존재야. ……나에겐.'

두두두두두두두.

"꺅! 또 떠올려 버렸더니 심장에서 대초원의 코뿔소 떼 내달리는 소리가…… 으앗, 잊어! 잊으라구!"

결아는 요란스럽게 앉았다 일어났다 반복하더니 같은 자리에서 뱅글뱅글 돌았다. 마치 의식을 치르듯 방 안에서 빠르게 서성거리던 결아가 침대 위에 풀썩 주저앉았다.

"휴, 이제야 마음이 안정됐네. 근데 이 남자는 언제 연락하려나?"

아직 붉은 기가 남은 얼굴로 휴대폰을 바라보던 결아는 벌떡 일어났다.

"아차! 팩 해야지! 이번엔 오이 팩 차렌데!"

아직 만족스러운 피부의 상태가 나오지 않아 휘에게 사진을 보내지 못하고 있었다. 반질반질 윤이 나는 피부로 만들기 위해 하루에 마스크 팩을 열 개씩 붙이고 있었는데도 거울을 볼 때마다 휘와 비교해서 너무나 한숨이 나오는 얼굴이었다.

"난 어차피 휘의 조각 같은 얼굴을 가지려면 다시 태어나는 방법밖엔 없으니까 피부, 광채 나는 피부라도……!"

골룸처럼 음침하게 중얼거린 결아는 오이 팩을 들고 욕실로 뛰어 들어갔다.

## 22.

### 그녀의 행방

쏴아아아아아아아!

촬영용 스프링클러에서 쉴 새 없이 물줄기가 쏟아지고 있었다. 휘는 퍼붓는 물줄기를 그대로 맞고 선 채 강렬한 눈빛으로 정면을 노려봤다. 모니터를 확인한 조연출이 고개를 갸웃거리며 확성기를 들었다.

"컷! 다시 한번 가겠습니다!"

"또요?!"

휘 맞은편에 서 있던 주미가 젖은 머리칼을 홱 돌리며 불만스러운 얼굴로 조연출을 바라봤다.

"이 정도로는 감독님이 원하는 영상 못 만들어요. 조명 좀 더 인물 가까이에서 쏘고 물은 더 강하게 틀어 봅시다!"

"여기서 더 강하게 틀면 어떡해요? 이미 쫄딱 젖어서 감기 걸릴 지경인데."

주미가 추위 때문인지 얼굴을 찡그리고 항의하자 그녀의 매니저도 돕고 나섰다.

"벌써 두 시간째 비만 맞고 서 있는 건데, 이렇게 무리하다가 누구 하나 쓰러지면 촬영 일정 다 무너질 수도 있잖아요. 좀 쉬었다 하는 걸로 갑시다."

시계를 한 번 보고 머리를 긁적이던 조연출이 고개를 끄덕였다.

"그럼 30분 쉬었다 갑시다."

"네! 주미야, 차로 가자."

조연출의 말이 끝나자마자 매니저가 주미에게 두꺼운 파카를 걸쳐 주며 잽싸게 밴으로 이끌었다.

"휘 씨도 히터 빵빵하게 틀고 좀 쉬었다 오세요."

정석이 건네준 수건으로 젖은 얼굴을 닦고 있던 휘가 고개를 저었다.

"전 바로 가겠습니다. 제 씬 먼저 끝내는 걸로 하죠."

"네? 아니 주미 씨도 쉬고 온다는데……. 춥지 않아요?"

"괜찮습니다."

휘가 대답하며 손목시계를 확인했다. 그러고는 진지한 눈빛으로 고개를 들어 조연출을 바라봤다.

"쉬지 않고 찍어서 최대한 빨리 끝내는 걸로 부탁합니다. 끝내고 가야 할 곳이 있어서."

"이 시간에 아직 스케줄이 남아 있어요?"

"……중요한 일이라."

짤막하게 대답한 휘가 물기 짖은 머리칼을 푸르르 털고 있는데 의문 어린 표정을 짓고 있던 정석이 슬쩍 물었다.

"형. 스케줄 없잖아요?"

정석이 작게 말하자 휘가 미간을 좁혔다.

"개인적인 일이야."

"무슨 일요?"

"알 거 없어."

휘가 몸을 돌리자 정석이 걱정스러운 표정으로 따라붙으며 속삭였다.

"그래도 형, 지금 날씨에 이렇게 내내 차가운 물 맞고 있으면 몸이…….."

"감독님. 숏 들어가시죠."

"아, 네!"

정석을 무시한 휘가 말하자 조연출이 얼른 대답했다.

"그럼 촬영 철수할 거 없이 이어서 쭉쭉 갑시다! 주미 씨 빠진 씬 몰아 찍으면 일정이 더 빨리 끝날 테니까 힘내서 가죠!"

주미 때문에 할 수 없이 잠시 끊어 가려던 조연출은 빠르게 촬영 현장을 정비했다.

"촬영 들어간다는 소리 안 들려? 비켜."

"형……. 에휴, 알았어요."

휘가 미간을 좁히자 정석이 마지못해 뒤로 물러섰다. 자기가 무슨 강철 체력도 아니고……. 갑자기 왜 저래? 아, 가만? 그러고 보니 아까부터 촬영 끊길 때마다 시계 체크하는 것 같던데. 정말 무슨 일이 있나? 그러지 않고서야 이렇게 무리하게 촬영을 진행할 리가 없을 텐데…….

"자, 스탠바이!"

조연출의 외침과 함께 휘의 머리 위로 강한 물줄기가 쏟아져 내렸다. 무섭게 퍼붓는 물줄기를 맞으며 휘가 천천히 고개를 들어 강렬한 시선으로 카메라를 응시했다.

"표정 좋습니다! 자, 그대로 갑니다! 큐!"

촬영이 시작되자 정석은 불안한 얼굴로 물줄기를 바라봤다.

"대체 무슨 일이길래 저래. 참…… 지금이 한여름도 아니고, 이 추운 날씨에!"

정석의 걱정이 담긴 투덜거림은 알 바 아니라는 듯 휘는 끊임없이 쏟아지는 물줄기를 그대로 맞고 서 있었다.

"……헛!"

갑자기 들린 벨소리에 깜짝 놀란 결아가 발딱 고개를 들었다.

"엇, 나 좀 봐. 전화 기다린다고 해 놓고 잠들……. 게다가 팩도 안 떼고 잠들었잖아! 앗, 그보다 전화!"

휘의 전화인 줄 알고 허둥지둥 휴대폰을 움켜쥔 결아가 눈을 동그렇게 떴다. 감독님? 잠이 덜 깬 눈을 비비며 벽에 걸린 시계를 확인하니 아직 6시도 안 된 시간이었다. 아직 약속 시간이 안 됐는데……? 결아가 의아한 얼굴로 전화를 받았다.

"네. 여보세요?"

— 미안. 자고 있었을 텐데.

"괜찮아요. 그런데 무슨 일로……."

— 지금 나와 줘야 되겠는데.

"네? 지금요?"

결아가 놀란 얼굴로 다시 한번 시계를 확인하며 되물었다.

— 여기선 아무래도 편하게 보기 힘들 것 같아서. 곧 널 데리러 갈 사람이 도착할 테니까 여권 준비해서 나와.

"네에? 여권요?"

결아의 눈이 더욱 커다래졌다.

— 설명은 만나서 하지. 그럼 30분 후에 집 앞으로 나와.

"아, 아니 잠깐……."

결아가 뭐라고 더 말하기도 전에 전화가 끊겼다.

"마, 말도 안 돼. 물론 하루는 온전히 시간 낼 수 있다고 하긴 했지만 그래도 여권이라니. 이건 스케일이 다르잖아……? 어, 어떻해야 하지?"

끊긴 휴대폰을 들고 우왕좌왕하던 결아가 착신 목록을 확인했다.

"전화 안 왔네. 연락한다더니, 어떻게 된 거야."

결아가 초조하게 입술로 손톱을 잘근거렸다. 휘에게선 연락이 안 오고, 감독은 당장 준비해서 여권 가지고 나오라고 하고……. 상황이 이런데 도대체 뭐 하고 있는 거냐. 그 남자는!

"설마 촬영이 아직 안 끝났나?"

우선 휘에게 연락을 해 봐야겠다는 생각에 결아는 통화 버튼을 눌렀다. 하지만 계속 신호음만 갈 뿐 휘는 전화를 받지 않았다.

"히잉, 어떻해!"

결아는 머리칼을 쥐어 잡으며 시계를 쳐다봤다. 헉! 벌써 5분이나 지났어!

"이, 일단 준비해야겠다."

결아는 울상을 하고는 휘에게 빠르게 문자를 남긴 후 욕실로 달려갔다.

"헥. 헥."

초스피드로 준비하고 아슬아슬하게 30분 정각에 딱 맞춰 나오자 집 앞에 웬 고급 승용차가 멈춰 섰다.

"저 차인가……?"

결아가 미심쩍은 표정으로 차를 기웃거리고 있자, 차 문을 열고 깔끔한 정장 차림의 여자가 내렸다.

"이결아 씨죠?"

"아, 네."

결아가 대답하자 여자가 차 뒷좌석 문을 열었다.

"모시러 왔습니다. 타시죠."

여자의 정중한 태도에 결아는 당황한 얼굴로 다가갔다. 결아가 미적대며 다가오자 여자가 자연스럽게 결아의 가방으로 손을 가져 갔다.

"짐은 저에게 주세요."

"아, 아뇨. 괜찮아요. 무겁지도 않은데요."

결아가 얼른 사양하고 뒷좌석으로 올라타니 여자는 뒷문을 닫아 주고 운전석에 앉았다.

"그럼 출발하겠습니다."

"네, 네!"

여자가 고개를 숙이자 결아가 따라 고개를 숙이며 대답했다. 마치 재벌가 딸을 대하듯 깍듯하고 정중한 여자의 태도에 결아는 자기도 모르게 소심해지는 기분이었다. 휴, 드라마에서 재벌가 딸들이 나오면 부러웠는데……. 난 글러 먹었어. 이런 분위기는 절대 익숙해질 수 없을 거 같……. 그런데 감독님은 왜 이런 사람을 보낸 거람?

결아가 구시렁거리며 혼자 그런 생각을 하고 있는데, 어느넛 공항이 가까워지고 있었다. 창밖으로 공항이 보이자 결아는 자기도 모르게 침을 삼켰다.

"저, 저기…… 정말 비행기를 타야 되나요?"

"모르셨습니까?"

여자가 의아한 얼굴로 백미러로 시선을 맞췄다.

"여권 가지고 나오라고는 들었지만……."

결아가 불안한 얼굴로 말하자 여자가 걱정 말라는 듯 엷게 미소 지었다.

"제가 안전하게 옆에서 모실 테니 이결아 씨는 걱정 안 하셔도 됩니다."

"어디로요?"

"목적지는 홍콩입니다."

홍콩? 홍콩이라면……. 별들이~ 쏟아지는~ 호옹콩의 밤거~ 리……. 아, 이런 노래나 떠올리고 있을 때가 아냐!

"홍콩이라뇨! 가, 감독님은요?"

"감독님은 먼저 출발하셨습니다. 같이 움직이면 안 된다고 가능한 한 남의 눈을 피해 달라고 하던데, 아닙니까?"

"아, 아뇨. 그건 맞는데……."

확실히 같이 비행기를 타고 가면 남들에게 들킬 위험이 크니 따로따로 가는 게 낫……긴 뭐가 나아! 멍하니 고개를 끄덕이던 결아가 퍼뜩 정신을 차렸다. 홍콩이라니?! 무슨 밀월여행도 아니고! 난 그저 하루란 시간을 내 주겠다고 했을 뿐인데 이게 무슨……!

"도착했습니다. 내리시죠."

결아가 패닉에 빠져 있는 사이 어느새 차는 공항에 도착했다.

"아, 네, 네……."

핼쑥해진 얼굴로 가방을 껴안고 차에서 내리던 결아가 멈칫했다. 아니야. 소심하게 굴지 말자. 이건 엄연히 내가 한 약속이잖아.

다만 스케일이 생각보다 조, 조금 더 커졌을 뿐이지. 내가 감당 못할 일은 아니야. 그럼!

"해외도 나가 본 적 있고……. 무려 두 군데나 갔다 왔……."

"이결아 씨?"

"네?"

갑자기 달팽이관을 파고드는 목소리에 옹알거리던 결아가 흠칫 놀라 고개를 돌렸다. 여자가 의아스러운 얼굴로 손을 내민 채 서 있었다.

"여권 달라고 했는데요."

"아! 여권, 여권이요!"

결아가 파드닥 놀라 얼른 가방에서 여권을 꺼내 내밀었다.

"여기요."

"그럼 수속 밟고 올 테니 여기서 잠깐만 기다리세요."

"네."

상냥하게 말한 여자가 뒤돌아서자 결아는 휴대폰을 꺼냈다.

"아직도 연락이 없네……."

왜 이렇게 연락이 없을까? 분명 연락을 한다고 했는데……. 일이 바빠서 까먹고 그냥 자 버린 건가?

"그런 건가 봐."

시무룩한 얼굴로 휴대폰 액정을 바라보던 결아가 토독토독 문자를 썼다.

"……그래도 임무는 해야지."

작게 한숨을 내쉰 결아는 공항 내부 사진을 찍어 메시지함에 첨부했다.

♡ ♥ ♡

쎄한 느낌에 휘가 침대 위에서 번쩍 눈을 떴다. 시야에 보이는 생소한 천장에 당혹스러운 표정을 지은 휘가 벌떡 몸을 일으켰다.

"형! 깼어요?"

휘가 깬 것을 본 정석이 얼른 침대 쪽으로 달려왔다.

"이건 뭐야?"

자신의 팔에 달려 있는 링거 줄을 본 휘가 미간을 찡그리자 정석이 설명했다.

"기억 안 나요? 형 쓰러졌었어요."

"쓰러져? 내가?"

휘의 미간이 더욱 좁혀 들었다.

"밤새 비 맞고 촬영하다가 끝나자마자 바로 쓰러졌는데……. 온몸에 열은 펄펄 끓지. 의식은 없지! 내가 얼마나 걱정했다고요!"

휘가 도통 기억이 안 난다는 표정을 짓자 정석은 하소연하듯 주절주절 말을 이었다.

"거봐요. 쉬었다 하자고 해도 빨리 끝내야 된다면서 억지로 강행하더니…… 응급실 신세잖아요!"

"잠깐……. 밤새?"

혼란스러운 얼굴로 머리칼을 쓸어 넘기던 휘가 얼굴을 일그러뜨렸다.

"이런, 젠장! 지금 몇 시야?"

"네? 9신데……. 왜요? 어차피 오늘 촬영 스케줄 캔슬 나서 푹 쉬어도 된댔어요."

휘가 이불을 확 걷어 내며 휴대폰을 움켜잡았다.

"망할, 그게 문제가 아니⋯⋯!"

휴대폰 액정을 본 휘의 눈이 커졌다.

[<보고> 저 지금 공항이에요. 홍콩에 갑니다.]

문자를 본 휘의 얼굴이 창백하다 못해 파르스름해졌다. 휙, 휙, 휙. 그의 빠른 손놀림과 함께 휴대폰 화면엔 인천 공항 사진, 탑승 동, 비행기 사진이 연달아 이어졌다. 빌어먹을!

"혀, 형?!"

휘가 자신의 링거 줄을 뽑더니 자리를 박차고 일어나자 정석이 놀란 눈으로 쳐다봤다.

"지금 뭐 하시는⋯⋯. 형!"

휘가 그대로 병실 문으로 향하자 당황한 정석이 뒤따라갔다. 휘 가 VIP 병실 문을 갑자기 열고 나오니 문 앞을 지키고 서 있던 경 호원들이 깜짝 놀라 움찔했다.

"어? 선우⋯⋯."

휘는 경호원들이 당황한 사이 그들 사이를 빠르게 지나쳐 복도 를 내달렸다. 서로의 얼굴을 멍하니 바라보고 있던 두 경호원이 뒤 늦게 휘를 뒤쫓기 시작했다.

"선우휘 씨! 어딜 가시는 겁니까?!"

"멈추세요! 선우휘 씨!"

"형! 혀엉!"

쫓는 자와 쫓기는 자. 휘는 추격자 셋을 따돌리며 비상구 계단 을 단숨에 뛰어 내려갔다.

"헥, 헥⋯⋯."

이미 빛의 속도로 사라진 경호원들과 한참 떨어진 계단에서 정 석이 가쁜 숨을 몰아쉬고 있었다.

"어우, 헥, 죽겠네, 헥. 도대체 어제부터 형은 왜 저러는······ 헥."

정석이 계단 위에 널브러져 숨을 고르는데 휴대폰 진동이 울렸다.

"헉! 벌써 대표님 귀에 들어간····· 응?"

움찔하며 액정을 확인한 정석이 눈을 크게 뜨고는 얼른 전화를 받았다.

"형! 나 죽으려고 작정했어요? 어제부터 왜 이러는······."

— 시간 없으니까 내 말 똑바로 들어.

"네, 네?"

진지한 휘의 목소리에 정석이 눈을 둥그렇게 떴다.

— 방금 경호원들 따돌렸으니까 차 가지고 병원 뒤 주차장으로 와. 지금 당장.

"아, 알았어요!"

정석이 벌떡 일어나며 대답했다.

— 경호원이나 대표와 내통하면 너 죽는다.

"제가 그럴 리가 없잖아요! 형은 맨날 나만 의심하고······. 일단 거기 있어요. 지금 갈 테니까!"

휘의 살벌한 목소리에 볼멘소리를 터뜨린 정석이 전화를 끊고 냅다 계단을 달려 내려갔다.


정석이 휘의 집 근처에 세워 둔 차로 헐레벌떡 달려와선 잽싸게 올라탔다.

"여기요. 여권."

정석이 여권을 내밀자 차에 있던 모자와 머플러로 얼굴을 가리고 있던 휘가 눈을 가늘게 떴다.

"경호원들에게 들킨 건 아니겠지."

"절대 안 들켰어요. 확인해 보니까 주차장에서 서성거리고 있더라고요. 그런데 형. 여권은 왜 가지고 오라고……."

"나중에 설명할 테니까 일단 인천 공항으로 가."

"지금요?"

"빨리 출발 안 해?"

휘가 사납게 으르렁거리자 정석이 잽싸게 시동을 걸었다.

"가, 갑니다! 당장 출발할게요!"

차가 급히 출발하자 휘는 초조한 눈빛으로 아까부터 계속 누르던 통화 버튼을 다시 눌렀다.

— 전원이 꺼져 있어…….

"젠장!"

"으앗!"

휘가 버럭 내지르는 소리에 정석이 깜짝 놀라 급브레이크를 밟았다.

"왜, 왜 그래요?!"

"핸들 뺏기 전에 미친 듯이 안 밟아?!"

"아, 알았습니다!"

휘가 사자후를 날리자 정석이 정신없이 속도를 올리기 시작했다. 으아, 제발 살아서만 도착하자! 정석은 속으로 간절히 빌며 자기 인생의 최고 속력으로 도로 위를 달렸다.

비행기에 이어 페리를 타고 안쪽의 섬까지 들어오자 여자가 결아에게 말했다.

"이곳은 한국인이 거의 오지 않는 섬이니 안심하셔도 될 겁니다."

"아, 그렇군요."

결아가 대답하며 주위를 두리번거렸다. 휴양지로 보이는 섬이지만, 휴가 시즌이 지난 평일이라 그런지 주위가 한적했다.

그때 여자가 결아에게 근처의 카페 형식의 건물을 가리켰다.

"저 가게 안에서 감독님이 기다리십니다."

"지금 들어가면 되나요?"

"네. 그럼 좋은 시간 되시길 바랍니다."

여자는 임무를 다 했다는 듯 뒤돌아서 선착장으로 총총 사라졌다. 그러자 결아는 잠시 멈춰 서선 선착장 사진을 찍어 휘에게 전송했다.

"문자는 계속 보내는데 왜 답장이 안 오는 거지?"

자신이 비행기에 있을 때 휘의 전화가 왔었다는 걸 까맣게 모르는 결아의 얼굴이 의기소침해졌다. 휘와 어젯밤부터 연락 두절 상태이다 보니 신경이 쓰였다. 분명 다시 연락한다고 해 놓고는…….
결아는 왠지 시무룩한 기분이 되어 터덜터덜 카페 쪽으로 향했다.

문을 열고 카페 안으로 들어서자 한쪽 구석에 신문을 읽고 있는 남자가 보였다.

감독님이다. 기다란 기럭지를 보고 한눈에 준영임을 알아챈 결아가 긴장된 표정으로 다가갔다. 그녀가 테이블 쪽으로 가까이 다가가자 발소리를 들은 준영이 신문을 내리고 고개를 들었다.

"왔군."

눈이 마주치자 준영이 입술 끝을 길게 끌어 올렸다.

"안녕하세요."

결아는 고개를 숙이며 인사했다.

"이런 데서 보니 또 반가운데."

"솔직히 조금 당황했어요. 비행기까지 타게 될 줄은 몰랐으니까요."

"이 편이 편하지 않아? 거기선 네가 계속 주변 눈치만 보고 있을 것 같아서."

"그거야……. 어?"

갑자기 울린 진동 소리에 결아가 쥐고 있던 휴대폰을 들어 올렸다. 휘? 지금 연락이 오다니. 이제 문자를 본 건가? 액정을 확인한 결아가 놀란 얼굴로 휴대폰을 움켜쥐고 준영에게 말했다.

"저, 잠시만요. 감독님."

테이블 앞에서 뒤돌아선 결아가 얼른 전화를 받았다.

"여보세요?"

— 너 지금 어디야.

응? 이 남자 목소리가 왜 이렇게 다급하지? 거칠게 숨을 몰아쉬는 휘의 목소리에 결아가 당황해 하며 말했다.

"저요? 아, 그러니까 여기가 어디냐면요……."

여기가 어디더라? 분명 아까 배와 선착장에 쓰여 있었는데? 기억을 더듬던 결아가 눈을 반짝 떴다.

"아! 홍콩의 청……."

그때 뒤에서 뻗어 나온 준영의 손이 결아의 휴대폰을 낚아챘다. 갑자기 휴대폰을 빼앗긴 꼴이 된 결아가 눈을 둥그렇게 뜨고 뒤돌이보니 준영이 삐딱한 시선으로 휴대폰 액정을 확인하고 있었다.

"뭐 하시는 거예요? 돌려주세요."

결아의 말을 가볍게 무시한 준영이 휴대폰을 자신의 귀에 척 가져갔다.

"감독님?"

결아가 놀란 눈으로 소리쳤다.

"나 장준영인데, 이결아 지금 나와 함께 있으니까 방해하지 마."

"헉! 가, 감독님! 지금 무슨 말씀을……!"

결아가 짧은 손으로 휴대폰을 잡으려 퍼덕거렸지만, 준영은 이미 제 할 말만 하고 통화 종료 버튼을 누른 뒤였다.

"감독님!"

멋대로 전화를 끊어 버린 것을 본 결아가 기함했다.

"이건 오늘 하루 압수."

준영은 태연히 결아의 휴대폰을 자신의 주머니에 넣었다. 그 모습을 본 결아는 더욱 기가 차다는 듯 입을 뻐끔거렸다.

"그건 제 휴대폰이잖아요. 왜 감독님이……."

결아가 항의하듯 말하자 준영이 눈을 가늘게 뜨고 그녀를 내려다봤다.

"넌 오늘 나에게 하루를 온전히 주기로 하지 않았나? 나 외에 다른 남자와의 연락은 불쾌해."

예상치 못한 공격에 잠시 돌이 되어 서 있던 결아가 가까스로 정신 줄을 붙잡고 다시 항변했다.

"저, 저기 뭔가 오해가 있으신 것 같은데요, 감독님. 전 그런 식으로 온전히 주겠다고 말한 적은……."

"아아. 아까운 시간만 계속 가는군. 일단 앉아 봐."

미간을 좁히고 손목시계를 확인한 준영이 결아를 끌어다 의자에 앉혔다.

110

"감독님. 우선 제 말을 들어 보세요. 제가 오늘 감독님과 시간을 보내겠다고 한 건 감독님께서 말하는 의미와는 다른……."

다시 진지하게 말하려는 결아의 눈앞에 메뉴판이 쑥 내밀어졌다.

"메뉴부터 골라. 난 지금 어젯밤부터 내내 굶고 있는 중이라 당장 뭐든 배 속에 욱여넣지 않으면 쓰러질 지경이니까."

"네, 네? 아. 알았어요. 그럼 이걸로……."

결아가 얼른 메뉴판 사진 중 아무거나 고르자 준영이 점원을 불러 주문했다.

그리고 주문을 마친 그가 가슴 앞에서 팔짱을 끼고 예리한 시선으로 결아를 응시했다. 안 그래도 차가운 냉미남 스타일의 준영이 그렇게 한참을 아무 말 없이 자신을 응시하자 불편해진 결아는 자기도 모르게 시선을 옆으로 피했다.

"아까부터 왜 그렇게 보세요?"

"궁금해서."

"뭐가요?"

"난 지금까지 내가 마음속으로 정한 상대는 내 것으로 만들 수 있을 거라고 생각했거든. 그런데 그게 왜 안 되는지 궁금해서 보고 있어."

준영이 아주 진지한 얼굴로 말하자 결아는 당황스럽게 눈을 굴렸다. 왜 내 주변엔 지나치게 자신감이 넘쳐 나는 사람들만 있는 거지? 저런 사람들이 자신감을 다 가져가서 내가 이렇게 소심하게 태어난 것인지도 몰라. 결아가 그렇게 머릿속으로 중얼중얼거리고 있는데 준영이 다시 말했다.

"내 궁금증에 대해 어떻게 생각해?"

"뭐라고 해야 되는데요?"

결아가 눈썹을 八字 자로 만들며 알 수 없다는 듯 되묻자 준영이 골치 아픈 표정을 지었다.

"넌 정말……."

그때 마침 주문한 음식들이 도착했다.

"일단 식사부터 하세요. 배가 많이 고프시다고 하셨잖아요."

준영이 불퉁한 얼굴로 포크를 들자 결아는 일단 불편한 화제는 피해 갔다는 생각에 내심 안심하며 포크를 들었다. 섬이라 그런지 새우와 게, 조개 등 갖가지 해산물 요리가 테이블 위를 채우고 있었다. 망고 주스를 한 모금씩 마시며 이국적인 소스로 요리된 해산물을 맛보고 있는데 그가 말했다.

"글 쓰는 거 좋아하나?"

냠, 하고 통통한 새우를 하나 막 입안에 넣은 결아가 눈을 깜빡였다.

"좋아하긴 하는데……. 어떻게 아셨어요?"

"관심 있었으니까."

"저한테요?"

"그래. 네가 나에게 전혀 관심 없을 때부터."

꿀꺽. 윽! 씹지도 않고 삼켰잖아! 자신을 빤히 바라보며 말하는 준영 때문에 결아는 당황한 나머지 입에 넣은 새우살을 그대로 삼켜 버렸다.

"켁! 켁!"

결아가 가슴을 주먹으로 탕탕 두드리며 급히 물을 들이켜자 준영이 인상을 썼다.

"그게 그렇게 놀랄 만한 일이야? 전에도 했던 말이잖아."

"감독님."

"말해."

겨우 놀란 가슴을 진정시킨 결아가 진지한 말투로 부르자 준영이 곧바로 대답했다.

"전요. 솔직히 남자와 대화다운 대화라는 걸 할 수 있게 된 지도 얼마 안 됐어요. 그 전까진 생물학적으로 남자인 사람 앞에만 있으면 숨이 턱턱 막혔거든요."

결아의 말에 준영이 고개를 한쪽으로 비스듬히 기울였다.

"남성혐오증?"

"그런 건 아닌데 솔직히 말하면 남자든 여자든 낯선 사람은 다 무섭고 불편하고 그랬어요. 그중에서 특히 남자가 더 불편했고요."

"흐응."

준영이 더 얘기해 보라는 듯 포크를 내려놓고 그녀를 응시했다. 결아는 차분한 시선으로 그를 보며 말을 이었다.

"전에 감독님께서 말씀하셨죠. 촬영 초반의 저와 지금의 제가 달라진 것 같다고요."

"그랬……었지."

준영이 슬몃 미간을 좁혔다.

"실은 그 말이 맞아요. 제가 이렇게 달라지게 된 건 바로……."

"그만."

"네?"

준영이 갑자기 말을 끊고 자리에서 몸을 일으키자 결아가 놀란 얼굴로 올려다봤다.

"그 얘긴 듣고 싶지 않아. 나가자."

준영이 테이블 위에 놓인 계산서를 들고 성큼 걸어 나가자 결아가 허둥지둥 일어섰다.

"자, 잠깐만요. 이거 다 먹지도 않았…….'"

주문한 음식들을 잔뜩 남기고 기분이 상한 듯 가게를 휙 나가
버리는 준영을 결아가 알 수 없다는 얼굴로 뒤따라갔다.

카페를 나온 뒤 준영은 카페 바로 앞에 펼쳐진 작은 해변을 따
라 한참을 걸었다. 결아가 그 뒤를 따르고 있었지만, 준영은 계속
아무 말이 없었다.

"……."

평화로운 해변에 노을이 내려오는 걸 바라보며 결아도 말없이
걷기만 했다.

아, 예뻐라. 노을이 펼쳐진 바다와 하늘이 온통 황금빛이었다.
자기도 모르게 넋을 놓고 보고 있던 결아의 귀에 문득 준영의 목
소리가 들려왔다.

"……여긴."

결아가 시선을 돌리자 그도 어느새 멈춰 서서 바다를 바라보고
있었다. 준영이 그대로 바다에 시선을 둔 채 말했다.

"언젠가 영화 배경으로 쓸 만한 섬을 물색하다가 알게 된 곳이
야. 여름엔 휴양객들로 시끌벅적해도 겨울만 되면 황량해지는 게
마음에 들었어."

결아는 주변을 한 번 천천히 빙 둘러봤다.

"듣고 보니까 왠지 이곳 분위기가 감독님 영화와 잘 어울릴 것
같아요."

그녀가 말하자 준영이 고개를 저었다.

"영화엔 쓰지 않을 거야."

"왜요?"

"여긴 혼자 머리 식히러 오는 장소가 됐으니까. 가깝고, 여름 외엔 관광객도 없어서 한적하니 혼자 훌쩍 떠나오기에 딱이잖아?"

"아아…… . 그렇구나."

그런 혼자만의 장소도 중요하겠지. 결아는 그렇게 생각하며 고개를 끄덕였다. 여기까지 걸어오는데 동네 주민으로 보이는 섬 아저씨 한 분밖에 못 봤으니, 정말 조용한 섬인 것 같긴 했다.

"여기 널 데려온 건…… 파파라치 때문만은 아니야."

"……?"

준영의 말에 주변을 보던 결아가 고개를 들었다. 어느새 준영은 자신 쪽으로 몸을 돌리고 있었다. 그러곤 결아를 가만히 내려다보며 말했다.

"이곳에 누군가를 데려오고 싶단 생각이 든 적은 지금까지 한 번도 없었어. ……처음이야. 네가."

"…… ."

결아는 준영의 말을 조용히 듣고 있었다.

"나 혼자만의 공간에 데려오고 싶은 상대도, 처음으로 함께 영화를 보고 싶었던 상대도, 날 그 무엇에도 집중할 수 없게 만든 상대도…… 다 네가 처음이야."

준영이 진지한 시선으로 결아를 응시했다.

"그래도…… 난 안 되겠어?"

진심 어린 준영의 말에 결아는 가만히 서서 그를 보고만 있었다.

"감독님."

한참 시선을 맞추고만 있던 결아가 생긋 웃으며 입을 열었다.

"이런 영화 같은 배경에서 그런 영화 같은 말을 하시다니…… 역시 감독님은 대단한 감독이신 것 같아요."

"……뭐?"

준영이 미간을 찡그렸다.

"그런데요."

결아가 웃음기를 담은 얼굴로 준영을 보며 바람결에 날리는 머리칼을 귀 뒤로 쓸어 넘겼다.

"전에도 느꼈지만, 감독님 말을 들으면…… 제가 이 상황의 주인공이라는 생각은 들지 않아요."

결아의 차분한 목소리에 준영의 얼굴이 점차 굳어 갔다.

"음. 그냥 이런 멋진 대사를 듣는 여주인공을 화면으로 보고 있는 관객 같은 기분이랄까……? 이런 말 감독님께 실례라는 거 알아요. 하지만 이게 제 솔직한 심정이라는 걸 말하지 않는 게 더 실례가 될 것 같아서요. ……죄송해요."

결아가 꾸벅 고개를 숙이자 그 모습을 미동도 하지 않고 보고 있던 준영이 바다 쪽으로 고개를 돌렸다.

"……"

준영이 깊게 숨을 내쉬었다. 인상을 찡그린 그의 옆모습을 보며 잠시 말을 고르던 결아가 다시 말했다.

"그리고 저…… 실은 얼마 전에 깨달은 거지만요. 마음에 담은 사람 있어요."

바다를 노려보고 있던 준영이 결아에게 시선을 돌렸다.

"선우휘?"

"네? 어, 어떻게 아셨어요?"

결아의 얼굴이 화르륵 달아오르자 준영이 마뜩잖은 표정으로 중얼거렸다.

"그러지 않을까 예상하긴 했지만, 역시나……인가."

결아는 왠지 부끄러워 제 볼을 두 손으로 슥슥 문질렀다.

"알고 계셨구나……."

"그렇게 생긴 남자가 옆에 있으면 끌리지 않기가 더 힘들겠지. 그래서, 고백할 건가?"

"네? 고, 고백이라뇨! 당치도 않아요! 그 사람은 배우잖아요. 그런데 어떻게……."

결아가 놀란 얼굴로 고개를 붕붕 젓자 그 얼굴을 가만히 응시하던 준영이 어깨를 으쓱였다.

"오케이. 납득."

결아가 터질 것처럼 발간 뺨을 손바닥으로 감싸고 준영을 봤다. 그가 그런 결아를 내려다보며 말했다.

"네 마음이 그런 거라면 깨끗하게 인정하고 물러날게."

"죄송해요."

결아가 미안한 얼굴로 꾸벅 고개를 숙이자 준영이 손을 저었다.

"사과할 거 없어. 덕분에 내 심장이 고철덩이가 아니라는 걸 알게 됐으니까. 이렇게…… 생생하게 뛰는 놈인 줄 모르고 살았어. 지금까진."

고개를 숙인 준영의 표정이 쓸쓸해 보여 결아는 미안함에 덩달아 고개를 숙였다. 그러자 준영이 다시 고개를 들었다.

"뭐 한편으로는 예상했던 일이기도 하고. 그런데……."

"……?"

준영이 말을 멈추자 운동화 코만 내려다보고 있던 결아가 의아한 얼굴로 고개를 들었다. 결아의 뒤쪽을 보고 있던 그가 피식 웃었다.

"올 거 같긴 했는데, 저렇게 단번에 달려오다니."

"네? 그게 무슨 말씀……."

"이결아!"

이, 이 목소리는……? 깜짝 놀란 결아가 뒤돌아보자 휘가 해변을 가로질러 맹렬히 달려오고 있었다. 세상에! 휘……? 아까 그렇게 연락이 끊겼는데 어떻게……?

결아가 두 눈으로 보면서도 믿기 어렵다는 듯 놀란 얼굴로 휘를 바라봤다. 그러자 무서운 얼굴로 달려온 휘가 거칠게 결아를 끌어당겨 자신의 뒤로 감췄다. 그러고는 준영을 향해 사납게 으르렁거렸다.

"이 애는 내 허락 없이는 못 만난다고 했잖습니까!"

당장에라도 달려들 듯 위협적인 휘 앞에서 준영이 손목시계를 힐끗 확인했다.

"이 시간에 도착한 걸 보니 내가 도발하기도 전에 안달이 나서 달려오고 있었단 건가."

준영의 말에 휘 뒤에 있는 결아의 눈도 커다래졌다. 세상에, 정말로……?

"당신에게 단 하루라도 이 아이 넘겨줄 마음 따위 없으니까."

땀에 젖은 휘가 준영을 날카롭게 노려보자 그가 입술 끝을 비틀었다.

"지금까진 태연한 척 굴더니 더 이상 숨길 마음의 여유가 전혀 없는 모양이지? 이런 유치한 짓도 서슴지 않는 걸 보면."

준영이 혼잣말처럼 말하며 결아에게 휴대폰을 건넸다.

"자."

결아가 압수당했던 휴대폰을 받아 들려는데 휘가 중간에서 낚아챘다.

"왜 이걸 당신이 갖고 있는 건데."

사납게 노려보는 휘를 마주 보며 준영이 느른하게 웃었다.

"어쨌든 난 이만 빠져 주지."

결아에게 말한 준영이 씁쓸한 얼굴로 몸을 돌렸다. 멀어지는 준영을 노려보던 휘가 결아 쪽으로 몸을 돌려 어깨를 강하게 움켜잡았다.

"괜찮아? 저 자식이 무슨 짓 하지 않았어?"

휘가 걱정스러운 시선으로 자신을 살피자 결아가 눈을 깜빡거렸다.

"아무 일도……."

"정말이야?"

"그냥 밥만 먹었을 뿐 별다른 일은 없었어요."

결아의 말에 휘가 안도하듯 가슴을 들썩이며 크게 숨을 내쉬었다.

"후우…… 그래. 다행……."

"어어? 휘, 휘 씨?!"

휘가 갑자기 그녀의 어깨를 잡은 채 바닥으로 무너져 내리자 결아가 깜짝 놀라 그의 몸을 잡았다.

"세상에! 몸이 완전 불덩이예요! 왜 이래요? 어디 아파요?!"

결아가 바닥에 무릎을 꿇고 무너진 휘를 가까스로 지탱하며 소리쳤다.

"……괜찮아."

휘가 한 손으로 자신의 얼굴을 감싸며 잠긴 목소리로 말했다. 그의 땀에 젖은 창백한 얼굴을 보자 결아는 왈칵 두려움이 밀려들었다.

"하나도 안 괜찮아 보여요! 왜 이런 거예요? 무슨 일이 있었……."

"이결아."

휘가 자신을 붙잡고 안절부절못하는 결아의 손을 가만히 잡았다.

"……네?"

자신을 똑바로 응시해 오는 시선에 결아도 그를 바라봤다.

"할 말이 있어."

휘가 진지하게 시선을 부딪치며 말했다. 노을 진 바닷가에선 조용히 파도가 철썩이는 소리만 들려오고 있었다. 모든 것이 금빛으로 반짝이는 공간에서 두 사람의 시선이 서로에게 엉켜들었다. 그렇게 홀린 듯 휘를 보고 있던 결아가 겨우 입을 열었다.

"무슨…… 말요?"

결아가 떨리는 목소리로 묻자 휘가 손을 뻗어 결아의 두 뺨을 살며시 감쌌다.

"아직 네가 심적으로 준비되지 않았다는 건 알지만…… 그냥 있다간 오늘처럼 다른 놈이 채어 갈 수도 있으니까."

휘가 짙어진 눈빛으로 결아의 두 눈을 바라봤다. 그녀의 눈앞에는 노을빛으로 물들어 눈부시도록 매혹적인 휘의 얼굴이 있었다.

"……좋아해. 결아야."

휘의 입술에서 낮고 진지한 목소리가 흘러나왔다.

"널 좋아하고 있어. 그러니까, 다신 이런 식으로 걱정시키지 마."

결아가 숨을 멈춘 채 휘를 바라봤다. 방금 들은 말이 무슨 뜻인지 알고 있으면서도 믿기지가 않았다. 날 좋아한다니……. 휘가 나를……?

한참 동안 움직이지 않고 있던 결아가 입술을 달싹였다.

"지금 그 말은……."

그때 휘가 결아의 어깨에 고개를 툭 떨어뜨렸다.

"휘, 휘 씨!"

의식을 잃은 휘를 본 결아의 다급한 목소리가 해변을 울렸다.

♡　♥　♡

꼴깍. 결아는 호텔룸 안에서 긴장된 자세로 앉아 마른침을 삼켰다.

"도대체 뭐가 어떻게 된 거지……?"

그, 그러니까 휘가 고고고고고백을 하고 쓰러져서 이곳으로 오게 됐고…… 정신을 차려 보니 휘는 샤워 중. 난 샤워하는 그를 기다리고 있는 상태?

"꺅! 어떡해!"

결아가 두 손으로 자신의 얼굴을 확 가렸다. 해변에서의 고백 이후 호텔이라니! 이거 꼭 그렇고 그런 상황 같잖아!

"아, 아니야! 그 남자는 환자잖아, 환자! 어쩔 수 없는 선택이었어!"

"뭐가 어쩔 수 없어?"

뒤에서 들린 목소리에 결아가 소스라치게 놀랐다.

"아니, 아, 아무것도 아니…… 헉!"

변명하며 뒤돌아보던 결아가 조금 전보다 더 크게 놀랐다. 이 남자가 왜 또 샤워가운만 입고 서 있는 거야? 전에도 그러더니!

"왜?"

결아가 시뻘겋게 달아오른 얼굴로 어찌할 바를 몰라 하자 휘가 싱글거리며 물었다.

"모, 몸도 안 좋으면서 샤워는 왜……."

"아까보다 많이 나아졌다고 했잖아. 그리고 난 씻지 않으면 찝찝해서 못 자는 성격이라."

휘가 태연하게 말하며 침대 쪽으로 향했다. 샤워가운 아래로 보이는 그의 길쭉하고 탄탄한 근육질 다리를 보니 결아는 입속에 침이 바짝바짝 말랐다.

"그, 그런데 저…… 오늘 같은 방에 묵는 거예……요?"

결아가 차마 그를 보지 못하고 바닥으로 고개를 떨구며 물었다. 휘는 거리낌 없이 침대 위에 털썩 누우며 대답했다.

"나 환자야. 너 없으면 누가 간호하라고?"

"방금 이제 괜찮다고……."

결아가 힐끔 고개를 들었다.

"아무리 그래도 환자는 환자지."

커다란 침대에 느른히 누워 천연덕스럽게 대답하는 휘를 보자 결아는 코피가 팡! 터질 것 같았다. 샤, 샤워가운이 벌어져서 가슴, 가슴 근육이! 가오리 갑빠가! 휘의 오랜 운동으로 다져진 탄탄한 상체 근육과 꽉 조여진 초콜릿 복근이 샤워가운 사이로 살짝 드러나자 결아는 머릿속이 어질어질해졌다. 저게 어떻게 환자의 몸이냐고!

지나치게 관능적인 휘의 육체에 어찌할 바를 모르던 결아가 갑자기 몸을 일으키더니 고개를 뒤로 돌린 채 침대 쪽으로 슬금슬금 다가왔다.

"……너 뭐 하냐?"

"기, 기다려 봐요."

고개를 뒤로 돌린 채 손으로 앞을 더듬으며 게걸음으로 다가오는 결아를 휘가 의문스러운 시선으로 보고 있었다.

아, 여기가 침대구나. 결아는 침대 감촉이 손끝에 닿자 손을 좀 더 위로 뻗어 휘휘 저었다.

"뭐 하냐니까?"

휘가 미간을 찡그리자 결아가 열심히 손을 휘저으며 말했다.

"가만히 있어 봐요. 좀!"

그때 결아의 손끝에 휘의 젖은 머리칼이 닿았다. 찾았다! 그제야 목표물의 정확한 위치를 확보한 결아는 휘의 이마에 손바닥을 갖다 댔다.

"아, 역시 뜨겁네……."

환자 맞는데? 결아가 중얼거리는 소리에 휘가 피식 웃었다.

"왜. 내가 너와 한 방에 들어오려고 거짓말한 거 같아서?"

"아뇨. 그게 아니고……. 어, 어쨌든 휘 말이 맞으니 제가 간병할게요."

휘가 이마에서 황급히 손을 떼려는 결아의 손을 낚아챘다. 그가 자신의 손을 잡아 쥐자 결아는 반사적으로 고개가 돌아갔다. 휘가 결아의 손을 잡은 채 젖은 머리칼 아래로 관능적인 미소를 지으며 그녀를 올려다보고 있었다.

"간병하라는 건 농담이야. 그저 오랜만에 얼굴 보는데 널 벽 너머에 두기 싫어서 그래."

"아……."

결아의 얼굴이 조금 전보다 더 붉게 달아올랐다. 마치 금방이라도 터져 버릴 것 같은 결아의 새빨간 얼굴을 보며 그가 은근한 웃음을 흘렸다.

"이런 걸로 얼굴 빨개지면 너 앞으로 어쩌려고 그러냐?"

"아, 아니, 아니, 그게……."

두근두근에서 쿵쿵쿵쿵으로 요란한 뜀박질을 시작한 심장이 정신없이 뛰어 댔다. 그런 일이 없었으면 모를까, 전에 휘의 집에서 있었던 야릇한 일 때문에 지금 휘의 말은 절대 농담으로 들리지 않았다.

결아가 당황스러운 얼굴로 어쩔 줄을 몰라 하자 휘가 결아의 뺨을 쓰다듬었다.

아……. 그의 부드러운 손길에 결아는 마른침을 꼴깍 삼켰다. 으, 안 돼. 또 그때처럼 몸이……!

"그런데."

"뭐, 뭐요?"

자신의 뺨을 쓰다듬는 휘의 손길에 결아는 바짝 긴장한 채 말했다. 그러자 그가 엄격한 눈빛으로 그녀를 응시했다.

"또 이런 일 벌이면 그땐 정말 크게 혼날 줄 알아. 내가 분명 감독 만나지 말라고 했지."

갑자기 혼내듯 말하는 휘의 어조에 결아는 눈을 데굴데굴 굴렸다.

"휘 씨가 연락이 안 돼서……. 아, 그런데 여긴 정말 어떻게 알고 찾아온 거예요?"

결아가 생각났다는 듯 휘를 빤히 바라보며 묻자, 그가 미간을 좁히고 손가락으로 결아의 이마를 살짝 튕겼다.

"아야."

"넌 내 말을 듣겠다는 거야, 말겠다는 거야? 가지 말란 데는 가면서 보고는 꼬박꼬박 하고. 정말 넌……."

아, 보고! 그것 때문에 알았구나! 이제야 깨달았다는 표정을 짓던 결아는 휘의 화가 난 얼굴을 보고는 얼른 고개를 숙였다.

"죄송해요."

결아가 의기소침한 얼굴로 사과하자 휘가 깊게 한숨을 내쉬며 그녀의 뺨을 매만졌다.

"……됐어. 그래도 그 사진 덕분에 찾을 수 있었으니까 잘했어. 대신 앞으론 절대 이런 일 없게 해. 알겠어?"

"네……."

시무룩하게 대답한 결아는 문득 이상함을 느껴 자신의 뺨을 감싼 휘의 손을 잡았다.

"손이 뜨거워……. 열이 많이 나는 것 같은데 정말 병원 안 가 봐도 괜찮겠어요?"

"괜찮다니까."

결아가 걱정스러운 얼굴로 묻자 휘가 자신의 손을 빼냈다. 그러고는 마음에 들지 않는다는 듯 고개를 창 쪽으로 돌렸다.

"……한심하군. 걱정이나 시키고."

"한심하다뇨. 무리해서 촬영하다가 그런 건데……. 절대 한심한 거 아니에요."

결아가 완강하게 말하자 그가 다시 결아 쪽으로 고개를 돌렸다.

"아까…… 내가 갑자기 고백해서 당황했지?"

결아가 다시 화르륵 붉어진 얼굴로 머뭇거리며 말했다.

"조금 갑작스럽긴 했지만…… 당황까진 아닌데……."

휘는 결아의 수줍어하는 얼굴을 가만히 보다가 물었다.

"지금 대답해 줄 수 있어?"

"그, 그게⋯⋯."

결아가 당황한 듯 난감한 표정을 짓자 휘가 결아의 볼을 손등으로 톡톡 두드렸다.

"겁먹지 마. 네가 어떤 사람인지 아니까 나도 당장 대답 바라지 않아. 너도 많이 놀랐을 거고 생각할 시간이 필요할 테니까."

"⋯⋯네. 솔직히⋯⋯ 시간이 조금 필요한 것 같아요."

결아가 작게 대답했다. 물론 오늘 휘의 고백에 무척 기뻤다. 휘를 좋아하니까⋯⋯. 하지만 휘의 고백에 자신도 그렇다고 대답을 해 버리면, 그 후의 상황을 자신이 감당할 수 있을지 자신이 없었다. 휘는 배우고, 자신은 평범한, 아니 평범한 사람들보다 훨씬 더 소심한 사람이니까.

혼란스러운 표정을 짓고 있는 결아의 얼굴을 가만히 바라보던 휘가 말했다.

"충분히 생각해 보고, 마음 정해지면 대답해 줘. 기다리고 있을 테니까."

"네. 그럴게요."

결아가 얼른 고개를 끄덕였다.

"어? 너 지금 속으로 좀 안심한 것 같다?"

휘가 눈썹을 치켜올리자 결아가 고개를 붕붕 저었다.

"네? 아, 아니에요!"

"⋯⋯그래?"

눈을 가늘게 뜨고 결아를 응시하던 휘가 그녀의 뒷머리를 끌어당겨 이마를 콩, 부딪쳤다.

"아얏."

결아가 살짝 눈을 찡그리는데 이마를 맞붙인 채 그가 진지하게 말했다.

"미리 말해 두는데, 내가 배우라는 이유로 거절할 생각은 하지 마."

어, 어떻게 알았지? 결아는 자신도 모르게 흠칫 놀랐다.

"내가 너무 잘생겨서 부담스럽다느니, 여자로서 자괴감 든다느니 그런 이유도 안 돼."

"자괴감까진 아닌데……."

지금 이게 은근한 디스인 건지 생각하며 결아가 중얼거리는데, 그가 말했다.

"아니."

이마를 맞붙인 채 도망칠 수 없도록 그녀의 뒷머리를 손으로 강하게 고정한 휘가 결아를 똑바로 쳐다봤다. 휘의 짙은 다크브라운 색 눈동자가 눈앞에서 자신을 강렬하게 응시하자 결아는 심장이 조여들었다.

"거절하지 마라. 그냥."

휘의 낮은 목소리에 결아는 작게 숨을 들이켰다.

"생각해…… 볼게요."

결아가 겨우 대답하자 휘가 말없이 그녀를 응시했다. 그의 시선이 결아의 두 눈동자에서 앙증맞은 코, 그리고 그 아래로 천천히 미끄러져 내려갔다. 그리고 마침내 입술에 휘의 시선이 닿더니, 그가 고개를 천천히 기울였다.

"……키스하고 싶은데."

"해, 해요."

결아가 긴장된 얼굴로 눈을 꼬옥 감자 휘의 입술이 부드럽게 말려 올라갔다.

"안 돼. 감기 옮아."

"옮아도 괜찮은데……."

자기도 모르게 진심을 말해 버린 결아가 얼굴이 빨개져선 벌떡 일어났다. 으앗! 내가 지금 뭐라고 한 거야!

"그, 그럼 저도 씻고 올게요!"

결아는 화끈 달아오른 얼굴로 소리치고는 욕실 쪽으로 빠르게 내달렸다. 순식간에 욕실 안으로 결아가 사라지고 문이 닫히자 그 모습을 황당한 얼굴로 보고 있던 휘가 피식 웃었다.

"잘 도망쳤다. 이결아."

휘가 부드럽게 웃으며 결아의 작은 머리통을 끌어당기던 자신의 손바닥을 내려다봤다. 지금 도망치지 않았다면…… 결국 참지 못했을 테니까.

"아무래도 참을성이란 게 점점 사라지고 있는 것 같은데."

낮게 중얼거리는 휘의 눈동자가 짙게 물들었다.

## 23.

너네, 뭐냐

프랑스 파리. 시내의 작은 아파트 안에서 갈색 머리의 백인 남자가 재킷을 걸치고 있었다.

『벌써 가려고요?』

그의 뒤에 샤워가운만 입고 있는 동양인 여자가 촉촉이 젖은 긴 머리칼을 늘어뜨린 채 다가왔다.

『어차피 본사 들어가는 건데…… 조금 이따 나랑 같이 가면 되잖아요.』

남자의 어깨에 살짝 손을 얹은 여자가 라인을 따라 부드럽게 쓸어내리며 속삭였다.

『미안. 회의에 늦을 수는 없어.』

남자는 달콤한 목소리로 속삭이는 여자의 손길에서 빠져나가 곧장 현관으로 향했다.

『맨날…….』

그러자 여자는 한숨을 내쉬며 아쉽다는 듯 남자의 뒤를 따랐다.

『그럼. 먼저 갈게.』

남자가 짧은 키스를 남기자 여자가 살짝 토라진 얼굴로 애교 있게 웃었다.

『알았어요. 이따 봐요.』

남자는 지체 없이 돌아서서 현관을 나섰다. 문이 닫히자 미소 지으며 살랑살랑 손을 흔들고 있던 여자의 얼굴이 단번에 구겨졌다.

"망할! 맨날 저 소리!"

채은이 허리까지 내려오는 까맣고 구불구불한 머리칼을 하나로 그러모으며 짜증스러운 말을 내뱉었다. 세계적으로 성공한 디자이너의 꿈을 안고 맨몸으로 파리에 온 지 어느덧 4년이었다. 그동안 이룬 거라곤 세계적 디자이너가 아닌, 세계적 디자이너 칼 버튼의 애인 자리였다.

"그런데……."

채은이 윤기 있는 빨간 입술을 지그시 깨물었다. 어렵게 얻은 칼의 애인 자리마저도 최근 브랜드의 새 메인 모델이 된 우크라이나 출신의 어린 여자에게 빼앗길 지경이니 여간 짜증이 나는 게 아니었다. 회사 내부에선 이미 칼이 그 모델로 갈아탔다는 소문이 파다했으니까.

"하아. 그래서 일부러 같이 회사 가려고 한 건데 그 남자는 정말 눈치도 없이……."

섹시하게 늘어뜨려 놨던 머리칼을 하나로 질끈 묶은 채은이 소파 위에 털썩 앉았다. 짜증스럽게 케이스에서 담배를 꺼내 가느다란 손가락 사이에 끼우고 막 한 모금 깊이 빨아들이려는 순간 휴대폰 진동이 울렸다.

칼? 채은은 혹시나 하는 마음에 얼른 전화기를 확인했다. 하지만 액정을 보자마자 그녀의 매끈한 이마가 찌푸려졌다.

"기분도 안 좋은데 앤 또 왜 전화질이야?"

친구의 껍데기를 쓰고는 있지만, 같은 코디네이터로 한국에 있을 때부터 쭈욱 자신을 질투해 왔던 보미의 전화였다. 액정을 불퉁하게 보고 있던 채은이 전화를 받았다.

"응. 보미야. 무슨 일이야?"

채은이 일부러 한 톤 높여 전화를 받자 곧바로 보미의 오버스러운 목소리가 들려왔다.

— 미안! 거긴 아침이지? 내가 잠 깨운 건 아니야?

"괜찮아. 그이 출근시키느라 일어나 있었거든."

채은이 간드러지는 웃음을 섞어 말하자 예상했던 대로 보미의 부럽다는 뉘앙스의 목소리가 들렸다.

— 여전히 사이가 좋은 모양이네?

이름만 대면 다 아는 명품 브랜드의 수석 디자이너와 연인 관계라는 걸 늘 부러워하던 보미였다. 하지만 그 부러움 섞인 목소리 속엔 은근한 시기와 질투가 깔려 있다는 걸 그녀가 모를 리 없었다.

"응. 요즘 내 개인 브랜드 론칭 문제로 그 사람이 신경 많이 써 주고 있거든."

채은이 쓴웃음을 지으며 말했다.

— 어머, 전에 말한 그거? 지금 진행하고 있는 거야?

"난 좀 더 준비할 시간이 필요하다고 했는데……. 그이가 자꾸, 내 재능이 아깝다고 빨리 진행하자고 하잖아."

채은이 못 말리겠다는 투로 말하자 보미가 애매한 웃음을 흘렸다.

— 아…… 그래? 다행이네.

"다행이라니, 뭐가?"

— 실은 얼마 전에 네 애인이랑 그 모델하고 스캔들 난 거 보고 너랑 사이 안 좋을까 봐 걱정했거든.

"뭐?"

채은의 눈이 날카롭게 떠졌다. 이거 떠보려고 전화한 거였어? 하! 겉으론 부러운 듯 말하면서 속으론 언제 남자에게 버림받을까 기다리고만 있는 보미의 속물성에 채은은 구역질이 치밀었다.

"아하하하! 세상에! 보미 너 설마 그걸 믿은 거야? 그거 그냥 이번 신모델 띄우려고 마케팅팀 쪽에서 기획한 거야. 원래 그런 스캔들 터지면 사람들이 더 관심 갖는 법이잖아."

— ……일부러 그런 거라고?

"그래! 그걸 진짜로 믿다니……. 보미 너 정말 순진하구나?"

채은이 입으로는 웃으면서도 싸늘한 눈빛을 하자 보미의 김빠진 목소리가 들렸다.

— 그랬구나. 난 혹시 너 상처받았을까 봐 걱정돼서……. 정말 아닌 거지?

"그럼. 스캔들 나기 전부터 그이가 다 나한테 보고했다니까? 미안하다고, 미안하다고 하는데 내가 그런 비즈니스도 이해 못 할 여자냐고 오히려 뭐라고 했어."

채은이 산뜻한 말투로 말하면서도 주먹을 지그시 움켜쥐었다. 모델과의 스캔들이 터진 날, 그날도 칼은 그 여자와 함께 있었다. 채은은 그걸 알면서도 그에게 아무 말도 하지 않았다. 칼의 명성을 이용하기 위해 그와 이런 관계를 원하는 여자가 사방에 널렸다는 것쯤은 잘 알고 있었으니까. 자신이 그랬듯이.

— 그럼 다행이고……. 아, 맞다. 휘 있잖아.

……휘? 보미가 갑자기 꺼낸 휘라는 이름에 채은이 멈칫했다. 저도 모르게 반응하려던 걸 겨우 참은 채은이 목소리를 가다듬고 담담하게 말했다.

"와. 오랜만에 듣는 이름이네. 휘는 잘 있지? 한류 스타로 인기 많다던데."

— 요즘 휘 소식 알아?

"모르는데. 왜? 무슨 일 있어?"

채은은 최대한 무감한 투로 되물었다.

— 역시 모르는구나. 휘 요즘 새 드라마 찍는데, 거기 감독이랑 삼각관계라는 소문이 돌고 있어.

"삼각……관계?"

휘가? 채은의 눈이 흔들렸다. 그럴 리가…….

— 뭐 이건 그냥 소문일 뿐이긴 한데…….

보미가 채은의 반응을 살피듯 느리게 말했다.

— 그 드라마에 나오는 배우 코디가 내가 아는 사람인데, 휘가 촬영 때 그 삼각관계 주인공인 여자랑만 다녔대. 그 여자, 휘 매니저라더라.

"매니저?"

— 응. 저번에 생방송 토크쇼에 그 감독이랑 같이 나갔는데, 감독이 그 장소에 있던 여자애에게 고백하려고 하니까 휘가 온몸으로 막고 막 장난 아니었거든. 이거 엄청 화제였는데……. 채은이 넌 몰랐어?

보미의 말투가 노골적으로 자신을 떠보는 뉘앙스를 풍기고 있는데도 채은은 거기에 미처 신경 쓸 겨를이 없었다.

"말도 안 돼! 휘가 그럴 리가 없잖아."

— 깜짝이야! 너 왜 이리 히스테릭하게 반응하니?

보미가 어이없다는 듯 말하자 채은이 뜨끔했다.

"내, 내가 언제 그랬다고? 그냥 좀 의외……라서 그렇지. 휘가 그런 사람이 아니니까."

— 아직도 휘를 잘 아는 사람같이 말하는구나? 예전에 끝났으면서.

"얘는. 헤어진 사람에 대해선 말도 못 하니? 내가 알고 있던 휘와 다른 것 같아서 그렇게 말한 거지. 너야말로 왜 이렇게 예민하게 굴어? 내가 휘에 대해 말하는 게 기분 나빠?"

— 뭐? 아, 아니 난 그냥…… 네가 너무 잘 안다는 듯 말하기에…….

"당연히 잘 알지. 내가 휘 첫사랑이잖아."

채은이 담배 연기를 길게 뿜어내며 예쁜 입술 끝을 말아 올렸다.

네 첫사랑은 휘고. 휘와 사귀는 내내 내 친구라는 명분으로 휘 주변을 얼마나 알짱거렸는지 내가 모를 줄 알아?

채은의 말에 당황했는지 보미가 할 말을 찾지 못하고 있었다. 채은은 테이블 위에 놔둔 노트북을 힐긋 보고는 말했다.

"아, 그이한테 전화 오네. 보미야. 나중에 통화하자."

— 어? 어, 그, 그래.

전화를 끊은 채은이 싸늘하게 휴대폰을 노려봤다.

"휘가 삼각관계라고……?"

그럴 리가. 한쪽 입꼬리를 올리며 피식 웃은 채은이 담배를 끄고 노트북을 열었다. 한국 포털 사이트로 들어가 '선우휘'를 입력하자 그의 인기를 보여 주듯 무수한 정보가 주르륵 나열됐다.

"선우휘의 돌발 행동…… 이건가?"

채은은 토크쇼 세트장이 배경으로 보이는 동영상을 클릭했다. 그러자 수려한 얼굴의 휘가 화면을 가득 채웠다. 그의 얼굴을 보자 채은이 입술 끝을 둥글게 휘어 올렸다.

"휘, 오랜만에 보네."

여전하구나. 아니, 살이 좀 더 빠져서 그때보다 더 섹시해진 것 같은데? 미소년 분위기를 풍겼던 예전에 비해 남성적인 매력이 물씬 묻어나는 걸 보니…….

하지만 부드러운 미소를 머금고 화면을 응시하던 채은의 얼굴이 서서히 굳어 갔다. 잠깐. 이건…….

채은이 거칠게 자판을 내리쳤다. 화면을 다시 리플레이 시키자 방금 전 지나갔던 장면이 펼쳐졌다. 스튜디오를 뛰쳐나간 휘가 자신의 몸으로 여자애를 가려 주는 장면이 나오자, 채은의 얼굴이 하얗게 굳었다.

"말도 안 돼!"

채은이 히스테릭하게 소리치며 노트북을 바닥에 내던졌다. 요란한 소리와 함께 노트북이 바닥에서 나뒹굴고 그녀는 거칠게 숨을 몰아쉬며 씩씩거렸다.

"말도 안 돼. 이건, 이건 말도 안 돼……!"

휘가 이럴 리가 없어! 저 눈빛은…….

"나한테만 보였던 눈빛이란 말이야."

액정이 깨진 노트북을 노려보는 채은의 눈이 질투심으로 활활 불타올랐다.

♡ ♥ ♡

"⋯⋯아, 결아, 이결아!"

"으, 응?!"

갑자기 자기를 부르는 목소리에 정신을 차린 결아가 파드득 놀라 고개를 들었다.

"아⋯⋯ 언니?"

눈앞엔 루리가 황당하단 얼굴로 서 있었다.

"너 지금 뭐 하고 있는 거야?"

"응? 내가 뭘 하냐니⋯⋯? 앗!"

루리의 시선을 따라 영문 모를 표정으로 같이 시선을 내리던 결아가 움찔했다. 헉?! 테이블 위에 컵을 놓고는 커피 믹스를 컵 옆에 수북하게 부어 놨잖아?

"내, 내 정신 좀 봐. 하하하."

결아가 민망한 얼굴로 작은 커피 믹스 모래성을 샤샤샥 치우는 걸 루리가 눈을 가늘게 뜨고 쳐다봤다.

"너 아까부터 10분 내내 그 자세로 멍 때리고 서 있던 거 알아?"

"어? 시⋯⋯ 십 분이나?"

"응. 10분. 애가 왜 히죽히죽 웃으면서 커피 믹스는 바닥에 붓고 있나, 이상해서 보고 있었거든."

"그, 그랬구나⋯⋯."

결아가 난처한 얼굴로 황급히 테이블을 정리하는데 루리가 다시 물었다.

"뭐 좋은 일이라도 있었어?"

"아, 아니?! 아무것도 없었어!"

"아무것도 아니라면서 왜 얼굴이 고추장 바른 주꾸미가 돼……어? 야! 어디 가? 내 궁금증은 해결해 주고 가야지!"

결아가 후다닥 방으로 도망쳐 버리자 루리가 미간을 좁히고 고개를 갸웃거렸다.

서둘러 방에 들어온 결아는 문에 기댄 자세로 또 굳어 있었다. 그런데 질리지도 않고 또다시 휘가 했던 말이 떠올랐다.

'……좋아해. 결아야. 널 좋아하고 있어. 그러니까, 다신 이런 식으로 걱정시키지 마.'

"꺅!"

결아가 화르륵 달아오른 얼굴을 감싸 쥐고 침대 위로 풍당 뛰어들었다.

"이, 이러다 얼굴이 불타 버릴 것 같아! 꺅! 어쩌지?"

홍콩에서 돌아온 이후 수시로 달아오르는 열 때문에 꼭 감기에 걸린 사람 같았다.

'미리 말해 두는데, 내가 배우라는 이유로 거절할 생각은 하지 마.'

아…… 심장 떨려. 그 남자는 언제 나에 대해 그렇게 간파하고 있던 걸까? 내가 무슨 생각을 하는지, 어떤 사람인지……. 내가 그에 대해 궁금하듯 그 사람도 나에 대해 궁금해했던 걸까?

"정말 신기해……. 분명 나 혼자만의 감정일 거라고 생각했었는데……. 으, 하, 하지만……!"

그 남자와 연애라니! 도, 도저히 상상이 안 돼! 꿈속을 헤매듯 몽롱하던 결아의 눈이 파르르 흔들렸다.

"연애란 보통 길거리에서 손잡고 걷거나…… 같이 영화를 본다거나…… 밥을 먹고 차 마시고……."

결아가 중얼중얼거리며 자신이 상상하던 평범한 연애에 조심스럽게 휘를 대입시켜 봤다.

"음. 그러니까 휘와 손잡고 길거리를 걷…… 헉! 파, 파파라치가! 안 돼! 그, 그럼 같이 영화를 보러 가…… 꺅! 팬들이 개떼처럼 몰려들…… 히익! 아까 그 파파라치도?!"

그, 그건 안 돼! 상상에서 깨어난 결아가 진저리를 치며 머리를 붕붕 저어 댔다.

"무리! 절대 무리야! 역시 난 연애는……. 더구나 휘 같은 유명한 남자와 연애라니, 죽었다 깨어나도 난 안 돼! 분명 심장 발작이라거나 호흡 곤란 상태가 될 거라고!"

반짝반짝 빛나는 휘 옆에서 심장을 움켜잡고 바닥에 쓰러져 나뒹구는 자신을 상상하니 결아의 얼굴이 핼쑥해졌다.

"하아…… 난 안 될 거야. 아마……."

바닥에 털퍼덕 널브러진 결아는 입을 막고 소리 없이 오열했다.


결아가 상상 연애에 빠진 채 좌절하던 그 시간, 휘는 차 안에서 전혀 다른 고민에 빠져 있었다.

놀이공원……도 안 가 봤을 거고. 가만, 해외도 그때가 처음이랬던가? 그럼 미국 디즈니랜드로 데려가야 되나? 그 애라면 분명 좋아할 텐데. 그래도 외국 사람들이 많은 건 분명 무서워할 테니까……. 아니면 아예 놀이공원을 하루 통째로 빌려?

눈을 가늘게 뜨고 고민하던 휘가 고개를 저었다.

"안 돼. 그랬다가 기사라도 나면……."

"무슨 기사요?"

운전하던 정석이 백미러로 뒷좌석의 휘를 보며 물었다.

"아무것도 아니야."

미간을 좁힌 휘가 창밖으로 고개를 돌려 버리자 정석이 불퉁하게 중얼거렸다.

"맨날 아무것도 아니래. 얼마 전에 갑자기 홍콩 간 이유도 말 안 해 주고……. 난 그 일 수습하느라 진땀을 뺐는데."

"……."

휘가 사뿐히 무시하자 구시렁거리던 정석이 갑자기 생각난 듯 말했다.

"아! 형. 근데 대표님한테 뭐라고 했길래 경호원들 다 철수시킨 거예요?"

"별말 안 했어."

"정말요? 그럴 리가 없을 텐데?"

정석이 고개를 갸웃거리자 휘가 입술 끝을 말아 올렸다.

"그냥 잊고 있는 것 같기에 계약이 1년도 안 남았다는 걸 확인시켜 드렸을 뿐이야."

"아아……! 제일 무서운 말을 했네요. 어쩐지!"

정석이 그제야 납득이 간 듯 고개를 주억거렸다. 그리고 휘는 대수롭지 않게 다시 휴대폰 스케줄러로 시선을 돌리며 중얼거렸다.

"앞으로 얘랑 할 일이 얼마나 많은데, 그 거구들의 감시를 받고 있으란 거야."

"방금 뭐라고 했어요, 형?"

정석이 묻자 휘가 태연히 창밖을 쳐다보고는 말했다.

"아무것도 아니야. 아, 여기서 세워."

"네? 가서 청소해야 되잖아요."

"됐으니까 여기서 세워. 살 거 있어서 그래."

"뭔데요? 제가 사다 드릴……."

정석이 차를 세우며 말하자 휘가 모자 위로 후드를 덧씌우며 빠르게 차에서 내렸다.

"됐어. 그만 가 봐."

"어어? 잠깐만요. 형!"

휘가 집 쪽으로 향하는 뒷모습을 정석이 눈을 멀뚱거리며 바라봤다.

"요즘 참 이상하네……."

고개를 갸웃거린 정석이 할 수 없다는 듯 다시 차를 출발시켰다. 그리고 차가 멀어지는 소리를 들은 휘가 그제야 걸음을 멈추고 뒤돌아봤다.

"가라면 갈 것이지 눈치도 없이…… 쯧."

불만스럽게 혀를 찬 휘가 빠른 걸음으로 뒤돌았다. 이제야 그 녀석에게 갈 수 있겠군. 입술 끝을 늘린 휘가 주차장을 향해 빠르게 걸어갔다.

"휘."

그런데 자신을 부르는 왠지 익숙한 목소리가 들리자 발걸음을 멈춘 휘가 몸을 돌렸다. 눈앞에 서 있는 여자를 확인한 휘의 눈썹이 꿈틀거렸다.

"채은……?"

"휘 맞구나."

웨이브 진 길고 풍성한 머리칼, 하얗고 갸름한 얼굴에 인형같이 오목조목한 이목구비, 날씬하고 길쭉한 몸매의 여자가 휘를 향해 서 있었다. 휘가 놀라운 얼굴로 그런 채은을 바라봤다. 그녀는 4년 전 헤어졌던 휘의 첫사랑이었다.

"오랜만이지."

채은이 휘의 곁으로 다가왔다.

"어…… 오랜만이다. 그런데 어떻게 여기에 있어? 너 파리에 있는 거 아니었어?"

갑작스러운 채은의 등장에 잠시 놀랐던 휘가 이상하다는 듯 물었다. 그러자 그의 질문에 채은이 인형처럼 화사한 미소를 지었다.

"브랜드 론칭 때문에 한국 올 일이 있어서 왔다가 네가 여기 산다기에 들렸어. 연락처도 모르지만, 혹시나 했는데……. 만나서 다행이다."

"아. 그랬어?"

휘가 대수롭지 않게 대답하자 채은의 아름다운 미소에 살짝 균열이 갔다. 방금 전까진 자신이 상상하던 재회의 순간과 비슷했는데, 지금 휘의 표정은 죽고 못 살던 첫사랑을 다시 만난 이의 것이라기엔 지나치게 담백했다. 뭐랄까, 마치 유학을 떠났던 친구를 그저 우연히 길에서 만난 사람의 반가움 정도?

설마, 기분 탓이겠지. 채은이 얼른 표정을 재정비하고는 미소를 지으며 말했다.

"잠깐 시간 좀 내 줄 수 있지?"

"지금?"

휘가 순간 미간을 좁히며 시계를 확인하자 채은의 눈빛이 흔들렸다. 기분 탓이 아니야……? 그렇게나 아프게 헤어진 첫사랑과의 재회인데도, 휘는 다른 급한 볼일이 있다는 사람처럼 굴었다. 이건 정말 그녀가 상상했던 재회의 장면과는 달랐다.

"혹시 급한 볼일이라도 있어?"

"아. 만나러 가 봐야 할 사람이 있어서."

휘의 대답에 채은이 조심스럽게 그의 표정을 살피며 물었다.

"누군지…… 물어봐도 돼?"

"개인적인 일이라."

휘가 선을 긋듯 말하자 그녀는 얼른 웃으며 그의 어깨를 가볍게 두드렸다.

"너 정말! 오랜만에 만난 친구한테 이럴 거야? 시간 많이 안 뺏을 테니까 차나 한잔해. 너 보러 지금까지 기다렸는데 그 정도는 해 줄 수 있잖아."

채은의 말에 고민하듯 손목시계를 보고 있던 휘가 말했다.

"흠……. 알았어. 이 앞에 카페가 있으니까 그쪽으로 가자."

휘가 앞장서자 채은이 미간을 찡그리며 웃었다.

"카페……? 여기 바로 너희 집 앞이잖아. 괜히 카페까지 갈 필요 있니?"

"바로 앞이야. 가까워."

휘가 태연하게 말하고 앞서 걸어가자 뒤에 서 있던 채은의 표정이 싸늘해졌다.

"그래. 그러지 뭐."

낮게 대답한 채은이 휘의 뒤를 따라갔다.


카페 안에 휘와 마주 앉은 채은이 주변을 살피며 말했다.

"너 배우잖아. 이런 데서 차 마셔도 돼?"

"상관없어."

휘가 개의치 않는다는 듯 말하자 채은이 입술을 지그시 깨물었다. 상관없다니……. 넌 내가 더 이상 상관없는 존재가 된 거야? 고작 4년. 4년이라는 시간이 한 남자의 감정을 완전히 식어 버리게 하는 시간이었을 줄이야.

솔직히 채은에게 있어 휘는 언제든 돌아갈 수 있는 보험 같은 존재였다. 서로의 꿈을 위해, 라는 보기 좋은 명분이 있었지만 휘의 입장에선 첫사랑인 여자가 일방적으로 자신을 떠난 것이니 시간이 흘러도 그 감정은 그대로 남아 있을 거라고 믿었다.

어느 여자가 휘 같은 남자를 먼저 떠날 수 있으려고? 그러니 그런 일방적인 이별은 자신만이 유일하게 휘에게 준 아픔이라는 확신이 있었다.

그리고 휘 같은 타입의 남자는 겉으로는 오는 여자 안 막는 주의처럼 보여도 절대 자신의 마음을 쉽게 내주는 타입이 아니라는 걸 채은은 알고 있었다. 그래서 설사 파리에서 자신의 꿈이 좌절되더라도, 첫사랑에 대한 그리움을 품고 있을 휘에게 드라마처럼 다시 돌아가리라는 계략이 있었던 것이다.

그래서 휘가 생각보다 더 유명한 배우가 돼서 내심 얼씨구나 했는데, 드라마처럼 나타난 첫사랑을 대하는 휘의 자세는 그녀가 생각하던 모습과 완전히 달랐다.

"그동안 어떻게 지냈어?"

채은이 조바심을 숨기고 옅은 미소를 지었디.

"나?"

"응. 배우로 멋지게 성공했던데? 파리에서도 항상 너에 대한 소식은 찾아봤거든."

채은의 말에 휘가 커피 잔을 들어 올리며 가볍게 고개를 저었다.

"아직 배우로서 성공까진 아니야. 넌?"

"난 이제야 자리 잡아서 브랜드 론칭 준비하고 있어. 4년 만에 겨우 꿈을 이루는 단계인 거지."

"잘됐네."

휘가 진심으로 축하한다는 듯 건네는 말도 채은은 마음에 들지 않았다. 조금 더 원망할 줄 알았는데…… 뭐야? 왜 저리 태연해? 그가 커피를 마시는 모습을 못마땅하게 쳐다보던 채은이 부드럽게 말했다.

"고마워. 휘. 넌 그렇게 말해 줄 줄 알았어. 저기, 그런데……."

잠시 망설이듯 찻잔을 매만지던 그녀가 고개를 들었다.

"실은 너에게 부탁할 게 있어서 찾아왔어."

"부탁?"

휘가 묻자 채은이 난감한 표정으로 머리칼을 쓸어 넘겼다.

"응. 너도 알다시피, 난 디자이너로 성공하겠다는 꿈만 안고 혼자 파리로 갔던 거잖아. 그동안 유명 디자이너 밑에서 밤낮없이 열심히 일해 주고, 내 공부 하면서 이제야 겨우 기회가 찾아오게 된 거거든."

밤낮없이 열심히 해 준 건 사실 다른 쪽이었지만……. 채은은 칼과 있었던 육체적 일들은 싹 숨기고 거짓말을 하기 시작했다.

"그래서 말인데…… 휘. 내 브랜드의 첫 모델이 되어 주지 않을래?"

"……모델? 내가?"

휘가 미간을 좁히자 채은이 급히 말했다.

"난 이 기회를 꼭 잡고 싶어. 하지만 난 아무것도 가진 게 없는 무명 디자이너잖아. 아시아권에서 인지도 있는 네가 메인 모델을 해 주면 큰 도움이 될 거 같아서 그래."

채은이 하는 말을 가만히 듣고 있던 휘가 말했다.

"난 아시아권에 진출한 지 얼마 되지 않아서 네가 원하는 홍보 효과를 낸다는 보장이 없어."

"그렇지 않아! 얼마 전 중국에 갔을 때 중국 전역에 네 광고가 깔려 있는 걸 봤는걸?"

"그건……."

"소속사 문제도 있을 테니 많은 걸 바라진 않아. 그냥 사진 몇 컷이면 돼. 네가 도와주면 정말 큰 힘이 될 거야. 부탁할게……. 휘."

채은의 호소하듯 간절한 얼굴을 보며 잠시 고민하던 그가 대답했다.

"……그래. 이번 한 번뿐이라면."

"와! 정말? 고마워!"

휘의 허락이 떨어지자 채은이 벌떡 일어나 그를 와락 껴안았다.

"이번만 도와주면 앞으로 너에게 이런 부탁 할 일 없을 거야. 약속할게!"

휘를 안은 채 채은이 방방 뛰자 그가 빠르게 그녀를 떼어 냈다. 그러곤 인상을 쓰고 낮게 말했다.

"너 내가 배우인 건 잊은 거냐?"

"어머! 미안. 미안! 너무 기뻐서 그만……."

채은이 깜빡했다는 듯 황급히 주변을 둘러봤다. ……아깝게. 사진이라도 찍혔으면 좋았을 것을. 안타깝게도 카메라를 들고 있는 사람이 하나도 보이지 않자 채은은 아쉽게 입맛을 다셨다.

"스케줄 따로 조율해야 하니 미리 연락 줘."

휘가 자리에서 일어서자 채은이 재빨리 자신의 휴대폰을 내밀었다.

"아, 그래. 그럼 번호 알려 줄래?"

휘는 채은이 건네준 휴대폰에 자신의 번호를 입력하고 돌려줬다.

"자."

그의 번호가 찍힌 휴대폰을 받은 채은의 입술 끝이 슬며시 말려 올라갔다.

"콘셉트는?"

휘가 재킷을 입으며 묻는 말에 채은이 움찔했다.

"아, 콘셉트……는 지금 본사와 조율 중이라. 결정 나면 알려 줄게."

"그래. 그럼 약속이 있으니 나 먼저 간다."

"응. 또 봐."

휘가 모자를 깊게 눌러쓰고 먼저 카페를 나갔다. 그를 향해 미소 지으며 손을 흔들고 있던 채은은 휘가 나가자마자 싹 표정을 바꿨다.

갑자기 있지도 않은 콘셉트를 물어봐서 심장이 떨어질 뻔했잖아. 이쪽에 대해선 문외한이라고 생각해서 방심했더니……. 길게 안도의 숨을 내쉰 채은이 냉수를 벌컥벌컥 들이켰다. 그러곤 탁 소리 나게 테이블 위에 빈 컵을 내려놓은 그녀의 눈이 표독스럽게 빛났다.

"이런 핑계까지 억지로 떠올려야 될 줄은 생각도 못 했는데……."

뛰어난 머리와 연기력으로 위기를 모면하긴 했지만, 이 상황이 썩 마음에 들진 않았다. 첫사랑을 잊지 못하는 남자와 오랜 시간이 지난 뒤 한국으로 돌아온 여자의 드라마 같은 재회 장면을 상상했었는데…….

"뭐, 됐어. 어쨌든 당분간 만날 구실은 생겼으니까."

채은이 노래하듯 말하며 휘가 휴대폰에 남겨 놓은 번호를 저장했다. 그러고는 휴대폰 액정을 응시하며 생긋 웃었다.

"하지만 남자란…… 첫사랑은 잊지 못하는 족속이지. 휘."

결국 넌 나한테 다시 돌아오게 될걸?

빨간 입술 끝을 기분 좋게 말아 올린 채은이 천천히 자리에서 일어섰다.


그 시간. 결아는 방송국에 있었다.

"언니. 여기."

결아가 내미는 USB를 루리가 살았다는 얼굴로 얼른 받았다.

"고맙다! 오늘 방송에 꼭 필요한 건데 글쎄 이걸 깜빡했지 뭐냐?"

"다른 건 다 까먹어도 방송 관련된 건 절대 안 까먹더니……. 무슨 일 있었어?"

결아의 질문에 루리는 뜨끔 놀란 표정으로 모자챙을 내리며 어물거렸다.

"아, 아니. 일은 무슨……. 아, 암튼 고맙다. 조심히 들어가."

"응? 아. 응."

주변을 살피며 어색하게 게걸음으로 사라지는 루리의 뒷모습을 보며 결아는 의아스러운 표정을 지었다.

"언니가 왜 저렇게 걷지……? 저건 꼭 예전의 내 모습 같…… 응?"

가만, 저 사람은? 루리의 앞에 우민이 떡하니 기다리고 있는 것이 보였다. 팔짱을 끼고 위압적으로 서 있는 우민을 본 루리가 귀신이라도 본 듯 소스라치게 놀라더니 갑자기 복도를 내달리기 시작했다. 그리고 그 뒤를 우민이 무척 빠른 속도로 뒤쫓았다.

난데없이 방송국에서 추격전을 펼치고 있는 루리와 우민을 결아가 눈을 깜빡거리며 바라봤다.

"왜 전력 질주를……. 혹시 언니 상태가 이상한 게 저 남자 때문인가?"

전에 집 앞에서 봤던 므흣한 장면이 떠오르자 결아는 괜히 헛기침을 했다.

"흠, 흠. 뭐 언니한테도 사생활이 있으니……. 난 그냥 집에 가야겠다."

결아가 옹알거리며 뒤돌아서는데 갑자기 무언가가 무서운 속도로 달려들었다.

"꺅!"

쿵 하는 소리와 함께 정체불명의 물체와 충돌을 겪은 결아가 바닥으로 고꾸라졌다. 결아가 넘어진 채로 뒤돌아보니 초등학생 정도로 보이는 남자애가 로비를 내달리고 있었다.

"아야야…… 저 애와 부딪친 건가?"

괜찮겠지? 넘어지면서 발목을 접질린 듯했지만 문제는 없겠지, 하고 로비를 나오니 걸을 때마다 발목의 통증이 점점 심해지는 기분이었다.

"아고고고. 큰일이네."

결아는 절뚝거리며 뒷문 쪽의 계단 아래 벤치에 앉아 발목을 살펴봤다. 아까보다 확연히 부은 듯한 발목을 난감하게 보고 있는데 위에서 목소리가 들렸다.

"결아 씨?"

"네?"

반사적으로 대답하며 고개를 드니 눈앞엔 현석이 서 있었다.

"아, 현석 씨 오랜만이네요."

결아가 인사하는데 현석의 시선은 그녀가 꺼내 놓고 있는 발목으로 향해 있었다.

"……다쳤어요?"

"아니 다친 정도는 아닌데 어쩌다 보니 그만…… 하하."

결아가 어색하게 웃고 있자 현석이 그 자리에 무릎을 굽혀 앉아서는 발목을 유심히 살펴봤다. 사위가 어두워질 때라 한참을 보고 있던 그가 몸을 일으켰다.

"상당히 부었는데……. 여기서 잠시만 기다려요."

"네?"

되묻는 결아를 홀로 두고 바람같이 사라진 현석이 어느새 차를 끌고 와 그녀의 앞에 세웠다.

"여기서 치료해 줄 테니 타요."

"아뇨. 그러실 필요는……."

결아가 난처한 얼굴로 손사래를 치자 그가 안경을 추켜올렸다.

"그거 우습게 봤다간 점점 더 부어서 걷지 못할 상태가 될지도 몰라요."

"서, 설마요. 농담이죠?"

결아가 뜨악한 표정으로 보자 현석이 말없이 그녀를 바라봤다. 그 얼굴을 보고 불안해진 결아가 다급하게 절뚝거리며 현석의 차에 올라탔다.

"저기, 정말 걷지 못할 정도로 부을까요?"

"일단 차를 주차장 쪽으로 좀 옮길게요."

결아가 초조하게 묻자 현석은 근처 지상 주차장으로 차를 이동시켜 세워 놨다. 그러고는 차 내부를 환하게 밝히고 결아의 발목에 손을 가져갔다.

"잠시 실례 좀 할게요."

"네? 아야!"

현석이 결아의 부은 발목을 가볍게 쥐자 결아가 미간을 바짝 좁혔다.

"아파요?"

"네. 아픈데……."

"여긴요?"

이번엔 다른 위치를 누르자 결아가 더듬더듬 대답했다.

"거기는…… 괜찮은 것 같아요."

고개를 끄덕인 현석이 결아의 발을 놓고 말했다.

"발을 한번 쭉 펴 볼래요?"

"이렇게요?"

어? 이, 이건 좀……. 현석의 말대로 하고 보니 그의 무릎 위에 발을 올린 자세가 되어 버려 결아는 민망한 기분이었다.

"신발이랑 양말 좀 벗길게요."

"네? 앗……."

현석이 지체 없이 결아의 작은 발에서 신발과 양말을 벗겨 내자 결아가 깜짝 놀랐다. 으윽, 부끄러워! 아픈 것도 아픈 거지만, 남의 무릎에 맨발을 올려놓은 꼴이 되고 보니 결아는 부끄러움으로 얼굴이 화르륵 달아올랐다.

결아의 부은 발목을 유심히 보고 조금씩 눌러 보던 현석이 안경을 추켜올렸다.

"다행히 크게 접질리진 않았네요."

"아, 정말요?"

결아가 안심한 표정을 짓는데 그가 글러브박스를 열어 네모난 블랙 케이스를 꺼냈다.

"그게 뭐예요?"

결아가 의문의 상자를 멀뚱멀뚱 보고 있으려니 현석이 그 안에서 소독약과 알코올 솜, 그리고 침과 부항용 기구를 꺼냈다.

"피를 좀 빼야 할 거 같아서요."

"피를요?"

현석이 무척 진지한 눈빛으로 말하고는 소독 솜으로 부어오른 발목을 슥 닦아 냈다. 결아는 당혹스러운 표정으로 그 모습을 지켜봤다. 왜 차에 이런 걸 가지고 다니는 거지……? 그리고 보니 전에도 놀랐을 때 무슨 혈이라며 혈 자리를 눌러 줬던 기억이 떠올랐다.

"많이 아프진 않고 따끔한 정도니까 조금만 참아요."

현석이 빠르게 부항을 뜨고 발목에서 피를 빼냈다. 그의 숙련된 손놀림을 멍하니 보고 있던 결아가 물었다,

"저기, 진에노 붙고 싶었는데요……. 혹시 한의학 공부 하셨어요?"

"네. 조금……. 아, 정식으로 공부한 거니까 사짜니 하는 걱정은 안 하셔도 돼요."

현석이 염려 말라는 듯 말하자 결아가 얼른 고개를 붕붕 저었다.

"아뇨! 사짜 같다는 게 아니라……. 그, 그냥 좀 신기해서요."

"신기한가."

현석이 작게 웃으며 기구를 뽑고 소독용 솜으로 남은 피를 닦아 냈다.

"다 끝났습니다. 시간이 오래 지체되진 않았으니 붓기는 금방 빠질 거예요."

"아. 고맙습니다……."

결아가 신기한 눈으로 자신의 발을 보고 있는데 현석이 차 시동을 걸며 말했다.

"집으로 갈 거죠? 바래다줄게요."

"괜찮아요. 집은 가깝……."

"절뚝거리는 그 다리로 어떻게 가려고요. 가까우니까 바래다준다는 겁니다. 출발할 거니까 벨트 매요."

"아, 네. 그럼 감사합……."

더 거절하기도 힘들어진 결아가 허둥지둥 벨트를 맸다. 그녀가 벨트를 맬 때까지 기다려 준 현석이 차를 천천히 출발시켰다.

그렇게 얼마 지나지 않아 결아의 동네에 도착하기 전 현석이 차를 세웠다.

"잠시만요."

"아, 네."

차를 세운 현석이 차 문을 열고 빠져나가 어딘가로 빠르게 향했다. 현석이 어두워진 밤거리로 사라지자 창밖을 빼꼼 내다보던 결아는 발목으로 다시 시선을 옮겼다.

"신기하네. 별로 안 아픈 것 같아. 아깐 그렇게 아팠는데."

결아가 신기한 얼굴로 아직 부어 있는 발목을 조물조물 주무르던 그때, 차 문이 열렸다.

엇! 벌써 왔나? 현석이 운전석에 올라타자 놀란 결아가 얼른 발목을 주무르던 손을 내리고 자세를 고쳤다.

"자요."

현석이 봉투를 내밀자 결아가 얼떨결에 받아 들었다.

"이게 뭐예요?"

결아가 의아한 얼굴로 물으니 그가 시동을 걸며 말했다.

"집에 가면 그걸로 발목을 냉찜질해 줘요. 그 후에 파스 붙여 두면 내일은 많이 괜찮아질 거예요."

봉투 안에 든 것이 쿨파스와 찜질팩인 걸 확인한 결아가 눈을 동그랗게 떴다. 그럼 이걸 사러 다녀온 건가?

"아, 감사합니다."

결아가 얼른 고개를 숙이자 현석이 싱긋 웃었다.

"뭘요."

그러곤 현석이 다시 차를 출발시키자 결아는 감동스러운 얼굴로 봉투를 바라봤다. 정말 친절하고 좋은 사람이야. 친구의 아는 사람일 뿐인데 매번 이렇게 잘해 주다니.

결아가 현석의 친절에 뭉클해하고 있는데, 어느새 차가 집 앞에 도착했다.

"태워 주셔서 감사합니다. 치료해 주신 것도…… 파스랑 찜질팩도 감사하고요."

결아가 하나하나 열거하며 감사를 표하자 현석이 안전벨트를 풀며 말했다.

"걷기 힘들 테니 집까지 부축해 줄게요."

"아! 괜찮아요. 정말요! 이제 별로 안 아프거든요. 그리고 현석 씨는 배우잖아요."

결아가 팔을 내젓자 현석이 그녀를 가만히 바라봤다.

"내가 배우라 부담스러워요?"

"배우는 원래 항상 조심해야 하잖아요. 제가 배우 매니저를 해본 경험이 있어서 그런 건 잘 알거든요. 하하……. 그럼 가 볼게요. 이거, 정말 감사합니다!"

결아가 품에 안은 봉투를 흔들고는 몸을 돌려 차 손잡이를 잡았다.

"결아 씨."

뒤에서 현석이 부르는 순간, 밀지도 않은 문이 저절로 열렸다.

"어?"

차 문을 잡고 어리둥절한 결아 앞에 익숙한 얼굴이 불쑥 나타났다. 열린 차 문 위에 팔을 걸친 휘가 서늘한 시선으로 결아와 현석을 응시하고 있었다.

"휘 씨?"

갑자기 휘의 얼굴이 눈앞에 딱 나타나자 결아는 상황을 인지하는 데 조금 시간이 걸렸다. 이 남자가 왜 여기에? 앗, 자, 잠깐! 난 아직 이 남자를 볼 마음의 준비……! 휘를 인식하자마자 결아의 얼굴이 화르륵 달아올랐다.

어두워서 결아의 얼굴이 불타오르는 장작처럼 시뻘게진 걸 보지 못한 휘는 눈을 가늘게 뜨고 현석을 응시했다.

"왜 너희 둘이 같이 있어?"

휘의 살벌한 목소리에 현석이 어깨를 으쓱였다.

"방송국에서 만나서 바래다주는 길이야."

"네가 왜."

"안 될 건 없잖아?"

얼굴에 황급히 손부채질을 하던 결아는 차내에 흐르는 긴장된 분위기에 고개를 들었다. 그런데 휘가 싸늘한 시선으로 현석을 노려보고 있었다.

"전에도 경고했을 텐데. 함부로 내……."

"휘, 휘 씨. 현석 씨는 저 때문에…… 아얏."

분위기가 심상치 않자 상황을 무마하려 급히 차에서 내리려던 결아가 발을 땅에 딛자마자 휘청거렸다.

"괜찮아요?"

현석이 차 안에서 재빨리 팔을 뻗어 휘청이는 결아의 몸을 붙잡았다. 휘는 자신이 미처 반응하기도 전에 현석이 결아를 붙잡자 얼굴이 딱딱하게 굳었다.

"아야야. 고맙습니다."

"너 왜 그래. 다쳤어?"

휘가 결아를 제대로 잡아 세우고 굳은 얼굴로 물었다.

"아. 조금……요."

결아는 휘가 자신을 잡아 세우고 똑바로 시선을 맞춰 오자 아픈 발목보다 화끈거리는 얼굴이 더 신경 쓰여 고개를 푹 숙였다. 그러자 휘의 눈이 도망치는 결아의 얼굴을 집요하게 따라가며 물었다.

"뭐 하다 다쳤는데."

"그, 그냥 조금……."

휘가 얼굴을 가까이 대며 으를수록 결아의 고개가 푹 익은 벼처
럼 더욱 땅으로 숙여졌다. 한껏 움츠러드는 결아와 성난 듯 으르는
휘를 말없이 보고 있던 현석이 차에서 내렸다.

탁. 차 문을 닫는 소리에 휘가 결아에게서 시선을 떼고 고개를
들었다. 그녀의 시선도 휘를 따라 위로 향했다. 현석이 휘와 시선
을 맞추고 보닛을 돌아 똑바로 걸어오고 있었다. 그리고 그들 앞에
선 현석이 결아에게 말했다.

"괜찮아요? 방금 힘이 잘못 들어간 것 같던데."

"아, 괜찮아요. 그냥 잠깐 욱신거렸을 뿐이에요."

결아가 괜찮음을 최대한 표정으로 보여 주려는 듯 헤헤 웃으며
말하자 현석이 그런 결아를 가만히 바라봤다. 그러고는 그녀의 몸
을 빙그르르 돌려 집 쪽으로 향하게 했다.

결아가 눈을 깜빡이자 현석이 뒤에서 그녀의 귀에 가까이 고개
를 숙이고 말했다.

"그럼 들어가서 아까 말한 대로 찜질해 줘요."

현석이 결아의 귓가에 속삭이듯 말하는 모습에 휘의 눈썹이 날
카롭게 추켜 올라갔다. 험악한 얼굴로 뭐라 말하려던 휘는 결아의
절뚝이는 다리를 내려다보고는 꾹 참았다.

"일단 다쳤으니까 들어가. ……전화할게."

휘의 낮은 목소리에 결아가 슬쩍 고개를 들었다. 방금 전까진
민망해서 쳐다보지도 못했던 주제에 막상 휘가 들어가라고 하니
몹시 아쉬운 기분이 들었다. 결아가 머뭇거리며 휘를 보고 있자 현
석이 결아를 떠밀 듯 말했다.

"어서요. 더 부어오르기 전에."

"아, 네. 그럼…… 먼저 들어갈게요. 오늘 고마웠습니다."

결아는 할 수 없이 약봉지를 끌어안고 현석을 향해 인사하고는 휘를 바라봤다. 아쉬움이 그렁그렁 담긴 눈을 내려다보며 그가 말했다.

"들어가."

"……네."

작게 대답하고 몸을 돌린 결아가 절뚝거리며 집 쪽으로 향했다.

절뚝절뚝 걸어가는 결아의 뒷모습을 얼굴을 굳힌 채 보고 있던 휘가 현석 쪽으로 고개를 돌렸다.

"어쩌다 다친 거야?"

휘가 빠르게 묻자 현석이 차 쪽으로 몸을 돌렸다.

"일단 자리 옮기는 게 낫겠다. 여기 너와 나, 둘이 서 있으면 기자가 아니라도 알 것 같으니."

"……그래."

현석이 차 문을 여는 걸 보며 휘도 수긍하고 자신의 차 쪽으로 걸어갔다.

## 24.

### 신경 쓰이는 여자

개별룸으로 나뉜 술집에서 휘와 현석이 마주 앉았다. 현석의 잔에 위스키를 채워 주며 휘가 입을 열었다.

"둘이 마시는 건 꽤 오랜만인 것 같다."

"그러게."

현석도 휘의 잔을 채워 줬다. 가볍게 잔을 부딪친 둘이 동시에 위스키를 입에 털어 넣었다.

"결아……."

"결아 씨……."

잔을 내려놓자마자 동시에 같은 이름을 말하자 둘이 멈칫했다. 그리고 일순 정적이 흘렀다. 현석이 머쓱한 얼굴로 안경을 추켜올리자 휘가 술잔을 매만지며 입을 열었다.

"그 애, 왜 다친 거야?"

"별일은 아니야. 방송국에서 봤는데 넘어진 것 같았어."

"조심 좀 하지."

휘가 미간을 일그러뜨리자 현석이 그를 물끄러미 바라봤다.

"묻고 싶은 게 있는데."

휘가 술잔에서 현석에게 시선을 돌렸다.

"뭔데."

현석이 휘와 시선을 똑바로 마주치며 말했다.

"이결아 씨…… 너에게 뭐야?"

현석의 말에 휘의 눈빛이 진지해졌다. 예리한 눈으로 현석을 보던 휘가 위스키 잔을 들고 말했다.

"어떤 의미로 묻는 거냐?"

"그저 계약으로 얽힌 사람일 뿐인지 궁금해서."

현석이 표정의 흐트러짐 없이 휘를 가만히 응시했다. 휘는 위스키 잔을 천천히 돌리며 현석의 시선을 받았다.

"남의 사생활에 관심 갖는 타입은 아니지 않았나."

휘가 낮게 목소리를 깔자 잠시 그대로 있던 현석이 말했다.

"함부로 대하는 거, 보기 안 좋아서."

현석의 말에 휘가 위스키 잔을 돌리던 손을 멈췄다.

"네가 참견할 문제가 아니야."

순간 휘가 소유욕이 이글거리는 눈빛을 숨김없이 드러내며 말했다. 휘의 날카로운 시선을 말없이 받아 내던 현석이 짧게 숨을 들이켰다.

"그래. 내가 오버한 것 같다."

현석이 한발 뒤로 물러서듯 말하자 휘가 징세 어린 시선으로 응시했다. 그러자 현석이 어깨를 으쓱였다.

"내가 참견할 문제가 아니라는 걸 망각했어. 기분 나쁘게 했다면 사과할게."

"⋯⋯사과할 것까진 없어. 어쨌든 고맙다. 그 녀석 챙겨 줘서."

휘가 다시 경계가 풀린 표정으로 말하자 현석도 씩 웃었다.

"너에게 감사받으려고 한 행동은 아니야."

술잔을 입으로 가져가며 현석은 복잡한 심정을 느꼈다. 독한 술을 한 번에 입안에 털어 넣은 그의 눈빛이 깊어졌다.

그리고 휘는 조용히 술을 마시고 있는 현석을 바라봤다. 결아에 대한 마음을 말하지 못할 건 없지만, 아직 대답을 듣지 못한 상태에서 혹여 결아에게 피해가 갈 수도 있다는 생각이 들어 조심스러웠다. 또 오늘처럼 결아와 현석이 마주치는 일이 생길 수도 있으니까.

⋯⋯차라리 지금 말해 둬서 건들지 못하게 할까.

잠시 진지한 얼굴로 고민하던 휘는 짧게 한숨을 내쉬며 위스키를 마셨다. 아니, 역시 그건 결아에게 예의가 아닌 것 같아.

솔직히 자신은 예의 같은 거 따지는 성격은 아니었는데 결아를 알게 된 후로 많이 조심스러워지고 있었다. 특히 결아가 기절했을 때의 충격이 커서 또 그런 일을 만들까 봐, 여린 결아에게 충격을 줄 수 있는 어떤 일들도 피하고 싶었다.

"재영이가 조만간 술 마시자고 하던데."

"아, 좋지."

재영의 이야기에 휘는 생각에서 깨어나 얼른 대답하고는 생각난 듯 바로 물었다.

"그러고 보니 너 요즘 방송국에 자주 있는다? 그 더빙 일 때문에?"

"그게 시리즈물인데 한동안 쉬다가 지금은 다음 시즌 거 하고 있어. 당분간은 방송국 직원처럼 거의 매일 출퇴근할 것 같아."

현석이 웃으면서 말하자 휘가 고개를 끄덕였다.

"그럼 방송국 들를 때 시간 나면 연락할게. 작품은 아직 안 정해졌고?"

"어. 요즘 머릿속이 좀 복잡해서 우선 더빙만 하면서 작품은 천천히 고르고 있어. 몇 개 생각해 둔 건 있긴 한데……."

현석이 말끝을 흐리자 휘가 그의 어깨를 툭 쳤다.

"확 당기는 게 없으면 천천히 해도 되지. 너무 스트레스받지 말고 여유 있게 해."

"휘 네가 그런 말 하니까 이상한데."

"이상하긴 뭐가."

"갑자기 착실한 사람이 된 것 같잖아. 어울리지 않게."

"내가 얼마나 착실한 사람인지 네가 모르는구나. 친구란 놈이 그런 것도 모르고, 참."

장난스럽게 말하는 휘를 현석이 잠시 바라봤다.

"왜?"

"아니다."

"아닌 게 아닌 눈으로 봐 놓고는. 왜 그러는데."

휘의 묻는 말에 현석이 생각에 잠긴 눈으로 테이블 끄트머리를 응시했다. 가끔 네가 부럽다는 말을 하면 휘는 웃어넘기겠지만, 솔직한 심정은 그랬다.

대대로 한의학 분야에서 명성을 날리는 집안에 태어나 천부적인 자질로 가문에서 촉망받는 한의사의 길을 걷던 현석이었다. 하지만 그 탄탄대로를 버리고 그저 연기가 좋아서, 꿈이라는 이유로 무작정 뛰어든 연예계에서 이제 어느 정도 인지도도 생겼지만, 휘에

비하면 자신의 재능이라는 건 늘 한계가 보였다.

내내 진지하지 않은 자세로 임하면서도 자연스럽게 연기할 수 있다는 것이 얼마나 어려운 일인지는 죽어라 노력하는 자신 같은 사람이 가장 잘 아는 법이니까.

"그냥 술이나 마시자."

씁쓸한 미소를 띤 현석이 휘의 빈 잔에 술을 따르자 그도 마주 술을 따라 줬다.

"그래. 생각 복잡할 땐 마시는 게 최고지."

휘가 술잔을 들어 올리자 현석이 그 잔에 자신의 잔을 부딪쳤다. 쨍— 맑은 소리와 함께 예쁜 색의 술이 잔 안에서 일렁였다.

♡　♥　♡

"와. 정말 신기하게 가라앉았네."

결아가 눈을 깜빡이며 자신의 발목을 바라봤다. 퉁퉁 부어오를 것 같았던 발목이 현석 말대로 하루 만에 많이 진정되어 있었다.

"별로 아프지도 않고…… 응?"

전화벨이 울리자 결아가 고개를 들었다. 으앗, 휘잖아? 놀란 결아가 얼른 목소리를 가다듬고 전화를 받았다.

"네. 여보세……요."

— 몇 호야? 너네 집.

"우리 집이요? 그건 왜, 왜요?"

결아가 어리둥절하게 되묻자 휘가 당연하다는 듯 말했다.

— 왜긴. 너 다리 다쳤다며. 문병 가려고.

지, 집?! 지금 우리 집에 온다고? 안 돼!

"아, 아니! 괜찮아요! 그냥 접질린 것뿐인 데다 이제 거의 나았어요!"

결아가 뜨악한 얼굴로 소리쳤지만 바로 휘의 공격이 날아들었다.

— 몇 호냐고.

"지, 지금 집에 언니가……!"

— 방금 사자 머리를 하고 달려 나간 사람이 이루리 피디 같은데.

"헉!"

결아의 동공이 지진이 난 듯 흔들렸다.

— 빨리 말하지?

"그, 그래도 저기 기자에게 들키거나 그……."

— 그건 내가 알아서 해. 말해.

휘의 완강한 목소리에 결아는 더 이상의 방어는 의미가 없다는 것을 깨달았다. 원래 거침이 없는 남자긴 했지만 더 거침없어진 느낌……이?

"……1502호예요."

— 오케이.

결아가 주저하며 말하자 휘가 곧바로 대답하고 전화를 끊었다. 이 상황이 혼란스러운 결아는 끊긴 전화를 바라보며 웅얼거렸다.

"그러니까 지금 휘가 집으로 온다는 소리…… 헉! 처, 청소! 아, 아니지! 거울!"

우왕좌왕하던 결아가 잽싸게 거울 앞으로 가 분수처럼 깡총 묶고 있던 머리를 풀었다.

"으아. 머리 완전 엉망인데! 꺅! 옷은 왜 이래!"

빗으로 열심히 머리칼을 빗어 대던 결아는 자신이 입고 있는 토끼 그림 잠옷을 보고 기함했다. 얼른 달려가 옷 서랍을 벌컥 열고 청바지와 티셔츠를 꺼내 막 몸에 꿰어 넣는데 현관 벨소리가 들렸다. 와, 왔다!

"네! 나가요!"

허둥지둥 대답하며 거울을 다시 한번 본 결아가 방문 밖으로 뛰어나갔다.

"정말 오셨…… 어?"

현관문을 열던 결아의 눈앞에 무언가가 갑자기 쏟아졌다.

꽃……? 커다란 장미꽃 다발이 눈앞에 펼쳐지자 결아가 놀란 눈으로 천천히 시선을 들었다. 모자를 깊게 눌러쓰고 안경을 쓴 채 머플러로 얼굴의 반을 가린 휘가 꽃다발을 들고 서 있었다.

"받아."

휘가 꽃다발을 내민 채 말했다.

"이, 이걸 저에게……?"

눈앞의 꽃을 보고서도 결아가 경황없는 얼굴로 서 있자 휘가 불쑥 꽃을 앞으로 더 내밀었다.

"나 이런 거 처음 해 보는 거다. 빨리 받아."

"아……."

꽁꽁 가린 휘의 하얀 얼굴이 붉어진 것이 보이자 결아의 얼굴도 화르륵 달아올랐다.

"감, 감사합니다."

결아가 얼른 꽃다발을 받아 들고 허리를 접어 인사했다. 휘가 쑥스러운 듯 헛기침을 큼큼하고는 말했다.

"여기 계속 서 있으라는 건 아니지?"

"아, 네! 들어오세요."

꽃다발을 품에 안은 결아가 집 안으로 도도도 달려가자 휘도 뒤따라 들어갔다. 현관문을 닫고 들어온 휘가 머플러를 풀며 집 안을 한 번 슥 둘러봤다. 그때 꽃다발을 방 안 책상 위에 올려놓고 나오던 결아는 그가 집 안을 살펴보는 걸 보고는 부끄러운 듯 머뭇거리며 말했다.

"갑자기 오시는 바람에 청소도 못 했는데……."

거실 소파 위에 있는 액자에 시선을 두고 있던 휘가 결아에게 시선을 돌렸다.

"처음 와 본 집 같지 않아."

"네?"

결아가 의문 어린 얼굴로 바라보자 그가 근사한 얼굴로 웃었다.

"네가 보내 준 사진으로 대충 이 집 구조 유추가 가능했거든."

휘가 소파 쪽으로 걸음을 옮기자 결아가 따라가며 물었다.

"사진이요……?"

소파에 털썩 앉은 휘가 은닉용으로 쓰고 있던 모자와 헐렁하게 풀어낸 머플러를 벗으며 말했다.

"문자 사진."

아! 그거! 맞은편에 앉으려던 결아의 눈이 생각났다는 듯 커졌다.

"보고하라고 하셔서 보냈던 문자들 말하는 거죠?"

"그래. 그거."

안경도 벗어 낸 휘가 푸르르 머리칼을 흔들었다.

"그랬구나……. 하긴 대부분 집 안에서만 찍은 사진이긴 하네요."

165

결아가 수수께끼가 풀렸다는 듯 고개를 주억거리고 있자 휘가 눈을 가늘게 뜨고 그녀를 응시했다.

"넌 어떻게 된 게 자기는 아예 안 나오게 보낼 수 있냐? 꼭꼭 숨어라 머리카락 보일라도 아니고. 얼굴 나오게 보내라니까 보내지도 않고."

"조, 조금 부끄러워서……."

실은 부끄러워서가 아니라 피부 광채 내기에 실패했기 때문이었지만, 결아는 슬쩍 말을 흘렸다. 그때 휘의 시선이 그녀의 발에 닿았다.

"발은 좀 어때? 어제 다쳤다며."

"아! 괜찮아요. 어제 현석 씨가 치료도 해 줬고…… 현석 씨가 말한 대로 찜질도 하고 파스도 바르고 잤더니 괜찮아졌어요."

결아가 생긋 웃는 얼굴을 보는 휘의 눈초리가 못마땅하다는 듯 가늘어졌다.

"현석이가 치료해 줬다고?"

"네. 발목을 이렇게 이렇게 해서 폭폭폭 찌르고 피를 쭉쭉쭉 뺐더니 신기하게도 부기가……."

"야!"

"네, 네?"

휘가 버럭 소리를 내지르자 설명하던 결아가 움찔 놀라 덩달아 큰 소리로 대답했다. 휘의 눈빛이 노기로 이글거리는 것 같아 결아의 심장이 쪼그라들었다.

"왜, 왜 그러시는……."

"넌 정신이 있는 애야, 없는 애야! 어떻게 된 애가 남자가 멋대로 발목을 주물거리게 해?!"

휘가 버럭 승질을 내자 결아가 억울한 듯 항변했다.

"그치만 치료를 해 주신다기에……."

"그래도 꼭 발목을 이렇게 이렇게 주물거리게 해야겠어?!"

휘가 분노에 찬 표정으로 방금 결아가 현석을 흉내 낸 것처럼 주물거리는 손짓을 하면서 말했다.

"그, 그럼 어떡해요! 피를 빼야 한다는데 발목에 손도 안 대고 어떻게 치료를 하냐구요. 그건 허준도 못 하겠다."

결아가 눈썹을 시옷 자로 만들며 잔뜩 억울한 눈을 하자 화를 내던 그의 목소리가 슬쩍 수그러들었다.

"그래. 물론 치료는 받아야지. 그게 나쁘다는 게 아니라 문제는 현석이 자식이 네 발목을……. 후우, 아니다. 그래. 잘했어."

말하다 다시 혈압이 솟구치자 휘가 크게 숨을 들이켜며 상황을 정리했다.

"이미 화를 냈으면서……."

결아가 입술을 뾰로통하게 내밀고 옹알거리다가 생각난 듯 말했다.

"아! 내 정신 좀 봐. 손님한테 차도 안 내오고……. 뭘로 갖다 드릴까요? 커피랑 녹차랑 원두도 있는데."

결아가 벌떡 일어서자 휘가 손을 저었다.

"됐어. 아직 발목 안 좋을 거 아니야."

"이제 괜찮다니까요. 얼른 가져다……."

"그냥 있어. 그보다 너."

휘가 할 말이 있다는 듯 자세를 고치며 말을 꺼내자 일어서 있던 결아가 엉거주춤 다시 소파에 앉았다. 휘가 자신을 똑바로 응시하자 결아도 바로 앉아 그를 가만히 마주 봤다.

무슨 말을 하려고 저렇게 뜸을 들이지? 휘가 자신을 물끄러미 바라보고 있자 결아는 괜히 머쓱한 기분이 되어 시선을 슬쩍 피했다.

그때 그가 입을 열었다.

"내가 한 말, 생각해 봤어?"

"아……."

휘의 말에 결아가 순간 숨을 삼켰다.

'충분히 생각해 보고, 마음 정해지면 대답해 줘. 기다리고 있을 테니까.'

아직 대답을 하지 못한 휘의 고백이 떠오르자 결아는 긴장된 얼굴로 침을 삼켰다. 그녀의 대답을 기다리는 휘 역시 초조한 듯 무릎 위에 올려 둔 주먹에 지그시 힘을 줬다.

"전……."

결아가 입을 열자 휘의 긴장된 시선이 그녀의 벌어진 입술에 닿았다.

"그, 그러니까……."

휘의 주먹에 슬몃 땀이 배어났다. 무슨 대답을 하려고 저렇게 곤란한 얼굴을 하는 거야. 설마 거절할 생각은……. 그의 얼굴이 초조하게 굳어졌다.

그때 결아가 갑자기 고개를 푹 숙였다.

"죄송해요! 아직 결정 못 했어요!"

결아가 계속 고개를 숙인 채로 있자 휘의 어깨에 긴장이 탁 풀렸다.

"아직…… 못 정했다고?"

"네. 저…… 어떻게 생각하실지 모르겠지만 저에게는 너무나, 너무나도 중요한 일인지라 고, 고민을 좀 더 해 봐야 될 것…… 같아서요."

결아가 머뭇거리며 말하니 휘의 한쪽 눈썹이 휙 치켜 올라갔다.

"너, 날 두고 고민이란 걸 하고 싶냐?"

"아! 아니 그건 아닌데…… 제가 좀 결정 장애가 있어서요."

결아가 고개를 붕붕 저으며 난감한 표정을 지었다. 그 얼굴을 본 휘가 짧게 한숨을 내쉬었다.

"후우."

가슴 앞에서 팔짱을 낀 휘가 미간을 좁히고 앉아 말이 없었다. 힐끔거리며 표정을 살피던 결아가 미안한 얼굴로 말했다.

"죄송해요……. 기분 상하셨죠?"

결아의 목소리에 휘가 고개를 들었다.

"솔직히 좀 굴욕적이긴 한데…… 네가 더 시간이 필요하다면, 기다릴게."

그러자 결아가 단박에 다행스러운 표정을 지었다.

"고마워요. 이해해 줘서."

결아가 안심한 듯 웃자 그가 소파 위에서 몸을 일으켰다. 그러곤 그녀의 앞으로 다가온 휘가 천천히 상체를 결아 쪽으로 기울였다. 그의 얼굴이 가까이 다가오자 결아의 표정에 일순 긴장이 서렸다. 휘가 결아의 머리 양쪽으로 팔을 뻗어 소파 등을 손으로 잡아 지탱했다.

자, 잠깐. 이건…… 드라마에서 보던…… 그, 그거?

드라마에서처럼 앉은 채로 휘의 두 팔 안에 갇히게 되자 결아가 숨을 훅 들이켰다. 그가 결아의 얼굴 옆으로 천천히 고개를 숙였다. 그러고는 그녀의 귓가에 입술을 바짝 갖다 대고 말했다.

"너무 안도하지 마. 오래 못 기다리니까…… 난 지금 무척 인내심을 발휘하고 있는 거거든."

귓가에 울리는 그의 낮은 목소리에 결아의 얼굴이 확 붉어졌다.

"으…… 네, 네!"

빨갛게 달아오른 얼굴로 결아가 열심히 고개를 끄덕거렸다. 그 자세로 잠시 멈춰 있던 휘가 고개를 들어 올렸다. 그의 얼굴이 멀어지자 결아는 그제야 참았던 숨을 포옥 내쉬었다.

휴, 긴장했……

그녀가 막 안도하려는 찰나, 휘가 팔을 풀지 않고 결아를 정면에서 바라봤다. 결아의 놀란 눈동자와 휘의 진지한 눈동자가 가까이에서 부딪쳤다. 정면에서 다시 거리가 좁혀지자 결아의 심장이 빠르게 뛰었다. 아, 거기서 더 가까이 오면……

마치 입술이 닿을 듯 가까워지자 결아가 결국 눈을 질끈 감았다.

"……"

휘는 고개를 기울인 채 짙은 속눈썹을 내리깔고 결아를 내려다봤다. 사과처럼 발갛게 달아오른 뺨과 앵두 같은 입술에 시선이 닿자 그의 다크브라운색 눈동자가 열기로 어둡게 잠겼다. 삼킬 듯 결아의 입술을 응시하던 휘가 고개를 들어 올렸다.

……어? 갑자기 앞이 허전해지자 결아가 질끈 감고 있던 눈을 슬쩍 떴다. 눈을 떠 보니 휘는 어느새 반대편 소파에 앉아 있었다. 어, 언제 간 거지? 태연한 얼굴로 자신을 보고 있는 그를 보자, 결아는 순간 몹시 뻘쭘해지는 기분이었다.

"모, 목이 마르네. 음료수 좀 가져올게요."

슬쩍 일어난 결아가 얼굴에 팔락팔락 손부채질을 하며 주방으로 빠르게 도망쳤다.

결아가 도망치는 모습을 응시하던 휘가 소파에 등을 기대며 가슴을 크게 들썩였다.

"후……."

키스할 뻔했네. 거칠게 마른세수를 한 휘의 귓불이 붉게 변해 있었다. 참는다고 말한 지 몇 초 안 돼서 이성을 놓으면 어쩌란 거냐. 내가 이렇게 인내심이 없는 놈이었을 줄이야…….

휘가 심란한 표정으로 자괴감에 빠져들려는데 맞은편에 열려 있는 방문이 눈에 들어왔다. 가만. 저 벽지는……? 눈에 익은 파스텔 톤 벽지와 살짝 보이는 연두색 책상은, 분명 결아의 문자에서 자주 보이던 방이었다.

휘는 자리에서 일어나 열린 방문 쪽으로 다가갔다. 문 앞에 서자 달콤한 향기가 코끝을 스쳤다. 여기가 맞구나. 익숙한 결아의 향에 그의 얼굴에 절로 미소가 스며들었다. 휘는 걸음을 옮겨 방 안으로 한 발짝 들어섰다.

상상만 하던 결아의 방은 생각보다 아기자기했다. 핑크색과 노란 개나리색이 섞인 귀여운 침대보와 파스텔 톤 커튼, 연두색 책상이 앙증맞은 결아의 귀여운 이미지와 잘 맞았다. 책상 위에는 아까 자신이 준 장미 꽃다발이 놓여 있었다.

"잽싸게 갖다 놓긴."

픽, 웃은 휘가 미소 띤 얼굴로 방 안을 찬찬히 둘러봤다. 그때 그의 시선이 한 지점에서 멈췄다. 저건? 책상 책꽂이에 꽂혀 있는 낯익은 다이어리는 분명 결아가 사진으로 보냈던 일기장이었다.

휘는 홀린 듯 책상 쪽으로 서서히 걸어갔다. 그러고는 일기장으로 손을 뻗었다.

"……."

잠시 허공에서 움직임을 멈춘 휘가 천천히 손을 다시 거둬들였다. 궁금하지만…… 역시 예의가 아니겠지. 휘가 포기하고 돌아서려는데 마침 그때 뒤에서 결아의 목소리가 들렸다.

"어? 여기 있었어요?"

결아가 주스 잔을 들고 방문 앞에 서서 묻자 휘가 돌아봤다.

"여기, 네 방 맞지?"

"맞는데…… 어떻게 아셨어요?"

결아가 머그컵을 건네며 눈을 깜빡이자 컵을 받아 든 그가 대답 없이 싱긋 웃었다.

"방이 딱 너 같으니까."

"나 같다니…… 그게 무슨 소리예요?"

결아가 의문 어린 눈으로 묻는데 휘가 대답은 하지 않고서 그대로 침대 쪽으로 걸어가 털썩 앉았다. 긴 다리를 뽐내듯 침대 위에 느른히 걸터앉은 휘가 이마로 흘러내린 머리칼을 쓸어 넘겼다. 그러고는 그녀를 똑바로 바라보자 결아는 괜히 얼굴을 붉혔다.

휘, 휘가 내 침대 위에……. 근데 저 남자는 그냥 앉아 있는 모습도 왜 이렇게 야해 보인담? 하긴 쓸데없이 섹시하게 생긴 저 조각 같은 마스크가 제일 큰 문제 같기도 하고……. 내 방에 둘만 같이 있어서 그런가? 아님 조금 전 소파에서 있었던 일 때문에 그런가? 왠지 기분이…….

주스를 마시는 휘의 남자다운 목울대를 보며 결아가 멍하니 그런 생각을 하고 있는데, 그가 돌아봤다.

"그만 흘끔거리고 이쪽에 와서 앉아."

"앗, 네!"

휘의 말에 움찔한 결아가 얼른 책상 의자를 밀고 가 그의 맞은편에 앉았다. 그걸 본 휘가 슬몃 미간을 찌푸렸다.

"거기 앉으란 소리가 아니었는데."

"그럼요?"

결아가 순진무구한 얼굴로 묻자 휘가 자신의 옆자리를 가볍게 탁탁 쳤다.

"이쪽으로 오라고."

방금 전까진 순진무구한 얼굴이었으면서 의심스러운 홍조를 양볼에 띄운 결아는 머뭇거리며 그의 옆자리에 앉았다. 그러자 휘가 결아의 발그레한 얼굴을 가만히 내려다봤다. 그의 시선에 심장이 세차게 뛰는 것이 느껴져 결아는 시선을 바닥으로 향한 채 조용히 숨을 들이켰다.

하아, 떨려……. 휘의 옆에 앉으니 심장이 요란하게 뛰어 대고 있었다. 이 남자에게서 느껴지는 야릇한 분위기 때문에 몸도 더 더워지는 것 같고.

결아가 자신의 시끄러운 심장 소리에 귀가 먹먹해질 지경에 있는데 휘의 낮은 목소리가 흘러나왔다.

"……방금 전까진 참을 생각이었는데."

휘가 결아의 얼굴을 잡아 올렸다. 전에 본 적이 있던 어둡게 물든 휘의 눈동자를 보자 결아는 심장이 터질 것만 같았다. 발갛게 익은 얼굴을 짙은 눈동자로 내려다보며 그가 말했다.

"역시 너에게는 인내가 어려워."

"아……."

휘가 그대로 고개를 기울여 결아의 작고 도톰한 입술을 머금었다. 입술이 닿자마자 짜릿한 감각과 함께 순식간에 숨결이 거칠어지는 것이 느껴졌다.

"하압, 압, 합……."

휘가 결아의 입술을 크게 벌리며 혀를 밀어 넣고 그녀의 말캉한 혀를 빨아 당겼다. 달콤한 타액을 삼키며 점점 더 깊숙이 침범하는 힘에 결아의 몸이 뒤로 점차 밀렸다.

으아, 어, 어쩌지? 아, 하지만…… 너무 달콤해…….

결아는 당혹스러우면서도 아득한 열감에 휩싸인 채 휘가 이끄는 대로 입술을 크게 벌리며 그의 목을 끌어안았다. 결아의 그 움직임에 휘의 숨결이 더 거칠어졌다. 타액에 물든 입술을 강하게 빨다가 살짝살짝 깨물 때마다 결아는 머릿속에서 폭죽이 터지는 것처럼 아찔해졌다.

너무 기분 좋아……. 좀 더, 더요.

결아가 채근하듯 할딱거리며 휘에게 매달리자 그가 가슴을 크게 들썩이며 낮게 숨을 내쉬었다. 입술을 떼고 거친 숨을 몰아쉬며 결아를 응시하니 촉촉하게 젖은 입술과 흐릿하게 번진 눈동자가 그의 까맣게 일렁이는 눈에 비쳤다.

"……이결아."

으르듯 내뱉은 휘가 조금 전보다 사납게 입술을 삼켰다.

"아압……."

욕망으로 들이치는 키스에 입술을 크게 벌린 결아가 달뜬 숨을 흘렸다. 거친 움직임에 그녀의 등이 어느새 침대 위에 닿자, 결아가 키스에 휩쓸린 채 휘의 넓은 등을 쓸어내렸다.

침대 위에 그녀를 눕힌 휘가 그 위를 타고 올라 체리색 입술이 도톰하게 보풀아 오르도록 빨아 당겼다. 혀와 타액이 얽혀 드는 야릇한 소리와 함께 진하게 키스하던 휘가 입술을 떼어 냈다.

"하아, 하아."

그가 위에서 양팔 사이에 결아를 가둔 채 내려다보니 발갛게 달아오른 결아의 얼굴이 휘를 향해 있었다. 자신의 타액으로 번들거리는 결아의 탱글한 붉은 입술을 엄지로 쓸며 휘가 낮게 말했다.

"……무섭지 않아?"

"하아, 뭐가……요?"

"내가 이러는 거."

휘가 욕망이 이글거리는 눈으로 내려다보며 묻자 결아는 가쁜 숨을 몰아쉬며 대답했다.

"하나도…… 무섭지 않아요. 지금도 그렇고, 그때도……."

결아가 전에 육체적으로 아슬아슬한 선을 넘을 뻔했던 그날을 얘기하자 휘의 눈이 예리해졌다.

"그때도 그랬어?"

"네. 당황……하긴 했었지만, 무척 기분 좋았……어요."

"지금도?"

"네. 지금도 마찬가지…… 핫!"

결아의 할딱이는 숨결에 참지 못한 휘가 그녀의 귓바퀴를 핥으며 축축한 혀를 밀어 넣었다.

"아, 아앗."

물컹한 혀가 더운 숨결과 함께 귀를 자극하자 결아는 어깨를 움츠렸다.

"아직 대답하지 않았잖아. 그래도 이렇게 하는 게 싫지 않아?"

"네. 싫지 않……아요."

휘는 자꾸 결아에게 확인받으면 받을수록 위험하다는 생각을 했다. 이런 식으로 결아가 반응해 오면 자신은 분명 참지 못할 테니까. 멈추지 못할 테니까. 멈추지 못한다면…….

생각을 끝낸 휘가 입술을 떼고 결아의 어깨에 얼굴을 묻었다.

휘……? 결아가 쌕쌕거리며 흐릿한 눈으로 그를 바라봤다. 잠시 움직이지 않고 그대로 가만히 있던 휘가 낮게 숨을 뱉어 내고는 고개를 들었다. 미간을 좁힌 그가 결아의 과일같이 단내를 풍길 듯 달아오른 얼굴을 못마땅하게 바라보고는 앙증맞은 코를 살짝 쥐었다.

"남자 무서운 줄 모르고. 어쩌려고 그렇게 다 싫지 않대?"

휘가 타박하듯 말하며 장난스럽게 코를 쥔 손을 살짝 흔들자 결아가 자신의 코를 매만지며 말했다.

"정말 싫지 않으니까 그렇죠. 당신이니까…… 싫지 않아요."

결아의 말에 휘가 진지한 시선으로 그녀를 바라봤다.

"대답도 안 했으면서 이렇게 말하니까 제가 좀 이상한 사람 같긴 한데……."

결아가 난감한 표정으로 시선을 내리자 그가 그녀의 얼굴을 가만히 응시하며 말했다.

"……이상하지 않아."

그러곤 결아의 **뺨**을 부드럽게 감쌌다.

"그렇게 생각하지 않으니까 충분히 마음의 준비가 될 때까지 생각해서 대답해 줘. 난 기다릴 수 있으니까."

"……네."

결아가 고개를 끄덕이며 작게 대답하자 휘가 그녀의 **뺨**을 손으로 감싼 채 장난스럽게 흔들었다.

"우리 결아 이렇게 순진해서 어떻게 하지? 나 꼭 어린애 데리고 노는 나쁜 아저씨 같잖아."

"내가 뭐가 순진하다고……."

옹알거리듯 말하던 결아가 순간 숨을 들이켰다. 장난스러운 표정을 짓고 있지만 그의 눈엔 여전히 이글거리는 뜨거운 불꽃이 타오르고 있었다. 그 불꽃을 숨죽여 보고 있는 사이 휘가 천천히 몸을 일으켰다.

침대 위에 앉은 휘가 결아의 몸을 일으켜 주곤 가만히 바라봤다.

"이결아가 내 인내심을 아주 많이 키워 주고 있는 거 알아? 나 원래 인내라곤 조금도 없던 사람인데."

"그렇……죠."

"너라서 그런 거야. 다른 사람 아니고…… 너니까."

"……네."

아무렇지도 않은 척 대답하면서도 결아는 심장이 콩닥거렸다. 아직 가시지 않은 열기가 몸속에 가득해서 휘의 낮은 목소리에도 예민하게 반응하고 있었다.

휘가 짙게 물든 눈빛으로 결아를 응시하며 방금 자신이 물고 빠느라 부풀어 오른 입술을 매만졌다.

……이 남자도 참. 말은 그렇게 하면서 저런 눈빛으로 보면 어떻게 하라는 거야?

결아가 더운 숨결을 천천히 들이쉬는데 휘의 전화벨이 울렸다. 액정을 확인한 그가 곧장 전화를 받았다.

"왜."

— 형. 지금 어디세요?

정석의 말에 휘가 맞은편에 앉아 있는 결아를 힐끗 보고 말했다.

"그건 알아서 뭐 하게."

— 촬영 스케줄이 갑자기 변동돼서요. 지금 바로 오셔야겠는데요?

"지금?"

그가 미간을 바짝 좁히자 결아가 의문스러운 얼굴로 바라봤다.

"알았어. 갈게."

짜증스럽게 말한 휘가 전화를 뚝 끊었다.

"지금 가 보셔야 되나 봐요."

결아가 조심스럽게 묻자 그가 고개를 끄덕였다.

"어. 촬영 스케줄이 갑자기 바뀌었대서."

"아…… 그렇구나."

휘가 침대에서 일어서자 결아도 뒤따라 일어섰다. 앞장서서 방을 빠져나가는 휘를 따라가며 결아는 내심 아쉬운 마음이 스멀스멀 올라오는 것을 느꼈다. 갑자기 간다고 해서 그런가? 왠지 아쉽네……. 에이, 대답도 안 해 놓고 이렇게 생각하면 안 되지.

결아가 고개를 푸르르 젓고는 휘를 뒤따라갔다. 현관 쪽으로 향하던 그가 갑자기 멈춰 서서 돌아보자 뒤따라가던 결아도 그 자리에 멈춰 섰다. 그러자 휘가 그녀를 내려다보며 입을 열었다.

"너."

휘가 무언가 말하려는데 다시 그의 전화벨이 울렸다.

"간다니까 이 자식은…… 또 왜."

휘가 인상을 쓰고 전화를 받자 상대방이 머뭇거렸다.

— 저, 휘. 나 채은인데…….

채은의 목소리를 들은 휘가 표정을 바꿨다.

"아. 채은이였냐?"

……채은? 휘의 말에 결아의 눈빛이 조용히 흔들렸다.


'채은아.'


예전, 휘가 잠결에 자신을 껴안으면서 불렀던 이름이 분명 채은
이었다. 그걸 아직도 또렷하게 기억하고 있는 것이 신기했지만, 어
쨌든 지금 휘가 그 이름을 부르는 순간 정확히 떠올랐다.

"오늘?"

휘가 채은에게 되묻자 결아의 눈이 세모꼴로 떠지려 했다. 엇.
내가 왜 이런 가재눈을? 안 되지. 안 돼. 난 지금 그 여자를 질투
할 명분이 없다고!

결아가 붕붕 고개를 젓는 사이 휘가 통화를 이어 나갔다.

"지금 촬영 때문에 가 봐야 되는데."

— 그럼 촬영 끝나고 잠깐 들러 줄 수 있을까? 사이즈를 재야
해서.

"사이즈 표 보내 줄게."

휘가 간단히 말하자 전화기 건너편의 채은에게서 조금 망설이는
기색이 느껴졌다.

— 아, 그……래도 의상 콘셉트 때문에 따로 조율해야 될 부분
이 있거든.

"……그래?"

휘가 미간을 좁히며 손목시계를 확인했다.

"오늘은 촬영이 좀 늦게 끝날 것 같은데."

그의 말에 채은이 얼른 밝은 목소리로 말했다.

— 상관없어. 작업실에서 기다릴 테니까 끝나면 전화 줄래?

"그래. 그럼."

휘가 전화를 끊자 결아가 웃는 얼굴로 득달같이 물었다.

"채은이라니, 누구예요?"

"아, 예전에 사귀었던 여자."

윽. 그렇게 간단명료하게 대답해 버리면 더 묻고 싶어도 물을 수가……. 휘가 0.1초의 망설임도 없이 대답하자 결아는 순식간에 할 말이 없어졌다.

"그렇구나……."

결아가 소심하게 중얼거리자 현관문 쪽으로 다시 몸을 돌리려던 휘가 멈칫했다. 그러곤 결아를 내려다봤다. 한참 동안 결아의 표정을 관찰하듯 응시하던 그가 입술 끝을 말아 올렸다.

"왜. 신경 쓰여?"

"네? 아, 아뇨! 시시시시신경 쓰인다기보다 그냥 조금 궁금, 궁금했을 뿐이에요!"

결아가 격렬히 고개를 젓자 싱글거리던 휘의 얼굴이 단번에 서늘해졌다.

"아, 그래."

냉기 어린 목소리로 말한 휘가 휙 뒤돌았다.

"그럼 간다."

"네. 안녕히 가세……."

냉랭한 분위기를 흩뿌리며 나간 휘가 결아의 인사가 끝나기도 전에 문을 닫아 버렸다.

"……."

눈을 가늘게 뜨고 닫힌 현관문을 보던 결아가 빙글 몸을 돌렸다. 그러고는 방으로 타박타박 걸어가 책상 위에 놓인 꽃다발을 지그시 응시했다.

과거의 여자라……. 자신의 눈초리가 더욱 가늘어지는 것이 느껴지자 결아가 움찔했다.

"아! 안 돼. 안 돼! 난 질투할 권리가 없다니까? 고백한 남자한테 대답도 안 해 주고는 무슨 권리로 질투를 하냐고."

결아가 퍼드득 고개를 저으며 가자미처럼 쭉 찢어져 있던 눈꼬리를 얼른 손가락을 이용해 아래로 내렸다.

"하아."

순한 강아지처럼 축 처진 눈꼬리를 만들어 거울을 보던 결아가 한숨을 내쉬었다.

"그냥 신경 쓰인다고 할걸. 왜 마음에도 없는 거짓말을 해서는……."

쌩한 냉기를 풍기며 나가 버린 휘를 생각하니 결아는 마음속으로 후회가 들었다. 왜 솔직해지지 못하는 걸까? 휘의 고백을 듣고 솔직히 무척 기뻤으면서……. 만약, 휘가 유명한 배우가 아니라 평범한 남자였다면 바로 받아들였을까? 아니면 만약 휘가 배우이긴 하더라도 인기 없는 무명의 배우였다면 이렇게 고민되지 않았을까? 만약……

"만약이라니. 그런 게 어디 있어."

결아가 우울한 목소리로 중얼거렸다. 그러고는 휴대폰 사진첩에 틈틈이 저장해 둔 휘의 화보 사진을 열었다.

"잘생겼기도 하지……."

같이 화보 찍은 동료 배우들까지 오징어로 만들어 버리는 이 우월한 마스크라니.

"그래서, 자신이 없단 말이에요."

마음속으로는 당장에라도 오케이라고 외치고 싶은데, 늘 만나는 휘가 아닌 이 사진 속의 배우 선우휘까지 받아들일 자신이 없었다. 이렇게 반짝반짝 빛나는 사람 옆에서 여자 친구로서 자신 있게 웃을 자신이…….

"채은이라는 사람도 휘처럼 반짝반짝 빛나는 사람일까?"

그래서 휘 옆에서도 당당하게 서 있을 수 있는 사람이었을까? 하긴 휘처럼 예쁜 여자들이 사방에 널린 남자가 사귀었던 여자니 아마 엄청난 미모에 분명 몸매도 좋을…….

"으아아! 정말 못났다, 못났어!"

이러다 자기 비하로 땅굴 파고 심해까지 내려가겠어! 바보 이결아!

결아는 시무룩한 얼굴로 장미 꽃다발을 들어 조심스럽게 벽에 거꾸로 걸어 놨다. 그러고는 침대 위에 오도카니 앉아 색이 고운 장미꽃을 가만히 바라봤다.

"……예쁘다."

먼저 고백을 하고, 저렇게 화사하고 예쁜 꽃을 줬는데도 왜 자꾸만 난 그 마음을 받아들일 자격이 없는 것처럼 느껴질까? 아무리 긍정적으로, 당당해지려고 노력해도 잘 안 돼. 하긴 그렇겠지. 이렇게 소심한 사람이 뭘 할 수 있겠어.

"역시 난 안 될 거야, 아마…….."

결아의 사고 회로가 음침의 끝을 향해 달려가는데, 갑자기 방문이 벌컥 열렸다.

"결아야. 너……."

"으아악!"

예고도 없이 등장한 루리 때문에 결아가 깜짝 놀라 고함을 내지르자 루리도 움찔했다.

"귀신이라도 봤냐? 비명까지 지르게."

"아, 가, 갑자기 들어와서…… 놀랐어. 언제 왔어? 현관문 소리 못 들었는데."

"무슨 생각을 하고 있었기에 그 소리도 못 들…… 어엇?! 저, 저건 뭐냐?"

루리가 벽에 얌전히 매달린 채 존재감을 내뿜고 있는 장미 꽃다발을 보고 뜨악한 표정을 지었다.

"아, 이거? 그냥……."

"그냥? 그냐앙?"

루리가 빛의 속도로 다가와 장미 꽃다발을 매의 눈으로 살폈다.

"이야. 이거 때깔 보니 디게 비싼 거네. 고급 품종이야. 언니가 사방팔방 꽃 돌릴 일이 많은 업종에 종사하다 보니 꽃을 좀 아는데, 이거 엄청 좋은 거다. 누가 이런 귀한 몸을 선물로 줬어? 응? 남자냐?"

루리가 호기심 어린 눈으로 장미꽃과 결아를 번갈아 보며 묻자 결아는 슬쩍 시선을 피했다.

"그, 그런 게 아니라 그냥……. 근데 언니 나한테 할 말 있어서 이 방에 온 거 아니야?"

"아!"

결아가 잽싸게 말 돌리기 신공을 펼치자 루리가 생각났다는 듯 눈을 크게 떴다.

"나 너 데리러 왔어."

"응? 날? ……어, 어어?"

결아가 눈을 동그랗게 뜨자 루리가 다짜고짜 그녀의 몸을 잡아 일으켰다.

"아까 치킨 시켜 먹은 게 잘못됐는지 작가들 다 식중독으로 병원 실려 갔어. 오늘 생방 좀 부탁하자."

"생방? 오, 오늘?"

"일단 급하니까 가면서 얘기해 줄게! 오늘 방송 펑크 나면 내가 사고 친 것들이 많아서 이번에야말로 징계 위원회에 회부된다고!"

루리가 필사적으로 외치고는 결아의 손을 움켜잡고 멧돼지처럼 방을 빠져나갔다.


루리에게 납치되듯 방송국으로 끌려온 결아는 정신을 차리고 보니 라디오국 회의실에 앉아 있었다.

"자. 이게 오늘 큐시트랑 대본이니까 확인하고. 오늘은 스타 초대석이 있는 날이라 네가 현장에서 그때그때 스크린에 멘트를 적어 줘야 해."

"으, 응."

루리가 내민 큐시트를 긴장된 표정으로 훑어보며 결아가 고개를 끄덕였다.

"전체적인 건 여기 대본에 나온 대로 갈 거니까 긴장할 거 없어. 그냥 실시간으로 재밌는 청취자 의견이나 질문 같은 거 뽑아다 주고, 대화 중에 떠오르는 거 있으면 써 주면 되니까."

"으, 응."

결아가 큐시트와 대본을 꼬옥 움켜쥐고 열심히 눈으로 훑어 나갔다. 으윽, 시, 심장 떨려……. 갑자기 생방이라니! 어? 그런데…….

결아가 순간 멈칫했다. 심장이 무척 벌렁벌렁거렸지만 신기하게도 한편으로는 묘한 기대감과 설렘이 차오르고 있었다. 아니, 이건 어쩌면…… 기회일까?

어릴 때부터 라디오를 즐겨 들었었다. 특히 혼자 지내던 시간이 많았던 결아에게 책과 라디오는 늘 함께 있어 줬던 오래된 친구 같은 존재였다. 루리 방송의 새끼작가 일을 거들면서도 자신이 쓴 대본이 전파를 타는 것이 신기해 몇 번이나 반복해서 듣고, 현장에서 바쁘게 방송을 만드는 루리를 언제나 부러워했었다. 그러면서 내심, 자신도 그 일을 함께하고 싶었다. 그저 도와주는 새끼작가 역할이 아닌 정식 작가로서.

지금까진 내 소심한 성격 때문에 생방송은 절대 불가능할 거라고 생각했었는데. 하지만 지금은, 어쩌면 지금이라면…….

결아가 조심스럽게 자신의 왼쪽 가슴에 손을 가져갔다. 긴장과 설렘, 묘한 흥분이 섞인 힘찬 심장 박동이 손바닥에 고스란히 느껴졌다. 그래. 지금은 가능할지도 몰라!

결아의 눈이 반짝 떠졌다. 휘와 함께 지낸 시간 동안 달라진 지금이라면, 불가능이라 여겼던 생방송을 해낼 수 있을 것만 같았다.

결아가 의욕적으로 대본을 펼치는데 갑자기 루리가 버럭 소리를 내질렀다.

"뭐라고요?!"

고개를 돌려 보니 루리가 휴대폰을 귀에 대고 절망적인 표정을 짓고 있었다.

"아니, 지금 그런 말씀을 하시면 어떡해요. 이제 와서 어디서 게스트를 섭외하라고!"

서, 설마 게스트 펑크? 결아가 침을 삼키고 걱정스러운 표정으로 루리를 바라봤다. 생방송의 게스트 펑크란 그야말로 대참사였다.

"네? 아니, 아무나 데려와서 쓰면 되는 거라뇨? 지금 라디오라고 저희 방송 우습게 보는 겁니까?!"

"이 피디, 지한영 연락됐······ 어이쿠!"

그때 문을 열고 회의실로 들어오던 부장이 루리의 고함 소리에 움찔해서 멈춰 섰다.

"됐습니다! 3개월 전부터 스케줄 잡아 놓은 건데 이런 식으로 뭉개도 된다는 분이랑 저도 같이할 생각 없습니다. 끊습니다!"

전화를 끊은 루리가 휴대폰을 거칠게 테이블 위로 내던졌다.

"아오! 진짜 뭐 이런 개떡 같은 경우가······!"

루리가 씩씩거리며 모자를 벗고 자기 머리칼을 엉망으로 헝클이자 부장이 얼른 다가와 물었다.

"왜 그래. 설마, 지한영 못 온대?"

"네! 고귀하신 몸이 다른 스케줄 있던 걸 깜빡하셨다고 일방적으로 취소한다네요. 생방 펑크 나든 말든 알아서 하랍니다."

"뭐?! 그, 그럼 어떡해! 지한영 나온다고 이미 세 달 전부터 홈페이지에 다 올라가 있었는데!"

"아우우! 정말······!"

루리가 의자 위에 털썩 앉아 절망적으로 머리칼을 거머쥐었다. 그 모습을 지켜보던 결아가 걱정스러운 표정으로 물었다.

"언니. 게스트로 지한영 씨 나오기로 됐던 거 취소된 거야?"

"지금 상황 보면 모르냐."

루리가 사자 갈기처럼 머리를 엉망으로 흩뜨리며 말하자 결아가 대본을 바라봤다.

"어떡하지? 그럼 이 대본도 다 무용지물인데……."

"으어! 미치겠다! 어쩌냐? 어쩌지?"

"어쩌긴 뭘 어째! 아는 인맥 총동원해서 섭외해야지!"

부장이 성마르게 재촉하자 루리가 포효하듯 말했다.

"아, 누가 그걸 모르냐구요! 문제는 지한영급 스타를 어떻게 생방 다섯 시간 전에 섭외하냔 말입니다!"

"그 급이 안 된대도 어쨌든 다른 누구라도 데려와야지, 별수 있어?"

"오늘 지한영 나온다고 게시판 난리인데 갑자기 듣보 데려와 봐요. 그 성난 민심을 어찌 가라앉혀요?"

"그, 그것도 그러네."

부장이 사태의 심각성을 깨닫고 침통한 표정을 짓자 루리가 한숨을 내쉬며 던져 놨던 휴대폰을 집어 들었다. 그러고는 어딘가로 빠르게 전화했다.

"어, 지혜야. 아픈 와중에 미안한데 너 병원에서 전화는 돌릴 수 있지? 지금 니들 연락처에 있는 연예인 대어급부터 모조리 전화 돌려서 오늘 생방 가능한지 물어봐. 아니, 그럼 내가 왜 전화를 돌리라고 하겠냐! 수정이한테도 전화해서 당장 작업 들어가라고 해! 당장!"

루리는 전화를 끊자마자 곧장 다른 곳으로 다시 전화를 걸었다. 초조한 얼굴로 통화 연결음을 듣고 있던 루리가 눈을 번쩍 떴다.

"아이고! 안녕하십니까! 저 MBS 라디오국 이루리 피디입니다! 네. 방송 너무 잘 보고 있습니다. 박태인 씨 연기가 아주 그냥, 여심을 그냥, 어찌나 꽉 움켜잡고 흔들어 대던지. 하하하…… 네? 아, 네. 무슨 볼일이냐고요?"

허리를 연신 접어 가며 아부하던 루리가 머쓱한 얼굴로 헛기침을 험험, 했다.

"아. 저…… 무척 바쁘신 줄은 알지만, 혹시 오늘 저희 생방송에 나와 주실 수 있나 해서……. 아, 역시 안 될까요? 그래도 한 30분만이라도 어떻게……."

간곡한 목소리로 사정하는 루리를 결아가 안쓰럽게 바라봤다. 남한테 절대 지고는 못 사는 성격인 언니인데, 보이지도 않는 상대를 향해 저렇게 굽실굽실…….

"아아. 네. 그렇죠, 그렇죠. 압니다. 할 수 없죠. 다음에 정식으로 섭외 요청 드릴 테니 그땐 꼭 나와 주세요. 네, 들어가세요."

루리가 전화를 끊자마자 부장이 물었다.

"박태인 안 된대?"

"네. 원래 스케줄 관리 깐깐하잖아요. 잠시만요."

미간을 바짝 좁힌 루리가 곧바로 다음 연락처로 전화했다.

"여보세요? 이윤 매니저분이시죠? 저 MBS 라디오국 이루리 피디입니다. 하하하. 영화 잘 봤……. 아…… 용건만 간단히요? 저 사실은 오늘 혹시 저희 생방에 출연 가능하실까 하여……. 아아. 역시 안 되는군요. 네네. 알겠습니다. 네."

루리가 어두운 얼굴로 전화를 끊자 부장이 한숨을 내쉬며 말했다.

"박태인 이윤도 섭외 안 돼서야 휘나 현석 같은 애들은 말도 못 꺼내겠구만."

부장에게서 익숙한 이름이 나오자 결아가 움찔거렸다.

"선우휘요? 저도 그래서 안 하잖아요. 그쪽은 꿈도 못 꿔요. 아, 네! 저 이루리 피딥니다! 하하하. 다름이 아니오라……."

빠르게 대답한 루리가 다시 전투적으로 전화를 거는 모습을 보며 결아가 슬쩍 일어났다. 어딘가를 향해 굽실거리는 루리를 피해 회의실을 나온 결아는 조용히 문을 닫았다.

손에 든 휴대폰을 눈을 가늘게 뜨고 응시하던 결아가 비상구 쪽으로 쓱 들어갔다. 아무도 없는 비상구 계단에서 결아는 휴대폰을 들고 숨을 크게 들이켰다. 그러고는 액정에 떠 있는 연락처 이름을 내려다봤다.

[휘]

휴, 어쩌지……? 액정에 떠 있는 이름을 보던 결아는 비상구 안을 이리저리 서성이며 고민에 빠져들었다.

"배우한테 사적으로 이런 부탁 하면 실례되는 거겠지? 아, 하지만……."

부장과 루리의 대화를 떠올리자 이리저리 방황하던 결아가 우뚝 멈춰 섰다. 그러고는 휴대폰 액정의 통화 버튼에 손가락을 가져갔다.

"그래, 누르자! 부탁하면 어쩌면 들어줄지도 모르……."

그때 아까 전 냉랭한 분위기를 풍기며 현관문을 쾅 닫고 나가던 휘의 모습이 떠올랐다.

"으아! 안 돼! 못 하겠어! 기분 안 좋을 텐데……. 게다가 그 남자 라디오는 안 한댔잖아!"

휘의 매니저 경험이 있어서 그가 라디오 스케줄은 잡지 않는 것을 알고 있었다.

"할 수 없지. 그, 그냥 포기하고 나가자."

다시 비상구 문 쪽으로 몸을 돌리려던 결아가 멈칫했다. 지금 회의실 안에서 고개를 숙여 가며 누군가의 매니저에게 부탁을 하고 있을 루리를 생각하니, 도저히 발이 떨어지지 않았다. 결아가 마음을 다잡고 다시 휴대폰을 번쩍 들어 올렸다.

"그래! 지금 내가 찬물 더운물 가릴 때가 아니야! 언니가 하듯 고개를 조아려서라도 부탁을 하는 거야!"

"무슨 부탁인데요?"

"그야 생방송에 나와 달라고 부탁…… 어어?"

자기도 모르게 중얼중얼 대답하던 결아가 눈을 동그랗게 뜨고 고개를 돌렸다. 그러자 거기엔 비상구의 남자, 현석이 종이컵을 들고 서 있었다.

"또 만났네요. 다리는 괜찮아요?"

깔끔한 베이직 스타일의 니트와 진한 색 면바지를 입은 현석이 묻자 놀라서 그를 가만히 바라보고만 있던 결아가 대답했다.

"아, 네. 이제 괜찮아요. 그런데 현석 씨는 늘…… 여기 계세요?"

"저요?"

"아! 그, 그럴 리가 없겠죠? 죄송해요. 제가 바보 같은 질문을……!"

멍한 얼굴로 현석에게 질문하던 결아가 자신의 질문이 이상하다는 걸 깨닫고 허둥지둥 사과했다. 그러자 그가 부드럽게 웃으며 말했다.

"여기 자주 오긴 하니까 틀린 말은 아니네요. 그런데, 방금 그말 뭐예요? 생방송?"

"네? 아…… 그게요. 저희 언니 때문에……."

난처한 듯 웃던 결아는 문득 부장이 말한 이름 중에 현석도 있다는 것을 깨달았다.

"아! 맞다! 현석 씨!"

눈을 번쩍 뜬 결아가 갑자기 적극적으로 다가가 현석의 팔을 두 손으로 꾹 움켜잡았다. 갑자기 결아에게 팔을 잡힌 그의 몸이 딱딱하게 굳은 것도 모른 채 결아가 눈을 반짝반짝 빛내며 물었다.

"혹시 오늘 스케줄이 어떻게 되세요?"

"오늘 스케줄은 조금 전에 다 끝났어요. 그런데…… 그건 왜요?"

현석은 동요를 내비치지 않고 최대한 태연한 얼굴로 되물었다.

"정말요? 저, 그, 그럼……!"

결아가 흥분된 얼굴로 침을 꿀꺽 삼키고 얼굴을 더 가까이 들이대자 현석의 목울대가 꿈틀거렸다.

"저 커피…… 흘리겠는데요."

"아! 죄송해요!"

자신이 종이컵을 든 현석의 팔을 너무 꽉 잡고 있었다는 것을 깨달은 결아는 얼른 현석의 다른 팔을 움켜잡았다. ……이런. 상황이 전혀 나아지지 않자 현석은 심장 소리가 가파르게 빨라지는 것을 느꼈다.

그런 현석의 심정을 알 리 없는 결아는 그의 팔을 꼬옥 움켜잡고 흥분을 감추지 못한 채 말했다.

"저, 그럼 혹시 오늘 밤 저희 언니 라디오 생방송에 나와 주실 수 있으세요?!"

## 25.
### 맹수 발견

"어떻게 좀 안 될까요? 아…… 네. 알겠습니다. 네. 어쩔 수 없 죠."

루리가 전화를 끊자 타는 목마름으로 지켜보고 있던 부장이 답 답한 듯 넥타이를 잡아 흔들었다.

"거참, 일 났군! 최혁까지 안 되면 도대체 어쩌란 거야?"

부장이 넥타이를 느슨하게 풀고 절망 어린 얼굴로 말하자 루리 가 다시 휴대폰을 눌러 댔다.

"애들한테 전화해 볼게요."

"섭외 성공했으면 바로 전화 왔겠지! 지금까지 안 온 거 보면 그쪽도 실패한 게 분명……."

그때 회의실 문 여는 소리가 들리자 루리와 부장의 고개가 동시 에 문 쪽으로 향했다. 결아가 조심스럽게 들어오자 루리가 피곤한 얼굴로 말했다.

"결아야. 미안한데 오늘 스타 초대석 펑크 날 거 같다. 신청곡 받는 코너로 바꿔야겠는데 대본 수정해 줄 수 있……."

"결정 난 겁니까?"

지친 얼굴로 말하던 루리가 갑자기 들린 중저음 목소리에 멈칫했다. 다시 돌아보니 결아의 뒤로 현석이 슥 들어왔다.

"혀, 현석……!"

현석을 보자마자 부장과 루리의 눈이 쟁반만 해졌다. 현석이 놀란 루리를 보며 싱긋 웃었다.

"아직 안 늦었다면 스타 초대석 코너를 제가 해도 될까요?"

"네?"

현석의 말에 루리와 부장은 믿기 힘들단 얼굴로 빠르게 시선을 교환했다.

"그, 그 말은 저희…… 생방송에 오늘 현석 씨가 출연해 주신다는…… 뜻인가요?"

루리가 벌렁벌렁한 심장을 가까스로 억누르며 묻자 현석이 산뜻하게 대답했다.

"네."

"우, 우와……! 정말이요? 그럼 저희야 환영, 완전 대환영이죠!"

"아이고! 감사합니다. 이렇게 고마울 데가!"

루리와 부장이 '할렐루야!'를 외치듯 열띤 환호를 보내자 현석이 뿔테 안경을 추켜올리며 말했다.

"제가 멋대로 나와서 혹 방송에 피해를 끼치는 건 아닐지 모르겠습니다."

"그럴 리가요! 그린 걱성은 절대 하지 않으셔도 됩니다. 현석 씨가 나와 주신다면 여우가 가고 호랑이가 온 격이니까요!"

루리가 절대 그럴 리 없다는 듯 단호하게 말하자 현석이 안심한 얼굴로 미소 지었다.

"그렇다면 다행입니다."

"자! 그럼 일단 여기 앉으세요. 제가 설명을…… 아차! 내 정신! 결아야. 이걸로 현석 씨 커피 좀!"

"아, 응. 그럴게."

상황을 흐뭇하게 보고 있던 결아가 얼른 대답하며 루리가 내민 카드를 받아 들었다. 그러자 루리가 아! 하더니 현석에게 빙글 고개를 돌리고 물었다.

"현석 씨는 어떤 커피를 드시는지요?"

"아무거나 괜찮습니다."

"그럼 제일 비싼 걸로다가 큰 걸로……. 어? 가만."

신이 나서 말하던 루리가 문득 이상함을 느끼고 결아를 바라봤다.

"그런데 지금 현석 씨를 네가 모시고 온…… 거니?"

"어? 아…… 응."

결아가 대충 대답하고 카드를 들고 후다닥 나가려는데 부장도 놀란 얼굴로 물었다.

"결아 씨가 현석 씨와 친분이 있었어?"

"어떻게 알게 된 건데?"

부장과 루리가 의문 어린 시선으로 현석과 결아를 번갈아 바라봤다.

"아. 그, 그게……."

결아는 급히 변명거리를 떠올려 봤지만, 당황한 나머지 아무것도 떠오르지 않았다. 휘와의 노예 계약을 얘기하지 않으면 아무것도 설명할 수가 없는데……. 어, 어쩌지? 결아가 난처한 얼굴로 어물거리고 있자 루리와 부장의 시선이 더욱 의심을 더해 가고 있었다.

하얗게 질린 결아의 얼굴을 가만히 바라보고 있던 현석이 대신 말했다.

"어제 방송국에서 제가 결아 씨에게 조금 도움을 준 일이 있었습니다. 그 일로 알게 되었어요."

"현석 씨가요?"

루리와 부장의 시선이 결아에서 현석에게로 넘어갔다. 그러자 현석은 미소 지으며 질문에 답했다.

"네. 결아 씨가 어제 방송국에서 넘어져서 발을 접질렀는데 제가 우연히 보게 되어 집까지 바래다드렸거든요."

"아! 그러셨구나······! 얘는 왜 이런 건데 말을 못 하고, 넘어진 게 그렇게 부끄러웠어?"

"아, 응. 조, 조금······."

루리가 핀잔주듯 말하자 결아가 순간 안도하며 열심히 고개를 끄덕였다.

"아유. 제 동생을 도와주신 데다가 저까지 도움을 받다니, 오늘 제가 현석 씨한테 완전 크게 쏴야겠네요!"

"괜찮습니다."

현석이 사양하자 루리가 말도 안 된다는 듯 크게 손을 휘저었다.

"괜찮다뇨! 현석 씨는 지금 제 목숨을 살려 주신 것과 같아요. 그냥 넘어가면 안 되죠. 아! 결아야. 일단 어서 커피!"

"응."

결아가 얼른 대답하고 날쌔게 회의실을 빠져나왔다.

"휴우. 현석 씨 덕분에 위기 상황은 잘 넘겼네. 바보같이 당황해선······."

현석 씨처럼 자연스럽게 대처했어야 하는데.

"하긴 현석 씨는 배우니까……. 그래서 그렇게 얼굴색 하나 안 변하고 어제 처음 만난 사람처럼 말할 수 있었던 거겠지? 어쨌든 안 들켜서 정말 다행이야."

고개를 주억거리며 중얼거리던 결아가 문득 자리에 멈춰 섰다.

"어? 왜 멀쩡한 엘리베이터 놔두고 또 비상구 계단으로……. 습관은 무섭다더니."

결아는 고개를 절레절레 젓고는 아래층에서 비상구를 빠져나와 엘리베이터 쪽으로 총총 걸어갔다.

엘리베이터에서 내린 휘는 주변을 둘러보고는 한쪽 눈썹을 휘어 올렸다. 그러고는 바로 휴대폰을 꺼내 들고 전화를 걸었다.

"지금 도착했는데, 주소 여기 맞아? 여긴 그냥 오피스텔이잖……."

"휘!"

뒤쪽에서 자신을 부르는 소리가 나자 휘가 뒤돌아봤다. 몸의 라인을 은근히 드러낸 찰랑이는 롱드레스를 입은 채은이 문을 열고 서 있었다.

"여기 맞아. 들어와."

채은이 살랑살랑 웃으며 문에 기대서자 그가 모자를 눌러쓰고 걸어갔다.

"왜 이런 데에 작업실을 만든 거야?"

휘가 오피스텔 안으로 들어서며 말하자 채은이 문을 닫으며 웃었다.

"몇 달 있지도 않을 거라 그냥 집과 작업실을 같이 쓰고 있어. 아, 와인 한잔할래?"

채은이 와인을 진열해 놓은 작은 바 쪽으로 향하자 휘가 소파에 앉으며 말했다.

"차 가지고 왔으니 와인은 됐어. 그런데 여기 왜 이렇게 어두워? 불 좀 켜지 그래."

"아……."

채은이 멈칫하고는 어색하게 웃었다. 그건 안 되지. 일부러 은밀한 분위기 연출을 위해 조명, 향수, 의상까지 모든 걸 완벽하게 세팅한 건데.

"이미지 구상 때문에 일부러 그런 거야. 전체 톤이 블랙에 가까운 다크그레이거든. 많이 불편하니?"

"콘셉트 때문이라면 됐어."

휘가 모자를 벗어 소파 위에 툭 던지며 머리칼을 푸르르 흔들었다. 그 모습을 본 채은이 몰래 숨을 삼켰다. 휘…… 몇 년 사이에 정말 멋있어졌어.

일부러 어둡게 낮춰 놓은 조명에 비친 휘의 섹시하게 흐트러진 머리칼과 조각 같은 옆선이 채은을 홀리게 만들었다. 4년 전까지만 해도 소년 같은 풋풋한 이미지가 강했는데 지금은 완연한 성인 남자의 성적 매력이 느껴졌다.

그러니까 더 갖고 싶잖아.

입술 끝을 비스듬히 올린 채은이 커피를 내려 소파로 다가갔다.

"여기."

휘가 커피 잔을 받아 들자 채은이 자신의 잔을 들고 자연스럽게 그의 옆자리에 앉았다.

"아쉽네. 오랜만에 와인 같이 마셨으면 했는데……."

채은이 말하자 커피를 한 모금 마신 휘가 고개를 돌렸다.

"일 때문에 부른 거 아니었어?"

휘가 눈을 가늘게 뜨고 묻자 채은이 얼른 고개를 저었다.

"물론 일 때문이지. 아니면 바쁜 널 왜 여기까지 오게 했겠어."

오해하지 말라는 듯 말한 채은이 웃으며 커피 잔을 입으로 가져
갔다. 생각보다 경계가 심하잖아? 너무 급하게 다가가면 안 되겠
어. 채은은 커피를 홀짝이며 은근한 시선으로 휘를 살폈다.

단둘뿐인 어두운 공간에서 나란히 앉아 있는데도 휘는 다른 남
자들처럼 자신을 향한 성적 열망을 전혀 보이지 않았다. 스스로 생
각해도 남자를 혹하게 할 만한 얼굴과 몸매라고 자부하는 데다 이
미 휘는 과거에 한 번 손에 쥔 적이 있어서 좀 더 수월하다고 생각
했었는데…….

예상외의 난관에 봉착한 채은은 빠르게 머리를 굴리기 시작했
다. 우선 과거 이야기를 꺼내 애틋했던 추억을 생각나게 만들어 볼
까? 커피 잔을 매만지며 계획을 고심하던 채은이 슬쩍 입을 열었
다.

"사실 같이 와인 먹자고 했던 건……."

채은이 섹시하게 늘어뜨린 머리칼을 쓸어 넘기고는 깊게 파인
넥 라인을 강조하듯 상체를 숙였다.

"우리 예전에 자주 와인 마셨잖아. 기억해?"

"기억나."

휘가 끄덕이며 커피를 마셨다. 담백한 휘의 얼굴을 힐끔 본 채
은이 말을 이었다.

"넌 그때가 어떨지 모르겠지만, 나에겐 너무나 행복했던 시간들이었어. 내 옆엔 항상 네가 있었고 네 옆엔 항상 내가 있었잖아. 네가 날 얼마나 사랑했는지 하나하나 다 기억이 나."

채은이 아련한 눈빛으로 휘를 바라봤다.

"파리에서도 늘 생각났어. 너와 같이 했던 시간들이 무척 그리웠……었어."

채은이 은근히 거리를 좁히며 속삭이듯 말하자 그가 가만히 그녀를 내려다봤다. 시선이 마주치자 채은이 애틋한 표정을 지어내며 촉촉한 눈빛으로 휘를 올려다봤다.

"그 시간이 그렇게 소중했던 걸 그때는 왜…… 몰랐을까?"

채은이 휘 쪽으로 바짝 몸을 밀착하곤 얼굴을 점차 가까이 가져갔다.

"……."

휘는 표정 없이 그런 채은을 보고 있었다. 갖고 싶은 그의 매혹적인 눈동자를 홀린 듯 응시하며 채은이 속삭였다.

"꿈을 좇는 동안 너무 큰 걸 놓쳐 버렸다는 공허감에 늘 힘들었어."

그의 입술 쪽으로 더 가까이 다가갈수록 채은의 몸은 뜨겁게 달아올랐다. 풍만한 가슴을 지그시 휘의 팔뚝에 밀착시킨 그녀의 눈빛에 열망이 가득했다. 그를 유혹하기 위해 시작한 것이었는데 정작 유혹당하는 건 자신이었다.

"휘……."

마침내 채은이 그의 이름을 부르며 입술이 닿을 듯 고개를 기울였다.

하지만 입술이 닿기 전, 휘가 먼저 입을 열었다.

"치수 안 잴 거야?"

휘의 낮은 목소리에 채은이 멈칫했다.

"어, 어?"

채은이 당황한 얼굴로 되묻자 휘가 무감하게 마주 보며 말했다.

"빨리 끝내 줘야 된다고 했을 텐데."

"……아! 그, 그래. 지금 시작할게."

민망한 얼굴로 벌떡 일어난 채은이 어정쩡하게 웃었다.

"잠시만 기다려."

몸을 휙 돌려 빠르게 걸어 나온 채은이 모퉁이를 돌자마자 얼굴을 팍 일그러뜨렸다. 뭐, 뭐야? 맙소사. 방금 나 혼자 흥분해서 삽질한 거야? 1초만 늦었어도 휘의 입술에 멋대로 키스할 뻔했다. 휘는 전혀 그럴 생각이 없어 보였는데 나만 혼자 달아올라선!

"아, 자존심 상해. 진짜! 그렇게나 가까운 거리에서 유혹했는데도 넘어오지 않다니!"

혼잣말로 짜증스럽게 내뱉은 채은이 표독스러운 눈빛으로 선반 위에 있는 줄자를 움켜쥐었다.

"두고 봐! 이 줄자 스킬로 안 넘어온 남자가 없으니까……!"

새로이 결의를 다진 채은이 표정을 싹 바꾸고 얼굴에 은은한 미소를 띤 채 소파 쪽으로 걸어갔다.

"미안. 기다렸지?"

채은이 다가오자 휴대폰을 보고 있던 휘가 고개를 들었다.

"그럼 일어서 볼래?"

"그래."

휘가 미간을 좁힌 채 휴대폰을 두고 일어섰다.

……연락을 안 한다 이거지? 아까 기분 나쁜 티를 팍팍 내고 나

왔음에도 불구하고, 결아는 문자 한 통 없었다. 휘는 분노가 치솟는 듯 목울대를 꿈틀거렸다. 정말 이결아 너…….

채은이 머리칼을 한쪽으로 늘어뜨린 뒤 일부러 상체를 숙여 가슴골을 드러냈지만, 휘의 머릿속은 결아에 대한 분노로 꽉 차 있었다.

"일단 이쪽을 향해 똑바로 서서……."

채은이 휘의 앞에서 가슴골을 과하게 모으고 선 채 관능적으로 보이도록 눈을 치켜떴다.

"두 팔을 양쪽으로 벌려 줄래?"

"어."

채은이 속삭이듯 말하자 그는 순순히 양팔을 양옆으로 뻗었다. 그녀는 휘의 셔츠와 핏 되는 탄탄한 가슴 윗부분을 손으로 슬쩍 쓸었다.

"휘 운동 많이 했구나? 어쩜…… 몸이 너무 좋다."

"어."

머릿속에 결아 생각으로 꽉 찬 휘는 채은이 뭐라 하든 신경 쓰지 않는 듯 대충 대답하고 있었다. 그리고 그의 눈이 더욱 가늘어졌다. 이결아, 그러니까 나랑 해 보겠다는 거지?

채은이 줄자를 들고 쭉 빼내고는 일부러 휘의 가슴 위 아슬아슬한 지점 바로 위에 가져갔다.

"일단 바스트 먼저 시작할게."

속삭이듯 말한 채은이 손끝으로 줄자를 잡고 아주 천천히 움직였다. 그러면서 양 팔뚝을 상체에 바짝 밀착시켜 가슴을 최대한 끌어모으고 깊게 파인 넥 라인을 과시하듯 몸을 숙였다. 그 상태로 도발적인 시선으로 휘를 응시하며 붉은 입술 끝을 끌어 올렸다.

어때? 휘……. 내 손가락이 네 몸을 스칠 때마다 흥분될걸? 이건 파리에서 칼을 유혹할 때도 채은이 썼던 방법이었다. 디자이너로서 존경하는 당신을 위해 꼭 옷을 만들어 보고 싶다고 부탁한 뒤, 단둘 뿐인 어두운 작업실에서 이런 식으로 그의 몸을 흥분시켰다.

그리고 그날이 우리가 첫 관계를 가진 날이었지…….

채은의 입꼬리가 더 위로 말려 올라갔다. 그리고 그녀의 손길이 더 대담해지려는 순간, 휘가 말했다.

"잠깐."

"……어?"

미간을 찡그린 채 제 몸에 닿아 있는 채은의 손을 휙 밀쳐 낸 휘가 소파 쪽으로 걸어갔다.

"왜 그래?"

"확인할 게 있어."

휘가 휴대폰을 빠르게 들어 올리며 말했다.

"혹시 문자가 왔는데 내가 확인을 못 했을 수도 있잖아."

"……응? 뭐라고?"

휘가 혼잣말로 중얼거리는 소리를 들은 채은이 물었다.

"아, 네가 신경 쓸 일 아니야."

빠르게 말한 휘가 지문 인식으로 휴대폰 잠금 화면을 풀자 방금 전 켜 뒀던 포털 메인 창이 나타났다. 그러자 순간 휘의 눈이 커졌다. 그의 눈에 포털 메인 뉴스란의 기사가 딱 들어왔다.

「현석, 오늘 라디오 〈이 밤, 그대에게〉 생방송에 깜짝 출연」

기사 제목과 함께 작게 떠 있는 사진엔 라디오 부스에서 웃고 있는 현석과, 그 앞에 앉아 있는 라디오 스태프들의 뒷모습이 보였다. 그중 한 여자의 익숙한 동그란 뒤통수에 휘의 살벌한 시선이 내리꽂혔다.

나한테 연락도 하지 않은 이유가…… 현석과 같이 있어서였냐? 이결아.

휘가 싸늘한 얼굴로 휴대폰 액정을 노려보고 있자 채은이 의아스러운 얼굴로 다가왔다.

"휘…… 왜 그래?"

휴대폰을 움켜쥔 휘가 빠르게 문 쪽으로 몸을 돌렸다.

"나 지금 가야겠다."

"뭐? 지금? 아, 아니 잠깐……."

휘가 현관 쪽으로 성큼성큼 걸어가자 채은이 당황한 듯 그의 뒤를 따라갔다.

"아직 사이즈도 다 못 쟀는…… 휘!"

휘가 일방적으로 문을 닫고 나가 버리자 채은이 당혹스러운 얼굴로 그 자리에 서 있었다.

"말도 안 돼……."

단둘뿐인 집 안에서, 풍만한 가슴과 개미허리를 아낌없이 드러내는 옷을 입고, 몸까지 더듬었는데? 지금, 이런 날 두고 가 버린 거야?! 하! 정말 말도 안 돼!

자존심이 있는 대로 상한 채은의 얼굴이 시뻘겋게 달아올랐다.


휘는 빛보다 빠르게 주차장에 세워 둔 차에 올라탔다. 귀에 대고 있는 휴대폰을 움켜잡고 거칠게 시동을 거는 그의 얼굴은 눈깔 없는 석고상 모드였다.

"계속 안 받는다 이거지."

잇새로 으르렁거린 휘가 차를 출발시켜 무서운 속도로 주차장을 빠져나왔다.


그 시간. 결아는 생방송을 위해 현석과 사전 인터뷰를 진행 중이었다.

"저, 급작스러우셨을 텐데 승낙해 주셔서 정말 감사해요."

결아가 꾸벅 인사하자 현석이 싱긋 웃었다.

"괜찮아요. 저 라디오 좋아하거든요."

"아, 그래요……?"

결아가 의외의 눈빛을 빛내자 그가 고개를 끄덕였다.

"네. 어렸을 때부터 혼자 있는 일이 자주 있어서 제게 라디오는 유일한 친구였어요."

"정말요? 와, 저랑 똑같네요?"

그녀가 놀라운 얼굴을 하자 현석도 흥미롭다는 시선을 던졌다.

"결아 씨도 그랬어요?"

"네. 저도 어릴 때부터 워낙 성격이 소심해서…… 혼자 있는 걸 좋아했거든요. 친구도 없고. 그래서 라디오 듣는 시간이 많았어요."

"아아. 그렇군요."

현석이 뿔테 안경 너머로 다정한 미소를 지었다. 예상 못 한 공감대 형성에 한결 긴장이 풀린 결아가 노트북 앞에 메모지를 놓고 펜을 들었다. 그러고는 모니터를 보며 말했다.

"현석 씨, 정말 인기가 많으신가 봐요. 현석 씨 나오신다니까 기사도 막 여러 개 나오고 포털 메인에도 뜨고……."

이 방송, 광고 엄청 되겠다고 어디서 이런 돈덩어리를 물어 왔냐는 루리의 말은 전하지 않은 채 결아가 말했다.

"뭘요."

현석이 조금 멋쩍은 듯 웃자 결아가 노트북 화면 스크롤을 내리며 감탄했다.

"게시판도 서버가 다운될 정도인데요? 질문 보내 달라고 했더니 페이지가 막 쭉쭉쭉…… 우와……."

실시간으로 빠르게 넘어가는 페이지를 놀라운 얼굴로 보며 결아가 말했다. 그런 그녀의 감탄 어린 말을 가만히 듣고 있던 현석이 입을 열었다.

"그런 칭찬은 솔직히 별로 좋아하지 않는데…… 이상하게 결아 씨가 말해 주니 기분이 좋은데요."

"아, 정말요?"

이번엔 결아가 쑥스러운 듯 헤헤 웃었다.

"결아 씨는 사람을 기분 좋게 해 주는 능력이 있어요. 특히……."

현석이 말을 멈추고 볼을 붉힌 채 부끄러운 듯 웃고 있는 결아를 가만히 바라봤다.

"……?"

그가 빤히 바라보자 결아가 의아스러운 표정을 지었다. 그때 현석이 말을 이었다.

"지금처럼 웃는 얼굴을 보면 저절로 기분이 좋아져요."

아무리 기분이 우울할 때도.

"아……."

현석의 진심을 담은 목소리에 결아의 얼굴이 화르륵 붉어졌다.

"치, 칭찬해 주셔서 감사합니다."

달아오른 뺨을 두 손으로 감싼 결아가 고개를 꾸벅 숙였다. 으아, 그, 그냥 인사치레겠지만, 저 달달한 꿀성대로 이런 듣기 좋은 말을 해 주니까 기분이 막……. 결아의 얼굴이 불덩이처럼 뜨거워지는데 마침 문이 벌컥 열리고 루리가 나타났다.

"결아야."

"어?"

"이거 네 휴대폰 맞지? 테이블 위에서 계속 울리고 있어서."

루리가 내민 휴대폰을 받아 든 결아가 액정에 부재중 전화로 떠 있는 이름을 보고 움찔했다. 휘? 결아가 액정을 보고 서 있는데 루리가 귓가에 입을 가까이 대더니 의미심장하게 물었다.

"야. 휘라고 써 있드라? 현석 씨도 아는 사람인 걸 보니…… 설마 이 휘가 그 휘는 아니겠지?"

"어, 어?"

헉! 들켰……!

"푸하하! 그럴 리가 없겠지. 현석 씨도 어제 처음 만난 애가 선우휘를 어디서 만났겠어? 농담이야, 농담!"

"아, 노, 농담……."

루리의 말에 결아의 심장이 피시식 김빠진 풍선처럼 쪼그라들었다. 까, 깜짝이야! 정말 들킨 줄 알았네.

"하하하. 현석 씨 섭외가 성사돼서 언니가 눈이 뒤집혔는지 헛소리가 막 나온다, 야!"

루리가 크게 웃으며 굳어 있는 결아의 옆구리를 쿡쿡 찔렀다.

"인터뷰 끝나면 바로 대본 넘기고, 현석 씨 불편하지 않게 잘 챙겨 드려. 알았지?"

"으응. 그럴게."

결아가 대답하자 루리가 현석을 향해 싱글싱글 말했다.

"현석 씨. 이따 부장님이 특한우 쏘실 예정이시라니까 부디 사양하지 말아 주세요! 알았죠?"

"알겠습니다."

"하하하하하하하!"

루리가 세상을 다 가진 듯한 호탕한 웃음소리를 남긴 채 문을 닫고 나가자 결아가 민망한 얼굴로 현석을 봤다.

"그러고 보니 그 인사를 깜빡했네요. 아까 갑자기 현석 씨와의 관계를 물어서 무척 난감한 상황이었는데, 덕분에 무사히 넘길 수 있었어요. 감사합니다."

결아가 감사를 전하자 현석이 말했다.

"별것도 아닌데요. 뭐."

"그래도요. 덕분에 위기 상황을 무사히 극복……. 아! 그런데 그 순간에 어떻게 그런 말을 하실 생각을 하셨어요? 전 현석 씨가 텔레파시라도 하시는 줄 알았어요."

결아가 신기한 얼굴로 묻자 현석이 가만히 그녀의 얼굴을 응시했다.

"결아 씨가 곤란해 보여서요."

현석이 안경 너머로 진지하게 바라보자 결아가 천천히 눈을 깜빡였다. 그때 결아의 손에서 다시 진동이 울려 댔다.

"아, 맞다! 휘 씨 전화……."

결아가 허둥지둥 전화를 받으려 하자 그가 휴대폰을 들고 있는 그녀의 손을 가만히 잡았다.

"……?"

결아가 현석을 올려다보니 전화받는 것을 저지하려는 듯 손을 잡은 그가 그녀의 얼굴을 똑바로 응시했다.

지이이잉. 지이이잉.

휴대폰 진동이 두 사람의 손에 고스란히 느껴졌다.

"결아 씨. 좀 전에 나한테 고맙다고 했었죠."

"네? 네. 무척…… 고맙죠."

그런데 이 손은 뭔가요? 결아의 얼굴에 고스란히 떠오른 질문은 무시한 채 현석이 다시 입을 열었다.

"그럼 한 가지만 내 말대로 따라 줄래요?"

"그게 뭔데요?"

현석이 잡고 있는 손에 힘을 줘 휴대폰을 쥔 그녀의 손을 천천히 아래로 내렸다. 그러고는 결아의 눈을 똑바로 응시하며 말했다.

"지금 이 전화, 받지 말아요."

"네?"

결아가 영문 모를 얼굴로 현석을 바라보니 그는 웃음기 없이 진지한 얼굴로 그녀를 내려다보고 있었다. 그러자 결아의 손안에서 잠시 끊겼던 진동이 다시 울리기 시작했다.

전화를 받지 말라니…… 그게 무슨 의미지?

혼란스러운 얼굴로 현석의 말을 다시 생각해 보던 결아가 무언가 깨달았다는 표정을 지었다.

아! 혹시 이게 휘의 전화라는 걸 모르나? 그래서 일을 방해하니까 받지 말라는 거겠지? 하긴. 급작스럽게 진행된 스케줄이라 경황도 없을 텐데, 인터뷰 진행하다가 작가가 멋대로 전화 통화를 하는 것도 예의가 아닌 것 같아. 현석 씨는 일에 있어서 철두철미한 사람인 것 같은데.

"저, 이건⋯⋯."

결아가 오해를 풀어 주고자 휘에게서 오는 전화라는 걸 설명하려는데 그가 잡고 있던 손을 놔줬다. 그러고는 한 걸음 뒤로 물러섰다.

"농담입니다."

"농담⋯⋯이요?"

현석이 싱긋 웃으며 말하자 결아가 슬쩍 눈썹 사이를 모았다.

"네. 농담한 거예요. 어서 받으세요."

"아⋯⋯ 네, 네."

그가 어서 받으라는 듯 말하자 고개를 갸우뚱거리던 결아가 얼른 전화를 받았다.

"네. 여보세⋯⋯."

— 스물일곱.

"네?"

다짜고짜 휘가 낮은 목소리로 숫자를 말하자 결아가 이건 또 무슨 소린가 하여 미간을 좁혔다.

— 내가 전화하는데 스물일곱 번째에야 전화를 받아?

"아! 일부러 안 받은 건 아니고요. 제가 휴대폰을 다른 데다 두는 바람에⋯⋯."

— 14층 맞지?

"네?"

뜬금없는 질문에 변명하던 결아가 되물었다.

— 지금 너 있는 라디오 스튜디오, 14층에 있는 거 맞냐고.

"맞는데 그걸 어떻게⋯⋯."

— 지금 올라갈 거니까 당장 우측 엘리베이터 앞으로 나와.

"엘리베이터…… 네? 지, 지금요?"

결아가 눈을 크게 뜨고 놀란 얼굴로 되묻는데 익숙한 전화 끊기는 소리가 들렸다.

"어? 여보세요? 여보세요?"

끊긴 전화에 대고 황망히 외치고 있는데 현석이 물었다.

"휘가 뭐라고 했는데 그래요?"

"아, 그게…… 지금 여기로 올라온다고 엘리베이터 앞으로 나와 있으래요."

결아의 말을 듣고 잠시 생각하는 듯하던 현석이 말했다.

"기사 본 모양이네요. 나가 보세요."

현석이 동요 없이 말하자 결아가 눈을 크게 떴다.

"아! 현석 씨 라디오 출연 기사를 봐서 알았구나! 아차. 일단 나가 봐야 되니 여기 잠깐 계세요."

"네."

결아가 휴대폰을 손에 쥐고 빠르게 회의실을 빠져나갔다. 잠깐. 그러고 보니 이상한데? 부랴부랴 엘리베이터 쪽으로 향하던 그녀가 멈칫했다.

"기사에 내 얘긴 없는데 내가 여기 있는 걸 휘가 어떻게 알았지?"

하지만 의아한 것도 잠시, 결아가 다시 달리기 시작했다.

"아, 모르겠어. 일단 가자!"


휘가 서늘한 얼굴로 엘리베이터 안 전광판을 주시하고 있었다. 7층에서 문이 열리고 라디오국 국장과 부국장이 올라탔다.

"아니, 이게 누구야? 선우휘 군 아닌가!"

국장은 엘리베이터 안에 서 있는 휘를 보고 곧바로 알은척을 했다.

"아, 만난 적이 없어서 모르려나? 나 MBS 라디오국 국장이네."

"안녕하십니까."

휘가 고개 숙여 인사하자 국장이 허허 웃으며 말했다.

"전에 회식 때 여자 피디들이랑 작가들이 그렇게 선우휘, 선우휘 노래를 부르더만 실제로 보니 정말 미남이군그래."

"과찬이십니다."

"그런데 라디오는 안 한다는 게 정말인가?"

"아이고, 국장님. 선우휘 씨 곤란하게 그런 말씀은……."

부국장이 만류했지만 국장은 들을 생각이 없어 보였다.

"왜? 만난 김에 내가 부탁 좀 하려고 하는데. 선우휘 군, 언제 우리 라디오 프로 한번 나와서 여자 피디들 소원 좀 풀어 주지 그러나. 다들 보고 싶어서 난리인데."

그때 14층에서 엘리베이터가 멈췄다.

"고려해 보겠습니다. 그럼."

"아, 그래. 긍정적으로 고민해 보게."

고개 숙여 인사한 휘가 엘리베이터에서 내리고 스르륵 문이 닫히자 국장이 그제야 이상함을 느끼고 말했다.

"여기 라디오 층이잖아?"

"……어? 그러게요?"

국장과 부국장이 의문스러운 표정을 짓고 있을 때, 휘가 엘리베이터 앞에 서 있는 결아를 날카로운 시선으로 노려보고 있었다.

그리고 그를 발견한 결아는 절로 움찔거렸다. 윽! 이 남자는 왜 또 눈깔 없는 석고상 모드야? 결아가 긴장된 얼굴로 휘를 올려다봤다. 그는 한겨울 시베리아 벌판의 고독한 석고상처럼 무서운 얼굴로 서 있었다.

"여, 여긴 어쩐 일로……."

결아가 슬슬 뒷걸음질 치며 묻자 휘가 곧바로 되물었다.

"넌 왜 여기 있는데?"

"저요? 전 언니가 갑자기 도와줄 사람이 필요하다고 해서……."

으앗! 무서워! 휘의 눈이 레이저라도 발사될 듯 번뜩이자 결아는 고양이 앞의 생쥐처럼 움츠러들었다. 그때 모퉁이 너머에서 발자국 소리가 들렸다.

아차! 여긴 방송국이잖아? 이곳이 어디고 휘가 누구인지를 깨닫자 결아는 정신이 번쩍 들었다.

"일단 저쪽 비상구로 가서 얘기해요."

"싫은데?"

황급히 휘를 이끌려던 결아가 그의 거부에 멈칫했다.

"여기서 같이 얘기하는 거 방송국 사람에게 들키면 안 되잖아요."

결아가 주변을 보며 초조한 얼굴로 말하자 그가 눈을 가늘게 떴다.

"생방송 게스트가 캔슬 나서 부른 사람이, 왜 내가 아니고 현석이야?"

"네? 아……."

자신을 노려보는 휘를 결아가 당혹스러운 얼굴로 올려다봤다.

"오해야, 휘."

갑자기 뒤에서 들려오는 소리에 휘가 고개를 돌리니 현석이 다가오고 있었다. 현석은 담담한 얼굴로 두 사람 앞에 와서 섰다.

"여기서 결아 씨와 마주쳤는데 결아 씨의 언니가 곤란한 상황인 걸 우연히 알게 되어 도와주게 된 것뿐이야."

현석이 설명하자 말없이 그를 보고 있던 휘가 낮게 말했다.

"난 애한테 물었는데 왜 네가 대답하냐."

휘의 서늘한 목소리에 결아가 얼른 끼어들었다.

"저기, 현석 씨는 제가 난감할까 봐 도와주시려고……."

"이결아."

휘가 현석을 노려보며 낮게 읊렸다.

"아……."

간담까지 서늘하게 만들 정도로 차갑고 낮은 목소리에 결아가 흠칫 굳었다. 휘가 창백하게 굳어 있는 그녀에게 얼음 같은 시선을 내렸다.

"내 앞에서 한 번만 더 다른 남자 편 들어 봐."

휘가 으르듯 말하자 결아가 입술을 달싹였다.

"저, 전 그런 의미가……."

"너 결아 씨에게 그런 식으로……."

결아와 현석이 동시에 말하는 순간, 땡! 맑은 소리와 함께 그들 앞 엘리베이터 문이 열렸다.

"네. 게시판도 난리가 났…… 으아악!"

전화기를 귀에 댄 채 싱글벙글한 얼굴로 엘리베이터에서 내리려 던 루리가 현석과 휘가 나란히 서 있는 모습을 보고 비명을 질렀 다.

"서, 선우휘 씨?"

— 뭐? 누구?

"부, 부장님. 일단 끊겠습니다."

루리가 급히 말하고 전화를 끊었다. 그러고는 먹이를 발견한 하이에나 같은 얼굴로 휘에게 빠르게 접근했다. 루리가 눈을 번뜩이며 다가오자 결아는 휘의 뒤로 얼른 숨었다. 난 몰라! 하필 지금! 얼굴이 파리해진 결아는 휘의 등 뒤에서부터 슬금슬금 뒷걸음질쳤다.

결국 휘의 앞까지 걸어온 루리가 우렁찬 목소리로 말했다.

"전 오늘 현석 씨가 출연하는 라디오 프로 담당 피디 이루리라고 합니다! 하하. 여기 명함이요."

"아, 네."

루리가 빛의 속도로 잽싸게 명함을 건네자 휘가 그것을 받아 들었다. 그러자 루리가 영업사원 같은 과도한 웃음을 만면에 띠고 휘를 바라봤다.

"현석 씨와 절친한 친구분이시라고 들었는데, 친히 지원 사격해 주시려고 온 건가요?"

"아. 전⋯⋯."

휘가 대답하려는데 루리가 눈을 번쩍 떴다.

"세상에! 오늘 우리 방송국 완전 경사 났네요! 현석 씨에 이어 휘 씨까지 출연하면 정말 게시판 서버가 열두 번도 더 다운되겠는데요? 하하하!"

루리가 한번 물면 절대 놓지 않겠다는 얼굴로 휘의 팔을 붙잡는 순간, 그제야 휘 뒤에서 뒷걸음질 치고 있는 결아를 발견했다.

"어? 결아 너도 있었어?"

"으⋯⋯응."

도망치기에 실패한 결아가 식은땀을 흘리며 대답하는데 또 한 번 루리의 눈이 번뜩였다.

"아아! 너 휘 씨 오셨다는 말 듣고 언니 대신 섭외하려고 나와 있던 거야? 어이구, 기특해라! 하하하. 휘 씨, 얘가 제 동생인데 애가 이렇게 착하네요."

루리가 결아를 휘의 앞으로 휙 들이밀면서 말하자 결아의 얼굴이 밀가루처럼 허예졌다.

"아아⋯⋯. 그렇군요."

루리의 말을 들은 휘가 결아에게로 시선을 내렸다. 여전히 살벌한 휘의 눈빛에 결아는 그야말로 심장이 쪼그라드는 기분이었다. 무, 무서워!

그때 루리가 박수를 짝! 쳤다.

"아! 여기서 이러고 있을 게 아니라, 일단 우리 회의실로 가서 이야기할까요?"

루리가 욕망을 아낌없이 드러내며 휘를 잡아끌 듯 회의실 쪽으로 이끌었다.

"자자! 이쪽입니다!"

"⋯⋯."

이상하리만큼 반항 한 번 없이 순순히 루리 손에 끌려가는 휘의 뒷모습을 결아가 심란한 얼굴로 바라봤다.

"아, 일이 이상하게 흘러가네⋯⋯."

휘와 언니를 만나게 했으니 이제 어쩌면 좋아? 결아가 걱정스러운 얼굴로 내심 발을 동동 구르고 있는데 옆에 있던 현석이 말했다.

"걱정 마세요."

"네?"

결아가 고개를 들자 그가 말했다.

"휘, 생각 없는 놈 아니에요. 결아 씨가 걱정하는 일은 아마…… 없을 겁니다."

"저도 그건 아는데…… 휘 씨가 지금 기분이 많이 안 좋아 보여서요."

결아가 걱정스러운 얼굴로 말하자 현석이 안심하라는 듯 부드럽게 말했다.

"괜찮을 거예요. 걱정 마세요."

"네……."

그때 루리가 회의실 문 앞에서 결아에게 소리쳤다.

"결아야, 뭐 해? 현석 씨 모시고 빨리 와!"

"아, 응. 갈게!"

루리의 재촉에 얼른 대답한 결아가 현석을 바라보자 그가 말했다.

"들어가죠."

"네."

현석이 성큼성큼 앞질러 가자 결아도 비장한 얼굴로 종종거리며 뒤따라갔다. 회의실 문을 열자마자 루리의 환희에 찬 목소리가 터져 나왔다.

"아이고! 정말요? 감사합니다!"

가, 감사하다니……? 결아가 당혹스러운 시선으로 휘를 바라봤다. 휘는 그녀의 시선을 태연히 넘기며 루리에게 말했다.

"안 그래도 라디오에 꼭 한 번 출연해 보고 싶었습니다. 이번 기회에 팬들에게 좋은 이벤트가 된다면 저 또한 좋은 일이니까요."

휘가 싱긋 웃는 모습에 결아의 동공이 지진이라도 난 듯 흔들렸다.

"추, 출연이라니……. 지금 그 말은 휘, 아, 아니 선우휘 씨가 오늘 생방송에 나온다는 거야?"

지금 이 분위기로?

"그래, 결아야! 아무래도 언니가 오늘 로또라도 사야 되나 싶다. 선우휘, 현석 동시 출연이라니!"

루리가 신이 나서 떠들다가 현석을 바라봤다.

"현석 씨도 친한 친구와 함께하면 긴장도 덜 되고 좋으시죠?"

루리의 말에 현석이 휘를 바라봤다.

"물론이죠. 전 휘가 라디오는 한 번도 나온 적이 없어 섭외는 어려울 거라고 생각했는데, 의외네요."

현석이 자리에 앉으며 말하자 휘가 피식 웃었다.

"지금까진 그랬는데…… 생각이 바뀌어서."

휘가 의미심장한 목소리로 말하자 결아는 심장이 철렁했다. 저, 저 목소리는……. 역시 저 사람 무척 화나 있어! 결아가 두려움으로 식은땀을 흘리는 와중에 혼자 신나 있는 루리가 소리쳤다.

"정말 다행이네요! 생각을 바꿔 주셔서 어찌나 기쁜지. 하하……. 아! 내 정신 좀 봐! 일단 시간상 빨리 위에 보고하고 보도 자료 먼저 뿌려야 하니 잠시 전화 통화 좀 하고 올게요!"

루리가 손목시계를 보며 벌떡 일어났다. 그러고는 휴대폰을 들고 허둥지둥 문 쪽으로 달려갔다.

"결아야. 선우휘 씨도 사전 인터뷰 먼저 진행하고 있어. 언니 금방 올게!"

"으. 응? 아……."

결아가 대답하기노 전에 문이 세차게 닫혔다.

"……."

회의실 안에 세 사람만 남자 서늘한 냉기류와 함께 무거운 정적
이 내려앉았다. 결아가 힐끗거리며 휘의 눈치를 보는 것이 느껴지
자 자리를 피해 주는 게 낫겠다고 생각한 현석이 몸을 일으켰다.

"저도 통화 좀 하고 올게요."

"아, 네. 다녀오세요."

현석이 회의실을 빠져나가자 결아가 침을 꿀꺽 삼키고는 말을
꺼냈다.

"정말…… 저희 언니 라디오에 출연해 주시는 거예요?"

휘가 서늘한 시선으로 그녀를 쳐다봤다.

"출연한다고 해 놓고 도망이라도 칠까 봐?"

"아, 아뇨!"

그가 냉기를 펄펄 풍기며 말하자 결아가 얼른 고개를 저었다.

"나와 주신다면 정말 감사하죠. 선우휘 씨랑 현석 씨랑 강재영
씨는 정말 저희 언니가 섭외하고 싶다고 몇 년간 노래를 불렀었거
든요."

미간을 좁히고 있던 휘가 눈을 가늘게 떴다.

"그런데 왜 내가 1순위가 아니었을까?"

"네? 그게 무슨……."

"아까도 물었잖아. 네가 말한 세 사람 중, 왜 네가 가장 먼저 도
움을 청한 사람이 내가 아니라 현석이냐고."

"아, 그건……."

그의 차가운 목소리에 결아가 머뭇거리며 말했다.

"휘 씨는 라디오에 출연한 적이 한 번도 없잖아요. 제가 매니저
일을 도울 때도 한 번도 없었고……. 그 전에도 없었다고 알고 있
어요."

"그래서."

휘가 서늘하게 물으니 결아가 손가락을 꼼질거리며 말했다.

"그런 휘 씨한테 친분을 이유로 라디오에 나와 달라는 부탁을 하기가 죄송해서……."

"그래서 그 어려운 부탁을, 현석에게 했다?"

휘의 눈빛이 점점 더 날카로워지자 그녀가 숨을 삼켰다.

"그게 아니라요. 아까……."

작게 숨을 내쉰 결아가 다시 말을 꺼냈다.

"실은 아까 언니가 배우 매니저들에게 무시당하는 걸 보고 화가 나서, 휘 씨에게 죄송하더라도 그냥 부탁해 보려고 했어요. 그래서 전화하려고 비상구에 갔는데…… 거기서 현석 씨와 마주쳐서 먼저 부탁하게 된 거예요."

결아가 그의 표정을 살피며 설명을 이어 갔다.

"상황이 정말…… 급했거든요. 당장 누구라도 섭외해야 하는데, 마침 현석 씨가 같은 건물에 있고 시간도 되신다고 하셔서……."

변명하듯 주절주절 말하는 결아를 보던 휘가 크게 숨을 들이켰다.

"……후."

그의 한숨 소리에 결아가 안절부절못했다.

"기분 나쁘셨다면 정말 죄송……한데 정말 가장 먼저 생각난 건 휘 씨가 맞……거든요. 그래서 전화하려고 했는데……."

"그만 됐어."

휘가 그녀의 말을 잘랐다.

"정말이에요……."

결아가 우울한 얼굴로 입술을 달싹이자 휘가 인상을 찌푸렸다.

"됐다니까. 그냥…… 질투한 것뿐이니까."

"질투……요?"

결아가 휘를 멍하니 바라봤다. 그녀를 진지하게 응시하던 휘가 팔을 뻗어 결아를 확 낚아챘다.

"휘…… 읍!"

순간 휘가 결아의 뒷덜미를 끌어당겨 거칠게 입술을 삼켰다. 결아의 놀라 벌어진 입술을 맹수처럼 삼킨 휘가 사납게 키스를 퍼부었다. 수, 숨이……! 잡아먹을 듯 거친 키스에 결아는 호흡 곤란이 일어날 지경이었다. 그리고 그때 결아가 눈을 번쩍 떴다.

으앗! 여긴 방송국이잖……! 언제든 사람이 드나들 수 있는 방송국 안에서 대담하게 키스하고 있다는 걸 깨달은 결아가 팔로 휘를 밀어 냈다.

"휘, 휘. 잠깐…… 읍!"

결아가 고개를 돌리려 하자 휘는 더욱 세게 결아의 머리를 잡아 고정시키고 키스를 퍼부었다. 작은 혀를 휘감아 세게 빨아들이는 힘에 결아가 숨도 쉬지 못하고 할딱거렸다.

"읍! 으읍……!"

결아는 필사적으로 벗어나려 했지만, 휘는 절대 놔주지 않았다. 머릿속이 어질어질해지고 결국 호흡 곤란을 일으키기 직전에야 그가 그녀를 놔줬다.

"……하아!"

겨우 풀려난 결아가 막혔던 숨을 토해 냈다.

주, 죽는 줄 알았……!

발갛게 달아오른 얼굴로 헥헥거리며 죽을 듯 숨을 몰아쉬자 휘가 통통하게 부어오른 결아의 입술을 짧게 머금었다 놔줬다.

"아……."

그의 어둡게 잠긴 눈동자를 보자 결아는 숨을 들이켰다. 그리고 결아의 그렁그렁한 눈을 휘가 똑바로 응시하며 말했다.

"자꾸 나 자극하지 마라. 이런 식으로 질투하게도 만들지 말고. 한 번만 더 그러면……."

말을 멈춘 휘의 눈빛이 위험하게 빛났다.

"나도 내가 어떻게 할지 모르니까."

그의 소유욕 넘치는 눈빛과 낮은 목소리에 결아의 심장이 세차게 뛰기 시작했다.

"결아야."

"!"

으아앗! 어떡해!

갑자기 루리의 목소리와 함께 문 열리는 소리가 나자 결아는 깜짝 놀라 파다닥 뒤로 물러났다. 짧은 순간 휘와 최대한 간격을 둔 결아가 모니터에 시선을 박은 채 고개를 푹 숙이고 있으니 루리는 문을 열고 서서 의아한 얼굴로 두 사람을 번갈아 바라봤다.

"어? 너……."

왜 저렇게 보지? 서, 설마 방금 일을 눈치챈 건……! 결아의 염통이 쫄깃해지고 있는데 루리가 미간을 팍 찡그렸다.

"야. 아무리 선우휘 씨 앞이라 긴장된대도 그렇지. 인터뷰하면서 그렇게 멀리 떨어져서 앉으면 휘 씨가 기분 좋겠냐?"

"아닙니다. 괜찮습니다."

휘가 싱긋 웃으며 말하자 루리가 감동한 듯 말했다.

"아이고, 성격도 좋으셔라……. 아차! 내 정신! 아직 음료도 대접 안 했네요? 결아야. 얼른 가서 커피 하나 사 와라."

"아, 응."

다행이야. 들키지 않은 모양이야. 결아는 안심한 얼굴로 의자에서 일어났다. 그러고는 자연스럽게 휘를 향해 물었다.

"아메리카노 더블샷 진하게, 맞죠?"

"……어? 그렇게 멀리 떨어져 앉아 놓고는 언제 휘 씨 커피 취향까지 파악했냐?"

루리의 말에 결아의 몸이 순간 돌처럼 굳었다. 기, 긴장하지 마! 자연스럽게!

"아…… 그게, 방금 인터뷰 진행하다가 알게 됐어."

"그런 것까지 인터뷰 따냐? 어쨌든 얼른 갔다 와."

"으응."

결아가 잽싸게 문을 열고 회의실을 빠져나왔다. 밖으로 나온 결아는 놀란 가슴을 쓸어내렸다. 휘의 짐승 키스에 놀라고, 급작스러운 루리의 등장에 놀라고…….

"오늘 하루 정말 심장에 너무 무리가 심한 것 같아. 가뜩이나 콩알만 한데 걱정이네."

미간을 좁히고 옹알거리던 결아가 통통 부어오른 입술을 손가락으로 더듬었다. 그렇게 키스를 막막 짐승스럽게……. 꺄악! 안 돼! 떠올리 마! 결아가 얼굴이 토마토처럼 새빨개져선 고개를 붕붕 저었다.

"커, 커피! 커피 사러 가자!"

결아는 혼미한 정신을 다잡으며 비틀비틀 엘리베이터 쪽으로 걸어가는데 마침 문이 열리고 있었다. 그리고 그 안에 서 있는 현석을 보고 결아가 얼른 말했다.

"아, 현석 씨. 통화 다 끝나셨어요? 회의실로 가시면 돼요."

결아가 발간 얼굴을 슬쩍 숨기며 현석 옆을 지나쳐 잽싸게 엘리베이터에 올라타려 했다.

"마침 잘 만났네요."

"네?"

결아가 돌아보는데 그가 들고 있던 쇼핑백에서 챙이 넓은 스냅백을 꺼내 그녀에게 푹 씌워 줬다. 결아가 자기 머리에 씌워진 모자를 보고 어리둥절한 표정을 짓자 현석이 빙긋 웃었다.

"결아 씨에게 필요할 것 같아서요."

현석의 말에 결아는 더욱 의문 어린 표정을 지었다.

"저한테요?"

"좀 전에 들었는데, 오늘 방송 인터넷 생중계 한다면서요. 그럼 필요하지 않을까 해서."

"아! 맞다……!"

세상에, 나 좀 봐! 그걸 깜빡하다니! 방송 중에 스튜디오 들락거릴 일이 분명 생길 텐데 아무리 조심한다고 해도 카메라에 얼굴이 노출될 위험이 있었다. 그런데 그걸 까먹다니! 그제야 모자의 의미를 깨달은 결아가 현석에게 말했다.

"고마워요. 전 미처 생각 못 했는데……. 저, 설마 직접 사다 주신 건 아니죠? 아! 바쁘신 분께 제가 무슨……. 아, 아니에요!"

결아가 미안한 표정을 지으며 어쩔 줄 몰라 하자 현석이 미소 지었다.

"마침 차에 누가 준 게 있어서 가져온 거니 신경 쓸 것 없어요."

그의 말에 결아의 얼굴이 환해졌다.

"이, 그래요? 그럼 감사히 쓰고 돌려드릴게요!"

결아가 꾸벅 고개를 숙이자 현석이 손을 저었다.

"아, 결아 씨에게 잘 어울리니 그냥 결아 씨 가져요."

"네? 그래도⋯⋯."

"어차피 갖고 있어도 쓰지 않을 거 같아서요. 제 취향도 아니고⋯⋯. 결아 씨가 가져가서 예쁘게 써 줘요."

현석이 부드럽게 말하자 결아가 잠시 고민하다가 대답했다.

"그럼 그렇게 할게요. 감사합니다. 잘 쓸게요."

"뭘요. 아, 이거 타려던 거 맞죠?"

"아!"

현석이 마침 내려오던 엘리베이터를 잡아 주자 결아가 얼른 엘리베이터 안으로 들어갔다.

"고마워요! 먼저 들어가 계세요. 전 커피 사서 올라갈⋯⋯. 아, 현석 씨도 음료 한 잔 더 하실래요?"

"전 괜찮아요."

"아, 네. 그럼!"

결아가 꾸벅 인사하자 문이 닫혔다.

"⋯⋯."

엘리베이터가 아래로 내려가는 것을 확인한 현석은 들고 있던 쇼핑백을 힐긋 내려다보고는 안에서 영수증을 꺼내 주머니에 넣었다. 그러곤 쇼핑백을 엘리베이터 옆 쓰레기통에 버린 그가 피식 웃었다.

"별짓을 다 한다."

혼잣말을 중얼거린 현석이 몸을 돌려 회의실 쪽으로 향했다.

## 26.

### 이상한 배틀

혼자 와인을 마시고 있던 채은은 둥근 유리 잔을 소리 나게 내려놨다.

"짜증 나, 진짜……!"

휘와의 작업용 와인으로 준비한 거라 도수가 상당히 세서 그런지, 아니면 거절당한 분노 때문인지 취기가 확 올랐다.

"혼자만 잔뜩 흥분해선 닭 쫓던 개 신세가 되어 버리다니! 망할!"

감히 나에게 이런 굴욕을 줘? 용서 못……!

— 띠로리로리~

얼굴을 붉히고 씩씩거리고 있던 채은은 벨소리가 울리자 번개같이 휴대폰을 낚아챘다.

"그럴 줄 알았지! 다시 전화 올 줄 알았……."

콧노래처럼 흥얼거리던 채은은 액정에 뜬 이름을 확인하고 얼굴을 팍 찌푸렸다.

"보미 앤 왜 또 전화질이야? 이 기집앤 꼭 열받을 일 있을 때 전화해서 더 신경을 긁어 놓는다니까……. 그냥 받지 말아 버려?"

불퉁하게 휴대폰을 보고 있던 채은이 한숨을 내쉬고는 목을 큼큼 가다듬었다.

"응. 보미야!"

채은이 최대한 밝은 목소리로 전화를 받자 보미의 간드러지는 목소리가 들렸다.

— 채은아. 너 괜찮니?

보미의 목소리에 스며 있는 조소를 캐치한 채은은 본능적으로 기분이 나빠졌다. 얘가 또 뭘로 사람 속을 긁으려고…….

"괜찮냐니? 뜬금없이 무슨 소리야?"

— 어머! 설마 너 모르고 있는 거야?

"그러니까 뭘 모르냐는 건데?"

채은이 답답해하는 목소리로 채근하자 보미가 아주 안타깝다는 듯 말했다.

— 이런 걸 내 입으로 말하긴 좀 그런데……. 칼 있잖아.

"칼?"

채은의 얼굴이 굳었다. 설마……. 보미가 꺼낸 칼이라는 말에 슬금슬금 올라오던 불안한 기운이 머리끝까지 단번에 확 뻗쳐올랐다.

— 칼이랑 스캔들 났던 어린 모델 있잖아. 걔 임신했대. 상대는 칼이고.

"뭐? 임신?!"

그 망할 계집애가, 칼의 아이를 임신했다고?

"잘못 안 거겠지."

채은이 가까스로 평정을 유지하고 말했다.

— 확실해. 칼도 인정했어. ……어떡하니, 너?

가느다란 웃음이 묻어나는 보미의 목소리에 채은이 버럭 소리쳤다.

"칼이 그런 실수를 할 리가 없다니까! 그 남자가 그쪽으로 얼마나 철두철미한……!"

망할! 손으로 제 입을 막은 채은이 속으로 욕설을 내뱉었다. 수화기 저편에서 보미의 깔깔거리는 환청이 들리는 것만 같았다.

— 어머, 채은아. 왜 그렇게 화를 내? 네가 스캔들은 그냥 연막이라고 하지 않았어? 그렇게 철두철미한 남자를 상대로 임신이라니……. 칼이 그 여자애를 정말 사랑하는 모양이다. 그치?

노래하듯 말하는 보미의 목소리를 들으며 채은은 지그시 입술을 깨물었다.

"……그럴 리 없다니까. 그 여자가 '언플 하고 있는 거겠지. 성공을 위해선 물불 안 가리는 애더라고. 내가 칼에게 확인해 볼게."

— 흐응, 그러니? 성공을 위해 물불 안 가리는 건 누구도 마찬가지 같은데…….

"뭐?"

채은의 이맛살이 구겨지는데 쾌활한 웃음소리가 들렸다.

— 아하하! 아니야, 아무것도. 빨리 네 그이에게 전화해서 알아봐. 모든 언론에 쫙 깔린 기사조차 모르고 있는 너에게 얼마나 말해 줄진 모르겠지만…….

"언제나 그렇듯, 오해일 거야. 어쨌든 걱정 고마워. 보미야."

가까스로 대답하고 히스테릭하게 전화를 끊은 채은이 휴대폰을 소파 위로 내던졌다.

"개자식!"

그러곤 휴대폰을 노려보며 씩씩거렸다.

"뭐? 피임은 날 위한 배려라고? 하! 그딴 개소리를 하며 무슨 짓을 해도 실수 한 번 안 하더니……. 그 어린 계집애한테는 모든 이성이 싹 날아가 버린 모양이지? 더러운 자식!"

채은은 이를 갈며 신경질적으로 노트북을 켰다.

"대체 뭐라고 기사가 났길래 그러는……!"

급히 인터넷 창을 연 채은의 눈이 커졌다.


「선우휘, 첫 라디오 출연 생방송 ON-AIR」


"라디오……? 뭐야, 스케줄 때문에 간 거였어? 아아! 그랬구나. 난 또…….."

분노로 이글대던 채은의 얼굴이 언제 그랬냐는 듯 부드럽게 풀어졌다.

"휘도 참. 스케줄 때문이면 그렇다고 말을 하지. 내가 그런 것도 이해 못 해 줄 여자도 아닌데. 그래. 칼 따위보다 휘가 훨씬 낫지. 외모로 보나 몸매로 보나……."

화를 가라앉힌 채은은 은은한 미소를 머금고 라디오 생방송 시청을 눌렀다. 그러자 화면에 라디오 스튜디오가 나타났다. DJ 정우민과 휘, 현석이 나란히 앉아 있는 모습을 보며 채은이 스피커 볼륨을 높였다.

— 지금 스튜디오에는 오늘 갑자기 출연을 결정해 주신 현석 씨와, 평소 친하다고 알려진 선우휘 씨까지 지원 사격 역할로 나와

주셨습니다.

채은이 화면을 보며 여유롭게 와인 잔을 입술로 가져갔다.

"어머. 휘, 현석이랑 여전히 친한 모양이지?"

― 이분들의 인기가 엄청난 건 알고 있었지만, 이 정도일 줄을 저희도 정말 예상 못 했습니다. 덕분에 저희 방송 사상 처음으로 홈페이지와 실시간 청취 서버까지 완전히 다운되었는데요. 불편을 드려 정말 죄송하다는 말씀 드리고 시작하겠습니다. 그럼 두 분 인사 부탁드립니다.

― 안녕하세요. 현석입니다.

― 선우휘입니다. 반갑습니다.

"후후. 잘생겼기도 하지……."

채은이 미소 띤 얼굴로 화면 안의 휘를 주시했다.

― 네. 두 분 인사만으로도 문자 참여 신기록을 달성했다는 소식 전해 드리고, 우선 첫 곡 먼저 듣고 오겠습니다.

우민의 곡 소개와 함께 음악이 울려 퍼지고, 화면에선 스튜디오 안에서 휘와 현석이 헤드폰을 어깨로 내려놓고 잡담을 나누는 모습이 보였다.

그 모습을 채은이 흐뭇하게 보고 있는데 이상한 모습이 포착되었다.

"……어?"

휘의 시선이 어느 한 지점에 고정되어 있는 것 같았다.

"잠깐."

저 표정은……? 분명 뇌리에 남아 있는 휘의 눈빛에 채은의 미간이 좁혀 들었다.

"저건 분명 그…… 드라마 감독과 나왔던 토크쇼에서 봤던 표정이잖아?"

온몸으로 감싸 주던 매니저 여자애를 볼 때의……. 휘의 시선이 향한 곳에 모자를 푹 눌러쓴 여자애의 뒷모습이 화면 안으로 나타났다. 여자애는 펜과 종이를 들고 와 우민과 몇 마디 나누고는 다시 재빨리 화면 밖으로 사라졌다. 현석과 대화를 나누면서도 휘의 시선은 그 여자애에게로 똑바로 박혀 있었다.

그걸 본 채은의 눈이 표독스럽게 가늘어졌다. 수십 번 돌려 봤던 토크쇼 화면 속의 여자애와 방금 라디오 생방송 화면에 나타난 여자애는 분명 같은 사람이었다.

"……저 애였어?"

채은의 눈이 날카롭게 빛났다.

"형! 저한테 말도 없이 라디오 출연 하시면 어떡해요? 거기다 폰까지 꺼 놓고!"

휘의 라디오 생방 출연 기사가 떴다는 전화를 받고 부랴부랴 라디오국까지 달려온 정석이 성토했다. 방송이 끝나고 부스 밖으로 나온 휘는 그런 정석을 힐끗 바라봤다.

"라디오 한번 출연해 보라고 귀에 못이 박히도록 말한 건 너 아니었냐? 그리고 전화는 일부러 꺼 놓은 거 아니야. 배터리가 나간 거지."

누구에게 수십 번 전화하느라.

뒷말을 삼킨 휘가 태연한 얼굴을 하자 정석은 속이 터진다는 듯 제 가슴을 주먹으로 팡팡 쳤다.

"라디오 출연하라고 귀에 못이 박히도록 말한 건 저 맞죠! 근데 저한테 말도 없이 출연하라는 소린 아니었거든요! 도대체 형은……."

"어? 정석 씨?"

정리를 끝내고 부스 문을 열고 나온 결아가 정석을 보고 반갑게 불렀다. 그 소리에 정석도 고개를 휙 돌렸다.

"결아 씨? 와, 우리 엄청 오랜만이다! 그렇죠?"

정석이 반가운 얼굴로 얼른 달려가자 결아도 환하게 웃으며 대답했다.

"네! 잘 지내셨어요?"

"저야 잘 지냈죠! 결아 씨는 어떻게 지냈어요?"

마치 절친한 동창을 마주친 듯 반가워하는 정석과 결아를 본 휘의 얼굴이 점차 살벌해졌다.

"아! 그런데 결아 씨가 여긴 어떻게……."

정석이 묻자 휘의 속을 알 리가 없는 결아가 생글생글 웃으며 말했다.

"언니가 라디오 피디거든요."

"맞다, 그랬지! 그럼 형이 출연한 프로가 결아 씨 언니 방송이에요?"

"맞아요. 아, 저기 그런데……."

결아가 얼른 주변을 살피곤 정석의 귀에 입술을 가까이 대고 귓속말을 하자, 휘의 눈에 순간 불꽃이 튀었다. 이결아 너 정말 아까 한 소린 도대체 뭘로 들은 거야? 휘의 속에서 천불이 나든 말든 결아는 정석에게 긴지하게 속닥거렸다.

"저에 대해 알고 있었다는 건 저희 언니에겐 비밀로……."

"아하. 알았어요."

정석이 고개를 끄덕이는데 마침 루리와 우민, 현석이 옆 회의실에서 나왔다.

"음? 이분은 누구신지?"

루리가 정석을 보며 결아에게 묻자 그녀가 얼른 대답했다.

"휘 씨 매니저분이시래."

"아아! 이루리 피디라고 합니다. 오늘 제가 휘 씨 도움을 아주 많이 받았어요. 감사합니다!"

"별말씀을요. 전 유정석이라고 합니다. 아, 여기……."

정석과 루리가 숙련된 손놀림으로 명함을 교환하는 동안 휘가 결아를 매서운 눈빛으로 내려다봤다.

……응? 어디서 따끔따끔한 시선이……? 뭔가를 느낀 결아가 올려다보자 휘와 눈이 딱 마주쳤다. 그 순간 아까의 짐승 키스가 떠올라 결아가 얼굴을 붉히며 고개를 홱 돌려 버렸다.

그걸 본 휘의 눈빛이 더욱 노기등등해졌다. 내 시선을 피해? 너 두고 봐.

결아는 자신이 대놓고 시선을 피해 버렸다는 걸 깨닫고 뒤늦게 아차 싶었다. 하지만 휘의 표정이 두려워 도저히 고개를 다시 돌릴 수가 없었다.

그때 정석과 명함 교환식을 끝낸 루리가 박수를 짝! 쳤다.

"자! 그럼 약속한 대로 부장님의 반짝이는 카드로 다 같이 최고급 마블링을 자랑하는 한우를 먹으러 갑시다!"

"오오! 한우 좋죠!"

정석이 큰 소리로 환호하자 휘가 눈을 가늘게 뜨고 정석을 봤다.

"멋대로 라디오 출연했다고 성토하던 놈이 누구더라."

"에이, 제가 언제 성토까지 했다고…… . 아! 밴 가져왔는데 저희 차로 가실까요?"

"그럽시다. 현석 씨! 갑시다!"

현석을 잡아끈 루리와 정석이 의기투합해서 앞장서는 모습을 휘가 어이없이 바라봤다. 그때 결아가 슬금슬금 휘를 지나쳐 가려고 하자 그가 보지도 않고 그녀의 후드 모자를 확 낚아챘다.

"헉!"

휘에게 딱 잡히자 결아가 작은 토끼처럼 움찔 놀랐다.

"어딜 도망가려고."

그의 낮은 목소리에 결아의 동공이 흔들렸다.

"아, 그게…… ."

"넌 내 차로 가."

"네? 아아아니 그, 그럴 수는…… ."

휘의 말에 결아의 얼굴이 사색이 되는데 앞에서 구원의 목소리가 들렸다.

"결아야. 빨리 와! 휘 씨! 빨리 오세요!"

"아, 응!"

루리가 부르는 목소리에 휘가 반사적으로 결아를 놔주자 결아는 이때다! 하고 잽싸게 도망쳤다. 도망치는 결아의 뒷모습을 보며 휘가 헛웃음을 흘렸다.

"너 잡히면 가만 안 둔다."

무섭게 으른 그의 얼굴에 분노가 차오르더니 성큼성큼 결아를 뒤따라갔다.


고급 한우집의 아늑한 별실 안에 루리와 우민, 휘, 현석, 결아와 정석까지 다들 모여 앉았다. 운전을 해야 하는 정석 말고는 다들 술잔을 들고 있었다.

"오늘 정말 감사드립니다! 절체절명의 순간에 청취율 대박으로 대반전을 만들어 주신 선우휘 씨, 현석 씨 두 분께 무한한 영광을 돌리며! 건배!"

"건배!"

루리의 축사 같은 멘트와 함께 여러 개의 잔들이 한꺼번에 부딪 쳤다. 한 번에 쭈욱 잔을 비운 루리가 싱글벙글 말했다.

"우리 작가들이 휘 씨랑 현석 씨 정말 팬이거든요. 오늘 식중독 으로 실려 갔으면서도 여기 오겠다고 어찌나 성화던지……. 말리 느라 아주 힘들었습니다."

루리가 휘와 현석의 빈 잔에 잽싸게 술을 따르려 하자 옆에 앉 은 우민이 그녀의 손에서 술병을 낚아챘다.

"어?"

루리의 의문 어린 눈을 무시한 우민이 대신 술을 따르며 말했 다.

"지금 이 피디님이 한 말, 농담 아니라 진짜입니다. 링거 줄 뽑 고 나오려던 거 간호사한테 들켜서 병실로 다시 끌려 들어갔어요."

"와. 대단한 분들이네요. 식중독 걸린 날 한우를 먹겠다니……. 하긴 한우가 맛있긴 하죠."

정석이 입안 가득 고기를 넣고 우물거리며 말하자 루리가 다시 잔을 번쩍 치켜들었다.

"어쨌든 오늘 아주 피 말리는 하루였는데 거룩하신 두 분 덕에 매스컴 폭발에, 서버 폭발에, 문자 폭발까지! 아주 그냥 승승장구 한 날이 됐습니다. 하하하! 거국적으로다가 다시 건배!"

힘차게 뻗어 올라간 루리의 술잔을 우민이 조용히 뺏어 자신의 앞에 탁 내려놨다.

"어어?"

루리가 홱 돌아보자 우민이 태연히 그녀를 마주 보며 말했다.

"피디님은 그만 드시죠."

"뭐? ……가 아니라, 네, 네? 그게 무, 무슨 말씀이세요?"

"그만 드시라고 말씀드렸습니다."

"저 지금 고작 한 잔 마셨는데요?"

루리가 억울한 얼굴을 하며 다시 자신의 잔에 손을 뻗으려 하자, 우민이 그 손을 탁 막아 내며 말했다.

"그 승승장구하게 해 주신 거룩한 두 분 앞에서 얼마 전처럼 술 취한 모습을 보이고 싶진 않으실 텐데요."

"아……."

우민이 서늘하게 바라보자 루리의 동공이 급격히 흔들렸다. 그러더니 고개를 툭 떨구고 의기소침하게 말했다.

"그럼 전 정석 씨랑 같이 사이다 마실게요……."

앞에서 그 모습을 지켜본 결아가 놀라운 표정을 지었다. 세상에. 우리 언니를 저렇게 순하게 만들다니……. 일 외의 문제에선 절대 자신의 주장을 굽힌 적이 없고, 누가 자신에게 술 참견을 하려고 들면 칼날 같은 독설을 뿜어내서 바로 입 다물게 하는 루리였다. 그런 언니가 순순히 술잔을 내려놓고 사이다 잔을 들다니?

결아가 놀라움을 금치 못하고 있는데, 우민이 루리가 들었던 술잔을 자신이 다시 들었다.

"저 역시 피디님이 말씀하신 의미와 같은 맥락에서 두 분께 진심으로 감사드립니다. 한 잔 하시죠."

"저희도 도움을 드려 기쁩니다."

모두가 우르르 잔을 들어 올리자, 테이블 위 자신의 잔만 술이 고대로 남아 있는 것을 본 결아가 흠칫거렸다.

"어, 얼른 비울게요."

"어어. 너……!"

예의가 아니라고 생각한 결아가 급히 술잔을 들고 원샷을 하려 하자 루리가 눈을 크게 떴다. 그때, 휘가 결아의 잔을 낚아챘다.

"너 술 못 마시잖아."

휘가 당연하다는 듯 결아의 술잔을 빼앗자 루리가 사이다 잔을 든 채 눈을 끔뻑거렸다.

"휘 씨가 제 동생 술 못 마시는 건 어떻게 아세요……?"

결아의 몸이 눈에 띄게 굳는데 루리가 의아스러운 얼굴로 말을 이었다.

"그리고 언제 말까지 놓을 정도로 친해지셨……."

결아의 얼굴에서 핏기가 싸악 가시는데 휘가 루리를 보며 싱긋 웃었다.

"아. 제가 사람과 좀 빨리 친해지는 편이라서요. 아까 인터뷰하고 방송 진행하는 동안 결아 씨와 많이 가까워졌습니다."

휘가 태연하게 말하자 정석이 진정 메소드 연기라는 듯 감탄하는 시선으로 휘를 바라봤다.

"아아. 그래요?"

루리가 신기하다는 듯 말했다.

"제 동생이 좀 성격이 별나서 연예인은 무서워하는 경향이 있는데……. 오늘 현석 씨를 먼저 섭외해 오지 않나, 처음 본 휘 씨와는 하루 만에 이렇게 가까워지다니. 무척 놀랍네요."

"결아 씨가 성격이 좋으셔서 그래요."

옆에서 현석이 보태듯 말하자 결아가 부끄럽다는 듯 얼굴을 붉혔다.

"제가 무슨……."

"전 딱 보고 그런 생각이 들던데요? 성격 진짜 좋아 보였는데. 안 그래요. 정석 씨?"

"아! 네! 저도 오늘 결아 씨 처음 봤는데 딱 그렇게 느꼈어요. 결아 씨가 꼭 오래 본 사람처럼 편한 기분이 들게 해 주시더라고요. 하하하."

현석과 정석이 눈빛을 교환하며 너스레를 떨자 결아의 얼굴이 더 붉어졌다.

"가, 감사합니다."

결아가 홍시처럼 붉어진 얼굴로 얼른 인사하자 그 모습을 못마땅하게 보고 있던 휘가 말없이 술잔을 비웠다. 그러자 루리가 그런 휘를 보고 펄쩍 뛰었다.

"아이고! 우리 대배우님께서 혼자 잔을 비우시면 어쩝니까! 제가 한 잔 따라 드리……."

루리가 휘의 빈 잔을 채워 주려는데 이번에도 우민이 그녀 손에서 술병을 홱 낚아챘다.

"제가 따라 드리겠습니다."

우민이 싸늘한 눈으로 말하자 루리가 움찔거리더니 자신의 잔에 조용히 사이다를 따랐다.

"난 마시지도 못하게 하고 따르지도 못하게 하고……."

숭얼중얼거리면서도 얌전히 사이다를 마시는 루리를 결아가 신기하게 바라봤다. 입술을 삐죽거리면서도 우민이 하라는 대로 하는 루리는 '언니'가 아닌 '여자'의 모습을 하고 있었다. 신기해…….. 역시 사랑의 힘은 놀라운 건가 봐.

결아가 머릿속으로 셀린 디온의 〈파워 오브 러브〉를 흥얼거리고 있는데 옆에서 정석의 목소리가 들렸다.

"어? 형. 너무 마시는 거 아니에요? 어어? 현석이 형까지…….."

결아가 고개를 돌리니 휘와 현석이 경쟁하듯 무서운 속도로 술잔을 비우고 있었다. 한 마디도 하지 않고 술병을 들고 서로의 잔을 채워 주며 말없이 비우는 둘을 우민도 이상하게 바라봤다.

"이상한…… 배틀이 벌어진 것 같은데요?"

우민의 말에 결아도 의아스러운 눈으로 그들을 바라봤다.

"그러게요…….."

"술이 엄청 고프셨나?"

결아와 루리가 한 마디씩 하는 중에도 술병은 빠르게 바닥을 보였다. 쪼르르르르, 탁. 쪼르르르르, 탁. 말 한마디 없이 전투적으로 술잔만 비워 대는 둘을 보며 루리가 정석에게 물었다.

"저 두 분…… 원래 술을 이런 식으로 마시세요?"

그러자 정석이 고개를 절레절레 저었다.

"아닌데…….. 오늘은 좀 이상한데요?"

테이블 위에 빈병을 내려놓은 휘가 눈을 가늘게 뜨고 현석을 응시하며 말했다.

"한 병 더?"

현석이 말없이 고개를 끄덕이자 휘가 벨을 눌렀다. 그리고 술병이 서빙 되어 오자마자 또다시 이상한 술 배틀이 시작됐다.

"아이고, 속 버리시겠다. 여기 안주도 좀 드시면서 마시세요. 비싼 소 맘껏 드시랬더니 독한 술만 양껏 드시면 어떡합니까아!"

보다 못한 루리가 속이 탄다는 듯 잘 익은 소고기를 두 사람 앞 접시에 수북이 쌓아 줬다. 하지만 휘와 현석은 고기는 먹는 둥 마는 둥 하고 계속 술잔만 비워 댔다.

30분 후.

우민과 루리, 결아와 정석은 벙찐 얼굴로 휘와 현석을 보고 있었다. 두 사람이 비운 테이블 위 소주병이 방금 열 병을 넘겼다. 여전히 경쟁적으로 술잔을 비우면서도 전혀 흐트러짐 없이 꼿꼿이 앉아 있는 휘와 현석을 질린 듯 보고 있던 루리가 말을 꺼냈다.

"저…… 저기……."

루리가 묻는 순간 또 병이 바닥을 보였다. 그걸 본 휘가 현석을 슥 보며 물었다.

"한 병 더?"

"그……."

"스탑!"

현석이 '그래.'라고 대답하기 전에 루리가 먼저 '스탑!'을 외쳤다.

"이제 정말 안 됩니다! 더 드셨다간 큰일 나요!"

"그래요. 그만 드세요. 이제 저희도 가야 합니다."

"그, 그래요! 다들 갑시다!"

루리의 눈짓에 대기하고 있던 결아와 정석이 짐을 챙겨 재빨리 일어났다.

"자, 어서 일어나세요. 갑시다."

"가요, 형. 늦었어요. 이제 그만 가야죠."

다들 일어서서 재촉하자 휘가 미간을 좁히고 현석에게 말했다.

"할 수 없지. 자리를 옮겨 우리끼리 따로 마시자."

"그래."

휘와 현석이 일어서며 나눈 말에 결아가 기함을 했다.

"네, 네? 거기서 더 드시겠다는……."

쿵!

"어?"

"어어?"

심상치 않은 묵직한 소리가 동시에 룸을 울리자마자 모든 사람의 눈이 커졌다. 그들의 시선이 향한 곳엔 휘와 현석이 바닥에 풀썩 쓰러져 있었다.

"휘, 휘 씨!"

결아가 가장 먼저 휘에게 달려갔다.

"휘 씨! 괜찮아요? 휘 씨! 정신 좀 차려 봐요!"

결아가 창백한 얼굴로 휘의 멱살을 잡고 짤짤 흔들었다. 그 모습을 본 정석이 뒤늦게 정신을 차리고 후다닥 뛰어갔다.

"형! 혀엉!"

"이, 이를 어쩌지? 구급차! 구급차 불러야 하나?"

루리가 휴대폰을 꺼내 쥔 채 안절부절못하자 우민이 두 사람의 안색을 찬찬히 살피며 말했다.

"과음으로 뻗은 걸로 보이네요. 이런 걸로 괜한 기사 나오게 할 필요는 없으니 그냥 두세요."

"저, 정말 술을 많이 마셔서 그런 것뿐이에요?"

결아가 걱정이 가득 담긴 얼굴로 물었다.

"흐음……."

결아의 창백한 얼굴을 보자 우민이 그들 앞에 쭈그려 앉았다.

그때, 누가 먼저랄 것도 없이 두 사람에게서 동시에 쿨쿨 소리가 났다.

"역시, 잠든 것 같네요."

우민이 빙긋 웃는 얼굴로 말하자, 결아가 민망한 얼굴을 해 보였다.

"그, 그렇네요……. 하하하……."

그래도 다행이라며 결아가 안도의 한숨을 내쉬다가 문득 우민이 자신을 빤히 바라보는 걸 깨달았다. 응? 왜 저렇게 빤히…… 헉! 그제야 결아는 자신이 휘의 멱살을 움켜잡고 제 머리가 산발이 되도록 흔들어 대고 있었다는 걸 깨달았다.

"아…… 그, 그럼 괜찮은 거라니…… 난 일어나야겠네. 하하……."

결아가 어색하게 혼잣말로 중얼거리며 슬쩍 일어났다. 흐트러진 머리칼을 정리하며 눈치를 보고 있는데 루리가 우민에게 물었다.

"그럼 어떻게 하죠?"

"제가 정석 씨 차에 타고 두 사람 옮기고 가겠습니다. 피디님은 동생분 데리고 먼저 들어가세요."

"아, 그래 주시겠어요?"

정석이 화색을 띠며 묻자 우민이 대답했다.

"오늘 고생하셨는데, 저희가 마련한 뒤풀이 술자리에서 문제가 생기면 안 되니까요."

"저야 도와주시면 감사하죠. 내심 장정 둘을 어찌 옮기나 했는데……."

정석이 안심한 얼굴을 하자 루리가 우민에게 말했다.

"그럼 부탁 좀 할게요. 우민 씨."

"걱정 말고 들어가세요."

"네. 정석 씨도 고생하시고……. 먼저 가 볼게요."

"뭘요. 도와주신다니 제가 감사하죠. 안녕히 들어가세요."

루리가 고개를 끄덕이며 결아에게 말했다.

"가자. 결아야."

"아…… 으응."

걱정스러운 얼굴로 휘를 보고 있던 결아가 앞장서는 루리를 주춤주춤 따라갔다. 정말 괜찮을까……? 아무래도 걱정이 되어 자꾸 휘를 힐끔거리고 있는데 문득 자신을 바라보고 있는 우민의 시선을 느꼈다.

"그, 그럼 먼저 가 보겠습니다!"

흠칫 놀란 결아가 꾸벅 인사하고는 얼른 뒤돌아섰다.

"……."

후다닥 룸을 빠져나가는 결아의 뒷모습을 보고 있던 우민이 중얼거리듯 말했다.

"얼굴에 다 드러나는 건 언니랑 똑같네."

"네? 뭐라고 하셨어요?"

끙, 하며 휘를 일으키던 정석이 물었다.

"아. 아무것도 아닙니다."

우민이 고개를 젓고는 현석을 부축하기 위해 몸을 숙였다.


집에 돌아온 결아는 초조한 얼굴로 방 안을 서성거렸다. 지금쯤 도착했겠지? 휘 씨 상태가 어떤지 정석 씨한테 전화해서 물어볼까?

"아! 아직 우민 씨와 같이 있으면 어쩌지?"

아까 의심스러운 장면을 몇 번 보인 상태라 전화까지 하면 더 의심받을 것 같은데……

"하아…… 어쩌지? 문자라도 보내 볼까?"

손톱을 잘근대며 고민하던 결아는 결국 정석에게 문자를 보냈다.

[무사히 들어가셨어요?]

그리고 난 뒤 결아는 휴대폰 액정만 뚫어지게 노려보며 방 안을 서성거렸다. 곧 문자 알림음이 띠링 울리자 얼른 휴대폰을 확인했다.

[네. 지금 막 들어왔어요. 결아 씨도 잘 들어가셨죠?]

[휘 씨는 괜찮……]

"아! 아니지. 아무리 궁금해도 이렇게 득달같이 물어보면 안 돼!"

결아는 초조한 심정을 억누르며 빠르게 문자를 지우고 다시 썼다.

[저도 잘 들어왔어요. 정석 씨가 고생이 많네요. 아, 그런데 휘 씨는 괜찮아요?]

[결아 씨도 오늘 많이 놀라셨죠? 형은 집에 눕혀 놨으니 걱정 마세요.]

[아. 그렇구나. 수고 많으셨어요. 쉬세요.]

문자를 마무리한 결아가 걱정스러운 얼굴로 벽에 걸어 놓은 장미꽃을 바라봤다.

"아직 안 깼나……?"

술을 그렇게 마셨는데, 정말 괜찮은 걸까? 혹시 술 먹다 잘못되서 죽은 사람은…… 없겠지?

다시 방 안을 서성거리며 고민하던 결아는 결심한 듯 벌떡 일어났다.

"아무래도 안 되겠어!"

결아는 비장한 눈빛으로 옷장에서 점퍼를 꺼내 입었다.

재영은 촬영이 끝난 뒤에 밴에 들어오자마자 곧장 휴대폰을 꺼내 잡았다. 한참을 귀에 대고 있던 재영이 인상을 썼다.

"얘네들은 왜 둘 다 연락이 안 돼. 술 한잔할까 했더니만."

요즘 살인적인 드라마 촬영 스케줄 때문에 영 시간이 나지 않았는데, 간만에 개인 시간이 난 참이었다. 하지만 휘와 현석 둘 다 연락이 되지 않자 재영은 김이 빠지는 기분이었다.

"워낙 바쁘신 분들이잖아요."

"어라? 미진이 너는 내가 촬영하면서 이렇게 고생하는 건 안 보이냐? 바빠도 내가 훨씬 바쁘지."

재영이 코디네이터인 미진에게 투덜거리자, 그녀는 어깨를 으쓱였다.

"뭐냐, 그 인정하지 않는 태도는?"

재영이 눈을 가늘게 뜨는데 미진이 얼른 그의 휴대폰을 가리켰다.

"오빠. 전화 오는 것 같은데요?"

"아, 진짜네. 이 녀석들, 한 템포 늦게 확인하고 있어."

진동을 울리고 있는 휴대폰을 잡고 싱글거리며 액정을 확인한 재영이 눈썹 사이를 모았다.

"누구지? 모르는 번호인데……."

"일단 받아 봐요."

"그럴까? 네. 강재영입니다."

— 안녕, 재영아. 나 채은이야. 오랜만이다!

전화를 받은 재영이 순간 눈을 가늘게 떴다.

"누구시라고요?"

— 채은이라니까. 유채은. 몰라?

"유채은……? 아! 채은이?"

재영이 그제야 생각났다는 듯 반가운 목소리로 말했다.

"야. 오랜만이다! 프랑스 있다더니?"

— 응. 지금 일 때문에 잠깐 한국 들어왔어. 잘 지냈어?

"나야 잘 지냈지 뭐. 그런데, 무슨 일로 나한테 전화했어?"

재영이 거두절미하고 용건을 묻자 채은이 잠시 망설이는 듯하다 말했다.

— 아…… 저 혹시, 휘네 집 호수 좀 알 수 있을까?

"그건 왜?"

재영이 눈을 가늘게 뜨고 물었다.

— 실은, 아까 휘가 우리 집에 놓고 간 게 있어서.

"뭐?"

의아스러운 표정을 짓고 있던 재영이 눈을 번쩍 떴다.

"그 녀석이 너네 집에 갔었다고? 뭐야! 너네들 다시 시작한 거야?"

재영이 놀란 목소리로 묻자 채은이 잠시 뜸을 들이더 의미심장한 웃음소리를 흘리며 말했다.

— 그건 조금 말하기 곤란하고……. 일단 휘네 집 호수 좀 알려

줘. 어딘지는 아는데, 정확한 호수를 알아야 하는 일이 좀 있어서.

"아하. 말할 수 없는 이유야 뭐, 한 가지밖에 없겠지. 지금 그 녀석 연락 안 돼서 나한테 전화한 거구나? 일단 문자로 찍어 줄게."

— 고마워.

"뭘. 끊는다."

재영이 싱글거리며 전화를 끊자 미진이 의아스럽게 바라봤다.

"이야. 휘 이 녀석…… 완전히 잊은 척하더니, 아니었네?"

"휘 씨가…… 왜요?"

옆에서 미진이 묻자 재영이 안타깝다는 얼굴로 그녀를 바라봤다.

"이거 우리 미진이 슬퍼할 일이 생기겠는데."

"네?"

평소 미진이 휘의 숨은 팬임을 모르지 않는 재영이 쯔쯔, 혀를 차며 말하자 그녀가 궁금하다는 듯 급히 물었다.

"왜요? 제가 왜 슬픈데요?"

"너에겐 미안하지만, 내가 도움 좀 줘야겠다."

"네? 대체 무슨 말이에요?"

"쉬이, 알려고 하지 마. 알면 슬픈 일이니까."

재영이 장난스럽게 미진의 입술 앞에 손가락을 갖다 대고는 고개를 양쪽으로 저었다. 미진이 더욱 알 수 없다는 표정을 지었지만, 재영은 혼자 신이 난 얼굴로 빠르게 문자를 입력했다.

루리 몰래 조심조심 집을 나온 결아는 곧장 택시를 잡아타고 휘의 집으로 왔다.

"내가 이런 대담한 짓을……."

자신의 행동이 경이롭다는 듯 중얼거리면서도 결아는 휘의 집 비밀번호를 잽싸게 누르고 엘리베이터에 올라탔다. 그리고 휘의 집에 도착해 엘리베이터 문이 열리자 한 발 떼려던 결아가 멈칫했다.

"잠깐. 집주인 허락 없이 들어가면 무단 침입……이 되는 건가?"

불안하게 눈을 굴리던 결아는 애써 머리를 붕붕 젓고는 엘리베이터에서 내렸다.

"혹시 들키더라도 걱정돼서 온 거니까 선, 선처……해 주세요. 휘 씨."

결아는 옹알거리며 하도 들락거려서 이젠 제집처럼 훤한 거실을 지나 침실로 걸어갔다. 그러자 열린 문 사이로 침대 위에서 자고 있는 휘가 보였다.

"아…… 있다."

결아는 침을 꿀꺽 삼키고 조심조심 침대 쪽으로 다가갔다.

"살아 있는지만 확인할게요. 살아 있는지만……. 그런데 나 지금 누구한테 말하는 거니?"

전혀 움직임이 없이 누워 있는 휘에게 다가간 결아는 슬쩍 그의 높은 코 앞에 손가락을 갖다 댔다. 그러고는 신중한 얼굴로 숨소리를 확인했다.

"아, 숨은 쉬는구나."

다행이다. 결아가 안도한 얼굴로 미소 짓는데 순간 휘가 곧은 눈썹을 살풋 찡그리며 몸을 뒤척였다.

"후······."

으앗! 깨려나 봐! 무단 침입을 들키게 생긴 결아가 얼른 손으로 제 입을 막으며 휙 뒤돌았다. 그때 뒤에서 잠에서 깬 휘의 목소리가 들렸다.

"······결아?"

그의 목소리에 움찔 멈춰 선 결아가 그 자리에서 돌처럼 굳었다. 어떡해. 들켰어······! 뭐라고 하지? 창백하게 질린 결아는 뒤돌아선 채로 필사적으로 변명을 쥐어짜 냈다.

"아······ 저기······ 오해하실 수도 있지만, 이건 그러니까······ 으앗!"

휘가 갑자기 결아의 팔을 낚아채 침대 위로 끌어당겼다. 침대 위로 쓰러진 결아가 눈을 번쩍 떴다.

"······!"

잠에서 깬 휘의 묘하게 흐트러진 얼굴이 바로 눈앞에 보이자 결아가 흡, 하고 숨을 들이켰다. 결아와 마주 보고 누운 휘가 에로스 신과 빙의라도 한 듯 몹시도 관능적인 눈빛으로 결아를 응시했다. 그러자 결아는 숨도 쉬지 못한 채 침을 꿀꺽 삼켰다.

어, 어떡해······! 파르르 떨리는 결아의 동공을 가만히 응시하던 휘가 입술 끝을 말아 올렸다.

"결아 넌 참 재밌는 애야."

"왜······ 왜요?"

휘가 낮은 웃음을 흘리며 하는 말에 결아가 긴장된 얼굴로 물었다. 그녀의 얼굴을 천천히 매만지며 휘가 느른하게 말했다.

"꿈속에서조차 내 침실에서 도망을 치려 하잖아."

"······네?"

꿈? 결아의 눈이 커지는데 휘가 고개를 비스듬히 기울였다. 그러고는 결아의 귓가에 속삭이듯 말했다.

"그런다고 내가, 놔줄 것 같아? 요즘 너 때문에 죽을 것 같은데."

"아, 아니 이건 꿈이 아닌⋯⋯!"

으앗! 귓가에 휘의 입김이 훅, 끼쳐 들어오자 결아가 어깨를 움츠렸다. 휘는 움츠러든 결아의 어깨를 잡고 낮게 말했다.

"꿈속에서까지 참을 생각 없어."

## 27.
### 뜻밖의 이야기

휘가 천천히 고개를 뒤로 물리더니 다시 눈을 맞췄다. 방금 그가 한 말의 의미를 떠올리던 결아는 얼굴이 펑 달아올랐다.

"자, 잠깐, 잠깐만요! 이건 꿈이 아니에요!"

"쉬이."

필사적으로 말하는 결아의 입술에 엄지손가락을 갖다 댄 휘가 눈을 똑바로 마주쳤다.

"이건 내 꿈이니까, 내 마음대로 할 거야."

"그러니까 꿈이 아니라니까요! 꺄악……!"

손가락을 뗀 휘가 당장에라도 입술을 집어삼킬 듯 다가왔다. 그러자 결아가 필사적으로 손을 뻗어 입술이 닿기 전에 그의 입을 막았다.

"……."

그러자 휘는 천천히 결아의 손을 떼어 낸 뒤 말했다.

"참을 생각 없다고 했지."

휘가 이글거리는 눈빛으로 응시하자 결아는 심장이 터질 듯 세차게 뛰었다. 어, 어떡해!

"꿈에서까지 애태우려고 하지 마. ……안 그래도 돌아 버릴 것 같으니까."

꽉 잠긴 목소리로 말한 휘는 거칠게 그녀의 입술을 삼켰다. 뜨겁게 겹쳐지는 입술의 감촉에 결아는 머릿속이 아찔해졌다. 도톰한 입술이 벌어지며 그의 혀가 말캉한 혀를 휘감아 빨아들였다. 순식간에 달아오르는 숨결에 결아는 머릿속이 아득해져 왔다.

아, 머리가 어떻게 될 것 같…….

"아, 아읍…… 하아."

휘가 아랫입술을 쭈욱 빨아들였다 놔주자 결아의 입술에서 달짝지근한 한숨이 새어 나왔다. 타액으로 물든 그녀의 입술을 부드럽게 빨며 이로 잘근대자 짜릿한 감각에 결아는 눈앞이 열감으로 흐려졌다.

휘는 꿈이라고 생각하고 있는데, 이러면 안 되는데, 멈추라고 해야 되는데…….

머릿속에서 그런 생각들이 뒤죽박죽 흘러갔지만, 이성은 완전히 마비된 듯 어느새 결아의 온몸이 뜨겁게 달아올랐다.

"하아, 휘…… 앗!"

정말 꿈이라고 생각해서인지 휘의 손이 거침없이 옷을 들추고 들어와 곧장 말랑한 젖가슴을 거머쥐었다. 커다란 손이 야릇하게 가슴을 주무르며 작은 유두를 손가락 끝으로 굴리자 결아는 달뜬 숨을 내쉬었다.

"하웃, 거, 거긴……."

"여기가 왜?"

휘가 허스키하게 잠긴 소리로 묻자 결아는 다리 사이 은밀한 부위가 조여드는 기분이었다.

"너무 기분이 이상…… 앗!"

휘가 그녀의 후드티를 그대로 머리 위로 벗겨 내자 깜짝 놀란 결아의 이성이 돌아왔다. 오, 옷을 벗겼어! 얼굴이 새빨갛게 달아오른 결아가 어쩔 줄을 모르는데 휘는 그녀의 아기 돼지가 프린팅된 귀여운 브래지어를 잡아 내렸다.

"아……!"

맨가슴이 공중에 출렁 드러나는 순간, 그곳에 시선을 둔 휘의 눈동자가 무섭게 어두워졌다. 그러곤 곧장 머리를 내린 그가 핑크색 젖꼭지가 곤두선 가슴을 입술로 크게 삼켰다.

"흐앗!"

그의 입술로 맨살이 빨려 들어가는 순간, 결아의 허리가 확 들려 올라갔다. 쭙쭙 빨아 대는 선정적인 소리에 결아는 온몸이 뜨거운 불길에 휩싸인 것처럼 달아올랐다.

어, 어떡해……!

하아, 하아 더운 숨을 뱉어 내며 결아는 어찌할 바를 몰랐다. 휘를 밀어 내기엔 너무나 기분 좋은 감각과 야릇한 쾌감이 온몸을 휘어 감아 속수무책으로 빠져들게 만들었다. 휘는 꿈이라고 생각하는데…… 멈춰야 되는데…… 멈춰야…….

"하아앙!"

그가 피가 몰린 작은 핑크색 알갱이를 입술로 물고 혀로 누르듯이 뭉개자 결아가 신음을 터뜨렸다. 휘는 한껏 들어 올린 결아의 허리를 한 손으로 지탱한 채 타액에 번들거리는 살덩이와 바들거리는 유두를 빨아 댔다.

"앙, 아앙, 휘, 휘…… 아앗."

입술로 쭙쭙 빨아 올릴 때마다 땡땡하게 보풀어 오르며 바르르 떨리는 작은 유두를 휘가 살짝 물고 말했다.

"너무 사랑스러워, 결아야."

"하웃, 웃……."

"깨물어서 내 입안에 다 삼켜 버리고 싶어."

"아앙……!"

그의 더운 숨결이 젖꼭지를 자극하는 바람에 결아는 오싹오싹한 쾌감을 느꼈다. 휘의 낮은 목소리도, 자극적인 말도, 짜릿한 입술의 감촉도 모든 것이 숨도 쉴 수 없을 만큼 야하게 느껴졌다.

휘가 입술을 떼고 고개를 들었다. 결아의 눈물이 그렁그렁 맺힌 눈과 발갛게 달아오른 뺨, 그리고 타액에 물든 채 탱글하게 부어오른 입술을 이글거리는 눈빛으로 하나하나 응시한 그가 그녀의 얼굴을 쓸어내렸다.

"……꿈이라기엔 지나치게 예쁜 거 아닌가."

꾸, 꿈 아닌……데.

"앗!"

더운 숨을 쌕쌕 몰아쉬던 결아가 휘의 손이 자신의 청바지 버클 위에 닿은 것을 보고 화들짝 놀랐다.

"휘, 휘! 거긴 안 돼요!"

결아가 몸을 일으키려 했지만 그의 힘이 더 강했다. 그녀의 바지 버클을 풀고 지퍼를 내려 쓱 잡아 내리자 탱글한 엉덩이와 하얀 다리를 지나 바지가 벗겨졌다. 뒤늦게 바둥거려 봤지만 휘의 두 손에 맥없이 잡힌 두 다리가 눈앞에서 벌어졌다.

꺅! 결아가 자신의 얼굴을 두 손으로 가리자 휘가 낮게 말했다.

"얼굴 가리지 마, 결아야. 꿈이라 해도…… 똑바로 봐 줬으면 해."

"……."

결아는 얼굴이 터질 듯 뜨거웠지만, 휘의 진지한 목소리에 양쪽 집게손가락만 슬쩍 벌려 눈만 드러냈다.

"더 이상은…… 안 돼요."

결아의 귀여운 행동에 휘는 신음처럼 낮게 웃음을 흘리더니 앙증맞은 두 발목을 꽉 잡았다. 그러고는 그녀의 다리를 벌린 채 그 사이로 천천히 얼굴을 내렸다.

상상도 할 수 없는 곳에 그의 얼굴이 다가오자 결아는 정말 심장이 터질 것만 같았다. 어쩌면 좋아!

"핫……!"

뜨거운 입술이 얇은 팬티 위로 도톰한 둔덕을 크게 삼키자 순간 결아의 눈이 커졌다. 상상도 못 했던 강렬한 자극에 입술이 저절로 크게 벌어지며 신음이 터져 나왔다.

"……하응, 읏……! 아응!"

축축한 혀가 팬티 위로 갈라진 살을 훑고 지나가자 휘가 꽉 잡고 있는 결아의 다리가 바들바들 떨렸다. 결아의 눈꼬리에 눈물이 맺혔다. 숨이 막힐 듯한 강렬한 쾌감이 그가 물고 있는 은밀한 살덩이에서 터져 나오고 있었다.

"아앙! 앙! 휘, 휘…… 하읏!"

휘가 그녀의 체취를 깊이 들이마시듯 코를 묻고 아주 깊숙한 곳까지 입술로 더듬어 내려갔다. 참기 힘든 자극에 다리가 절로 오므라들 것 같았지만, 휘가 단단히 잡은 다리는 제 의지와는 달리 공중에서 넓게 벌어져 있었다.

"아, 못 참겠어……. 몸이 어떻게 될 것 같……!"

"후우…… 내가 얼마나…… 이러고 싶었는지 알아?"

"아웃……!"

그의 잔뜩 흥분된 낮게 갈라지는 목소리에 흠뻑 젖어 든 곳으로 훅, 입김이 끼쳐 들자 결아는 허리를 비틀었다.

"널 내 아래 가두고 하나하나 맛보고 싶은 걸 그동안 얼마나 참았는지 아냐고."

"하웃, 웃."

지독하게 낮은 목소리와 거칠어진 숨결이 닿는 부위가 미칠 듯이 뜨거웠다. 결아가 얼굴을 가리고 있던 손으로 어느새 시트를 움켜잡은 채 자신의 다리 사이에 있는 휘를 탁한 눈동자로 바라봤다.

"아아, 앙, 아앙, 핫……!"

휘가 더 강하게 빨아들일수록 그의 타액과 결아가 흘린 애액으로 팬티가 축축하게 젖어 들었다. 살갗에 찰싹 달라붙어 있는 젖은 팬티 위를 물컹한 혀가 누르며 지나갈 때마다 아찔아찔한 쾌감에 결아의 몸이 흠칫거렸다.

이, 이제 더는 멈출 수가……!

딩동—

"!"

그 순간, 현관 입구 벨소리가 들리자 결아가 번쩍 눈을 떴다.

"누, 누가 왔나 봐요."

"꿈까지 누기 방해하다니, 무시해."

휘가 아랑곳하지 않고 말하자 결아가 당황스러운 얼굴로 그의 팔을 움켜잡았다.

"꾸, 꿈이 아니라고요! 정신 차려 봐요! 진짜, 진짜 아니라니까요?"

휘가 고개를 들고 결아의 새빨간 얼굴을 보며 눈썹을 휘어 올렸다.

"……꿈이 아니라고?"

"네! 이건 꿈이 아니라 현실이에요!"

"그런데 왜 네가 내 침실에 있는데."

휘가 예리한 눈초리로 묻자 결아가 난감한 얼굴로 설명했다.

"그, 그게 아까 라디오 방송 끝나고 회식 자리에서 휘 씨랑 현석 씨가 술을 무지막지하게 마시고 쓰러졌잖아요. 그래서 걱정이 돼서……."

"쓰러져? 내가?"

미간을 좁히고 기억을 더듬던 휘가 생각났다는 듯 말했다.

"아……! 맞아. 그랬지."

"저, 저기 그런데 지금 그게 문제가 아니라……."

딩동—

타이밍 좋게 다시 벨이 울리자 휘와 결아가 동시에 시선을 맞췄다. 그러곤 휘가 이마를 찡그리고 침대에서 몸을 일으켰다.

"잠깐만 여기 있어. 금방 올게."

방을 빠져나가려던 휘가 순간 멈춰 서서 돌아봤다. 결아는 어느새 이불로 몸을 꽁꽁 싸맨 채 터지기 직전의 토마토처럼 새빨간 얼굴만 빼꼼 내놓고 있는 상태였다.

"……도망치지 말고 그대로 있어."

휘가 방을 나가자마자 결아가 얼른 일어나 옷을 주워 입었다.

"미쳤어!"

결아는 방금 휘와 했던 행동을 생각하니 창피해 어쩔 줄을 몰랐다.

"우와, 정말 미쳤어! 꺅! 나 어떡해!"

빛의 속도로 옷을 입은 결아는 이미 머릿속엔 도망칠 생각밖에 없었다. 그가 인터폰을 확인하는 사이 엘리베이터를 타고 잽싸게 탈주하려고 방을 빠져나와 그의 뒤를 살금살금 걸어갔다.

들키지 말아라, 들키지 말아라…….

주문을 외우며 도둑 걸음으로 엘리베이터 쪽을 향해 다가갔다. 인터폰은 1층 출입구와 지하 주차장에 있으니 타이밍만 잘 맞춘다면 나가면서 들어오는 손님과 마주칠 일은 없을 것 같았다. 결아는 인터폰 스피커 버튼을 누르는 휘를 긴장된 얼굴로 바라봤다.

"누구십니까."

— 휘. 나야, 채은.

화면에 채은이라는 여자의 얼굴이 보이자 결아가 멈칫했다.

채은……? 저 사람이? 화면 속의 여자는 긴 머리칼에 웬만한 연예인보다 예쁘장하게 생긴 얼굴이었다. 결아가 놀란 얼굴로 화면 속 인형처럼 예쁜 얼굴을 보고 있는데, 휘가 신경질적인 어조로 말했다.

"이 시간에…… 아니, 그것보다 여긴 어떻게 알고 왔어?"

채은이 웃으며 말했다.

— 재영이한테 물어봤어.

"재영이?"

휘가 미간을 좁히고 한숨을 내쉬었나.

"무슨 일인데."

— 아까 네가 우리 집에 두고 간 게 있어서.

순간 결아의 동공이 크게 흔들렸다. 뭐……? 오늘 저 여자 집에 갔었다고? 휘가? 결아는 자기도 모르게 엘리베이터 버튼을 꾹 눌렀다. 그리고 문이 열리자마자 곧장 올라타니 그 소리에 휘가 고개를 돌렸다.

"어? 너…… 이결아!"

휘가 빠르게 몸을 날려 막 닫히려는 엘리베이터 문을 손으로 잡았다.

"잠깐 기다리라고 했잖아. 내려."

휘가 엘리베이터 안으로 성큼 들어가 결아를 데리고 나오기 위해 손을 잡았다. 그러자 결아가 그의 팔을 뿌리쳤다.

"너……."

휘가 미간을 좁히자 결아가 새우 눈을 하고 휘를 바라봤다.

"휘 씨."

방금 전과는 전혀 다른 결아의 분위기에 휘가 당혹스러운 표정을 지었다. 그러자 눈을 가늘게 뜨고 휘를 응시하던 결아가 숨을 크게 들이켜곤 말했다.

"전 정말 휘 씨를 이해할 수가 없어요."

"뭐? 그게 무슨 말…… 어어?"

휘가 당황해 하는 사이 결아가 그를 뒤로 확 밀고는 얼른 닫힘 버튼을 눌렀다.

"이결아! 잠……."

주춤거린 휘가 다시 버튼을 세차게 눌렀지만, 엘리베이터는 이미 아래로 내려가는 중이었다.

그리고 엘리베이터 안에서는 결아가 새우 눈을 하고 어깨를 들썩이며 씩씩거렸다.

"나한테는 질투하게 하지 말래 놓고, 자기는 전에 사귀던 여자랑 태연하게 연락하고, 집에도 드나들어?"

그래 놓고 방금 전 나한테 키스하고 막 마, 만지고, 뿐만 아니라 그런……!

"정말…… 정말 이해할 수가 없어!"

결아가 눈물이 그렁그렁한 눈을 하곤 작게 소리쳤다.

휘의 집을 빠져나온 결아는 분노에 활활 타올라 모자와 패딩으로 얼굴을 꽁꽁 감싼 채 걷고 있었다. 일단 택시를 잡기 위해 도로로 나가는데 뒤에서 자신을 부르는 목소리가 들렸다.

"이결아 씨."

결아가 고개를 돌리니 바로 뒤에 구불거리는 긴 머리의 인형처럼 생긴 예쁜 여자가 서 있었다. 저 여자는 방금 전 휘의 집 인터폰 화면으로 본 여자잖아? 채은이라던…….

결아가 긴장된 시선으로 보고 있는데 채은이 웃으며 다가왔다.

"이결아 씨 맞죠?"

"맞는데요."

결아가 경계 어린 눈빛으로 보자 채은이 여유롭게 미소를 지으며 말했다.

"잠깐 할 얘기가 있어서 불렀어요."

"저에게요? 무슨 말이요?"

결아가 세모꼴 눈을 하고 경계 어린 고양이처럼 그녀에게서 거리를 뒀다.

"혹시 휘에게 저에 대해 들었어요?"

"네. 들었어요. '과거'에 사귀었던 여자라고."

결아가 일부러 '과거'에 힘을 줘서 말하자 채은이 짧게 웃음을

259

터뜨렸다. 왜 웃는 거야? 갑자기 채은이 웃자 결아가 미간을 바짝 좁혔다.

"아하하……. 역시 그렇구나. 지금 말해 두지 않으면 결아 씨가 오해하겠네요."

"그러니까 무슨 말을……."

"나요. 휘와 헤어지고 싶어서 헤어졌던 거 아니에요."

"네?"

결아가 무슨 말이냐는 듯 의아해하자, 채은은 어두운 얼굴을 하고는 시선을 아래로 내렸다.

"휘는 내가 꿈을 찾아간 거라고, 그래서 헤어졌다고 생각하지만…… 그때 전 파리에서 목숨을 건 큰 수술을 하기 위해 그를 떠날 수밖에 없었어요."

"수술……이요?"

결아가 묻자 채은이 쓸쓸한 얼굴로 말했다.

"그땐 수술 후에도 살 수 있다는 자신이 없어서 차마 휘에게 말을 못 했어요."

"그러니까…… 죽을병에 걸려서 할 수 없이 거짓말을 하고 헤어졌다고 말하는 거예요?"

"맞아요."

결아는 순간 말문이 막혔다. 이런 드라마 같은 얘기가 어디 있어? 물론 지금 휘와 내 관계도 무척 비현실적이긴 하지만…… 이 여자 말은 더하잖아?

결아가 당황스러운 얼굴로 보고 있자 채은이 덧붙여 말했다.

"내가 결아 씨에게 이런 말을 하는 건요. 결아 씨가 지금 휘에게 흔들릴 수 있을 것 같아서 말해 두는 거예요."

"제가요?"

결아가 이해할 수 없다는 얼굴로 묻자 채은이 입술 끝을 올리며 말했다.

"그 사람…… 어차피 나한테 올 사람인데 자꾸 다른 여자 헷갈리게 하는 나쁜 버릇이 있거든."

"네?"

결아가 황당하다는 듯 바라보니, 채은이 다시 강조하듯 말했다.

"오해하진 말아요. 이건 결아 씨를 위해서 하는 말이니까. 나와 휘 사이에서 괜히 상처받지 말고 마음 접어요."

"……."

말없이 채은을 올려다보던 결아가 입을 열었다.

"휘 씨에 대해 잘 모르는 건 그쪽 같네요. 갈게요."

결아가 더 듣고 싶지 않다는 듯 뒤돌아서자 뒤에서 채은이 말했다.

"휘가 말해 주지 않았다면, 내가 당신에 대해 어떻게 알고 있을까요?"

채은의 말에 결아가 다시 우뚝 멈춰 섰다. 뒤돌아선 결아의 눈이 크게 흔들렸다. 그리고 결아의 동요를 눈치챈 채은이 입술 끝을 가느다랗게 말아 올렸다.

"당신에 대해 휘가 다 말해 줬거든요. 오늘 라디오 같이 했죠? 아까 우리 집에 있을 때 휘에게 들었어요."

결아가 멈춰 선 채 아무 말이 없자 채은이 말을 보탰다.

"결아 씨가 매니저로 일해 주면서 도움 많이 줬다고 하던데……. 고마워요. 휘 도와줘서."

채은이 부드러운 목소리로 말하자 충격을 받은 결아의 동공이 파르르 떨렸다. 매니저 일까지 알고 있어? 말도 안 돼. 그럴 리가⋯⋯.

하지만 휘는 오늘 채은의 집에 있었다는 사실을 자신에게 말하지 않았고, 채은은 자신이 모르는 것을 알고 있었다. 이것만큼 명백한 사실이 어디 있을까.

"⋯⋯."

망부석처럼 서 있던 결아가 주춤거리다 가까스로 한 발을 내디뎠다. 그러고는 도망치듯 내달리기 시작했다.

멀어지는 결아의 뒷모습을 보며 채은이 눈을 가느스름하게 떴다.

"역시 순진하기 짝이 없는 애네. 그러니까 탐낼 걸 탐내야지."

피식 웃은 채은이 휙 뒤돌아 주차해 뒀던 제 차가 있는 쪽으로 걸어갔다.


채은이 차를 타고 다시 휘의 집 주차장으로 돌아오자, 모자와 휴대폰을 챙겨 든 휘가 막 엘리베이터에서 내리고 있었다. 그걸 본 채은이 재빨리 차에서 내렸다.

"휘!"

자신을 부르는 소리에 멈춰 선 휘가 휙 돌아보자 채은이 얼른 다가갔다. 그리고 그녀를 본 휘의 얼굴이 서늘하게 굳었다.

제길, 결아가 아니잖아. 순간 결아로 착각했던 휘가 미간을 좁히고 다시 뒤돌았다. 그대로 자기 차에 올라타려고 하자 채은이 그의 팔을 붙잡았다.

"휘. 잠깐만."

팔이 붙잡힌 휘가 인상을 쓴 채 채은을 내려다봤다.

"유채은. 이거 놔."

차갑게 말하는 휘를 그녀가 애절하게 바라봤다.

"사실 놓고 간 물건은 핑계야. 휘 너한테 꼭 할 말이 있어서 찾아왔어."

"지금은 시간 없으니까 나중에."

휘가 다시 차에 타려고 하자 채은이 그의 팔을 붙잡은 채로 다급하게 말했다.

"4년 전 그때……! 나, 병에 걸렸었어."

무시하고 차에 올라타려던 휘가 채은의 말에 멈칫했다. 그가 미간을 좁힌 채 돌아보자 채은이 눈물 고인 눈으로 휘를 마주 봤다.

"병에 걸렸었다고……. 꿈을 위해 파리로 간다는 거 거짓말이었어. 수술 때문에, 살 확률이 얼마 되지도 않는 수술을 받기 위해 간 거였어."

"수술을, 받았다고?"

휘가 믿기 힘든 얼굴로 묻자 채은이 주르륵 눈물을 쏟아 냈다.

"휘. 나 살 수 있을지 자신이 없어서……. 네가 알면 슬퍼할까 봐, 너한테 말도 못 하고 혼자 프랑스로 간 거였어. 흐윽……."

채은이 두 손으로 얼굴을 가리고 본격적으로 울기 시작하자 휘가 혼란스러운 얼굴로 차에 등을 기댔다.

"후……."

머리칼을 쓸어 넘기는 휘 앞에서 채은이 눈물을 손등으로 닦으며 말했다.

"너에겐 끝까지 말하지 않으려고 했어. 나…… 한 달 뒤에 재수술받거든."

휘의 시선이 닿자 그녀는 더욱 치연한 표정을 지으며 한숨을 내쉬었다.

"그래서 여기 온 거야. 한 달 뒤에 내 인생이 끝나더라도 후회를 남기고 싶지 않아서."

"도대체……."

휘가 인상을 찡그리고 성마르게 다시 한번 머리칼을 쓸어 넘겼다.

"그런 이유라면, 그때 솔직히 말했어야지. 이번에도 왜 그런 거짓말을 한 거야?"

"내가 살 수 있을지도 모르면서 너에게 솔직히 말할 수가 없었어."

애절한 얼굴로 말하는 채은을 휘가 답답한 듯 바라봤다.

"휘…… 이런 몸으로 널 욕심내지 않아. 다 잊고 잘 살고 있는 널 이제 와서 다시 흔들기 위해 돌아온 건 아니야. 다만……."

말을 멈춘 채은이 입술을 깨물며 고개를 숙였다.

"만약 정말로 마지막이 된다면…… 마지막으로 널 위한 옷을 만들고 싶었어. 그걸 하기 위해 온 거야."

"……."

휘가 말이 없자 채은이 그를 붙잡고 눈물 젖은 얼굴로 호소했다.

"부탁이야. 휘. 이 한 달만 날 위해 네 시간을 줘. 많은 거 바라지 않을게. 네 옷을 완성할 수 있게…… 후회하지 않을 수 있게 도와줘."

채은의 간절한 부탁에 말없이 그녀를 내려다보고 있던 휘가 입을 열었다.

"4년 전."

채은이 침을 삼키고 휘의 얼굴을 바라봤다. 그래. 휘……. 과거를 기억해 내. 그때 네 감정을 떠올려 보라고. 나한테 흠뻑 빠져 있던 네 감정을.

"만약 4년 전이라면. 그때 네가 나에게 모든 걸 말하고 함께해 달라고 했다면…… 난 그렇게 했을 거야."

"……알아."

채은이 기대감 어린 눈빛을 일부러 숨기며 작게 대답하자 휘가 그녀를 똑바로 바라봤다.

"하지만 지금은, 네 부탁을 들어줄 수 없어. 지금 내 마음은 네가 아닌 다른 사람을 향해 있으니까."

휘의 말에 채은이 시선을 떨어뜨렸다. 역시…… 지금은 그 여자애를 좋아한다는 거야? 나보다 더? 난 이미 과거니까? 고개 숙인 채은이 입술을 지그시 깨물었다. 그러고는 실망 어린 표정을 가까스로 숨기며 처연한 목소리를 냈다.

"응…… 알아. 더 이상 바라지 않을게."

채은이 쓸쓸하게 말하며 눈물을 닦아 냈다.

"잔인하다고 해도 할 수 없어. 난 어떤 이유에서든 동시에 두 여자 보는 짓은 못 하니까."

차갑게 말한 휘가 망설임 없이 차에 올라탔다. 그의 차가 주차장을 빠져나가는 모습을 비련의 여주인공처럼 애절한 표정으로 보고 있던 채은은 시야에서 차가 완전히 사라지자 표정을 싹 바꿨다.

"이렇게까지 말했는데, 그 계집애가 좋다고?"

불치병 연기라니. 이건 정말 최후의 보루였는데……. 결국 마지막 카드까지 쓰게 만들다니.

표독스러운 표정을 지은 채은이 홱 몸을 돌렸다. 그러고는 차가 있는 곳으로 또각또각 구두 굽 소리를 내며 걸어갔다.

결아는 침대 위에 무릎을 세우고 앉아 불빛을 깜빡이며 진동을 울리는 휴대폰을 가만히 내려다봤다. 휘에게서 계속 전화가 오고 있었지만 받지 않았다.

'그 여자에게 다 말할 정도의 마음이면서, 왜 나한테 좋아한다고 한 거예요?'

'휘. 정말 그 여자 말대로 본심은 그 여자에게 가 있으면서 나 가지고 장난친 거예요?'

"아아! 못 물어보겠어……."

머릿속에 떠오르는 여러 가지 질문들 때문에 결아는 탄식을 흘리며 무릎 위로 얼굴을 묻었다. 결아의 강아지같이 동그란 눈에 눈물이 핑 돌았다.

휘를 믿고 싶어도, 기본적으로 자신은 자신감이 결여된 데다 한없이 비관적으로만 생각하는 안 좋은 습관이 있다는 걸 알고 있었지만, 아무리 생각해도 채은이 한 말을 부정할 수가 없었다.

차라리 물을 수 있었으면 좋았을 텐데. 지금 휘에게 물어볼 수 있다면…….

휘를 만나고 나서 성격이 많이 바뀌었다고 생각했는데 근본적인 성격은 변하지 않는 걸까? 결아는 스스로에 대한 한심함과 휘에 대한 실망감에 바닥으로 한없이 가라앉는 기분이었다.

"왜 안 받는 거야! 제기랄!"

휘가 핸들을 세게 내려치곤 숨을 들이켜며 가슴을 크게 들썩거렸다.

"역시…… 겁먹게 만든 건가?"

휘의 눈빛이 깊어졌다. 침대 위에서 어쩔 줄 모르던 결아의 표정이 떠올랐다. 꿈이라고만 생각해서 한 행동이었지만 사실, 늘 참고 있던 솔직한 감정이었다.

하지만 더 참았어야 했는데…….

"후."

깊게 한숨을 내쉰 휘가 성마르게 머리칼을 쓸어 올렸다.

"그렇게 겁먹을까 봐 참았던 건데, 바보같이."

휘가 시선을 올려 차창 밖을 바라봤다. 불 꺼진 결아의 방을 올려다보는 그의 얼굴이 걱정으로 가득했다.

널 어떻게 해야 할까……. 솔직한 감정을 드러낸 것만으로도 이렇게 도망가 버리면.

결아가 채은과 만난 일을 알 리 없는 휘는 차 안에서 어두운 얼굴로 결아의 방 창문만 응시하고 있었다.

다음 날 아침. 결아가 방에서 나오자 노트북으로 기사를 보고 있던 루리가 고개를 돌렸다.

"결아야! 기사 봤어? 어제 방송으로 난리가 났…… 끄아악!"

결아가 산발을 한 채 퉁퉁 부은 얼굴로 방에서 나오자 루리가 기겁을 했다.

"너, 너 얼굴이 왜 그러냐? 그렇게 엄청나게 부은 건 처음 보는데……. 밤사이 무슨 일 있었어?"

루리가 벌렁거리는 심장을 진정시키고 묻자 결아가 힘없이 고개를 저었다.

"아니야. 아무것도……."

"아무것도 아닌 얼굴이 아닌데? 말해 봐. 무슨 일 있는 거지?"

"아니라니까."

결아가 어깨를 축 늘어뜨리고 어두운 얼굴로 욕실로 들어가 버리자 루리가 눈을 깜빡였다.

"쟤가 왜 저러지? 한동안 안 그러더니. 걱정되게……."

욕실로 들어온 결아는 거울 속의 자신을 가만히 바라봤다.

"정말 못생겼다."

어제 그 여자는 그야말로 인형처럼 생겼던데…….

"하긴, 나라도 이런 얼굴보단 그 얼굴이 좋을 것 같아."

음침하게 중얼거리던 결아가 싸늘한 시선으로 거울을 노려봤다.

"……하지만 그렇다고 해서 사람을 가지고 놀아도 되는 건 아니에요. 휘 씨."

코끝이 찡해지고 눈이 시큰해지자 결아는 눈에 바짝 힘을 줬다.

"윽! 울지 마! 안 울어! 절대 안 울어!"

결아가 눈을 부릅뜨고는 얼른 수도꼭지를 틀었다. 그러곤 찬물로 세차게 세수를 한 뒤에 다시 거울을 봤다.

"하아……."

밤새 생각해 보니 조금 냉정을 찾을 수 있었다. 혼란스럽고 실망스러웠던 것도 실컷 눈물을 쏟아 냈더니 차분하게 생각할 수 있게 됐다.

하지만 아무리 생각해도, 매니저와 라디오 일은 채은의 말대로 휘가 말하지 않고는 그녀가 알 수 없는 일이었다.

"하지만 난……. 난 어떤 말도 들은 게 없잖아."

결아의 얼굴이 어두워졌다. 휘는 그 여자에게는 말해 줬으면서 나에게는 아무것도 말해 주지 않았다. 그 여자를 다시 만난다는 것도, 그 여자의 집까지 드나든다는 것도, 내 이야기를 고스란히 그 여자에게 한다는 것도…….

"치. 누가 진짜인지 너무 명백하잖아."

훌쩍거리며 눈물을 삼킨 결아가 다시 찬물로 어푸어푸 세수를 하고는 욕실 문을 열었다.

결아가 욕실에서 나오자 걱정스러운 얼굴로 거실을 우왕좌왕하던 루리가 얼른 다가왔다.

"괜찮아?"

"아무 일도 아니라니까."

결아가 대꾸하자 루리가 한숨을 내쉬며 말했다.

"네 얼굴이 전혀 안 괜찮아 보이니 하는 말이지. 너 오늘 생방은 할 수 있겠어?"

"응. 도서관 갔다가 자료 좀 찾아서 갈게."

"방송국에 도서관 있어. 필요한 건 거기서 찾으면 되잖아."

루리의 말에 결아가 조용히 고개를 저었다.

"아니야. 여기가 익숙해서 그래."

휘와 관련 있는 공간은 가능하면 피하고 싶었다. 방송국은 특히 더.

"그럼 그렇게 하고……. 어디 아픈 건 아니지?"

루리가 걱정스러운 얼굴로 재차 묻자 결아가 힘없이 웃으며 말했다.

"멀쩡하니까 걱정 마. 이따 방송국으로 갈게."

"그래 그럼……. 언니 출근할 테니까 이따 보자."

"응."

루리가 가방을 챙겨 현관 쪽으로 가자 결아는 방으로 들어갔다.


잠시 후 결아는 도서관 갈 채비를 하고 집에서 나왔다. 집에 있어도 계속 우울한 생각만 하고 있을 것 같아 책이라도 읽으면 좀 나을 것 같았다.

결아가 도서관 쪽으로 가려는데 뒤에서 차 문이 급히 열리는 소리가 들렸다.

"이결아."

"!"

본능적으로 자신을 부르는 이가 누군지 직감한 결아가 멈칫했다. 뒤에서 문을 탕! 닫는 소리가 들리자 결아의 동공이 지진이라도 난 듯 흔들렸다. 자신에게 다가오는 휘의 발걸음 소리에 결아는 냅다 달리기 시작했다.

"……결아야!"

목숨 걸고 달리는 결아를 휘가 맹렬히 뒤쫓기 시작했다. 무섭게 달려오는 휘를 피해 골목으로 들어간 결아는 얼른 안쪽으로 숨어 들었다. 미로 같은 골목 사이로 결아가 사라져 버리자 휘가 숨을 몰아쉬며 주변을 둘러봤다.

"헉, 헉, 어디로 간 거야?"

주변을 아무리 둘러봐도 결아가 보이지 않자 휘가 얼굴을 일그러뜨렸다.

"빌어먹을."

뒤도 안 보고 도망칠 만큼 싫었던 거냐? 너…….

결아가 도망치는 모습에 상처받은 휘의 얼굴이 착잡해졌다.

그때 뒤에서 수군거리는 목소리가 들렸다.

"야! 저 사람 선우휘 아냐?"

"뭐? 선우휘?! 어디?"

······젠장. 미간을 바짝 좁힌 휘는 후드 모자를 깊게 눌러쓰며 빠르게 그 자리를 벗어났다.

한편, 골목 사이에 숨어 휘가 돌아가는 모습을 지켜보던 결아가 한숨을 포옥 내쉬었다.

피한다고 될 일이 아니라는 걸 알고는 있는데, 휘의 목소리를 듣자마자 반사적으로 몸이 먼저 움직여 버렸다.

"지금은······ 만나고 싶지 않아."

작게 중얼거린 결아가 우울한 얼굴로 골목을 빠져나갔다.

"······어?"

라디오국이 있는 14층에 내리자마자 결아가 딱 멈춰 섰다.

"결아 씨."

현석도 결아를 보고 멈칫했다.

"여긴 어쩐 일이세요?"

결아가 총총 다가가며 묻자 현석이 조금 머쓱한 얼굴로 안경테를 추켜올렸다.

"제가 어제 실수를 한 것 같아서······ 피디님과 우민 씨에게 사과하고 오는 길이에요."

"실수요······?"

아아, 어제······! 어제 너무나 많은 일이 있어, 순간 영문 모를 표정을 짓고 있던 결아가 그제야 생각났다는 듯 얼른 물었다.

"괜찮으세요? 어제 너무 많이 드신 것 같던데."

"아, 괜찮습니다. 결아 씨에게도 본의 아니게 실례되는 모습을 보였어요. 미안합니다."

현석이 난감한 얼굴로 말하자 결아가 웃으며 손을 저었다.

"실례라뇨. 전혀 그렇지 않으니까 그런 생각 마세요."

그녀의 말에 긴장된 표정을 짓고 있던 현석이 안도한 얼굴로 미소 지었다.

"결아 씨가 그렇게 말해 주니 마음이 좀 놓이네요."

"정말이에요. 과음하면 그럴 수도 있는 건데요 뭐. 하하하……."

결아가 걱정 말라는 듯 웃자 그가 혼잣말처럼 중얼거렸다.

"……지고 싶지 않았거든요."

"네?"

무슨 말이냐는 듯 결아가 물으니 현석이 미소 지었다.

"아무것도 아닙니다. 그런데 뭐 하나 물어봐도 될까요?"

"아, 네. 뭔데요?"

결아가 고개를 끄덕이자 현석이 그녀의 얼굴을 가만히 내려다봤다.

"?"

그가 한참 자신의 얼굴만 빤히 내려다보자 결아가 의아스러운 표정을 지었다. 그때 현석이 말했다.

"울었어요? 눈이…… 많이 부었는데."

현석의 급작스러운 질문에 결아가 당황스러운 얼굴로 모자챙을 아래로 내리며 고개를 푹 숙였다.

"아, 안 울었어요. 그냥 좀 잠을 많이 자서요."

결아가 민망한 목소리로 말하자 안경 너머로 그의 눈빛이 깊어졌다.

"어? 현석 씨!"

그때 현석을 알아본 라디오 피디가 빠르게 다가왔다.

"하하! 어제 방송 잘 들었습니다. 언제 저희 방송에도……."

다가오는 피디를 향해 현석이 선을 긋듯 손을 올려 저지했다.

"죄송하지만 지금 대화 중이라."

"아, 이런. 내가 방해했나? 하하하. 미안합니다. 대화 나누세요."

피디가 머쓱한 표정으로 돌아서자 현석이 결아 쪽으로 고개를 기울였다. 그러고는 바닥만 쳐다보고 있는 그녀의 팔을 잡았다.

현석에게 팔을 잡힌 결아가 고개를 들고 부은 눈을 크게 떴다.

"따라와요."

짧게 말한 현석이 결아를 데리고 비상구 계단으로 향했다.


"받아요."

"……감사합니다."

결아는 비상구 계단에 앉아 현석이 내미는 커피 잔을 받아 들었다. 현석도 자신의 커피 잔을 들고 그녀의 옆에 앉았다.

"……."

결아가 조용히 커피만 마시고 있자 그 역시 말없이 앉아 있었다.

한참 후 결아는 커피 잔을 쥔 채 현석을 힐끔 바라봤다.

"신기해요."

"뭐가요?"

현석이 태연히 돌아보며 묻자 결아가 엷게 웃었다.

"현석 씨랑 둘이 아무 말 없이 앉아 있는데도 어색하지 않아서요."

결아의 말에 현석이 안경테를 추켜올렸다.

"음. 그거 좋은 건가?"

"좋은 거죠. 처음 현석 씨와 이 계단에 앉아 있을 때는 완전 긴장 상태였거든요. 그때에 비하면……."

"아, 그건 좋은 거네요."

현석이 빙긋 웃었다. 결아도 붕어같이 부은 눈으로 마주 웃으며 커피를 한 모금 마셨다.

그때 갑자기 전화벨이 울리자 그녀가 커피 잔을 든 채 흠칫했다. 그러자 그가 굳어 있는 결아를 의아한 얼굴로 내려다봤다.

"왜 그래요?"

"아, 아뇨. 아무것도."

결아가 황급히 말하고는 커피 잔을 내려놓고 가방에서 휴대폰을 꺼냈다. 그리고 결아의 휴대폰 액정에 떠 있는 이름을 본 현석의 눈이 가늘어졌다.

그런데 발신인을 확인한 결아가 작게 한숨을 내쉬고 벨소리를 무음으로 바꾼 뒤 꼼질거리며 휴대폰을 다시 가방 안에 넣었다.

"전화받아도 돼요."

"아니에요."

결아가 머쓱한 얼굴로 둘러대고는 다시 커피 잔을 잡았다. 그녀의 얼굴이 어두워지는 것을 본 현석이 조용히 커피를 한 모금 마시고 말했다.

"왜 울었는지 말 안 해 줄 거예요?"

"그건 조금……."

"말하기 어려워요?"

"네. 개인적인 일이라서요."

결아가 커피 잔을 만지작거리며 고개를 숙이자 그가 그녀의 둥근 모자챙을 가만히 내려다봤다.

"……내가 맞춰 볼까요?"

"네?"

결아가 의아한 표정으로 고개를 들자 눈을 마주친 현석이 말했다.

"결아 씨가 운 이유, 휘 때문이죠?"

그녀의 퉁퉁 부은 눈이 놀라움으로 한껏 커졌다.

"그, 그걸 어떻게……."

"어떻게 알았는지는 비밀입니다."

현석이 빙긋 웃고는 부드럽게 말했다.

"말해 봐요. 혼자만 담아 놓고 끙끙거리지 말고……. 결아 씨 휘 좋아하잖아요."

그의 말에 결아의 눈이 크게 흔들렸다.

"아니에요?"

현석이 결아의 당혹스러운 표정을 빤히 바라보며 묻자 결아가 말문이 막힌 듯 숨을 삼켰다. 잠시 그대로 있으니 그가 말했다.

"숨 쉬세요."

"……후아!"

크게 숨을 내쉰 결아가 무척 놀랍다는 듯 말했다.

"가끔 보면 현석 씨는 막 신기 있는 사람 같아요."

결아가 숨을 몰아쉬며 말하자 현석이 웃었다.

"괜찮으니 말해 봐요. 어디에도 말할 수가 없어서 속에 쌓인 채로 그대로 두면 더 안 좋아지는 경우도 많거든요. 특히 사람 감정이 그렇죠."

"……."

현석의 말에 천천히 숨을 가다듬은 결아가 입을 열었다.

"현석 씨 말대로, 휘 씨를 좋아해요. 그런데 이젠…… 그러면 안 될 것 같아요."

"왜요?"

그가 묻자 결아의 눈에 금방 눈물이 차올랐다.

"아무래도 내가 큰 착각을 하고 있었던 것 같아요."

결국 그녀의 눈에서 눈물 한 방울이 또르륵 굴러떨어졌다. 그러자 현석이 결아의 눈물에 본능적으로 올라가려던 손을 멈추고 허공에서 내렸다.

"아. 나 어제부터 꼭 고장 난 수도꼭지 같은 거 있죠. 하하. 시, 신경 쓰지 마세요."

결아가 민망한 얼굴로 얼른 눈물을 닦았다. 그런 그녀를 바라보는 현석의 눈빛에 안쓰러움이 스쳐 지나갔다.

내가 저 눈물을 닦아 줄 수 있다면……. 가능하지 않을 일이라는 걸 알면서도, 욕심이 났다. 점점 커져 가는 욕심이.

"이거 써요."

현석이 손수건을 내밀자 결아가 눈을 동그랗게 떴다.

"어서요."

"아, 감사합니다."

결아가 얼른 손수건을 받아 들면서 인사했다.

"조금 놀랐어요. 손수건 들고 다니는 남자는 영화에만 있는 줄 알았는데……."

그녀가 얼굴을 닦으며 멋쩍게 말하자 현석이 싱긋 웃었다.

"잘 울 것 같은 사람이 주변에 있거든요."

"잘 울 것 같은……?"

잘 우는 것도 아니고, 울 것 같은? 애매한 표현에 결아가 고개를 갸웃거리자 그가 식은 커피 잔을 내려다보며 피식 웃었다.

"네. 워낙 여려서 잘 울 것 같았는데, 알고 보니 이게 필요할 일이 좀처럼 생기지 않을 만큼 강한 사람이었더라고요."

"그렇구나……. 현석 씨에게 무척 의미 있는 손수건 같은데 이걸 제가 대신 써도 되는 건가요?"

결아가 미안한 얼굴로 자신의 눈물이 범벅되어 있는 손수건을 바라보며 훌쩍거렸다. 그러자 현석이 빙긋 웃으며 말했다.

"괜찮으니 걱정 말고 쓰세요."

이건 당신을 위한 거니까.

뒷말을 삼킨 현석이 쓸쓸한 미소를 지었다가 다시 빠르게 거둬들였다.

"그럼 깨끗하게 빨아서 돌려드릴게요. 감사합니다."

결아가 손수건을 손에 쥐고 꾸벅 인사했다.

"결아 씨는 나한텐 늘 지나치게 깍듯한 거 알아요?"

"제, 제가 그랬나요?"

"네. 뭐랄까, 항상 은연중에 선을 긋는 것처럼."

"아닌데…… 하하. 저야 늘 현석 씨한테 도움을 많이 받아서 감사한 생각을…… 하하하."

결아가 어색하게 웃자 현석이 눈을 가늘게 떴다.

"정말 그렇게 생각해요?"

그의 질문에 결아는 진심이라는 뜻을 담아 열심히 고개를 끄덕였다.

"물론이죠. 바로 어제도 현석 씨한테 큰 도움을 받았잖아요. 현석 씨 아니었으면 정말……. 생각만 해도 아찔한 순간이 많았어요."

"그럼 결아 씨도 내 부탁 들어줄래요?"

"당연하죠! 제가 도움을 드릴 수 있는 거면 뭐든지요!"

그녀가 결의에 찬 눈빛을 빛내자 현석이 미소 지었다.

"결아 씨가 작품 보는 눈이 있다고 들었어요. 괜찮으면 제 차기작 좀 골라 줄래요?"

"차기작……요?"

의욕에 불타올랐던 것이 피시식 식은 듯 결아가 머뭇거렸다.

"그, 그건 엄청 중요한 일인데 제가 어떻게……."

"이 피디님의 결아 씨 칭찬이 대단하던데요. 다른 피디님이 칭찬하시는 것도 들었고, 휘 이번 드라마 골라 준 것도 결아 씨라면서요."

"그래도 제가 감히……."

결아가 당치도 않는다는 듯 고개를 절레절레 저으며 사양하려 하자 현석이 다시 말했다.

"부담되시면 그냥 편하게 친구로서 도움 준다고 생각하는 건 어때요? 하나를 딱 고르지 않더라도 이것 중에서 이게 가장 낫다, 그 정도만 해 줘도 괜찮아요."

"아, 그런 도움이야 얼마든지 드릴 수 있죠."

"다행이네요."

현석이 안심한 듯 웃자, 그의 얼굴을 본 결아가 잠시 고민하다가 말했다.

"물론 가장 중요한 건 현석 씨 생각이겠지만요. 저야 그냥 도움을 드리는 정도밖에 못 해요. 그래도 필요하시다면 최선을 다해 볼게요."

"그 정도면 충분해요. 그럼 도와주기로 한 겁니다?"

"네. 도움을 드릴 수 있어서 저도 기뻐요."

현석이 씩 웃자 결아도 마주 웃었다.

— 지금은 전화를 받을 수 없어 소리샘으로 연결되오니…….

"도대체……!"

전화를 끊은 휘가 신경질적으로 고개를 확 들쳐 올리고 숨을 들이켰다.

"후……. 도대체, 언제가 돼야 받아 줄 건데."

깊게 한숨을 내쉬는 휘의 얼굴에 초조함이 가득했다. 아침에 그렇게 도망친 이후 하루 종일 연락이 안 되는 결아 때문에 속이 시커멓게 타들어 갈 지경이었다.

"형! 의상 교체한대요!"

"알았어."

휘가 대기실 문밖의 정석을 향해 대답하곤 다시 휴대폰을 노려봤다. 광고 촬영이 아무래도 새벽까지 이어질 것 같아 쉽게 빠져나갈 수도 없었다.

"받아라, 좀! ……제발."

간절한 목소리로 내뱉은 그가 한숨을 내쉬고 다시 결아에게 전화를 걸었다.

결아는 방송국에서 루리의 라디오 생방송을 도와주고 있었다. 실시간으로 문자와 게시판을 통해 올라오는 신청곡 중 몇 개를 뽑아서 멘트와 함께 루리에게 건넸다.

"언니. 여기."

"아! 그래. 광고 나간 다음에 3부 첫 사연 확인해 봤어?"

"응. 오타 체크 했으니 그대로 나가면 될 것 같아."

"오케이."

루리가 고개를 끄덕이고는 결아가 건네준 종이를 빠르게 훑었다. 그다음 우민이 볼 수 있도록 화면에 띄우는 모습을 보며 결아가 후, 하고 길게 숨을 내쉬었다.

"좋아. 그다음은……."

결아가 큐시트를 확인하는 사이 우민이 화면을 보며 대본을 읽었다.

"2부의 마무리는 7842 님이 보내 주신 문자 사연입니다. 아무리 바라봐도 내 것이 될 수 없는 사람을 보고 있습니다. 조금 힘이 드네요."

사연을 읽은 우민이 한 템포 쉬고 멘트를 이었다.

"네……. 아마 이 사연과 똑같은 감정을 느끼고 계신 분들, 있을 거예요. 마음이 정말 마음대로 된다면 얼마나 좋을까요. 신청해 주신 성시경의 〈좋을 텐데〉 함께 들으시죠. 7842 님, 그리고 같은 마음을 가진 모든 분들께 위로가 되길 바랍니다."

우민의 멘트가 끝나고 음악이 흘러나왔다.

좋을 텐데

너의 손 꼭 잡고 그냥 이 길을 걸었으면

그 시간, 운전하고 있던 현석이 라디오 볼륨을 높였다. 스피커에서 흘러나오는 음악을 들으며 입술 끝을 비스듬히 기울인 그가 낮게 중얼거렸다.

"정말 별걸 다 해 보는구나. 라디오 한창 듣던 사춘기 때도 안 했던 건데……."

라디오에 익명의 신청곡이라니. 헛웃음을 흘린 현석이 감미로운 음률에 맞춰 핸들 위에서 손가락을 까딱거렸다.

언제부터 이결아라는 여자가 이렇게 마음속 깊숙이 들어와 버렸을까. 처음엔 동정, 그다음엔 안쓰러움, 그다음엔……. 점차 연민에서 애정으로 변하는 자신의 감정에 당황하면서도, 굳이 아닐 거라고 자신을 자제시키며 시간을 흘려보냈다. 친구인 휘가 그런 식으로 경계를 보이는 상대를 마음에 품는 짓은 하면 안 되는 거였으니까.

그래서 그저 필요할 때 도움을 줄 수 있는 사람으로 자신의 포지션을 지정했다. 스스로 선을 긋고 그 선을 넘어가지 않도록 스스로를 단속했다.

그랬는데…….

"이렇게 힘든 걸 보면…… 정말 마음이 뜻대로 되지 않네요. 결아 씨."

현석의 눈빛이 어둡게 가라앉았다. 그의 심정만큼 애절한 가사가 스피커에서 흘러나오고 있었다.

"좋을 텐데…… 정말."

현석의 낮은 목소리가 간절하게 흘러나왔다.

♡　❤　♡

깜빡. 깜빡.

불 꺼진 방 안 침대 위에 누운 결아는 휴대폰 불빛이 깜빡거리는 걸 보고만 있었다. 한참 동안 깜빡거리던 휴대폰이 잠잠해지자 결아는 깊게 한숨을 내쉬었다.

"……끊겼구나."

손을 뻗어 휴대폰을 집는데 또다시 불빛이 깜빡였다.

"……어?"

액정을 보니 휘의 문자가 들어와 있었다.

[너 정말 내 전화 안 받을 거야?]

그의 문자를 본 결아의 표정이 우울하게 가라앉았다. 그때 또 문자가 왔다.

[너 이러면 계약 위반이야. 아직 계약 기간 남은 거 알지?]

[……미안, 방금 말은 취소.]

연달아 온 문자를 결아가 물끄러미 보고 있는데 또다시 새 문자가 들어왔다.

[결아야. 나한테 서운한 거 알아. 기분 상한 것도 알아.]

"안다고……?"

결아의 눈이 작게 흔들렸다.

[그래도 용서해 주면 안 되겠어? 결아야. 내가 잘못했어.]

그리고 용서해 달라는 그의 말에 결아의 얼굴이 굳었다.

"말도 안 돼……. 그걸 어떻게 용서해요. 다른 건 다 용서해도, 그건 용서 못 한단 말이에요."

휴대폰을 품에 안은 결아가 결국 히잉, 하고 울기 시작했다.

"어떻게 그걸 사과한다고 용서해요? 뭐가 진짜인지, 나한테 했던 모든 말들도 뭐가 진짜인지 이제 난 하나도 모르겠는데……."

휴대폰을 침대 위로 던지고 이불을 뒤집어쓴 결아가 소리 없이 울기 시작했다.


결아가 우는 동안, 모자를 깊게 눌러쓴 휘가 그녀의 집 앞에 서 있었다. 답장 없는 휴대폰을 힐끗 내려다본 휘가 답답한 얼굴로 불 꺼진 창문을 다시 올려다봤다.

"……나 피 말려 죽이려고 작정했구나. 너."

꿈이라고 착각한 자신의 잘못이 있었기에 이런 식으로 결아가 숨어 버리면 도저히 어떻게 할 수가 없었다. 한 번도 여자에게 그런 욕망을 느껴 본 적이 없었는데 어느 순간부터…….

어쩌면 처음부터 결아를 향한 자신의 감정은 이성적이지 않았는 지도 모른다. 신경이 쓰이고 괴롭히고 싶다가 갖고 싶어서 어쩔 줄 모르게 되어 버린 뒤에도 한참 동안 참았다.

그렇게 참고 참았는데, 결아가 준비될 때까지 기다리는 동안에 채워지지 못한 욕망이 그런 식으로 표출되어 버려서 결국 그녀를 겁먹게 해 버렸다.

난 널 못 봐서 안타까워 죽겠는데, 넌 그렇게 도망쳐 버리고. 그래 놓고도 아무 상관 없다는 듯 굴면…….

"대체 난 어떡하라고."

쓰게 웃은 휘가 그대로 어둠 속에 서 있었다. 종종 지나가는 사람들이 힐긋힐긋 쳐다봤지만 그는 미동도 없이 한참을 서서 불 꺼진 창문만 바라보고 있었다.

## 28.

가시에 찔리다

"엑. 오늘도 얼굴 가관이네."

욕실 거울을 본 결아가 호빵같이 퉁퉁 부은 얼굴을 매만지며 중얼거렸다. 열심히 찬물로 세수하고 손바닥으로 찰싹찰싹 두드려 봤지만 전혀 변화가 없었다.

"언니가 의심할 텐데……."

고민하던 결아가 수건으로 얼굴을 가린 채 슬금슬금 방 쪽으로 걸어가고 있는데 식탁 앞에서 토스트를 먹고 있던 루리가 고개를 돌렸다.

"일어났어?"

"으, 응."

결아가 수건으로 얼굴을 벅벅 문지르며 지나가자 루리가 말을 걸었다.

"아, 휘 씨한테 문자 하나 넣어야겠다."

……뭐? 놀란 결아가 저도 모르게 수건을 바닥으로 툭 떨어뜨
렸다.

"누, 누구?!"

결아가 당황한 얼굴로 묻자 루리가 식빵 위에 잼을 듬뿍 바르며
말했다.

"휘 씨 찍은 새 드라마 오늘부터 방영한다더라고. 잘 보겠다고
안부 문자라도 하나 보내 놔야 나중에 또 게스트로 초대할 명분이
생기지 않겠어?"

"아…… 드라마 오늘부터였구나……."

결아가 작게 중얼거리며 떨어뜨린 수건을 집어 들었다.

"결아 너도 휘 씨한테 응원 문자 하나 보내 둬. 그날 친해졌다
며?"

"내가 뭐 그 정도로 친한가……."

결아가 어색하게 말끝을 흐리자 루리가 식빵을 우적우적 먹으며
말했다.

"왜, 그때 휘 씨가 너랑 친해졌다고 자기 입으로 말하더만. 언
니가 얼마나 뿌듯했는지 알아? 그날은 네가 나서서 현석 씨도 섭
외해 오질 않나, 휘 씨 매니저란 사람도 네가 오래 알던 사람같이
잘해 준다 그러고. 꼭 네가 아닌 거 같더라. 덕분에 언니 방송도
청취율 대박 나고. 흐흐."

"그게 뭐 내 덕분인가. 현석 씨랑 휘 씨 덕분이지……."

"어쨌든 고맙다고!"

"응."

흐리게 웃으며 대답한 결아가 방으로 들어와 문을 닫았다. 그러
고는 조용히 문에 기대선 채 한동안 가만히 서 있었다.

'맞잖아. 죄다 돈만 더럽게 많은 재벌 3세와 사랑에 빠지는 신데렐라물.'

'아닌데……. 대본 제대로 안 읽어 보셨죠?'

'방금 네가 한 말은, 배우인 나보다 대본을 잘 본다는 뜻인가?'


드라마 촬영 시작 전, 휘와 대본을 두고 다투던 기억이 났다. 그 땐 지금보다 훨씬 자기주장도 못 하던 때였는데 어디서 그런 용기가 솟아났는지……. 아니, 어쩌면 이미 그때 마음 한편으론 휘를 편하게 느끼기 시작했는지도 모르…….

"아! 그만! 생각하지 마, 생각하지 마!"

결아가 고개를 푸르르 흔들고는 수건으로 얼굴을 벅벅 문질렀다. 그때 벨소리가 울렸다. 얼굴을 문지르다 벨소리에 깜짝 놀란 결아가 긴장된 시선으로 휴대폰이 놓인 침대 쪽으로 다가갔다.

또, 휘인가……?

휴대폰 액정을 확인하니 예상외로 현석의 이름이 떠 있었다. 그러고 보니 얼마 전 라디오 생방송 때 인터뷰하면서 전화번호를 교환했던 기억이 떠올랐다.

"네. 여보세요."

결아가 전화를 받자 꿀성대라 불리는 현석의 달달한 목소리가 들렸다.

— 결아 씨. 오늘 시간 돼요?

"오늘요?"

— 네. 지금 차기작 시나리오 후보들 추려 봤거든요. 바로 봐

줬으면 하는데.

"아아. 네. 괜찮아요. 제가 어디로 가면 될까요?"

결아가 고개를 끄덕이며 얼른 대답하자 현석의 목소리가 바로 들렸다.

— 제가 데리러 갈 테니 기다려요.

"여기로요?"

결아가 눈을 둥글게 떴다. 휘 때야 코디와 매니저라는 허울이라도 있었지만, 현석과는 아무런 접점이 없으니 솔직히 걱정이 됐다. 부담스럽기도 했고.

"현석 씨는 배우시잖아요. 조금 조심해야 되지 않을까요? 그냥 방송국으로 제가 갈……."

— 그럼 결아 씨는 어디가 편하겠어요?

현석이 바로 묻자 결아는 우물쭈물했다.

"음, 그게……."

사람들 눈에 띄지 않고 편하게 대화할 만한 한적한 장소를 떠올리던 결아가 생각났다는 듯 말했다.

"아! 그럼 제가 주소를 보내 드릴 테니 그쪽으로 오시겠어요?"


"……도서관이었어요?"

현석이 주변을 둘러보며 의외라는 얼굴을 했다. 도서관 주차장에서 현석의 차에 올라탄 결아가 생긋 웃었다.

"네. 여기가 주변에 산밖에 없고 허허벌판인지라 평일 낮엔 굉장히 한가하거든요."

결아의 말을 들은 그가 다시 한번 주변을 천천히 둘러봤다.

"그래서인지 경치가 좋긴 하네요. 확실히 사람들도 별로 없는 것 같고."

현석이 싱긋 웃자 결아도 마주 웃었다.

"그렇죠?"

밝은 얼굴로 웃고 있는 결아를 보던 현석의 표정이 순간 어두워졌다. 그가 어제보다 더 부은 그녀의 눈두덩이를 말없이 보자 결아가 겸연쩍은 얼굴로 고개를 숙였다. 큼큼 헛기침을 한 결아가 현석이 놔둔 시나리오 책을 발견했다.

"아, 차기작 후보가 이거예요?"

"네."

현석이 시나리오 책 세 권을 결아에게 건넸다.

"지금 가장 고민하는 작품들이에요. 셋 다 해 보고 싶은 배역이긴 한데……. 주 타깃은 이삼십 대 여성 시청자니까, 결아 씨가 읽어 보고 가장 나은 작품을 말해 주면 도움이 될 것 같아요."

"그럴게요. 아 참. 이건 언제까지 보면 될까요?"

"그냥 결한 씨 편한 대로요."

현석이 부드럽게 웃으며 말하자 결아가 고개를 끄덕였다.

"아, 네……."

바로 시나리오를 골라 온 걸 보니 차기작을 빨리 정해야 하는 게 아니었나? 결아가 그런 생각을 하며 제목들을 훑어보고 있는데 창밖을 응시하던 그가 물었다.

"여기가 결아 씨가 다니는 도서관인가요?"

"네. 예전부터 자주 왔어요."

"아아."

결아의 대답을 들은 현석이 더 진중한 눈빛으로 도서관 건물을 바라봤다. 그러자 결아가 겸연쩍게 웃고는 말을 보탰다.

"솔직히 자주라기보단 어릴 때부터 거의 집 아니면 여기에만 있었어요. 하하. 갈 데가 없었거든요."

결아의 말을 들은 현석이 고개를 돌려 그녀와 눈을 맞췄다. 그러고는 부드러운 음성으로 말했다.

"저도 도서관 좋아해요. 예전엔 자주 다녔었고……. 데뷔 전까지는요."

"아아. 그렇구나. 하긴 연예인 생활을 하다 보면 이런 공공장소는 출입이 어렵긴 하겠어요."

결아가 그의 고충을 이해한다는 듯 천천히 고개를 끄덕이고 있는데, 현석이 산 아래를 보며 말했다.

"저긴 공원인가요?"

"네. 워낙 외딴 데에 있어서 사람들이 별로 이용하진 않지만요."

"아하. 잘됐네요."

현석이 외투에 달린 모자를 푹 눌러쓰며 문을 열고 나가자 결아가 의아스럽게 바라봤다. 그리고 문을 연 상태로 현석이 그녀를 보며 말했다.

"이 정도로 한가한 공원이면 저도 한 바퀴 돌 수 있을 것 같은데요. 같이 가요. 결아 씨."

"아, 네."

결아가 현석을 따라 허둥지둥 차에서 내렸다.

도서관 옆 공원은 겨울이라 그런지 사람은커녕 개미 새끼 한 마리도 보이지 않았다. 찬기를 머금은 바람이 뺨을 스치고 지나갔다. 역시 겨울이라 춥긴 춥네. 결아가 어깨를 살짝 움츠리며 생각하는데 나란히 걷던 현석이 말했다.

"국내에서 이 정도로 한적한 곳은 오랜만이네요."

"평소에도 이 정도는 아닌데……. 겨울이라 그런지 오늘은 운동하는 할아버지도 안 보이네요."

결아가 주변을 둘러보며 말하자 현석이 기분 좋은 듯 웃었다.

"덕분에 아주 오랜 만에 긴장하지 않고 마음 편히 걸을 수 있어서 좋은데요."

그의 말을 들은 결아가 잠시 생각하다 말했다.

"저기, 아까도 현석 씨 말 듣고 생각한 건데……. 아무래도 배우라서 일상생활에 불편한 점이 많죠?"

결아가 질문하자 현석이 미간을 좁히며 안경테를 추켜올렸다.

"안 그렇다고 하면 거짓말이겠죠. 특히 제 성격이 시끄러운 것보다 조용하고 정적인 것을 선호하는 편이라 더 불편한 것도 있고."

"그렇구나."

결아가 고개를 끄덕이자 현석이 피식 웃었다.

"뭐. 각오하고 시작한 일이긴 하지만, 그래도 종종 숨이 막힐 때가 있어요."

"그럴 거 같아요. 아무리 좋아하는 일이라도 힘든 면이 있기 마련이잖아요. 연예인이라는 게 겉으론 화려해 보이긴 하지만 휘 씨를 봐도……."

저도 모르게 휘의 말을 꺼내던 결아가 움찔해선 입을 다물었다. 그녀의 당황한 얼굴을 내려다보던 현석이 물었다.

"결아 씨는 연예인이 불편하다고 했죠?"

"네. 저도 성격적으로 좀……. 지금은 많이 바뀌긴 했지만요."

"그럼 저도 불편해요?"

현석이 걸음을 멈추고 그녀를 바라보자 결아도 따라 걸음을 멈추고 고개를 들어 그와 시선을 맞췄다.

"아뇨. 어제도 말했지만 현석 씨는 많이 편해진 것 같아요."

결아가 미소 짓자 현석이 안심한 듯 웃었다.

"다행이네요. 초반에 결아 씨가 저를 자꾸 피하려고 해서 그때 많이……."

현석이 말을 하다 마니, 올려다보고 있던 결아가 물었다.

"네?"

그러자 현석이 짙어진 눈빛으로 결아를 내려다보며 부드럽게 웃었다.

"아무것도 아니에요. 그보다, 저 지금 많이 출출한데 같이 식사 할래요? 오늘은 왠지 혼자 먹기 싫은 날인데."

"아, 네. 얼마든지요."

결아가 웃으며 얼른 대답했다. 솔직히 내심 현석의 제안이 반가 웠다. 지금은 혼자 있는 것보단 현석과 함께 있을 때 휘의 생각을 덜 하니까……. 결아는 그렇게 생각하며 흐리게 웃었다.

"형. 오늘 첫방 나가는 거 알죠?"

"알아."

정석이 운전하며 말하자 휘가 휴대폰을 노려보며 대답했다. 결 아에게는 여전히 연락이 없었다. 문자조차도.

"대표님이 회사에서 다 같이 대형 모니터로 보자던데."

"……."

휘가 대답 없이 휴대폰만 보고 있자 정석이 의아한 얼굴로 백미 러를 봤다.

"형. 형?"

"……뭐?"

그가 그제야 고개를 들자 정석이 이상하다는 듯 말했다.

"방금 제 말 못 들었어요?"

"뭐라고 했는데."

"대표님이 오늘 첫 방송 같이 보자고……."

"거절해."

휘가 잘라 말하고 다시 휴대폰으로 고개를 숙였다.

"뭐, 그럴 줄 알았어요. 그럼 형은 누구랑 보실 건데요?"

"그걸 네가 알아서 뭐 하……."

그때 휘의 손에 있는 휴대폰이 진동을 울리자 그가 빠르게 액정을 확인했다. 하지만 기다리고 있던 상대가 아닌 걸 확인하자마자 실망스러운 얼굴로 전화를 받았다.

"어."

— 휘. 전에 사이즈 제대로 못 쟀잖아. 다시 재고 싶은데…… 오늘 시간 괜찮아?

"……그래."

휘가 긍정적인 대답을 하자 채은이 밝은 목소리로 말했다.

— 다행이다. 오기 전에 연락 줘.

"알았어."

짧게 대답한 휘가 인상을 쓴 채 전화를 끊었다. 그러자 백미러를 보며 운전하고 있던 정석이 물었다.

"형. 누군데 미간에 주름 세워서 받아요?"

"몰라도 돼."

휘가 피곤한 얼굴로 대답하며 의자에 깊숙이 몸을 묻었다.

그날, 결아가 집을 나가기 전 했던 말이 머릿속에 맴돌고 있었다.

'전 정말 휘 씨를 이해할 수가 없어요.'

겁을 먹을 수도 있을 거라고는 생각했지만, 이 정도로 자신에게 실망할 줄은 몰랐다. 연락도 피하고 찾아가면 뒤도 안 돌아보고 도망칠 정도로……. 그렇게 싫었어?

생각하면 할수록 스스로가 비참해지는 기분에 한없이 가라앉는 것만 같았다. 하지만 그런 자신의 기분보다, 결아가 자신을 피하고 있다는 것이 더 괴로워 그 비참함을 더욱 강하게 만들었다.

나만 널 만지고 싶고, 안고 싶고, 키스하고 싶었던 거야? 그래?

"……."

손안에 쥔 휴대폰을 향한 휘의 눈빛이 날카로워졌다.

채은이 콧노래를 흥얼거리며 선반에서 와인을 꺼냈다.

"오늘은 같이 마실 수 있겠지?"

테이블 위에 와인병을 내려놓은 채은이 눈을 빛냈다.

"아, 맞다."

채은은 뭔가 생각났다는 듯 테이블 위의 휴대폰을 집어 들었다. 그러고는 어딘가로 전화를 걸며 소파 쪽으로 걸어갔다.

"재영아! 나 채은이."

채은이 밝게 말하며 소파 위에 다리를 꼬고 느른히 앉았다.

"아니 별일은 아니고. 얼마 전에 갑자기 전화해서 놀랐지? 응. 그날 휘한테 갔다 왔어. 아하하. 그건 비밀이고."

간드러지는 웃음을 흘린 채은이 케이스에서 담배 하나를 **빼냈**다.

"조만간 현석이랑 다 같이 한번 보자. 우리 본 지 너무 오래된 것 같아. 그치? 휘도 좋다고 할 거야. 오늘…… 우리 집에 오기로 했거든. 오면 말해 볼게."

흘리듯 말한 채은이 담배를 입에 문 채 입술 끝을 가느다랗게 휘어 올렸다.

"응. 그래. 그때 보자!"

전화를 끊은 채은이 담배에 불을 붙이고는 픽 웃었다.

"우선 주변 사람들에게 기정사실로 만들어 놔야 뒷일이 수월한 법이지……. 아, 기자들 귀에도 들어가면 더 좋은데."

담배를 쥔 손을 까딱거리며 은밀한 미소를 짓고 있던 채은이 갑자기 생각났다는 듯 벌떡 일어났다.

"아! 내가 이럴 때가 아니지. 휘 오기 전에 풀 메이크업에…… 옷은 뭘 입는담?"

잽싸게 담배를 끈 채은이 분주히 방으로 들어갔다.


채은과의 전화를 끊은 재영이 보안이 철저하기로 유명한 단골 레스토랑 주차장에 차를 세웠다.

"어?"

스마트키를 주머니에 넣던 재영이 멈칫했다.

"현석아!"

재영이 부르는 소리에 엘리베이터로 향하던 현석과 겸아가 돌아봤다.

"와! 맞구나!"

재영이 반가운 얼굴로 다가오자 흠칫 놀랐던 결아가 안도한 표정을 지었다. 아. 다행히 아는 사람이구나. 기자인 줄 알고 놀랐네.

"너도 밥 먹으러 온⋯⋯ 어? 이게 누구야. 결아 씨 아냐?"

"안녕하세요."

결아가 얼른 인사하자 재영이 눈을 크게 뜨고는 손가락으로 둘을 연달아 가리켰다.

"어? 어어? 이건 뭐지? 응?"

"오버한다 또. 그런 거 아니야."

재영의 의심을 미리 끊어 버리듯 현석이 단호하게 말했다.

"아니긴 뭐가 아니야? 현석이 아무 관계도 없는 여자랑 밥 먹으러 오는 위인이냐?"

재영이 절대 못 믿겠다는 표정을 짓자 현석이 난감하다는 듯 말했다.

"아니라니까. 넌? 너도 밥 먹으러 온 거야?"

"응. 그럼 내가 여길 왜 오겠냐?"

"혼자?"

"아니 안에서 만나기로 한 일행이⋯⋯ 아! 너 그거 알아?"

"뭘?"

재영이 뭔가 생각났다는 듯 말하자 현석이 되물었다. 그리고 주변을 휘휘 둘러본 재영이 몹시 흥미진진한 눈빛을 빛내며 목소리를 낮춰 말했다.

"휘 말이야. 전에 헤어진 채은이랑 다시 시작했다던데?"

재영의 말에 현석과 결아의 얼굴이 동시에 굳었다.

"그게⋯⋯ 무슨 소리야?"

현석이 안경을 추켜올리며 눈썹 사이를 모았다.

"나도 안 지는 얼마 안 돼. 방금 전에도 채은이랑 통화했는데 조만간 너랑 다 같이 볼 자리 만들 거라던데?"

"채은이가?"

현석이 굳은 얼굴로 묻자 재영이 어깨를 으쓱였다.

"어. 오늘도 휘가 자기 집에 오는 모양이고."

재영의 말에 결아의 얼굴이 창백해졌다. 현석도 혼란스러운 얼굴로 재영에게 재차 물었다.

"그게 사실이야?"

"뭐 들었냐? 방금 채은이랑 통화했다니까? 휘 녀석, 지금까지 여우같이 숨기고 있었어. 집까지 드나들면서 말이야. 안 그래?"

재영이 능글맞은 웃음을 지으며 팔꿈치로 현석의 팔을 쿡쿡 찔렀다. 현석의 얼굴이 굳어 있었지만 재영은 전혀 눈치채지 못한 듯 계속 떠들어 댔다.

"결아 씨도 이제 그 이상한 노예에서 해방되겠어요. 채은이가 있는데 설마 휘가 계속 그런 집안일 같은 걸 시키겠어요? 채은이가 질투도 많은 성격이라 결아 씨 같은 소심한 성격은 어우…… 상상만 해도."

재영이 진저리 치듯 푸르르 머리를 흔들었다. 그때 말없이 서 있던 현석이 결아의 창백한 얼굴을 내려다보고는 재영에게 말했다.

"재영아. 난 갑자기 볼일이 생각나서 가 봐야겠다. 다음에 보자."

"아, 그래? 그럼 조만간 채은이랑 다 같이 보게 될 것 같으니까 그때 보자. 너도 혹시 그때 결아 씨 데려오는 거 아니야?"

재영이 눈짓으로 결아를 가리키며 씩 웃자 현석이 미간을 좁혔다.

"쓸데없는 소리 하지 말고 가. 난 간다."

"부끄러워하긴. 결아 씨! 다음에 봅시다!"

"아…… 네……."

재영이 큰 소리로 인사하자 결아가 혼이 나간 얼굴로 겨우 대답
했다. 몸을 돌린 재영이 엘리베이터 쪽으로 향하자 현석이 고개를
숙이며 결아에게 물었다.

"괜찮아요?"

"네? 아, 네."

결아가 밀가루처럼 하얗게 질린 얼굴로 대답하자 현석이 그녀의
어깨를 부축하듯 부드럽게 잡았다.

"나한테 기대요."

"괜찮……."

"괜찮다고 하지 말고 기대요."

현석이 팔에 힘을 줘 결아를 자신 쪽으로 기대게 한 뒤 주차장
으로 이끌었다. 그러곤 차로 돌아와 그녀의 얼굴을 조심스럽게 살
폈다.

"얼굴색이 많이 안 좋은데 괜찮아요?"

"네. 괜찮아요."

결아가 전혀 괜찮지 않은 파리한 얼굴로 대답하며 애써 웃었다.
그 모습을 보며 현석이 답답한 듯 한숨을 내쉬었다.

"……오해일 거예요. 아마."

현석이 표정을 굳힌 채 휴대폰을 꺼내 휘에게 전화를 걸어 보았
다.

— 어.

휘가 전화를 받자 현석이 곧바로 물었다.

"너 오늘 채은이네 집에 간다는 거 사실이야?"

— ……그걸 현석이 네가 어떻게 아냐?

휘의 대답을 들은 현석이 미간을 일그러뜨렸다.

"재영이한테 들었어."

— 재영이는 그걸 어떻게 알고.

"그건 채은이한테 물어봐라. 그럼."

낮게 말한 현석이 전화를 끊고는 인상을 쓰고 창밖을 노려봤다. 그렇게 한참 말이 없던 현석이 결아에게 물었다.

"결아 씨 운 이유가, 혹시 이거 때문이에요?"

그의 물음에 결아는 아무 대답 없이 창밖만 멍하니 보고 있었다.

"……후우."

현석이 답답한 얼굴로 핸들을 움켜잡았다. 그리고 결아는 방금 전 재영의 말만 머릿속에 계속 떠올리고 있었다.

'휘 말이야. 전에 헤어진 채은이랑 다시 시작했다던데?'
'오늘도 휘가 자기 집에 오는 모양이고.'

그럴 수가……. 물론 휘의 문자를 다 믿은 건 아니었지만, 자신이 왜 상처받았는지 안다면, 그래서 사과한 거라면 채은과의 관계는 정리할 거라고 생각했다. 설마 채은과의 관계를 계속 유지하려할 줄은 생각도 못 했는데…….

그러면서도 날 찾아오고, 계속 연락하고, 미안하다고 하고……. 이렇게 이중적인 사람이었다니. 충격과 배신감에 사로잡힌 결아의 커다란 눈에 투명한 눈물이 가득 차올랐다.

결아의 눈에서 조용히 눈물이 흘러내려 턱을 타고 또르륵 떨어지자, 그 모습을 본 현석의 표정이 어두워졌다. 그가 말없이 글러브박스를 열어 티슈를 건넸다.

"……고마워요."

결아가 고개를 숙여 대답하고는 얼른 티슈로 눈물을 닦았다. 그 사이 현석이 시동을 걸었다.

"바래다줄게요."

그의 말에 결아가 티슈를 손에 쥐고는 고개를 들었다.

"그럼 현석 씨 식사는……."

"지금 내 식사가 걱정이 됩니까? 그렇게 울고 있으면서."

현석이 자기도 모르게 화가 난 목소리로 언성을 높이자 결아의 눈이 흔들렸다. 그러자 현석이 얼굴을 일그러뜨리고 바로 사과했다.

"미안해요. 화내려던 건 아니었는데……."

"……괜찮아요."

결아가 대답하자 현석이 톤을 조금 누그러뜨리고 말했다.

"지금 결아 씨와 마음 편히 식사할 상황이 못 될 것 같아서 그래요. 바래다줄게요. 괜찮죠?"

"……네."

결아가 훌쩍거리며 작게 대답하자 그가 차를 출발시켰다. 현석의 차가 주차장을 빠져나가는 동안 그녀는 어두운 얼굴로 창밖을 주시했다.


"휘!"

채은이 휘에게 문을 열어 주며 환하게 웃었다. 잘록한 허리를 어필할 수 있는 과감하게 파인 크롭 니트에 몸에 딱 붙는 스키니를 입은 채은이 문을 열어 주고 빙글 몸을 돌렸다.

"어서 들어와. 마침 사과파이가 완성된 참이었어."

노래하듯 말하며 거실을 가로지르던 채은이 뒤에서 문이 닫히는 소리가 들리지 않자 뒤돌아봤다. 휘가 현관 앞에 선 채 들어오지 않고 그녀를 삐딱하게 쳐다보고 있었다.

"안 들어오고 뭐 해?"

채은이 의아스러운 얼굴로 묻자 휘가 차가운 목소리로 말했다.

"재영이한테 뭐라고 했어?"

"……어?"

그의 질문에 채은이 순간 흠칫거렸다.

"그게 무슨 소리야?"

채은이 표정에 당황을 드러내지 않고 묻자 휘가 서늘하게 응시하며 말했다.

"내가 오늘 여길 오는 걸 왜 재영이가 알고 있냐고 묻는 거야."

"아아, 그거?"

채은이 그제야 알았다는 듯 웃었다.

"전에 너희 집 주소 물어보려고 재영이한테 연락했었잖아. 그때 고맙다고 아까 인사 전화 했거든. 그때 나온 말이야."

별거 아니라는 듯 가볍게 말한 그녀가 다시 몸을 돌리자 휘가 냉랭한 목소리로 말했다.

"말해 두는데."

그의 낮게 가라앉은 목소리에 채은이 숨을 삼키고 다시 뒤돌아봤다.

"……어?"

301

채은이 어색하게 웃는 얼굴로 바라보자 휘가 서늘한 눈빛으로 입을 열었다.

"지금을 과거와 착각하지 마."

"아……."

채은이 일부러 상처받은 표정을 지으며 머뭇거렸다.

"미안. 난 오랜만에 재영이랑 통화한 게 반갑고 그래서…… 그런 건데…… 네가 불편하면 앞으로 조심할게."

채은이 눈치를 보듯 눈을 굴리며 말하자 휘가 미간을 좁힌 채 그녀를 내려다봤다.

"다른 사람이 쓸데없는 오해 하게 만들고 싶지 않아. 너 역시 마찬가지로, 쓸데없는 기대 갖게 하고 싶지도 않고."

"응…… 알아. 조심할게."

채은이 고개를 숙인 채 작게 말하자 휘가 그제야 집 안으로 들어섰다.

"최대한 빨리 끝내자."

"왜? 약속 있어?"

"어."

채은이 고개를 들고 묻자 휘가 코트를 벗으며 짧게 말했다.

"그래……? 그럼 오늘도 와인은 안 되겠네……. 전에 못 마셔서 기대했는데……."

채은이 시무룩한 얼굴로 말하자 그가 소파 위에 코트를 툭 내려놓으며 말했다.

"유채은."

채은이 휘를 올려다봤다.

"우리가 함께 와인을 마실 일은 없어."

휘가 흔들리는 그녀의 눈을 똑바로 응시했다.

"못 알아들은 모양인데, 처음 약속한 것 그 이상을 나한테 바라지 마. 내가 해 줄 수 있는 건 거기까지야."

그가 확실히 선을 긋듯 냉정하게 말하자 채은이 당황한 표정을 지었다.

"휘. 난⋯⋯."

채은이 뭐라 말하려는데 휘가 빙글 몸을 돌렸다.

"빨리 시작해. 10분 후에 나갈 거니까."

휘가 손목시계를 확인하며 말하자 채은이 지그시 입술을 깨물었다. 이렇게까지 선을 그을 필요는 없잖아? 내가 그런 거짓말까지 했는데.

채은이 자존심이 상한 얼굴을 하고 있는데 휘가 힐끗 돌아봤다.

"안 잴 거야? 사이즈."

"아! 재야지, 잴 거야. 줄자 가져올게. 잠깐만 기다려."

휘와 눈이 마주치자 얼른 표정을 바꾼 채은이 몸을 돌렸다. 그리고 줄자를 가지러 가는 채은의 얼굴이 구겨졌다. 아. 짜증 나! 마지막 카드까지 썼는데도 휘는 생각처럼 틈을 보이지 않았다. 칼마저 완전히 돌아서 버린 데다 휘는 보면 볼수록 점점 더 탐이 나는데 일이 마음대로 되지 않자 짜증이 솟구쳐 올랐다.

이러면 곤란한데⋯⋯.

줄자를 움켜쥔 채은이 초조한 눈빛을 빛냈다.


현석이 결아의 집 앞에 차를 세웠다.

"바래다주셔서 감사합니다."

결아가 꾸벅 인사한 뒤 시나리오들을 들고 내리려 하자 현석이 불렀다.

"결아 씨."

"네?"

그녀가 고개를 돌리자 현석이 진지한 얼굴로 바라봤다. 그렇게 그가 한동안 말없이 자신을 보고만 있자 결아가 의아스러운 표정으로 눈을 깜빡였다. 이윽고 현석이 빙긋 웃으며 말했다.

"그거, 다 읽으면 바로 연락 줘요."

현석이 시나리오 책을 보며 말하자 결아가 미소를 지으며 대답했다.

"아, 네. 그럴게요."

"그럼 조심히 들어가요."

"현석 씨도 조심히 들어가세요."

인사를 마친 결아가 차에서 내렸다. 그녀가 집 쪽으로 멀어지는 모습을 보며 현석이 크게 숨을 들이켰다.

"……후우."

고백해 버릴 뻔했다.

……치사하게도 방금 상처받은 여자에게. 혹시 휘 때문에 상처받은 지금이라면, 내 마음을 받아 주지 않을까 하는 얄팍한 기대로.

"대체 무슨 생각이냐."

이렇게 형편없는 놈이었다니…….

쓰게 웃은 현석이 표정을 굳히고 시동을 걸었다.


사이즈 재는 일이 끝나자마자 휘가 몸을 돌려 코트를 집어 들었다. 그 모습을 보고 있던 채은이 뒤에서 그를 불렀다.

"휘."

곧장 현관으로 향하려던 휘가 뒤돌아보자 채은이 잠시 주저하다 말했다.

"내가 기분 나쁘게 했다면 미안해. 그럴 생각은 없었는데…… 앞으로 조심할게."

채은이 반성하는 얼굴로 말하자 휘가 잠시 그녀를 내려다보곤 몸을 돌렸다.

"……간다."

"휘, 조금만 더 대화를……."

뒤따라오는 채은의 말을 무시한 휘가 그대로 주차장으로 내려왔다. 그리고 차를 몰고 곧장 결아의 집까지 온 휘는 집 앞에 차를 세웠다. 그러고는 시동을 끄고 결아의 방을 올려다봤다.

휴대폰을 꺼내 확인해 봤지만, 결아에게서 온 연락은 없었다. 그가 한숨을 내쉬고는 휴대폰을 보조석에 툭, 내려놨다.

"언제까지 기다리게 할 건데."

휘가 낮게 중얼거리며 핸들 위에 두 팔을 얹었다.

"지금까진 몰랐는데…… 정말 힘든 거였네. 누군가를 기다린다는 게……."

연락을 피하는 상대방이 돌아봐 줄 때까지 그 자리에 그대로 서 있는다는 게, 이렇게 피가 마르는 일인 줄은 정말 몰랐다.

"그런데도 기다리는 것밖에 할 수 없다는 게 더 미칠 노릇이고."

휘가 자조적인 쓴웃음을 지었다. 한 여자 때문에 이렇게 마음이 아프고 초조하고 괴롭고, 억지로 잡아끌고 싶어도 상처받을까 봐 차마 그러지 못하는 이런 기분……. 그런 것들이 나와는 전혀 상관없는 감정인 줄 알았다. 지금까진 누구에게도 이런 애틋하고 괴로운 마음을 느껴 본 적이 없으니까. 그래서 태어나서 처음 겪는 열병 같은 통증에 아무 일도 손에 잡히지 않았다.

오로지 한 여자의 생각만이 머릿속을 가득 메우고 있었다.

"이만하면 그만 힘들게 하면 안 될까. 이결아. 너 때문에 아무것도 할 수가 없잖아……."

휘가 천천히 팔 안에 머리를 묻었다.

바보가 된 기분이야. 완전히.

인터폰 알림음이 들리자 휘가 번쩍 눈을 떴다. 누군가가 엘리베이터를 타고 올라오고 있었다.

"……결아?"

침대에서 벌떡 일어난 휘가 빠르게 거실을 내달렸다. 숨도 못쉬고 달려와 엘리베이터 위 전광판을 보니 막 10층을 통과하고 있었다.

10…… 11…… 12…….

숫자가 올라갈수록 휘의 심장이 요란하게 쿵쾅거렸다. 숨을 죽이고 초조하게 전광판을 보는 사이 마침내 숫자가 17로 바뀌었다.

그리고 명쾌한 소리와 함께 엘리베이터 문이 열렸다.

"어? 형!"

하지만 눈앞에 해맑게 웃는 정석이 나타나자 기대에 부풀어 있던 휘의 얼굴에 맥이 빠졌다.

"왜 나와 있어요? 아! 내가 올 줄 알고 있었구나?"

정석이 집 안으로 들어오며 요란하게 떠들자 휘가 피곤한 얼굴로 몸을 돌렸다. 그러거나 말거나 정석은 신이 난 듯 떠들어 댔다.

"에이, 관심 없는 척하더니! 형도 기뻐서 그런 거죠? 그죠? 나랑 축하하려고 기다리고 있던 거잖아요!"

정석이 들고 있던 샴페인병을 흔들며 말하자 휘가 인상을 쓴 채 뒤돌아봤다.

"축하라니. 무슨?"

"어어? 형 기사 보고 나 기다린 거 아니었어요?"

정석이 의아스럽게 묻자 휘가 짜증 어린 목소리로 말했다.

"알아듣게 얘기해."

"어제 우리 드라마 첫방 대박 났잖아요. 첫방 시청률 30% 돌파에 기사도 죄다 호평인데……. 못 봤어요?"

정석의 말을 들은 휘가 피곤한 얼굴로 한숨을 내쉬었다.

"하아……."

고작 그딴 일로 사람을 이렇게 기대하게 만들……. 울컥 치솟은 분노를 억지로 삼키며 휘가 마른세수를 했다. 하지만 그런 휘의 기분을 알 리 없는 정석은 여전히 신난 얼굴로 떠들어 댔다.

"정말 이 드라마 선택한 건 잘한 것 같아요! 결아 씨가 선견지명이 있었지! 결아 씨 말대로 형 재벌 3세 전문 배우라는 타이틀이 어제 첫방 하나로 쏙 들어갔다구요! 대단하지 않아요?"

순간 결아의 이름이 나오자 휘의 얼굴이 어두워졌다.

"시끄러우니까 가라."

낮게 말한 휘가 착잡한 표정으로 다시 방으로 향하자 정석이 뒤에서 소리쳤다.

"형! 어디 가요? 축배 들어야죠!"

"됐으니까 가라니……."

"어? 잠깐만요, 전화가……. 네. 대표님. 네? 지금요?"

정석이 휴대폰을 귀에서 내리고 휘에게 말했다.

"형. 대표님이 샴페인 들고 지금 여기 주차장에 와 계신다는데 요? 축배 들게 문 열라고…… 어? 어어?"

휘가 정석을 사정없이 엘리베이터 쪽으로 떠밀었다.

"혀, 형? 그만 밀어요! 으앗?!"

구겨지듯 엘리베이터 안에 밀어 넣어진 정석이 영문 모를 표정 을 지었다.

"내려가서 대표님이랑 사이좋게 축배 나눠라. 다시 올라오면 죽 는다."

살벌하게 말한 휘가 엘리베이터 문 닫힘 버튼을 주먹으로 쾅! 눌렀다.

"앗! 자, 잠깐만요! 형! 혀어……."

정석의 애타는 목소리가 문이 닫힘과 함께 사라져 버렸다. 엘리 베이터가 아래로 내려가는 것을 노려보던 휘가 피곤한 얼굴로 머 리칼을 쓸어 넘겼다.

"젠장. 이놈이고 저놈이고……."

짜증스러운 얼굴로 몸을 돌리던 휘가 멈칫했다.


'대본 제대로 안 읽어 보셨죠? 남자 주인공 인물 설정이 대체 적으로 재벌 3세인 건 맞는데, 그전에 출연하셨던 드라마와 비슷 한 콘셉트는 이거랑 이거밖에 없어요. 나머진 전혀 다른 내용인 데……. 혹시 앞장에 인물 소개만 보고 대충 넘겨 보신 거 아니 에요?'

'그래도 재벌 3세인 건 마찬가지야. 이번에 또 하면 연속 세 개째인데, 재벌 전문 배우로 낙인찍힐 일 있냐?'

'상업성을 고려하면 재벌이라는 설정 자체는 어쩔 수 없는 부분이 많잖아요. 재벌이라는 설정만 겹칠 뿐 아주 신선한 소재가 많아요.'

차기작을 고민하던 중 결아와 티격태격하던 기억이 떠오른 휘가 그대로 우뚝 서 있었다. 그리고 다시 걸음을 옮겨 침실로 돌아와 휴대폰을 들고 만지작거렸다.

"네가, 가장 기뻐해 줄 줄 알았는데……."

함께 축하를 나누고 싶은 건 넌데, 왜 아무런 연락이 없는 건데.

"정말 아무 상관 없는 거야? 이제……."

낮게 중얼거린 휘의 눈빛이 어둡게 가라앉았다.

「선우휘&장준영 조합 통했다! 〈시간의 꽃〉 2회 만에 시청률 40% 근접!」

「시청률의 제왕 선우휘. 재벌 3세 전문 배우 이미지 벗고 연기파 배우 등극」

「방송 첫 주 만에 안방을 사로잡은 선우휘, 신드롬 조짐 보여……」

탁! 포털을 뒤덮은 휘의 기사에 결아는 깜짝 놀라 엉겁결에 노트북을 닫아 버렸다.

"시, 심장이……."

결아가 미간을 찌푸리고 놀란 심장을 진정시켰다. 원래 기사가 자주 나오는 남자긴 했지만, 새 드라마가 방영되는 지금은 모든 포털이 휘의 사진으로 가득했다.

"하아…… 어쩌지? 언니한테 메일 보내야 되는데……."

원고를 보내려면 메일함을 열어야 하고, 메일함에 들어가려면 휘의 사진으로 뒤덮인 인터넷 창을 켜야 했다. 그래서 이러지도 저러지도 못하던 결아는 결국 대책을 강구했다. 포털 사이트 오른쪽 메뉴만 보이도록 커다란 책으로 화면의 대부분을 가린 뒤 겨우 메일함으로 들어갈 수 있었다. 그리고 메일함에 들어가서야 안심하고 화면을 볼 수 있었다.

"이게 무슨 짓인지……. 휴, 어쨌든 성공이다."

무사히 전송 버튼을 누른 결아가 안도의 한숨을 내쉬는 순간, 창이 바뀌었다. '메일이 전송되었습니다.' 문구 아래로 커다란 휘의 의류 광고 배너가 떡하니 뜨자 결아는 기겁을 했다.

"으앗!"

급히 노트북을 닫았지만 방금 본 휘의 얼굴 때문에 충격을 받은 심장이 갓 잡은 생선처럼 펄떡이고 있었다.

"이, 이러다 정말 심장 마비로 죽겠어."

결아가 헥헥거리며 숨을 진정시킨 뒤 시나리오 책을 들고 책상에서 일어났다. 침대 위에 앉아 책을 펼쳐 보며 꼼꼼히 붙여 둔 포스트잇을 확인한 뒤 휴대폰을 들었다.

"아, 현석 씨?"

— 네. 결아 씨.

현석의 목소리가 들리자 결아가 시나리오 책을 보며 말했다.

"시나리오 다 읽어 봤는데…… 언제 시간 괜찮으세요?"

— 오늘 괜찮아요. 지금 데리러 가면 될까요?

"아. 그럼 그때 도서관 주차장에서……. 네. 거기서 봬요."

전화를 끊은 결아는 가방에 시나리오 책을 챙겨 넣었다.


채은이 즐거운 얼굴로 포털 창을 보고 있었다. 원래 인기가 많은 줄은 알고 있었지만, 드라마 효과로 전 국민아 휘앓이를 하고 있는 모습을 보니 절로 입꼬리가 올라갔다.

"세상에……. 휘 기사만 메인에 몇 개야? 이런 남자가 내 남자란 말이지?"

채은이 앙큼한 눈을 빛냈다. 머릿속에는 레드카펫 위에서 턱시도 차림으로 멋지게 서 있는 휘와, 그 옆에서 고가의 명품 드레스를 입고 그의 팔짱을 낀 채 서 있는 자신의 모습이 떠오르고 있었다. 수많은 스포트라이트를 받으며 여자들의 시기와 질투를 받을 생각을 하니 벌써부터 온몸이 짜릿했다.

"휘가 이렇게 유명해질 줄 알았다면 파리 따위 가지 않는 건데. 그때 괜히 디자이너 병에 걸려선……."

코디네이터 시절엔 세계적인 유명한 디자이너가 되는 게 꿈이었는데, 꿈은 그냥 꿈일 뿐이라는 걸 그때 깨달았어야 했다. 그때 휘와 헤어지지 않았다면 지금 이렇게 그를 되찾으려고 고생하지 않아도 됐을 텐데…….

"나만 옆에 있었다면 그런 평범한 계집애한테 눈 돌릴 일도 없었을 거 아니야. 휘는 은근 해바라기 과니까."

생각하면 할수록 아깝네, 정말. 그 바람둥이 칼에 비하면 휘는 외모에, 능력에, 순애보까지 갖췄는데 내가 진짜 그때 왜 휘를 놓쳐선! 자기 손으로 풀어 준 물고기인데 그 물고기가 이렇게 대어가 되고 보니 견물생심이라고, 더욱 휘가 탐이 나는 건 어쩔 수 없었다.

"마음에 둔 상대라⋯⋯."

채은이 표독스러운 눈을 가느스름하게 떴다. 휘가 지금 마음에 뒀다는 상대는 그 작은 계집애가 분명했다. 볼품없는 몸매에 얼굴도 동안인 것 외에는 특별한 게 없는데 휘는 도대체 왜 걔한테 목매는 거야?

"뭐, 멍청할 정도로 순진해 빠졌으니. 그때 내가 그렇게 해 둔 게 있으니 포기했겠지? 잠깐. 혹시 휘한테 내가 한 말을 다 해 버린 건⋯⋯."

미간을 일그러뜨리던 채은이 이내 빙긋 웃었다.

"설마. 그 소심해 보이는 애가 그럴 리가 없어. 그런 타입은 혼자만 끙끙거리다 지 생각에 지가 지쳐서 포기해 버릴 타입이니까."

지금까지 남자들을 뺏으면서 그런 타입의 여자들을 많이 겪어 본 채은은 벌써부터 승리감에 고취되어 있었다. 그녀는 만족스럽다는 듯 미소를 지은 채 인터넷 창 스크롤을 천천히 내렸다.

"그래도 쐐기를 박아 놓지 않으면⋯⋯ 다른 날파리들이 꼬여들겠지?"

휘의 인기가 이렇게 올라가 버렸으니 잘나가는 남자를 탐내는 주위 여배우들이 그냥 있을 리 없을 거고⋯⋯. 어린 여자 아이돌도 사정없이 들이댈 테니 말이지. 코디네이터 시절, 여자들의 그런 모습을 익히 봐 왔던 채은이 곧장 휴대폰을 집어 들었다.

"휘. 지금 어디야? 아⋯⋯ 디자인 시안이 완성돼서."

예전에 그려 뒀던 디자인 스케치들 중 마땅한 걸 고르며 채은이 태연하게 거짓말을 했다.


결아는 도서관 주차장에 세워 놓은 현석의 차를 발견하고 얼른 다가갔다. 창밖으로 결아가 종종걸음으로 다가오는 것이 보이자 현석이 바로 문을 열어 줬다.

"안녕하세요."

결아가 차에 타자마자 그가 따뜻한 커피를 건넸다.

"많이 춥죠?"

현석의 다정한 목소리에 결아가 커피를 받아 들며 웃었다.

"감사합니다. 아, 이거요."

결아가 가방을 열어 오늘 만남의 목적인 시나리오 책을 꺼냈다.

"전체 감상은 각 시나리오 맨 앞에 A4 용지를 끼워서 적어 뒀구요. 제가 읽으면서 떠오른 생각이나 의견은 포스트잇으로 따로 체크해 뒀으니 그걸 참고해서 결정하시면 될 거 같아요."

결아가 설명하며 건네주는 시나리오 책을 현석이 받아 들었다. 장문의 감상문과 빼곡하게 붙어 있는 포스트잇을 본 그의 입가에 미소가 번졌다.

"이렇게 세세하게 체크해 줄 줄은 몰랐는데……. 고마워요."

"뭘요. 도움이 되었다면 제가 기쁘죠. 내용도 다 재밌어서 시간 가는 줄 모르고 읽었어요."

결아가 웃으며 말하자 마주 웃던 현석이 조심스럽게 말을 꺼냈다.

"결아 씨."

"네?"

현석이 잠시 말없이 그녀를 바라보다 물었다.

"부탁 하나 더 해도 될까요?"

"아, 네! 얼마든지요."

결아가 흔쾌히 대답하자 현석이 곧바로 말했다.

"지금 저와 같이 가 줬으면 하는 데가 있어요."

"어딜요?"

결아가 의아스럽게 묻는 말에 그가 부드럽게 대답했다.

"그건 가 보면 알아요."

"아아, 네."

결아가 알겠다는 듯 고개를 끄덕이자 현석이 시동을 걸었다. 그의 눈빛이 조금 어두워진 것을 그녀는 눈치채지 못했다.


휘의 집 주차장에 도착한 채은이 엘리베이터 인터폰을 눌렀다.

— ……채은?

휘의 반갑지 않아 하는 듯한 목소리를 예상한 듯 채은이 밝게 말했다.

"응. 나야."

— 오늘은 시간이 안 된다고 했을 텐데.

"미안. 디자인 시안을 빨리 보여 주고 싶어서……. 너도 빨리 작업이 마무리됐으면 하지 않았어?"

휘가 부정하지 않자 채은이 기분 나쁜 투를 숨기며 애교 있게 말했다.

"이것만 보여 주고 갈게. 잠깐이면 되니까 들여보내 주라."

— 그럼 기다려. 내려갈 테니까.

"아, 그래……."

채은이 할 수 없다는 듯 대답하면서 아쉽게 입맛을 다셨다. 휘의 집에 들어가 보려고 했는데 그 계획이 깨져 버리자 내심 실망스러웠다. 정말 예전과 다르게 왜 이렇게 철벽 수비지? 사람 조급해지게. 원래 이런 성격이 아니었는데 확실히 휘는 변해 있었다. 채은이 초조한 눈빛으로 손톱을 물어뜯었다.

그때 엘리베이터가 도착하는 소리가 들리자 채은은 재빨리 표정을 바꿔 미소를 지으며 돌아봤다.

"휘…… 어머?"

휘를 본 채은이 그에게 걱정스럽게 다가갔다.

"어디 아파? 며칠 사이에 왜 이렇게 수척해졌어?"

휘는 자신의 얼굴을 매만지려는 채은의 손을 밀어 내며 말했다.

"신경 쓸 것 없어. 디자인 보여 줘 봐."

"아, 응. 그래."

채은이 어색하게 웃으며 가지고 온 디자인화를 꺼내는데 주차장으로 현석의 차가 들어섰다.


"여긴……."

휘의 집 주차장으로 들어오자 설마설마하던 결아의 얼굴이 창백해졌다. 곧 현석이 주차장에 차를 세우고 결아를 바라봤다.

"지금 휘 만나기로 했어요. 결아 씨도 같이 가요."

"시, 싫어요……."

결아가 하얗게 질린 얼굴로 거부하자 현석이 강한 어조로 말했다.

"결아 씨는 휘와 제대로 말해 보지 않았잖아요. 이렇게 피하는 것보다 제대로 만나서 대화해 보는 게 가장 좋은 방법이에요."

"무슨 말을 하라는 건데요?"

"무슨 말이든요."

현석이 흔들리는 그녀의 시선을 똑바로 응시하며 말했다.

"무슨 말이든 지금 결아 씨가 하고 싶은 말을 해요. 휘에게 묻고 싶은 거 많지 않아요?"

결아가 당황스러운 표정을 짓고 있는데 그가 먼저 차에서 내렸다. 보닛을 돌아 결아 쪽으로 간 현석이 문을 열고 그녀의 팔을 잡았다.

"앗……."

현석이 그대로 결아를 끌어당겨 차에서 내리게 했다.

"혀, 현석 씨. 잠깐만요."

현석이 그대로 자신을 끌고 가자 결아가 당혹스럽게 말했다.

"잠깐만요. 현석 씨! 이, 이런 식으로는……."

그때 현석이 우뚝 그 자리에 멈춰 서 결아를 뒤돌아봤다.

"결아 씨."

그가 그녀를 진지한 얼굴로 내려다보며 말을 이었다.

"난, 지금 내 행동을 후회할지도 몰라요. 아니. 분명 후회할 겁니다."

"……네?"

결아가 이해할 수 없다는 표정을 짓자 현석이 단호한 어조로 말했다.

"하지만 지금은 이게 맞다고 생각하기에 하는 것뿐이에요. 내가 더 한심한 놈이 되기 전에."

"그게 무슨 말…… 혀, 현석 씨!"

현석이 결아를 다시 일방적으로 끌고 가기 시작했다.

"전 지금은 아무래도 안 될 것 같아요. 우, 우선 마음의 준비를 먼저 한 후에 차근차근 하는 것이 좋지 않을까요? 이, 일단 이것 좀 놓으……!"

현석에게 끌려가던 결아가 순간 그 자리에 우뚝 선 현석 때문에 반사적으로 멈춰 섰다. 무언가를 본 현석이 굳어 있었다. 그의 시선을 따라가 보니 저 앞에서 휘와 채은이 입을 맞추고 있었다.

아…….

결아의 심장이 바닥으로 떨어지는 소리가 머릿속에 울렸다. 무슨 일이 벌어진 건지 자신이 왜 이렇게 충격을 받은 건지 인식도 하기 전에 갑자기 커다란 손이 결아의 눈을 가렸다.

"보지 말아요. 결아 씨."

결아의 귓가에 낮게 속삭인 현석이 그녀의 몸을 자신 쪽으로 이끌었다. 결아는 온몸에 힘이 쑥 빠진 듯 맥없이 끌려갔다. 비틀거리는 그녀의 모습을 본 현석의 눈빛이 어두워졌다.

"……우선 차로 갑시다."

현석은 하얗게 질린 결아를 부축하며 빠르게 자신의 차로 이끌었다.


급작스레 부딪쳐 오는 입술에 순간 굳어 있었던 휘가 정신을 차리고 채은을 확 밀어 냈다.

"아!"

휘가 거칠게 밀쳐 내자 채은은 크게 휘청이면서도 얼른 결아가 있던 곳을 곁눈질했다.

……훗, 봤군. 뒤돌아가는 두 사람을 확인한 채은이 슬몃 입술 끝을 휘어 올렸다.

"유채은. 미쳤어?"

휘의 격양된 목소리에 채은이 고개를 돌리니, 그가 사나운 얼굴로 자신을 노려보고 있었다.

"아, 내가 무슨 짓을……."

그녀는 그제야 놀란 얼굴을 연기하며 제 입술을 손으로 가렸다.

"미안. 정말 미안해."

떨리는 목소리로 사과한 채은이 입을 가린 채 뒤돌아 도망치듯 달려갔다. 인상을 구기고 멀어져 가는 채은을 보고 있던 휘가 짜증스럽게 머리칼을 쓸어 넘겼다.

"제기랄."

더러운 걸 닦아 내듯 손등으로 제 입술을 세게 문지른 휘가 엘리베이터 쪽으로 몸을 돌렸다. 기분이 엉망진창인 상태에서 이런 원치 않은 스킨십까지 당하게 되자 화가 치솟았다.

처음부터 채은의 부탁을 들어준 게 잘못이었을지도 모른다는 생각이 들었다. 어설픈 동정심으로 자신과 어울리지 않는 배려를 했기 때문에 이런 일까지 당했다고 생각하니 부아가 치밀었다.

성격 나쁘기로 유명했던 자신을 이렇게 변하게 한 건 결아였다. 마냥 순하고 착하기만 한, 그래서 늘 손해만 당하는 여자가 옆에 있다 보니 자연적으로 영향을 받은 것이다. 하지만 결과적으로 자신을 변하게 한 여자는 도망쳐 버렸고, 원치 않은 여자에게 기분 더러운 스킨십까지 당했다.

휘의 얼굴이 딱딱하게 굳었다.


결아를 차에 태우고 밤거리를 달리는 현석의 얼굴은 어두웠다. 자신의 잘못으로 결아에게 충격적인 장면을 보게 했다는 죄책감과, 지금까지 결아에게 강한 소유욕을 드러냈으면서도 채은과 그런 모습을 보인 휘에 대한 분노가 머릿속에서 어지럽게 뒤엉켰다.

착잡한 심경으로 운전하고 있는데 전화벨이 울렸다. 휴대폰 액정을 힐끗 본 현석이 굳은 얼굴로 블루투스 이어폰을 귀에 꼈다.

"……어."

— 난데. 오늘 안 되겠다.

이어폰으로 들려오는 휘의 목소리에 현석의 눈이 가늘어졌다.

"나도 일이 생겨서 못 갈 것 같다."

— ……잘됐네. 다음에 보자.

"그래."

전화를 끊은 현석이 미간을 좁히고 전방을 응시했다. 제 소유물처럼 굴 땐 언제고……. 대체 무슨 생각을 하고 있는 거냐, 휘.

답답한 한숨을 내쉰 현석이 힐끗 결아를 쳐다봤다. 그녀는 차창에 비스듬히 머리를 기댄 채 멍하니 밖을 응시하고 있었다.

스쳐 지나가는 밤거리가 시야에 들어왔다가 빠르게 뒤로 밀려났지만, 결아의 머릿속은 여전히 휘의 집 주차장에 머물러 있었다.

드라마에서던가, 책에서던가? 이런 장면은 무수히 봐 왔다. 남자 주인공과 그의 전 애인이 키스하는 장면을 목격하게 되는 여주인공……. 그 뻔한 장면이, 이런 식으로 자신의 이야기가 될 줄은 몰랐다. 식상하다 싶은 그 장면이 이런 식으로…… 마치 독가시에라도 찔린 것처럼 심장을 후벼 팔 줄은 생각도 못 했다.

……잠깐. 난 여주인공이 맞긴 한 걸까?

결아의 눈동자가 작게 흔들렸다. 처음부터 여주인공은 그 여자가 아니었을까? 어쩌면 난, 처음부터 오랜 연인 사이였던 남주와 여주가 잠시 떨어져 있는 틈을 타, 그 사이에 끼어들어 훼방 놓는 어쭙잖은 여조의 역할이 아니었을까?

결아는 이 순간 스스로가 무척 한심하고 바보같이 느껴졌다. 자신을 여주인공으로 착각한 어설픈 악조라니, 아아. 정말 싫어…….

결아가 창문에 비친 자신의 얼굴을 보며 쓰게 웃었다. 바보같이 그것도 모르고, 멍청한 이결아.

비통한 심경에 빠진 결아가 두 눈을 꾹 감았다.


결아의 집 앞에 차를 세운 현석이 시동을 껐다. 그러고는 그녀 쪽으로 고개를 돌렸다.

"결아 씨."

"……아."

집 앞에 다다른 것도 모른 채 멍하니 앉아 있던 결아는 그제서야 정신을 차리고 고개를 들었다.

"언제 도착했지?"

머쓱하게 웃은 결아가 문손잡이를 잡았다.

"바래다주셔서 고마워요. 그럼 들어가 볼게요."

"결아 씨."

그가 몸을 기울여 문손잡이를 잡은 결아의 손을 잡았다. 멈칫한 그녀가 고개를 돌리자 생각보다 현석의 얼굴이 가까이 있어서 순간 당황했다. 그리고 둘의 시선이 허공에서 부딪쳤다.

"……"

흔들리는 결아의 눈을 한참 응시하고 있던 현석이 잡고 있던 손을 놔줬다. 그러고는 뒤로 물러섰다.

"오늘…… 미안해요."

현석이 안경테를 추켜올리며 어렵게 말을 꺼냈다.

"네? 뭐가요……?"

결아가 의문 어린 표정을 짓자 현석이 착잡한 얼굴로 말했다.

"나 때문에 안 봐도 될 장면까지 보게 만든 것 같아서요."

그의 말에 시선을 떨어뜨린 결아가 조용히 고개를 저었다.

"언젠간 알게 될 일이 아니었을까 싶어요. 그런 거라면 조금이라도 빨리 알게 된 게 다행이구요."

"정말 그렇게 생각해요?"

현석이 진지하게 바라보자 결아가 창밖으로 시선을 돌리며 대답했다.

"네. 진심으로요."

내가 주인공이 아니라는 걸 머리로는 알고 있었으면서, 가슴으로는 받아들이지 못하고 있었거든요……. 이제 확실히 알았으니까, 그걸로 됐어요.

뒷말을 조용히 삼킨 결아가 현석에게 꾸벅 고개를 숙였다.

"저 그럼 들어가 볼게요. 조심히 들어가세요."

"결아 씨."

현석이 내리려던 그녀를 다시 불렀다. 결아가 돌아보자 그가 그녀의 팔을 잡아 자신 쪽으로 끌어당겼다. 미처 생각할 겨를도 없이 결아가 그의 품에 안기고 말았다.

"혀, 현석……."

급작스러운 상황에 결아의 눈이 당황으로 커졌다.

"……내가."

그녀를 안은 현석이 숨을 들이켜고는 낮은 목소리로 말했다.

"내가 결아 씨 옆에 있어 주면 안 되겠어요?"

그의 밀에 셜아의 눈이 혼란스러움으로 흔들렸다. 귓가에 현석의 진심 어린 목소리가 흘러들어 왔다.

"늘 그런 생각을 했어요. 내가 결아 씨 눈물 닦아 주고, 웃게 해 주고 싶다고……. 아니, 그게 아니라 그냥……."

두서없이 말하던 현석이 입을 다물었다가 다시 진지한 어조로 말했다.

"그냥, 내가 결아 씨 옆에 있고 싶다고."

숨겨 둔 마음을 꺼낸 현석의 심장이 거세게 뛰고 있었다. 쿵쾅거리는 심장의 박동이 고스란히 전해지자 결아의 표정이 더욱 당혹스러워졌다.

그리고 크게 숨을 크게 들이켠 현석이 그녀의 어깨를 잡고 품에서 떨어뜨렸다. 가까이서 시선이 닿자 결아의 눈빛이 흔들렸다. 그 눈동자를 똑바로 응시하며 그가 말했다.

"오늘 놀랐을 텐데 나까지 놀라게 해서 미안해요."

"아…… 아뇨."

결아가 무슨 말을 해야 할지 몰라 난처한 표정을 짓자 현석이 흐리게 미소 지었다.

"천천히 생각해도 되니까…… 우선 결아 씨 마음부터 추스르고 그 후에 내 마음 고민해 줄래요?"

"아니, 지금 전……."

"부탁할게요."

전혀 예상하지 못한 말에 혼란스러운 표정을 짓고 있던 결아가 결국 고개를 끄덕였다.

"……그럴게요."

"고마워요."

부드럽게 웃은 현석이 차 문을 열고 나갔다. 보닛을 돌아 결아 쪽으로 온 그가 매너 있게 문을 열어 주자 결아가 차에서 내리며 인사했다.

"감사합니다."

"뭘요. 들어가요."

"네. 안녕히 들어가세요."

결아가 뒤돌아서자 현석이 그녀를 다시 불렀다.

"결아 씨."

현석의 부름에 결아가 조금 긴장한 얼굴로 돌아봤다. 그러자 그가 미소를 지으며 말했다.

"내가 한 말 때문에 부담스러워하지 말아요. 결아 씨가 그러면…… 내가 무척 슬플 것 같거든요."

"아…… 그럴게요."

할 말을 잃은 듯 서 있던 결아가 고개를 끄덕이자 현석이 운전석 쪽으로 돌아갔다.

"그럼 들어가요."

"네."

현석이 차에 올라타 시동을 걸었다. 그의 차가 골목을 빠져나가는 걸 결아가 멍하니 보고 있었다.

현석의 고백도 충격이었지만, 그 전에 본 장면이 너무 충격적이어서 그런지 굉장히 큰일처럼 느껴지진 않았다. 이런 생각이 드는 게 신기할 정도로……. 현석에겐 미안하지만 그의 급작스러운 고백은 순간 당혹스러웠을 뿐 이미 크게 상처받은 자신의 마음을 움직일 순 없었다.

휴우, 한숨을 내쉬며 결아가 몸을 돌렸다.

그때 뒤에서 거칠게 차 문을 닫는 소리가 들렸다. 결아가 미처 돌아보기도 전에 익숙한 목소리가 들려왔다.

"이결아."

분노가 서려 있는 낮은 음성이 들리자, 결아가 숨을 삼키고 멈춰 섰다. 설마 하며 돌아보니 휘가 표정을 딱딱하게 굳힌 채 자신 쪽으로 다가오고 있었다.

휘…….

그의 얼굴을 보자마자 아까 그의 집 주차장에서 봤던 장면이 머릿속에 오버랩 됐다. 그래서 입술을 깨문 결아가 휙 몸을 돌려 가 버리려 하자, 휘가 빠르게 달려왔다.

"이결아!"

결아의 팔을 확 낚아챈 휘가 그녀를 멈춰 세웠다.

"부르는 소리 안 들려?"

휘가 화를 억누른 목소리로 말하자 결아가 인상을 쓰고 그를 올려다봤다. 굳은 얼굴로 서늘하게 내려다보는 휘와 시선이 마주치자 결아의 눈도 냉랭해졌다.

결국 휘가 무서운 목소리로 다그치듯 말했다.

"너, 날 피하는 동안 현석이 만나고 있던 거였냐?"

결아가 아무 말도 하지 않은 채 휘를 노려보자 그가 입술 끝을 비틀었다.

"부정하지 않네?"

하, 하고 헛웃음을 흘린 휘가 그녀의 팔을 아프게 움켜잡았다.

"아!"

우악스럽게 잡힌 팔에서 통증이 일자 결아의 얼굴이 찡그러졌다.

"따라와."

휘가 결아의 팔을 움켜잡고 자신의 차로 잡아끌기 시작했다.

"이거 놔요!"

결아가 끌려가지 않으려고 버티자 그가 더 세게 그녀의 팔을 끌었다.

"아프니까 놓으라구요!"

휘의 팔을 세게 뿌리치자, 그가 분노에 가득 찬 얼굴로 숨을 크게 들이켰다.

"나와는 대화도 하기 싫다?"

서늘하게 내뱉는 휘의 말에 결아가 지지 않고 차갑게 응수했다.

"네. 싫어요. 할 말도 없고, 하고 싶지도 않아요."

"현석이와는 방금까지 잘만 했잖아!"

"내가 누구와 대화하든 내 마음이니까 간섭하려 하지 말아요! 대체 휘 씨가 무슨 상관인데 이래요?"

휘를 노려보며 말을 쏟아 낸 결아가 그에게서 홱 몸을 돌렸다.

"너……!"

휘가 버럭 소리치자 결아가 걸음을 우뚝 멈춰 섰다. 휘가 숨을 크게 들썩이며 충혈된 눈으로 그녀를 노려봤다.

"너, 이렇게까지 날 비참하게 만들 거야?"

그의 상처받은 목소리에 결아의 눈이 크게 일렁였다.

당신이야말로…… 나를 비참하게 만들었어요.

숨을 삼킨 결아가 한 걸음 떼려 하자, 곧바로 휘의 목소리가 따라왔다.

"지금 가 버리면, 다신 너 안 봐."

휘가 억눌린 목소리로 말하자 그녀는 뒤돌아선 채 직은 주먹을 꼭 움켜쥐었다.

"……."

눈물 고인 눈으로 뒤돌아서 있던 결아가 결심한 듯 다시 걸음을 옮기기 시작했다. 그걸 본 휘의 눈에 핏발이 섰다.

"안 볼 거라고! 이결아!"

그의 고함 소리를 외면한 결아가 도망치듯 빠르게 집 쪽으로 걸어갔다. 건물 입구로 사라지는 결아를 노려보며 휘가 으득 이를 악물었다.

"제기랄!"

실핏줄이 터져 나오도록 세게 주먹을 움켜쥔 휘가 거칠게 욕설을 내뱉었다.

## 29.
거짓말쟁이

아직 동이 트기도 전에 결아는 조용히 현관문을 열고 나왔다. 소리가 크게 나지 않도록 주의하며 살짝 문을 닫은 그녀는 조심조심 복도를 걸었다.

"후우……."

밖으로 나오자 결아는 안도의 숨을 내쉬었다. 루리에겐 아침 산책이라고 둘러대고 매일 이 시간에 집을 빠져나오고 있었지만, 행여 진실을 들킬까 봐 늘 심장이 조마조마했다.

"아무리 둔한 언니라도 이 얼굴을 보면 단박에 알 텐데……."

결아가 걱정스럽게 중얼거렸다. 아침마다 퉁퉁 부은 얼굴은 누가 봐도 나 밤새 울었소, 하고 광고하는 꼴이었다. 그래서 할 수 없이 루리와 마주치지 않기 위해 이런 꼭두새벽부터 집을 나서는 거였다.

얼굴이 거의 잠기도록 모자를 푹 눌러쓰고 머플러를 칭칭 둘러

매 얼굴을 가린 결아는 조심스럽게 주변을 둘러봤다.

"역시 없구나……."

휘의 차가 없는 걸 확인하자 순간 맥이 탁 풀렸다.

"하긴. 다신 안 본다고 했는데 여기 있을 리가 없잖아."

당연한데도 왜 서운한 거야. 바보같이. 결아는 눈썹 사이를 좁히고 욱신거리는 가슴을 손으로 지그시 눌렀다.

"이 상황에서도 가슴이 아프면 어떡해? 밉고 미워서 꼴 보기 싫어져도 시원찮을 판에……."

우울한 목소리로 중얼거린 결아는 고장 난 수도꼭지처럼 또다시 줄줄 흘러나오는 눈물을 손등으로 슥 닦았다. 그러고는 토끼 눈을 하고 늘 가던 도서관으로 향했다.


정석은 휘의 집 엘리베이터에서 빠르게 내렸다.

"형! 어디 있어요?"

텅 빈 거실을 지나 침실로 직행한 정석은 침대 위에 누워 있는 휘를 발견했다.

"아! 있었구나! 형, 도대체 전화기는 왜 내내 꺼 놓는…… 윽! 술 냄새!"

휘에게 가까이 다가가던 정석이 독한 술 냄새에 얼굴을 찡그렸다.

"아니 뭔 술을 이렇게 많이 마셨대요? 이거 냄새 보니까 양주 몇 병은 깐 거 같은데?"

"……가라."

침대 위에서 벽을 향해 돌아누워 있던 휘가 잠긴 목소리로 낮게 말했다. 하지만 휘의 말에 정석은 그럴 생각이 없다는 듯 팔짱을 끼고 잔소리를 시작했다.

"대체 무슨 일인데 그래요? 일방적으로 스케줄 다 취소하더니 이러려고 그런 거예요? 내가 지금까지 전화를 수십 번……!"

휘가 주먹으로 벽을 세게 내려치자 정석이 흠칫 놀라 굳었다. 벽을 내려친 그의 주먹이 깨져 피가 스며 나오고 있었다.

"혀, 형. 손에 피……."

"가라고."

휘의 무섭게 가라앉은 목소리에 머뭇거리던 정석이 주춤거리며 뒤돌았다.

"알았어요. 저 갈 테니까 손은 꼭 치료해야 돼요. 알았죠?"

걱정스러운 말을 남긴 정석이 침실을 빠져나와 엘리베이터 쪽으로 향했다.

"휴. 정말 무슨 일이기에 저래?"

정석이 미간을 좁히고 휘의 침실 쪽을 뒤돌아봤다. 자신이 있으면 휘를 더 자극시킬 것 같아 일단 나오긴 했지만, 저런 살벌한 휘는 처음이라 이대로 가도 되는지 걱정이었다.

"아, 어떡하지? 대표님한테 보고해야 되나?"

그랬다간 형이 더 화를 낼 텐데…….

"아우! 도대체 이럴 땐 어떻게 해야 하는 거야?!"

정석이 제 머리칼을 부여잡고는 초조하게 서성거리다 할 수 없이 엘리베이터에 올라탔다.


정석이 내려간 후, 휘는 침대 위에 그대로 누운 채 팔을 침대 난간 밖으로 툭 떨어뜨렸다. 불이 붙은 듯 홧홧한 손등에서 흘러나온 피가 손가락을 타고 내려가 바닥으로 천천히 떨어지고 있었다.

그는 침대 위에 누운 채 그 모습을 아무런 감정 없는 눈으로 응시했다.

그날……

빠르게 차를 몰아 도착한 결아의 집 앞에서 현석과 함께 있는 결아를 봤다. 차 안에서 두 사람이 포옹하는 모습을 본 순간, 온몸의 피가 거꾸로 솟구치는 기분이었다.

지금껏 날 피한 이유가 그거였다고? 내가 아닌, 현석을 선택했다?

휘의 눈에서 살벌한 불꽃이 튀었다. 다른 사람도 아닌 자신의 친구와 함께 있는 결아에 대한 분노가 그의 내부에서 용암처럼 뜨겁게 끓어올랐다. 그저 예상치 못한 진한 스킨십에 겁을 먹은 거라고만 생각했었다. 그래서 피하고 있는 거라고……. 그런데 실상은 그게 아니라, 자신이 아닌 다른 남자와 함께 있기 때문이었다.

그래서 처음부터 고백에 대답해 주지 않은 거였고, 내 스킨십에 도망쳐 버린 거야? 그래? 빌어먹을……!

이를 악문 그가 숨을 들이켜고 손등으로 눈을 가렸다. 눈가에 열기가 모여 뜨거워져 있었다.

"머저리같이 나만, 널 사랑했구나."

휘가 억눌린 목소리로 서늘하게 내뱉었다.


도서관에 왔지만 오늘도 책은 눈에 들어오지 않아 밖으로 나온 결아는 벤치 위에 오도카니 앉아 있었다.

"춥다……"

그녀는 멍한 얼굴로 중얼거리며 손에 든 휴대폰을 내려다봤다. 한동안 끊임없이 울려 대던 휘의 연락이 뚝 끊기자 원래의 조용한 휴대폰으로 되돌아와 있었다. 다시 조용해진 휴대폰을 들고 익숙한 도서관 벤치에 혼자 앉아 있으려니 휘와 있었던 모든 일들이 다 꿈처럼 느껴졌다. 현실에선 절대 일어날 수 없는 꿈…….

"이제 그만 깨어날 때도 됐잖아. 다 끝났는데……."

그런데 왜 난 아직 꿈속인 것만 같을까.

결아가 힘없는 얼굴로 고개를 숙였다. 고작 몇 달 동안의 일인데 그 사람이 사라진 자리에 커다란 구멍이 뚫린 것 같았다. 무엇으로도 채울 수 없는 깊고 커다란 구멍이…….

그때 바닥을 보고 있던 결아의 눈앞에 갑자기 누군가의 신발이 나타났다. 결아가 고개를 들자 익숙한 얼굴이 시야에 들어왔다.

"역시 결아 씨 맞네요."

현석이 부드럽게 웃자 그를 본 결아가 눈을 둥글게 떴다.

"여긴 어쩐 일이세요?"

결아가 물으니 현석이 다가와 그녀의 옆에 털썩 앉았다.

"여기 자주 온다고 했잖아요."

"네? 누가요?"

영문 모를 표정을 짓는 결아를 현석이 손가락으로 슥 가리켰다.

"아…… 저요?"

그러고 보니 전에 여기 왔을 때 그런 말을 한 것 같기도 했다. 기억을 더듬던 결아가 그를 바라봤다.

"설마…… 그래서 온 거예요?"

"네."

현석이 흔쾌히 고개를 끄덕였다.

"저 사실, 그런 거 잘하거든요. 보고 싶은 사람이 있을 만한 곳에 일부러 지나다니면서 우연을 기대하거나……."

말을 멈춘 현석이 결아를 잠시 바라봤다. 그러고는 빙긋 웃었다.

"우리 비상구에서 자주 마주쳤던 거, 우연 같아요?"

"네? ……아!"

현석의 질문을 이해한 결아가 놀란 얼굴을 했다.

"그랬구나……. 전 전혀 몰랐어요."

"모를 거라고 생각했어요."

담백하게 말한 그가 그녀의 얼굴을 지그시 바라봤다.

"역시 며칠 사이에 얼굴이 반쪽이 됐네요. ……많이 힘든가 봐요."

"아니, 뭐, 별로 그런 건 아니에요."

결아가 민망한 표정을 짓고는 얼굴을 감추듯 고개를 숙였다. 그런 그녀를 보는 현석의 눈이 깊어졌다.

역시 난……. 당신에게 그런 존재가 될 수 없는 건가. 지금 결아의 머릿속엔 자신이 전혀 없다는 것이 느껴졌다. 기대하진 않았지만, 눈앞에서 결아의 얼굴에 드러난 사실을 확인하는 것이 아프지 않다면 거짓말이겠지.

쓰게 웃은 현석이 몸을 일으켰다.

"일어나요. 결아 씨."

현석이 자리에서 일어나자 결아가 고개를 들었다.

"밥이나 먹으러 가요."

"아……."

결아가 망설이며 말을 꺼냈다.

"현석 씨. 전에 얘기하신 거요. 전 역시……."

"대답은 나중에 해 줄래요?"

현석이 부드러운 어조로 말을 끊자 결아가 그를 바라봤다.

"지금은 휘 생각으로 머릿속이 가득 차 있을 것 같으니까…….
나중에, 조금이라도 머릿속에 빈자리가 생기면 그때 생각해 보고
대답해 줘요. 지금 말고."

그녀가 가만히 응시하니 그 얼굴을 마주 보던 현석이 슬픔이 담
긴 미소를 지었다.

"그래 줄 수 있죠?"

"……네."

결아가 대답하자 그가 말했다.

"그럼 밥 먹으러 가요. 결아 씨 오늘 아무것도 안 먹었을 것 같
은데."

"그래요."

결아가 고개를 끄덕이고는 현석을 따라 벤치에서 일어났다.

"감사합니다."

"안녕히 계세요."

퀵서비스를 받아 든 채은이 인사하고는 문을 닫았다. 재빨리 서류
봉투를 뜯어 안에 있는 사진을 확인하고는 입술 끝을 끌어 올렸다.

"훗."

웃음을 흘린 채은이 어딘가로 전화를 걸었다.

"유채은이에요. 네. 방금 받았어요……. 아주 잘 찍혔던데요?"

채은이 사진을 들고 웃으며 말했다.

"나머지 입금할게요. 수고했어요."

채은이 쥐고 있는 사진 안엔 자신이 주차장에서 휘에게 기습 키

333

스를 했던 장면이 고스란히 찍혀 있었다.

"이제 이걸 어디에다 뿌리면 좋을까?"

사진을 응시하는 그녀의 눈에 즐거움이 가득했다.

♡　♥　♡

조용한 한정식집 룸에서 결아와 현석이 식사를 하고 있었다. 결아가 젓가락을 내려놓자 그가 고개를 들었다.

"더 먹지 그래요. 얼마 안 먹었는데……."

"죄송해요. 속이 좋지 않아서요."

결아가 미안한 표정을 짓자 현석이 걱정스러운 듯 말했다.

"큰일이네요. 얼굴이 많이 안 좋은데……. 어떻게 안 좋은데요. 입맛도 없고 소화도 안 되고 그래요? 침이라도 좀 놔 드릴까요? 아니면 한약이라도……."

"그냥 제가 종종 이래요. 하하. 신경 쓰실 것 없어요."

둘러대듯 말한 결아가 얼른 물 잔을 입으로 가져갔다. 그런 그녀를 보고 있던 현석이 잠시 생각하다가 말을 꺼냈다.

"전 휘가 결아 씨를 좋아하는 줄 알았어요."

"……네?"

현석이 갑자기 휘의 이름을 꺼내자 결아가 긴장된 표정으로 그를 올려다봤다. 그러자 현석이 생각에 잠긴 얼굴로 말했다.

"사실 그전부터 휘의 태도나 말투가 그랬거든요. 그래서 결아 씨한테도 제 감정을 숨기고 있었어요. 휘가 결아 씨를 좋아한다면 내가 그 마음을 키우면 안 된다고 생각했으니까."

"……."

결아가 어두운 얼굴로 물 잔을 바라봤다.

"그날…… 결아 씨 언니 라디오에 생방송으로 출연하게 된 날. 그날도 휘가 결아 씨에게 마음이 있어서 찾아온 거라고 생각했어요."

현석의 말을 결아는 조용히 듣고 있었다.

"지금은 제 착각이었다는 걸 알았지만요. 그래도 만약 휘가 결아 씨를 좋아했다면…… 전 아마, 결아 씨에게 고백하는 일은 없었을 거예요."

현석이 자기 고백을 하듯 말하는 동안 결아는 그날의 휘를 떠올리고 있었다.

'자꾸 나 자극하지 마라. 이런 식으로 질투하게도 만들지 말고. 한 번만 더 그러면…… 나도 내가 어떻게 할지 모르니까.'

맹수처럼 잡아먹을 듯 키스한 후에, 그렇게 말했었지……. 똑바로 날 향한 그 눈빛이 진심이라고 믿었었는데. 그랬었는데…….
그런데 왜, 진심이 아니라는 걸 알게 된 지금도 난 그 말을 믿고 싶지?

"저 잠시 화장실 좀 다녀올게요."

눈물이 쏟아질 것 같아 서둘러 일어선 결아가 얼른 룸을 빠져나왔다.

식당 안의 화장실로 들어간 그녀는 칸 안에 들어가 휴지를 둘둘 풀어 얼른 눈에 가져다 댔다.

'넌 사과를 바닥 보고 하냐?'

'노예로서의 본분을 망각하지 마라. 너한테 거부할 권리는 없으니까.'

'네가 어떻게 됐을까 봐…… 심장이, 정말 심장이 터지는 줄 알았어. 그러니 함부로 내 곁에서 사라지지 마.'

'넌 사탄보다 더 유혹적인 존재야. ……나에겐.'


처음 만났을 때부터 지금까지 휘와 있었던 모든 일들이 감당할 수 없을 정도로 머릿속을 가득 채웠다. 마치 홍수가 난 것처럼 흘러넘치는 기억 속에서 결아는 심장이 움켜잡힌 듯 아파 왔다.

"윽, 흑……."

이제 다 끝난 일인데, 눈으로 확인까지 했는데도 왜 이렇게 포기가 되지 않는 걸까. 왜 떠올릴 때마다 이렇게 아픈 걸까. 왜, 왜…….

참을 수 없을 정도로 심장이 아파 와 결아는 휴지에 얼굴을 묻고 한참을 울었다.


잠시 뒤, 겨우 진정이 된 결아가 룸으로 돌아오자 현석은 그녀의 빨간 코와 방금 세수한 말끔해진 얼굴을 바라봤다.

"……그럼 나갈까요?"

"네."

현석은 결아의 울었던 얼굴을 모른 척해 주며 다정히 웃어 주었다.

밖으로 나온 결아가 현석에게 꾸벅 인사했다.

"잘 먹었습니다."

"뭘요. 그럼 바래다줄게요."

싱긋 웃은 현석이 앞질러 가려 하자 결아가 말했다.

"저기, 그냥 혼자 갈게요."

그녀의 말에 현석이 돌아봤다. 그리고 그의 얼굴을 보며 결아가 말했다.

"늘 감사하긴 하지만, 자꾸 현석 씨가 바래다주고 하면…… 솔직히 기자들 눈이 신경 쓰여서요."

결아가 흐린 얼굴로 웃으며 말하자 현석이 그녀를 가만히 내려다봤다.

"많이 불편해요?"

"조금 그래요. 그리고…… 혼자 생각할 것도 있고."

말끝을 흐리던 결아가 고개를 들어 현석과 시선을 맞췄다.

"현석 씨."

그녀가 진지한 목소리로 말하자 현석의 표정이 일순 긴장한 듯 보였다.

"……네."

긴장을 숨기고 그가 대답하자 결아가 말했다.

"전요. 역시 휘 씨가 아니면 안 돼요."

결아의 말에 현석의 얼굴이 굳었다.

"전 휘 씨가 좋아요."

"……휘에게 다른 사람이 있어도요?"

"네. 그래도요."

결아가 흔들림 없는 시선으로 응시하며 말하자 현석이 말없이 그 자리에 서 있었다.

"현석 씨 같이 좋은 사람을…… 휘 씨와 잘 안 됐을 때의 대리로 만들고 싶지 않아요. 꼭 꿩 대신 닭 취급 하는 것 같잖아요."

일부러 밝은 톤으로 그녀가 하는 말에 현석이 깊게 숨을 들이켰다.

"내가 상관없어도…… 닭이든 뭐든 상관없다고 해도, 마찬가지예요?"

"내가 그러고 싶지 않아요. 미안해요. 현석 씨."

결아가 기대를 주지 않겠다는 듯 고개를 숙이며 사과했다.

그렇게 한동안 말없이 서 있던 그가 한참 만에 입을 열었다.

"예상은 했지만, 역시 결아 씨는 혼자 기다릴 시간도 주지 않는군요."

"미안해요."

"아뇨. 그게, 결아 씨답네요."

아픔을 감추고 미소 지은 현석이 말했다.

"그럼 내 제안은 없던 걸로 하고, 그냥 지금 같은 관계는 괜찮죠? 지금까지처럼 서로 필요할 때 도움을 주는 관계로만."

"그건……."

그녀가 난처한 표정을 짓자 현석이 곧장 말했다.

"걱정하지 말아요. 그 이상은 바라지 않을 테니."

그렇게라도…… 곁에 있게 해 줘요.

"……네. 그럼 그렇게 해요."

결아가 알겠다는 듯 미소 짓자 현석도 마주 웃었다.

"정말 안 바래다줘도 돼요?"

"네. 괜찮아요."

"그럼 조심히 들어가요."

"네."

그가 고개를 숙이자 결아도 따라 인사했다. 몸을 돌린 현석이 먼저 차 쪽으로 걸어갔다. 그 모습을 바라보던 결아도 천천히 몸을 돌려 걷기 시작했다.

"휴우……."

결아가 무거운 한숨을 내쉬었다. 현석이 좋은 사람이라는 걸 알기에 더 마음이 무거웠다. 하지만 자신의 마음은 오직 한 사람에게만 향한 채 움직이지 않고 있었다. 어쩌면 앞으로도 영영 움직이지 않을지도 몰랐다.

이런 마음을 가지고 헛된 기대를 품게 하면 안 되는 거니까……. 결아는 그런 생각을 하며 무거운 걸음을 옮겼다.


결아는 흔들리는 버스 창문에 머리를 기대고 멍하니 창밖을 내다봤다. 차창 위로 빗방울이 떨어지기 시작하고 있었다. 하나둘 긴 점을 그리며 떨어지다가 점점 많아지는 빗방울을 가만히 응시하던 결아가 깊게 숨을 들이켰다. 가슴속에 뚫린 구멍에 스산한 바람이 부는 듯했다.

……생각하지 말라니까.

머릿속에 떠오르는 휘에 대한 생각을 억지로 지우는데 뒷좌석에서 여자들의 목소리가 순간 귓속을 파고들었다.

"어제 〈시간의 꽃〉 봤어?"

"당연하지! 휘 완전 대박이지? 그 눈빛 하며, 상처받은 표정 하며……. 분명 나쁜 남잔데 막막 안아 주고 싶지 않아?"

"난 안기고 싶던데? 침대 위에서."

"꺅! 이 음란마귀!"

"그것보다 난 키스! 그 섹시한 입술에 키스하고 싶어!"

"나도! 나도! 막 귓가에 사랑한다고 속삭이면서 키스하면 심장이 버티지 못해서 죽어 버릴지도 몰라!"

"난 심장 마비로 죽어도 좋으니까 제발!"

꺄르륵 웃어 대는 목소리에 결아의 머릿속이 그의 얼굴로 가득해졌다.

'내가 얼마나…… 이러고 싶었는지 알아?'

뜨거운 목소리를 쏟아 내던 휘가 떠오르자, 그녀의 눈에 투명한 눈물이 가득 차올랐다.

'널 내 아래 가두고 하나하나 맛보고 싶은 걸 그동안 얼마나 참았는지 아냐고.'

……거짓말쟁이.

결아가 비 오는 창밖을 노려보며 뺨을 타고 흘러내린 눈물을 슥 닦았다. 하지만 후드득 떨어지는 눈물은 손등을 다 적셔도 멈추지 않았다. 그렇게 젖은 손등으로 연신 얼굴을 닦아 내며 결아는 작게 숨을 토해 냈다.

거짓말쟁이, 거짓말쟁이, 거짓말쟁이…….

다음 날 새벽.

결아는 어김없이 모자를 푹 눌러쓰고 살금살금 거실로 나왔다. 숨을 죽이고 현관으로 다가가 신발을 신으려는데 갑자기 불이 확

켜졌다.

"어?!"

주변이 환해지자 결아가 깜짝 놀라 뒤돌아보니, 루리가 거실에
서 무서운 얼굴로 팔짱을 끼고 서 있었다.

"어, 언니. 언제 일어났……."

"너. 언제까지 퉁퉁 부은 눈 감추려고 쥐새끼 도망치듯 새벽마
다 빠져나갈 거냐?"

"……!"

결아의 눈이 충격으로 크게 흔들렸다.

언니가…… 알고 있었어?

결아가 충격을 받은 듯 그 자리에 굳어 있자 루리가 한숨을 내
쉬고는 소파로 터벅터벅 걸어갔다.

"일단 신발 놓고 이리 와 봐."

"으……응."

결아가 얌전히 신발을 내려놓고 소파 쪽으로 걸어갔다. 그러곤
머뭇거리며 루리의 맞은편에 앉자 그녀가 입을 열었다.

"누구야?"

"응? 누구냐……니?"

결아가 영문 모를 표정을 짓자 루리가 눈을 번뜩였다.

"널 매일 밤 이불 뒤집어쓰고 펑펑 울게 만드는 게 어떤 자식이
냐고! 당장 말해! 가서 반 죽여 놓을라니까!"

루리가 눈을 부라리며 살벌하게 말하자 결아의 머릿속으로 순간
그녀가 휘의 멱살을 잡고 짬짬 흔드는 장면이 휙 지나갔다.
헉…… 그, 그건 안 돼!

"그런 거 아니야."

결아가 식은땀을 흘리며 고개를 젓자 루리가 험악한 표정을 지었다.

"너 솔직하게 말 안 할래?"

루리가 눈을 부릅뜨자 결아가 슬쩍 시선을 피했다. 그렇게 이리저리 피하는 결아의 시선을 집요하게 따라다니던 루리가 한숨을 푹 내쉬었다.

"너 이러는 거 벌써 며칠째인지 알아? 모르는 척해 주려고 해도 애는 말라 가지, 매일 밤마다 숨죽여 울어 대지. 이제 나도 더 이상 모르는 척 못 하겠다."

"……."

결아가 고개를 숙인 채 가만히 있자 루리가 확고한 표정으로 물었다.

"남자 문제지? 남자가 분명해. 어떤 놈이야?"

결아가 시무룩한 얼굴로 아무 말도 못 하자 루리가 눈을 가늘게 떴다.

"설마…… 불륜이냐?"

"마, 말도 안 돼!"

결아가 저도 모르게 고개를 번쩍 쳐들고 기함하자 루리가 인상을 찡그렸다.

"그럼 왜 언니한테 말을 못 하는데? 언니는 네가 사랑하게 된 사람이 누구든 상관없어. 여자라도 상관없고 중년남이라도 상관없다고. 사회적 도덕적으로 문제가 되는 불륜이나 미성년자만 아니라면 오케이란 말이지."

"……."

"그러니까 걱정 말고 언니한테 다 털어놔 봐. 너도 그래야 훌훌 털어 버리고 편해져."

루리의 말에 한참을 말없이 앉아 있던 결아가 머뭇거리다 입을
열었다.

"좋아하는…… 사람이 있었는데."

"있었는데?"

그녀가 말을 꺼내자 루리가 집중하듯 눈을 가늘게 떴다.

"지금은 다 끝났어."

"차인 거야?"

루리가 성마르게 묻자 결아가 고개를 도리도리 저었다.

"아니. 사귄 것도 아니었어."

"그럼 짝사랑만 하다 끝난 거야?"

"……응."

뭐라 말해야 할지 몰라 고민하던 결아가 결국 고개를 끄덕이자
루리가 미간을 좁혔다. 그러곤 한동안 결아의 얼굴만 가만히 보고
있던 그녀가 씁쓸한 목소리로 말했다.

"……그래? 누군진 몰라도 엄청 멋진 남자인 모양이다. 짝사랑
만으로도 애가 폐인 된 거 보니."

"응. 무척…… 멋진 사람이야."

조용히 고개를 끄덕이던 결아의 눈에서 또르륵 눈물이 떨어졌
다. 동생의 눈물을 본 루리가 안타까운 표정을 지었다.

"결아야."

"언니. 난…… 처음엔 안 그랬는데. 그 정도는 아니었는데……
아니, 아니, 아니야. 사실은 처음부터 설레었어. 아닌 척하면서도
늘 그 사람 앞에선 두근거리고, 심장이 막 펄떡펄떡 뛰고……."

결아가 눈물이 방울방울 맺힌 눈으로 루리를 바라봤다.

"그래서 지금 이렇게 아픈 걸까?"

"……좋아하게 되면 그 사람의 모든 면이 멋져 보이게 되어 있어. 그게 당연한 거야."

루리가 조용히 티슈를 뽑아 결아에게 건넸다.

"응. 정말 그런가 봐."

결아가 훌쩍거리며 티슈를 받아 들었다. 눈물을 꾹꾹 닦아 내는 그녀를 보며 루리가 말했다.

"오래 사귄다고 더 아프고, 짝사랑이라서 덜 아프고 그런 거 아니야. 누군가에게 마음을 주면 그만큼 고스란히 아프게 되어 있어. 네가 이렇게 아픈 건 그 사람에게 그만큼 마음을 많이 줘서 그런 거야."

"……응."

"네가 그 사람을 그렇게 좋아했다면 지금 아픈 게 당연한 거니까……. 실컷 아프고, 울고…… 그러다 보면 점점 덜 아파져."

"……응."

루리의 말을 들으며 결아가 티슈로 얼굴을 가린 채 얌전히 고개를 끄덕였다. 그런 결아의 모습을 루리가 착잡한 표정으로 바라봤다.

후우. 짝사랑이라……. 연애 한 번 한 적 없는 애였으니 이것도 성장통이라면 성장통이겠지.

누구나 한 번쯤은 겪는 아픔이겠지만 남들보다 더 마음이 여린 결아라, 그만큼 더 아파할까 봐 걱정이 됐다. 아주 작은 일에도 남들보다 몇 배는 마음 아파하고 타인의 슬픔까지 제 슬픔인 것처럼 아파하는 게 그녀의 착한 동생이었으니까.

이 시간만 지나면 괜찮아질 거야, 결아야……. 분명히.

루리는 속으로 그렇게 생각하며 결아의 작은 머리통을 위로하듯 슥슥 문질러 줬다.

♡　♥　♡

현석은 한강 앞에 차를 세워 두고 어둠에 잠긴 강을 응시하고 있었다. 스피커에선 우민의 감미로운 목소리가 흘러나왔다.

— 7842 님. 이젠. 그녀를 놓아주려고 합니다……라고, 짧지만 아픔이 느껴지는 문자 보내 주셨네요.

현석이 우민의 목소리를 들으며 말없이 한강의 검은 물결을 응시했다.

— 그래요……. 얼마 전 보내 주신 사연에 마음은 마음대로 마음먹을 수 없다는 말씀 드렸었죠. 그 마음까지 접어야 한다면…… 거기까지가 맞는 거겠죠. 어떤 말도 위로가 될 수 없을 테니 신청해 주신 김동률의 〈떠나보내다〉 들려 드리겠습니다.

스피커에서 음악이 흘러나오자 현석은 볼륨을 올리고 조용히 눈을 감았다. 가슴 밑바닥까지 가라앉을 듯한 무거운 선율과 김동률의 글루미한 목소리가 들려왔다.

하나둘 별이 지던 그 밤, 넌 거기 있었지
눈으로 건네던 말 대신 넌 웃고 있었고
기나긴 침묵의 틈새로 나는 울고 있었지

흘러나오는 음악을 들으며 현석이 흐린 눈을 떴다. ……그래. 여기까지가 맞는 거겠지. 더 이상은 내 이기적인 욕심이다. 처음부터 넌 가질 수 없는 사람이었으니까…….

결아의 마음이 단 한 순간도 자신에게 향한 적이 없다는 걸 알고 있었다. 그걸 알면서도 멈추지 못했다. 멈춰야 하는 순간들마다 부질없는 허망한 욕심들로 머뭇거렸다.

나 혼자만의 헛된, 기대를…….

그 기대를 이제는 접어야 되는 순간이 왔다. 충분히 아프고 충분히 가라앉은 뒤엔, 그 후엔 다시 떠오를 수 있겠지. 이렇게 초조하고 괴로운 마음에서 벗어나면 모든 것에 그저 담백하던 그때로 돌아갈 수 있겠지. 그럴 수 있겠지.

현석은 그렇게 스스로 마음을 추슬렀다. 그만의 방식으로 혼자, 다른 이에게 피해 주지 않으려는 고집스러운 완고함으로.

결아는 도서관에서 나와 버스 정류장으로 향했다.

"춥다……."

겨울밤은 역시 춥구나. 결아가 손에 호호 입김을 불어 넣으며 종종걸음으로 걸어갔다. 살갗을 파고드는 추위에 옷깃을 여미는데 정류장 앞에서 멈칫했다.

정류장에 비치된 커다란 전광판에 휘의 향수 광고 화보가 있었다. 셔츠 단추를 두세 개 푼 채 도발적인 시선으로 정면을 응시하고 있는 사진과 맞닥뜨리자, 결아는 순간 숨이 턱 막혔다. 그래서 얼른 몸을 돌려 정면을 향하자 앞에 멈춰 선 버스에 똑같은 사진이 붙어 있었다.

여기에도……!

결아가 굳은 얼굴로 사진 속의 휘와 눈이 마주쳤다.

'넌 나에게서 도망칠 수 없어.'

마치 사진 속 휘가 그렇게 말하는 환청이 들리는 듯했다.

결아가 당황스러운 표정으로 고개를 돌리니 맞은편 빌딩 옥상 대형 광고판에 휘의 의류 광고 사진이 붙어 있었다.

싫어……!

주춤주춤 물러서던 결아는 휙 몸을 돌려 도망치듯 달리기 시작했다.

♡ ♥ ♡

준영이 혼자 앉아 있는 바에 하준이 들어섰다. 주변을 둘러보던 그는 익숙한 얼굴을 금방 찾아냈다.

"감독님. 먼저 오셨네요."

반가운 얼굴로 하준이 옆에 앉자 준영이 잔을 내밀었다.

"오랜만이다."

"감독님 때문에 그렇죠. 왜 전 도통 만나 주시질 않습니까? 변심하시다니, 실망이에요."

하준이 너스레를 떨며 잔을 들어 올리자 준영이 위스키를 따라 주며 피식 웃었다.

"넉살은. 바빴어."

"감독님 바쁘신 거야 모르는 사람이 어디 있습니까. 긴가민가하던 드라마까지 성공하셔서 아주 사방에서 러브콜이 쏟아지시던데요."

두 사람의 잔이 가볍게 부딪쳤다.

"어쨌거나 첫 드라마 성공, 진심으로 축하드립니다. 감독님."

하준이 진심을 담아 웃으며 축하하자 준영도 미소 지었다.

"고맙다."

위스키를 단숨에 쭉 들이켠 준영이 잔을 내려놓자 하준이 다시 채워 줬다.

"그래서, 이번에는 영화 쪽입니까? 드라마 쪽입니까? 다음 작품 저랑 같이하기로 하셨잖아요."

준영이 맑은 호박색 위스키가 담긴 잔을 가만히 응시하다가 말했다.

"……아직 결정 못 했어."

"네? 사방에서 투자하겠다는 사람이 넘쳐 나는데 왜 아직?"

하준이 의아스러운 눈으로 묻자 준영이 피식 웃으며 고개를 저었다.

"너무 한쪽만 보고 달려온 것 같아서. 여행도 다니고, 숨 쉴 시간이 필요한 것 같다."

"역시 성공한 감독님의 여유는 다르시네요. 다른 감독들은 투자자만 나서면 일단 도장 먼저 찍고 볼 텐데……."

장난스러운 하준의 말에 준영이 술잔을 든 채 대꾸 없이 웃었다.

"주변에서 엄청 귀찮게 달라붙지 않아요? 이번에 드라마 찍은 방송사에서도 시청률 대박 치니까 벌써 후속작 언론에 흘리던데."

"그게 싫어서 당분간 이 나라 떠나려는 거다."

준영이 미간을 좁히고 불쾌하다는 듯 말하자 하준이 아아, 하며 고개를 끄덕였다.

"하긴……. 감독님은 그런 거 못 참아 하시니까. 이 기회에 머리 좀 식히고 오는 것도 좋겠어요. 당분간은 계속 귀찮게 굴 테니."

"그럴 생각이야."

느른하게 대꾸한 준영이 말없이 테이블 위를 바라보자, 그의 표정을 본 하준이 입을 다물었다. 평소의 준영처럼 시니컬해 보이면서도 어딘가 텅 비어 있는 눈동자가 왠지 맘에 걸렸다. 평소 타인에게 철저하리만치 자신의 맨얼굴을 보이지 않는 준영이었다. 그런 그가 유일하게 마음을 터놓는 존재가 자신이라는 걸 하준 역시 알고 있었다.

준영이 잔을 비우자, 하준이 다시 빈 잔을 채워 줬다. 이번에도 준영은 단번에 잔을 비웠다.

"더 드려요?"

하준이 묻자 준영이 따르라는 듯 말없이 빈 잔을 들었다. 하준은 잠자코 준영이 잔을 비울 때마다 술을 채워 줬다.

한동안 술만 마시던 준영이 잔을 테이블 위로 소리 나게 내려놨다.

"……후."

그가 깊은 한숨을 내쉬자 가만히 있던 하준이 말을 꺼냈다.

"감독님께 이런 질문 실례일 수 있겠는데……."

준영이 힐긋 쳐다보자 하준이 망설이는 얼굴로 물었다.

"그 여자분과는 완전히 정리된 겁니까?"

하준의 말에 술잔을 입으로 가져가던 준영이 멈칫했다.

"그 후로 평소의 감독님과 똑같아서 별걱정은 히지 않았는데…… 오늘 보니 그게 아닌 것 같아서요."

하준의 조심스러운 질문에 그가 입술 끝을 끌어 올리며 위스키를 입안에 털어 넣었다.

"정리는 됐지. 머릿속에선."

"감정은 아직?"

"뭐, 곧 나아지겠지. 네가 신경 쓸 것 없어."

준영이 대수롭지 않게 싱긋 웃고는 위스키를 따랐다.

"……그런 면이 지독히도 감독님답긴 하지만, 힘들 때 힘들다고 하는 것이 흠은 아니잖아요."

"괜찮다니까."

느른하게 웃으며 준영이 술잔을 매만졌다. 괜찮다고 하면서도 쓸쓸함을 지울 수 없는 그의 표정에 하준의 얼굴이 어두워졌다. 자신이 힘이 되어 주고는 싶지만, 준영은 자신만의 견고한 벽이 있는 사람이라 오히려 그 의도가 그를 불편하게 만들 수가 있었다.

잠시 고민하다가 더는 캐묻지 않기로 한 하준이 술잔을 들었다.

"어쨌든 잘 생각하셨어요. 여행이라도 다녀오시면 기분도 나아질 거고, 그러면 새로운 작품 또 하고 싶어질 테니까. 그건 꼭 저랑 하시는 겁니다? 저 말고 다른 사람과 도장 찍으면 저 정말 삐질 거라고요."

하준이 으름장을 놓듯 하는 말에 준영이 말없이 웃었다.

"아!"

그때 하준이 뭔가 생각났다는 듯 말했다.

"감독님. 그 여자분, 거절의 이유가 선우휘를 좋아하기 때문이었죠?"

준영이 술잔을 든 채 슬쩍 미간을 찌푸렸다.

"그건 왜 묻는데."

"아…… 제가 오늘 마침 들은 이야기가 있어서요."

"무슨 말."

"그게……."

준영이 묻자 하준이 잠시 고민하는 표정을 짓다 고개를 저었다.

"아니, 아무것도 아닙니다."

"실없긴. 뭔데 그래."

준영이 피식 웃음을 흘리자 하준이 머뭇거리는 기색으로 말했다.

"저, 그게……."

결국 하준이 이야기를 시작하자 가만히 듣고 있던 준영의 얼굴이 점점 굳어 갔다. 쾅! 전부 다 들은 준영이 테이블을 세게 내려치자 하준이 당황하는 표정을 지었다.

"가, 감독님."

준영이 휴대폰을 움켜쥐고는 살벌한 얼굴로 벌떡 일어나 나가버리자 하준이 난감하게 손으로 턱을 매만졌다.

"아아, 괜히 말했나. 저렇게 곧바로 반응하실 줄은 몰랐는데……. 괜찮다고 하시더니, 전혀 아니었잖아? 이거 내가 쓸데없는 분란만 만드는 건 아닌지 모르겠네. 그게 왜 갑자기 떠올라선……."

하준이 후회스러운 얼굴로 준영이 사라진 입구 쪽을 바라봤다.

술병이 나뒹구는 방 안에 잠들어 있던 휘가 진동 소리에 눈을 떴다. 그 뒤로 다시 찾아온 정석 때문에 언젠가 충전해 두고 던져 놨던 휴대폰이 침대 위에서 진동을 울리고 있었다. 언제부터 잠든 건진 모르겠지만, 커튼 밖이 어두운 걸 보니 상당히 시간이 흐른 것 같았다.

……시간. 지금 그에게 시간의 흐름이란 사실 무의미했다.

건조해진 눈동자로 천장만 보고 있는데 휴대폰 진동이 끊이지 않고 울리고 있었다.

누군데 시끄럽게…….

귀찮은 듯한 손길로 휴대폰을 집어 올린 휘가 액정을 확인했다.

[장준영]

의외의 이름이 떠 있자 휘가 거뭇하게 수염이 돋아나 있는 마른 얼굴을 쓸었다. 잠시 휴대폰을 응시하고 있던 그가 전화를 받았다.

"……네."

전화를 받자마자 준영의 노기 어린 목소리가 들렸다.

— 너 뭐 하는 자식이야?

"무슨 말입니까."

잔뜩 화가 난 준영의 목소리에도 휘는 무감하게 되물었다.

— 이결아.

"!"

결아의 이름이 나오자 순간 그의 눈에 힘이 들어갔다.

— 그딴 식으로 함부로 대하라고 내가 포기한 줄 알아?

"무슨, 말이냐고요."

휘가 서늘하게 말하자 준영이 언성을 높였다.

— 네 옛 여자가 너와 다시 재결합했다는 걸 언론에 알리지 못해 아주 몸이 달았다던데, 옛 여자도 정리하지 않고 이결아 욕심낸 거였어? 더러운 자식.

"누가…… 뭘, 해요?"

휘가 미간을 바짝 좁혔다. 옛 여자라니, 재결합이라니……. 온통 알 수 없는 얘기들에 휘는 머리가 아팠다.

— 설마 모르는 건 아니겠지. 유채은이라는 여자가 너와 키스한

사진을 언론에 뿌리려고 파파라치 전문 잡지에 의뢰하고 다니고 있는 걸.

"누가 그딴 소릴······!"

버럭 소리치던 휘의 머릿속에 잊고 있던 주차장에서의 기습 키스가 떠올랐다. ······설마? 휘가 말을 잇지 못하자 준영의 시니컬한 목소리가 들려왔다.

— 그 잡지 본부장한테 직접 들은 사람이 내 옆에 있는데, 이래도 헛소리라고?

유채은! 휘의 얼굴이 딱딱하게 굳어졌다. 머릿속까지 화가 치솟아 벌겋게 달아오르는데 준영이 으르듯 말했다.

— 곧 그 잡지 회사에서 네 회사로 연락이 들어갈 거야. 그 기사, 절대 못 뜨게 막아. 그걸로 이결아 상처 주면 너····· 가만 안 둬.

"······알아보겠습니다."

휘가 분노를 억누르며 대답하고 전화를 끊었다. 곧바로 채은에게 전화하려는데, 정석에게서 전화가 왔다. 그러자 휘가 미간을 일그러뜨리고 통화 버튼을 눌렀다.

"왜."

— 혀, 형! 큰일 났어요! 아, 아니 큰일은 아닌가? 아니, 아니! 어쨌든 큰일 맞는 것 같아요!

"헛소리하지 말고 똑바로 말해. 혹시 유채은 때문이야?"

휘가 서늘하게 묻자 정석이 곧바로 대답했다.

— 네? 아뇨. 그게 아니라, 지금 현석이 형이랑 겨아 씨 스캔들 터졌어요!

"······뭐?"

순간 휘의 얼굴이 굳었다.

— 지금 현석이 형이랑 결아 씨 스캔들 터져서 난리예요! 결아
씨는 일반인이라 얼굴은 모자이크로 가려져 있긴 한데…… 기자들
은 다 알 거 아니에요? 지금 회사로 막 전화 와서 사진의 여자가
형 매니저였던 여자 맞냐고 막……!

굳은 얼굴로 정석의 말을 듣고 있던 휘가 순간 무언가를 떠올리
고 눈을 부릅떴다.

잠깐. 그렇다는 건……!

— 형? 듣고 있어요?

정석의 목소리가 흘러나오는 휴대폰을 움켜쥔 채 그가 빠르게
침실을 벗어났다.

## 30.
### 짙은 안개 속

　어두운 골목을 타박타박 걸어 집 쪽으로 향하던 결아는 앞에서 웅성거리는 소리를 듣고 멈칫했다. 고개를 드니 카메라를 든 사람들이 집 앞에 몰려 있었다. 그들이 자신을 보고 무언가를 확인하며 수군거리자 결아는 불길한 예감이 들었다.

　뭐, 뭐지?

　결아가 주춤거리며 뒷걸음질 치기 시작하자 몰려 있던 기자들이 소리쳤다.

　"저 여자야!"

　"이결아다! 잡아!"

　밤이라 플래시를 터뜨리며 우르르 달려오는 기자들을 보고 놀란 결아가 뒤돌아서 도망치기 시작했다.

　"꺅! 뭐야! 부서워!"

　수십 명의 기자들이 자신을 향해 좀비 떼처럼 달려오자 결아는 필사적으로 도망쳤다.

"찍어! 놓치지 말고 찍어!"

극심한 공포를 느낀 결아가 숨이 턱까지 차도록 내달렸다. 그리고 골목을 빠져나오는 순간, 누군가가 결아를 움켜잡았다.

"……꺅!"

기자인 줄 안 결아가 공포에 질린 눈으로 앞에 있는 사람을 올려다봤다. 그런데 눈앞에 휘의 얼굴이 보였다.

"휘? 왜, 왜, 당신이……?"

결아가 놀란 얼굴로 그를 바라봤다.

뒤에서 기자들이 쫓아오는 소리가 들리자 휘가 모자를 깊게 눌러쓰고 결아를 잡아끌어 자신의 차에 태웠다. 그녀를 태우고 빠르게 문을 닫은 휘가 운전석으로 돌아와 곧바로 시동을 걸었다. 그의 차가 골목을 빠져나가자 기자들이 뒤늦게 나타나 헉헉거리며 주변을 둘러봤다.

"뭐야? 어디로 간 거야?"

웅성거리는 사람들 옆으로 또 하나의 차가 빠르게 스치고 지나갔다.


결아는 믿을 수 없다는 눈빛으로 운전하는 휘를 바라봤다. 정말…… 휘?

눈앞에 휘가 있는데도, 왠지 현실감이 없었다. 예상하지 못한 순간의 만남이라 그런지 휘를 어떤 식으로 대해야 하는지도 감이 잡히지 않았다.

분명 만나면 무척 미울…… 거라고 생각했는데. 왜, 이렇게 반가운 거야?

휘를 보기만 해도 왈칵 눈물이 터져 나올 것 같아 결아는 입술을 깨물고 고개를 숙였다. 그때 핸들을 잡고 있는 휘의 손에 붕대가 감겨 있는 것이 눈에 들어왔다.

다쳤어……?

결아가 놀란 눈으로 고개를 들었다.

"손, 왜 그래요?"

"알 거 없어."

휘가 서늘하게 대답하자 결아도 더 묻지 못하고 붕대 감긴 손만 힐끗거렸다. 촬영하다 다쳤나? 아니면 누구랑 싸우기라도 한 거야? 연예인이……. 하긴, 이젠 내가 궁금해하면 안 되는 거겠지.

더 이상 아무것도 묻지 못한 결아는 한숨을 내쉬고 창밖으로 시선을 돌렸다. 표정을 굳힌 채 거칠게 차를 몰던 그가 외곽도로로 빠져나와 한적한 공터 앞에 차를 세웠다.

"……."

그리고 차 안에는 정적이 감돌았다. 할 말을 찾지 못하던 결아가 주먹을 꼬옥 움켜쥐고 말했다.

"저 기자들……은 뭐예요?"

"뭘 거 같아?"

휘가 낮은 목소리로 되묻자 결아가 흔들리는 눈빛으로 말했다.

"호, 혹시 이제 와서 기사가 터진 건…….."

휘와의 스캔들이 이제야 터진 거라고 생각한 결아가 묻자, 그가 그녀 쪽으로 비스듬히 몸을 돌렸다. 그러고는 차가운 시선으로 결아를 바라봤다.

아……. 순간 결아가 숨을 삼켰다. 어두웠던 차 안에서 휘의 얼굴이 이제야 제대로 보였다. 며칠 만에 거의 반쪽이 되다시피 한 야윈 얼굴을 보자 결아의 눈빛이 흔들렸다.

왜 이런…….

흔들리는 결아의 눈을 싸늘하게 응시하며 휘가 말했다.

"터진 건 맞지. 너와 현석의 기사."

휘의 차가운 목소리에 결아가 되물었다.

"네? 현석 씨……요?"

그때 그가 결아의 얼굴을 움켜잡아 가까이 끌어당겼다.

"앗!"

휘의 살기 어린 얼굴 앞으로 바짝 끌어당겨지자 결아가 당혹스러운 표정을 지었다.

"너."

그의 입술에서 분노 어린 목소리가 낮게 흘러나왔다.

"사람을 가지고 노니까 재미있어?"

"그, 그게 무슨…….."

"보기와는 달리 대담한 구석이 있었어. 내 고백을 들어 놓고 내 친구인 현석이와 그럴 생각을 하다니."

휘가 입술 끝을 비틀며 차갑게 내뱉자 결아가 말도 안 된다는 듯 소리쳤다.

"그런 적 없어요! ……앗!"

휘가 결아의 얼굴을 더욱 세게 움켜잡고 을렀다.

"지금까지 내 뒤에서 잘도 날 배신해 놓고, 이제 와서 그런 적이 없어?"

"도대체 무슨 소릴 하는 거예요?"

휘의 말에 결아는 속이 답답했다. 현석에게 고백을 듣긴 했지만 제대로 거절했고, 이렇게 휘가 화를 낼 정도의 일을 한 적은 없었다. 그리고 휘는 채은과 다시 시작한 마당에 왜 자신에게 이러는 건지 도무지 이해가 가지 않았다.

"무슨 소릴 하는 건지 몰라서……."

그때 뒤에서 헤드라이트가 휘의 차를 비추자 그와 결아가 동시에 돌아봤다.

"서, 설마 기자가 따라온 건……!"

뒤따라온 차를 본 결아의 얼굴이 창백해졌다. 바로 뒤에 차가 멈춰 서자 서늘하게 노려보던 휘가 결아를 놔줬다. 그러고는 운전석 문을 열고 나갔다.

"잠깐만요."

기자라면 휘에게 피해를 줄 수 있다는 생각에 결아가 뒤따라 빠르게 차에서 내렸다.

"휘! 잠깐 기다려요."

결아가 휘에게 다가가자 차 문이 열리는 소리가 들렸다. 그런데 뒤차에서 현석이 등장하자 결아가 놀란 눈을 떴다. 현석 씨가 왜 여기……?

현석을 본 휘가 싸늘한 시선으로 결아를 봤다.

"이래도 아니야?"

"아까부터 무슨 소릴 하는 거예요?"

결아가 답답한 얼굴로 말하는데 휘가 두 손으로 결아의 어깨를 움켜잡았다.

"아!"

아플 정도로 세게 어깨를 잡은 휘가 그녀를 무섭게 노려봤다.

"내 눈앞에서 버젓이 거짓말해 놓고, 아니야? 현석이를 여기까지 따라오게 해 놓고?"

"난 정말 휘 씨가 무슨 말을 하는 건지 모르겠어요!"

"휘!"

현석이 그들이 있는 곳으로 빠르게 달려왔다.

"기사, 사실 아니야. 흥분하지 마."

"하, 흥분?"

어이없는 웃음을 터뜨린 휘의 눈빛이 살벌하게 번뜩였다.

"이 자식이!"

퍽!

"꺅!"

휘가 순식간에 현석의 얼굴에 주먹을 날리자 놀란 결아가 비명을 질렀다. 기습적인 공격에 현석이 바닥으로 쓰러졌다. 공중으로 날아갔던 현석의 안경이 바닥으로 떨어지자 그걸 짓밟은 휘가 현석을 노려보며 을렀다.

"넌 나에게 그러지 말았어야 했어."

"……."

피가 터진 입술을 슥 닦아 낸 현석이 몸을 일으켜 휘 앞에 똑바로 섰다. 마주 본 두 사람이 살벌한 시선으로 서로를 노려봤다.

"넌 그런 말 할 자격 없어!"

이번엔 현석이 휘에게 힘껏 주먹을 날렸다.

퍼억!

"꺅!"

그러자 휘가 바닥으로 쓰러졌다. 현석까지 주먹을 날리자 결아는 패닉에 빠졌다.

"그, 그만…… 꺅!"

퍽! 퍼억!

순식간에 격투기 경기장이 된 듯 휘와 현석이 온몸을 날려 주먹다짐을 했다. 어, 어떡해! 공터에서 난투극을 벌이는 두 사람을 보며 결아가 어쩔 줄을 모르고 발만 동동 굴렀다.

"……윽!"

그때 휘의 주먹을 정통으로 맞은 현석이 결아 앞으로 쓰러졌다.

"꺅! 현석 씨!"

현석의 얼굴이 피투성이가 되어 있었다. 휘가 분이 안 풀린 듯 다가오자, 놀란 결아가 쓰러진 현석을 감싸듯 앞을 가로막았다.

"그, 그만요! 그만해요!"

그 모습을 본 휘의 눈에서 불꽃이 튀었다.

"비켜."

휘가 거친 숨을 몰아쉬며 말하자 결아가 현석 앞을 막은 채 완강하게 고개를 저었다.

"이제 그만해요."

그러자 휘의 눈에 핏발이 섰다.

"너 지금…… 그 자식을 감싸는 거냐? 내 눈앞에서?"

휘의 잇새로 내뱉는 목소리에 결아가 똑바로 그를 올려다보며 말했다.

"쓰러진 사람을 또 때리려고 하니까 그렇죠! 도대체 왜 이러는 거예요? 친구잖아요!"

"……친구."

헛웃음을 흘린 휘가 표정을 굳혔다.

"넌, 내가 다친 건 보이지도 않냐?"

순간 휘가 내뱉은 말에 결아의 눈이 크게 흔들렸다. 상처받은 얼굴로 그녀를 똑바로 노려보던 휘가 손등으로 입가에 난 피를 훔

치며 몸을 돌렸다. 그대로 휘가 자신의 차로 성큼성큼 걸어가 버리
자 결아의 가슴이 욱신거렸다.

왜…… 저 남자가 상처받은 표정을 하는 건데. 상처받은 건 나
잖아……. 배신한 건 당신이잖아. 그런데 왜……. 휘의 거친 행동
도, 이런 식의 적반하장 태도도 전혀 이해할 수 없었지만, 휘의 상
처받은 얼굴에는 태연할 수 없었다.

탕!

거칠게 문을 닫은 휘가 곧바로 차를 몰고 공터를 빠져나갔다.
결아가 멀어지는 휘의 차를 바라보고 있는데 현석이 비틀거리며
몸을 일으켰다.

"윽……."

현석의 신음 소리에 결아가 얼른 그에게 다가갔다.

"괜찮아요?"

결아가 걱정스러운 얼굴로 묻자 현석이 말했다.

"왜…… 그랬어요. 휘가 오해할 텐데."

"그치만 많이 다친 것 같아서……. 괜찮아요? 피가 많이 나는
데……."

결아가 현석의 엉망이 된 얼굴을 보면서 물었다.

"괜찮아요."

현석이 풀어 헤쳐진 셔츠 단추를 잠그고 비틀거리며 일어섰다.

"아, 차에 휴지가 있었죠? 일단 피부터 닦아야 될 것 같으니 이
쪽으로 오세요."

현석의 이마에서 뚝뚝 떨어지는 피를 본 결아가 얼른 차로 달려
갔다. 그녀가 그의 차에서 티슈를 꺼내는 사이 현석이 운전석으로
들어와 앉았다. 글러브박스에서 여분의 안경을 꺼내는 현석에게

티슈를 든 결아가 다가갔다.

"여기 이걸로 피를 좀 닦으세요."

결아가 티슈를 건네주자 현석이 그걸 받아 얼굴을 닦았다.

"……한심한 모습을 보였네요."

티슈로 얼굴을 가린 채 그가 한숨을 내쉬었다.

"한심하다뇨. 그렇지 않아요."

"크윽…… 무식한 자식. 배우 얼굴에 인정사정없네요."

피식 웃으며 낮게 말한 현석이 다시 깊게 숨을 내쉬었다.

"후, 볼품없네요. 정말."

착잡한 현석의 목소리에 결아는 뭐라 말해야 할지 몰라 난감한 표정만 짓고 있었다. 그가 그런 결아에게 고개를 돌렸다.

"미안해요. 나 때문에 그런 기사가 나오게 해서……. 아까 기자들 때문에 많이 놀랐죠?"

"아, 그러고 보니 기사가 났다던데…… 무슨 말이에요?"

아까 휘에게 들은 말과 집 앞에 몰려 있던 기자들을 떠올린 결아가 물었다.

"결아 씨와 같이 있는 사진으로 스캔들 기사가 난 모양이에요. 기사 보자마자 전화했는데 결아 씨 전화기가 꺼져 있더라고요. 그래서 집 앞으로 찾아가는 길에 휘가 결아 씨를 차에 태우는 걸 봤어요. 그래서 따라오게 됐고."

현석에 말에 결아는 그제야 휘가 말한 기사가 어떤 건지 알 수 있었다. 그걸 보고 오해한 건가, 그 사람이?

"그랬군요……. 전 느닷없이 기자들이 몰려들어서 아까 깜짝 놀랐어요."

"정말 미안해요. 결아 씨는 이쪽 세계와 관계없는 사람인데 이런 식으로 끌어들이게 돼서…….”

현석이 미안한 얼굴로 말하자 결아가 고개를 저었다.

“현석 씨 때문은 아니잖아요. 저도 좀 더 조심했어야 했는데. 그리고 사실이 아니니까 괜찮겠죠.”

“그래도, 미안해요. 결아 씨 같이 여린 사람에게 제가 주의 깊게 대하지 못했어요.”

“괜찮아요. 신경 쓰지 마세요.”

걱정 말라는 듯 옅게 웃던 결아의 얼굴이 흐려졌다. 방금 전 봤던 휘의 상처받은 얼굴이 계속 머릿속을 맴돌고 있었다. 그렇게 걱정하던 스캔들이 터졌는데도, 왜…… 그 남자 생각만 나는 걸까.

스스로가 바보 같다는 생각이 들었지만 어쩔 수가 없었다. 휘의 깜짝 놀랄 정도로 수척해진 얼굴과 거칠게 화를 내는 모습, 그리고 상처받은 표정이 머릿속을 엉망으로 헤집어 놓고 있었다.

“제 쪽에서 조치 취하겠지만…….”

현석의 말에 휘를 떠올리던 결아가 고개를 들었다. 그러자 그가 무겁게 가라앉은 얼굴로 결아를 바라보고 있었다.

“기자들 때문에 당분간은 좀 힘들 거예요. 잠잠해질 때까지 어디 잠시 피해 있을 만한 데 있어요? 마땅한 데 없으면 제가 준비를…….”

“아, 아뇨. 부모님이 시골에 계시니까 거기 가 있으면 돼요.”

그녀가 얼른 대답하자 현석이 착잡한 표정으로 고개를 끄덕였다.

“그래요……. 불편하게 해서 정말, 미안해요.”

현석이 다시 사과하자 결아가 손을 내저었다.

“현석 씨 잘못이 아닌데 너무 그렇게 사과하지 마세요. 안 그래도 부모님이 왜 안 내려오냐고 성화셨는데 마침 잘됐어요."

결아의 말에도 현석의 표정은 어두웠다.

"한동안 휴대폰도 꺼 놓고 인터넷도 들어가지 말아요."

"네."

"혹시 거기까지 기자가 따라붙으면 바로 연락 주시고요."

"그럴게요."

결아가 걱정 말라는 듯 씩씩한 표정을 지어 보이자 현석도 흐리게 웃었다.

"고마워요. 결아 씨."

그리고…… 미안해요. 내 감정만 생각해서.

자신이 조심하지 못해서 결아에게 이런 피해를 끼쳤다는 생각에 현석은 마음이 많이 무거웠다. 가뜩이나 여리고 소심한 여자인데 자신 때문에 스트레스를 받을 것 같았으니까. 더욱이 휘의 일 때문에 상처가 아직 큰 상황에서…….

결아에 대한 죄책감에 현석의 눈이 어둡게 잠겼다.


휘가 위험할 정도로 속도를 올려 도로를 질주하고 있었다. 터진 입술에서 피가 흐르고, 핏발 선 눈으로 전방을 무섭게 노려봤다.


'그만해요! 도대체 왜 이러는 거예요?!'


자신 앞에서 현석을 보호하듯 앞을 막고 버티고 선 결아의 모습이 떠오르자 핸들을 움켜쥔 속에 불끈 힘이 들어갔다.

"빌이믹을! 빌어먹을! 빌어먹을!"

휘가 사정없이 핸들을 내려쳤다.

그때, 요란한 클랙슨 소리와 함께 맞은편에서 갑자기 헤드라이트가 번쩍였다.

"……!"

눈앞이 환해지자 휘가 순간 반사적으로 거칠게 핸들을 틀었다.

끼이이이이이익—! 콰앙!

아스팔트가 요란하게 긁히는 소리 뒤에 격렬한 파열음이 허공을 짙게 메웠다.

♡　♥　♡

결아는 집 대문 앞에서 침을 꿀꺽 삼켰다. 긴장된 얼굴로 벨을 누르자 안에서 곧 목소리가 들려왔다.

"누구요?"

"아, 저 결아예요."

"뭐여? 시방 누구라고?"

대문이 성급하게 벌컥 열리자 결아가 움찔했다. 육십이 넘은 나이에도 건장한 체격의 두식이 결아를 보고는 눈을 크게 떴다.

"아니, 진짜 우리 막내딸 아녀! 갑자기 이게 뭔 일이래?"

동네가 떠나갈 듯한 쩌렁쩌렁한 두식의 목소리에 집 안에 있던 순애도 급히 달려 나왔다.

"엄머? 결아 아녀? 어쩜 말도 없이……. 시상에!"

두식과 정반대로 작고 왜소한 체구에 목소리도 소녀처럼 여린 순애가 깜짝 놀란 표정을 지었다.

"엄마. 나 왔어."

결아가 엄마를 향해 미소 짓자 순애가 반가워하며 그녀를 얼른 집 안으로 이끌었다.

"일단 어여, 어여 들어와."

"응."

늘 한결같은 고향 집의 향기를 맡으며 결아는 마당을 지나 집 안으로 들어갔다.

방 안으로 들어온 결아는 한쪽에 얌전히 앉은 순애와 흥분한 소처럼 이리저리 서성거리는 두식 앞에 마주 앉았다.

"너무 오랜만에 왔지? 엄마랑 아부지 아프신 데 없으셨고요?"

"그럼. 우리야 잘 있었지. 아! 이럴 때가 아니여. 내 딸이 왔으니 지금이라도 잔치, 잔치, 동네잔치를 벌여야……."

헉! 아버지 제발……. 두식의 중얼거리는 목소리를 들은 결아가 흠칫하자, 순애가 조용히 두식을 불렀다.

"여보. 오랜만에 결아 보는데 그만 서성이고 와서 앉아요."

"아, 응. 그려."

두식은 순애의 말에 꺼내 든 휴대폰을 놓고 얌전히 옆에 앉았다. 동네잔치 병이라도 있는 사람처럼 심심하면 잔치를 벌여 대는 두식 때문에 결아의 소심한 성격은 더욱 심해졌었다.

휴. 다행이다. 일단 동네잔치는 피했어. 결아가 내심 안도의 한숨을 내쉬는데 순애가 물었다.

"안 그래도 아까 루리한테 혹시 너 안 왔냐고 전화 왔었어."

"언니가?"

"그래. 뭔 일이냐고 물어도 별거 아니라고 하던데……. 정말 뭔 일 있는 거 아니지?"

순애가 걱정이 담긴 얼굴로 묻자 결아가 얼른 고개를 저었다.

"뭐, 뭔 일은. 그냥 충동적으로 내려왔는데 언니한테 말하는 걸 깜빡했을 뿐이야. 폰 배터리도 나가서……. 하하……."

결아의 둘러대는 소리에 순애가 고개를 끄덕였다.

"그럼 언니 걱정 안 하게 전화 먼저 해 줘."

"아. 응……."

결아가 대충 상황을 넘기며 대답하는데 두식이 무선 전화기를 건네주었다.

"이거 써라."

"네? 아, 네."

나중에 전화할 생각이었던 결아는 난처한 얼굴로 집 전화기를 들었다. 그리고 루리에게 전화를 걸자 그녀가 곧바로 받았다.

— 여보세요?

"언니. 난데……."

— 너 역시 거기 있었냐? 기사 보고 놀라서 연락해 봤더니 지금까지 연락 안 돼서 언니가 얼마나 피가 말랐는지 알아?

루리의 걱정이 담긴 목소리에 결아가 사과했다.

"미안. 휴대폰이 꺼져서……."

— 그 기사는 뭔데? 사실이야?

"그, 그럴 리가 없잖아."

결아가 자신을 빤히 보고 있는 순애와 두식을 힐끔거리며 작게 말했다. 그러자 루리가 상황을 눈치챈 듯 말했다.

— 아. 집 전화니 옆에 엄마 아빠 계시겠구나.

"으, 응."

— 정말 아닌 건 맞아?

"응. 아니야."

루리가 의혹이 남아 있는 목소리로 묻자 결아가 얼른 대답했다.

— 그래…… 알았어. 일단 너 거기 있는 건 알았으니까 됐고, 그런 소문은 사실무근이면 금방 가라앉아. 너무 걱정하지 말고 이쪽에 기자 쫙 깔려 있으니까 한동안 거기 콕 박혀 있어. 폰은 당분간 꺼 둘 거지?

"응. 그래야 할 거 같아."

— 그래. 그게 나을 거야. 상황 봐서 따로 전화 주고.

"언니. 말 못 하고 와서 미안……."

결아가 미안한 목소리로 말했다. 스캔들이 너무 급작스러워서 휴대폰이 방전된 채로 곧바로 내려오느라 언니가 많이 걱정했을 거라는 생각에 죄책감이 들었다.

— 됐어. 경황없었을 텐데 괜찮아. 일단 언니도 방송 들어가 봐야 되니까 시간 될 때 꼭 연락해.

"응. 그럴게."

결아가 전화를 끊자 두식이 생각났다는 듯 말했다.

"아! 너 전에 여행 다녀왔다며? 그것도 혼자 갔다는 게 정말이여?"

"아…… 네."

휘의 매니저로 해외 로케 다녀왔을 때 생각이 나자 순간 결아의 얼굴이 어두워졌다.

"그런 대단한 일을 해 놓고 왜 아빠가 부르니까 오지도 않았냐? 이 아빠가 축하 파티를 아주 성대허게 준비하고 있었구만!"

"아하하하…… 바, 바빠서요."

결아가 난감한 얼굴로 웃자 두식이 은밀히 눈을 빛내며 말했다.

"바로 올라갈 거 아니지?"

두식은 바로 올라간다고 하면 당장 오늘 밤에라도 동네 사람들 끌어모아 잔치를 벌일 태세였다. 그걸 감지한 결아가 얼른 대답했다.

"오랜만에 왔는데 한동안은 있을 거예요."

"그래. 잘 생각했다!"

화색이 번지는 두식과 달리 순애는 조금 걱정스러운 표정으로 결아를 봤다.

"얼굴색이 안 좋은 것 같은데……. 결아 너 진짜 무슨 일 있어서 여기 온 거 아니지?"

"응? 아, 아니라니까."

결아가 절대 아니라는 듯 고개를 도리도리 젓자 두식이 기차화통 삶아 먹은 목소리로 말했다.

"그럼! 딸이 엄마 아빠 보고 싶어서 오는데 뭔 이유가 있다고!"

"그래……. 오느라 피곤했을 텐데 오늘은 우선 들어가서 쉬어."

순애의 말에 두식이 소 같은 눈을 크게 뜨고는 뜨악스럽게 바라봤다.

"아니! 이게 얼마 만의 상봉인데 벌써 방에 들여보내?"

"아유, 당신도. 서울에서 여기가 좀 먼 거리예요? 내려오느라 얼마나 피곤했겠어요. 회포는 내일부터 풀고, 오늘은 푹 쉬게 해요."

"그런가……."

두식은 시무룩한 얼굴로 아쉬운 듯 입맛을 쩝 다셨다.

"그럼 넘어가 볼게요."

결아가 몸을 일으키며 말하자 두식이 고개를 끄덕였다.

"그래. 아주 후끈후끈하게 방에 불 넣어 놨으니까 따땃할 거여. 들어가 봐."

"네. 안녕히 주무세요."

꾸벅 인사한 결아가 고향 집 자신의 방으로 향했다.

문을 열고 들어와 불을 켜자 방 안이 환해졌다. 순애가 늘 청소를 해 놔서인지 결아의 방은 예전에 지낼 때와 별 차이가 없었다. 익숙한 방 안 향기에 안심이 된 얼굴로 결아는 휴대폰을 충전 케이블에 꽂았다.

그대로 멍하니 앉아 있는데 충전이 좀 됐는지 휴대폰이 켜졌다.

지이이잉, 지이이잉.

"!"

휴대폰 전원이 켜지자마자 진동이 울려 대는 바람에 결아는 얼른 무음으로 바꿨다. 액정을 보니 모르는 번호였다. 기자인가……? 다른 번호로 바뀌어 가며 끊임없이 울려 대는 전화를 그녀가 내려다봤다.

"하아……."

한동안 낯선 번호를 보고 있던 결아가 피곤한 얼굴로 한숨을 내쉬었다. 어릴 때부터 지내 온 방에 들어와 안도감을 느껴서인지 긴장이 풀리고 피로가 몰려들었다. 비척비척 침대 쪽으로 걸어간 결아는 그 위에 쓰러지듯 누웠다.

"너무 피곤하다……."

작게 중얼거린 결아는 그대로 눈을 감았다. 하지만 눈을 감는 순간, 상처받은 얼굴로 뒤돌아서는 휘가 선명하게 눈앞에 떠올랐다.

'사람을 가지고 노니까 재미있어?'

'지금까지 내 뒤에서 잘도 날 배신해 놓고, 이제 와서 그런

적이 없어?'

휘의 잔인한 말이 떠오르자 가슴이 아려 왔다. 그도 그 기사를
보고 오해한 건가? 그걸 믿을 줄은 몰랐는데…….

"그런데 왜 그런 말을 한 거냐고."

그 기사를 사실이라 믿었다 한들, 휘의 말들과 그 상처받은 표
정은 이해가 가지 않았다.

당신은 날 좋아하는 게 아니잖아. 사랑하는 사람이 따로 있잖아.
그런데…….

"그런 얼굴로 가 버리고…….."

도무지 알 수가 없어. 일방적으로 화를 내는 이유도, 그렇게 가
버린 이유도. 혼란에 빠트리고 날 기만한 건 당신인데…….

하지만 그 서러운 마음속에서도 잠시 봤던 휘의 야윈 얼굴과 상
처받은 눈빛이 찌르듯 심장을 아프게 만들었다. 슬프고 아프고 괴
롭고…… 또 안타깝고 무기력하고, 그런데도 그가 생각나고…….
대체 왜 이러는 걸까. 마음이 조각조각 갈라져서 어떻게도 할 수가
없었다.

미워할 수도, 원망할 수도, 용서할 수도…….

결아는 머릿속에서 웅웅대는 어지러운 혼란 속에서 잠으로 빠져
들었다.

……뭐지?

요란하게 울리는 구급차 사이렌 소리에 결아가 눈을 떴다. 자욱

한 안개가 짙게 깔린 도로 위에는 아무것도 보이지 않았다. 오로지 시끄러운 사이렌 소리만이 불길하게 울려 퍼지고 있었다.

결아는 꿈속에서 홀로 텅 빈 도로 위에 남겨진 채 불안하게 주변을 둘러봤다. 아무것도 보이진 않았지만 귀가 아플 정도로 요란한 사이렌 소리는 끊이지 않고 울려 댔다.

뭐야? 어디서 소리가 나는 거야?

아무리 둘러봐도 희뿌연 안개 외에는 아무것도 보이지 않았다. 그런데도 이상하게 심장이 오그라들 만큼 불길한 공포감이 밀려 올라왔다. 귓속을 파고드는 사이렌 소리에 숨이 턱턱 막힐 정도로 공포감이 차올랐다. 참을 수 없어진 결아는 양쪽 귀를 틀어막았다.

하지만 귀를 틀어막았는데도 사이렌 소리가 멈추지 않았다. 마치 머릿속에서 울리는 소리 같았다. 소름 끼치도록 무서운 경고음처럼.

싫어. 도와줘. 누가 좀―!

"……헉!"

꿈에서 깨어난 결아가 낯익은 천장을 쳐다봤다.

"여긴……. 아."

순간 꿈과의 혼동으로 사라졌었던 현실 감각이 되살아나고, 이곳이 고향 집의 자신의 방이라는 것이 떠올랐다.

"꿈이었구나……."

그제야 안도한 얼굴로 결아가 숨을 내쉬는데 문득 온몸이 식은 땀으로 축축하게 젖었다는 것을 깨달았다.

"스트레스가 심한가? 왜 그런 꿈을 꿨지?"

분명 꿈속이었는데도 미치도록 불안하고 두려웠던 감정들이 생생히 떠올랐다. 작게 몸을 떤 결아가 땀에 젖은 채로 다시 눈을 감았다.

"이번엔 행복한 꿈을 꾸게 해 주세요……."

어릴 때부터 악몽을 꾼 이후엔 항상 되뇌던 말을 주문처럼 읊조린 결아가 다시 잠에 빠져들었다.

"어이구. 애 열 좀 봐."

결아는 잠결에 순애의 목소리를 들었다. 엄마……? 꿈인지 현실인지 모를 만큼 아득히 먼 곳에서 들려오는 목소리 같았다.

"큰일이네. 이거."

"병원에 안 데려가 봐도 될까요?"

"일단 땀 좀 쭉 빼게 둬. 서울 생활이 힘들었나……. 오자마자 감기 몸살을 지독하게 앓네."

순애와 두식의 목소리가 웅웅거리는 소리와 함께 멀어지고, 결아는 열에 들뜬 채 다시 수렁 같은 잠 속으로 빠져들어 갔다.

깜박거리며 눈을 뜬 결아는 몸이 한결 가벼워진 것 같다는 기분이 들었다.

"역시 고향 집이라 그런가?"

하룻밤 푹 잔 것만으로도 몸 상태가 좋아진 걸 보면. 놀랍다는 듯 몸을 일으키던 결아는 문득 자신이 입고 있는 옷을 내려다봤다.

"응? 이건 여기 있던 옷인데……. 내가 이걸 입고 잤던가?"

그냥 쓰러져서 바로 잠든 것 같은데? 아, 그때 악몽 꾸고 땀에 절어서 깼을 때 잠결에 갈아입고 잤나?

결아가 그렇게 생각하며 고개를 갸웃거리는데 마침 방문이 열렸다.

"어머. 우리 딸 일어났네?"

순애가 안심한 얼굴로 들어오자 결아가 웃으며 말했다.

"응. 역시 집이 좋은가 봐. 나 너무 푹 잔 것 같아."

결아의 말에 순애가 종종걸음으로 걸어와 그녀의 이마에 손을 얹었다.

"푹 자긴. 열이 펄펄 끓어서 엄마가 얼마나 걱정했는데……. 다행히 열은 이제 내렸구나."

"열……?"

결아가 어리둥절한 얼굴로 보자 순애가 콧등을 찡그렸다.

"그래. 너 감기 몸살로 3일 된통 앓았어. 엄마가 너 옷도 갈아입히고 약도 먹이고 한 거 기억 안 나지?"

"3일이나……? 정말?"

그녀가 믿을 수 없다는 표정을 짓자 순애가 핀잔주듯 말했다.

"그럼. 엄마가 이런 걸로 거짓말을 왜 하니? 아무튼 기운 차렸으면 일단 죽부터 먹자. 끓여 놓은 거 데워다 얼른 갖다 줄 테니까 다시 자려거든 먹고 자."

"아…… 응."

부랴부랴 방문을 나서는 순애의 뒷모습을 결아가 혼란스러운 눈빛으로 바라봤다.

"3일이나 지났다고……? 세상에, 그것도 모르고……."

아무 의식 없이 며칠이나 시간이 지나가 버린 게 무척 신기했다. 이런 적은 한 번도 없었던 것 같은데.

"그러고 보니 몸에 힘이 하나도 없네."

마치 연체동물이 된 것처럼 몸이 흐느적거렸다. 기운이 하나도 없어 침대에서 몸을 일으키려던 결아가 인상을 쓰고는 끙, 하고 힘들게 침대에서 내려왔다. 그러곤 방을 나서 주방으로 들어가자 죽을 담던 순애가 깜짝 놀랐다.

"누워 있으라니까 왜 나와?"

"좀 움직이는 게 나을 것 같아서."

"그래도……."

"이제 괜찮아."

결아가 걱정 말라는 듯 생긋 웃고는 식탁에 앉았다.

"아, 루리가 너 깨면 전화 달랬는데. 잠깐만."

죽 그릇을 식탁 위에 놔준 순애가 생각났다는 듯 말하고는 서둘러 안방으로 향했다. 결아가 막 보양 전복죽을 한 술 뜨려던 그때, 거실에 켜 놓은 TV에서 흘러나오는 기자의 목소리가 귓속을 파고들었다.

— 배우 선우휘가 벌써 3일째 의식 불명 상태입니다. 사고로 인해 반파된 자동차는 폐차 처리 되었으며 블랙박스를 확인하여 본 결과…….

뭐, 뭐라고……?

결아가 놀란 얼굴로 TV 쪽으로 시선을 향했다. 화면 안엔 가드레일을 박고 반파된 사고 현장 사진이 나오고 있었다.

— 오늘 당시의 참혹함을 증명하는 듯한 사고 현장 사진이 공개되자, 선우휘 씨의 팬들은 충격에 빠져 헤어 나오질 못하고 있습니다. 현재 선우휘 씨가 입원해 있는 한국대 병원 앞에도 그를 걱정하는 수많은 팬들이 장사진을 이루고 있습니다.

땡그랑! 결아의 손에서 수저가 식탁 위로 떨어졌다.

휘……!

저도 모르게 벌떡 일어나 TV 화면에 시선을 박은 결아의 얼굴이 새하얗게 질렸다. 말도 안 돼. 그럴 리가 없어. 내가 아직 꿈을 꾸고 있는 건가? 지독한 악몽을? 현실을 부정하듯 흔들리는 결아의 눈에 뉴스 화면이 계속 이어지고 있었다. 결아는 꼼짝도 하지 못한 채 그대로 서서 뉴스에 시선을 고정했다.

"결아야. 루리가 전화 좀 해 달라는……. 어?"

루리와 통화를 끝내고 주방으로 돌아온 순애는 식탁 앞에 아무도 없자 눈을 크게 떴다.

"결아야?"

방으로 가 봤지만 거기에도 결아는 없었다.

"얘가 어디 갔지……?"

순애가 이상하단 얼굴로 고개를 갸웃거렸다.

기차 안에서 귀여운 분홍색 점퍼를 입고 있는 꼬마 아이가 옆에 앉아 있는 제 엄마의 옷깃을 잡고는 맞은편을 가리켰다.

"엄마. 엄마. 저 언니 잠옷 입고 있어."

"얘는. 쉿!"

아이 엄마는 재빨리 아이의 입을 막고는 맞은편을 힐끔거렸다. 커다란 점퍼 아래 수면 바지를 입고 한겨울임에도 맨발에 슬리퍼만 신고 있는 여자는 머리까지 산발이었다. 거기에 넋이 나가 얼굴로 중얼거리고 있는 모습은 영락없는 미친 여자로 보였다.

"쯧쯧. 요즘 세상이 왜 이리 흉흉한지……."

눈살을 찌푸린 아이 엄마는 고개를 돌려 버렸다.

결아는 창백한 얼굴로 아까부터 같은 말만 중얼거리고 있었다.

"말도 안 돼. 사고…… 사고라니……."

아까, 집에서 TV로 휘의 사고 소식을 접한 결아는 의식도 못한 채 휴대폰과 지갑만 챙겨 점퍼 주머니에 넣었다. 그러고는 곧장 집을 뛰쳐나와 기차역으로 왔다. 가장 빠른 기차를 타고 서울로 가면서도, 결아는 자신이 본 뉴스 화면을 믿을 수가 없었다.

"그럴 리가 없어. 그럴, 그럴 리가……."


— 배우 선우휘가 벌써 3일째 의식 불명 상태…….'

— 사고로 인해 반파된 자동차는 폐차 처리 되었으며 블랙박스를 확인하여 본 결과…….'


기자 목소리와 함께 화면을 가득 채웠던 반파된 차는 익숙한 휘의 차가 맞았다.

"안 돼!"

눈을 크게 뜬 결아가 두 손으로 제 입을 막았다. 안 돼. 안 돼. 안 돼……! 거짓말이야! 세차게 머리를 젓던 결아의 머릿속으로 퍼뜩 꿈속의 사이렌 소리가 지나갔다.

그 꿈……!

가뜩이나 창백하게 질린 결아의 얼굴이 밀가루처럼 새하얘졌다. 꿈속에서 안개 낀 도로 위에 불길하게 울려 퍼지던 사이렌 소리……. 그, 그 꿈이…… 그런 거였어?

"엄마. 저 언니 울어."

"보지 말라니까."

결아의 눈에서 눈물이 흘러내려 쉴 새 없이 뺨을 적셨다. 마지막으로 봤던, 현석과의 주먹다짐 후 뒤돌아서던 휘의 얼굴이 아프게 떠올랐다. 안 돼. 휘…… 그런, 그런 상처받은 표정이 마지막이면 안 되잖아요. 그럼 안 되잖아요……. 난, 난 어떡하라고. 이 세상에 당신이 없다는 건 상상도 해 본 적이 없는데…….

결아는 두 손으로 얼굴을 가리고 하염없이 울었다.


"결아 씨!"

병원 뒷문으로 나온 정석이 급히 결아에게 손짓을 했다.

"저, 정석 씨. 이게 어떻게 된 거예요? 사고라니……."

결아가 창백한 얼굴로 휘청이며 다가가자 정석이 그녀를 병원 안으로 이끌었다.

"저도 얼마나 놀랐는데요. 휴……. 결아 씨한테도 전화 여러 번 했었는데."

"죄송해요. 제가 전화를 받지 못할 사정이 있었거든요."

결아의 말에 정석이 현석과의 스캔들 기사를 떠올렸다.

"아! 그 기사 때문이겠구나. 그런데 결아 씨 옷차림이 왜 그래요? 얼굴도 반쪽이고."

"네? 아……."

결아는 그제야 자신의 옷차림을 내려다봤지만 그게 문제가 아니라는 듯 곧바로 고개를 들었다.

"휘 씨는, 휘 씨는 어때요? 뉴스에 아직 의식을 찾지 못했다고……!"

결아가 다급히 묻는데 그때 정석의 전화벨이 울렸다. 액정을 확인한 정석이 인상을 찌푸리며 말했다.

"아, 또! 전화통에 아주 불이 나네요. 미안하지만 결아 씨, 경호
팀한테 말해 뒀으니까 맨 위층으로 올라가면 돼요."

"아, 네, 네."

정석이 엘리베이터 앞에서 휴대폰을 귀에 대며 몸을 돌리자, 결
아는 급히 엘리베이터에 올라탔다. 가장 위층을 누르는 결아의 손
가락이 덜덜 떨렸다.

"제발…… 제발……."

숨도 못 쉬고 VIP 층까지 올라온 결아가 엘리베이터에서 내리
자, 그녀의 신원을 확인한 경호원이 비켜 주며 말했다.

"복도 끝 방으로 가시면 됩니다."

"감사……합니다. 아!"

경호원이 가리킨 쪽으로 바로 몸을 돌리려던 결아가 휘청거리자
경호원이 잡아 줬다.

"괜찮으십니까?"

"……네. 괜찮아요."

결아는 핑 도는 현기증을 느꼈지만 얼른 대답하고 바로 섰다.
지독한 몸살에 시달려 벌써 며칠째 제대로 먹지도 못한 상태인 데
다 눈 뜨자마자 곧바로 서울로 올라오느라 체력이 바닥이라는 게
느껴졌지만, 지금 그게 중요한 것이 아니었다. 결아는 비틀거리며
병실로 향했다.

병실 문 앞에 다다른 그녀는 떨리는 심정으로 노크했다. 파리한
얼굴로 기다리고 있는데 곧바로 문이 열렸다.

"어머, 왔어요?"

병실 문을 연 채은이 눈썹 사이를 좁히며 반갑지 않은 얼굴로
말하자 결아의 눈이 흔들렸다. 아, 그랬지……. 이 사람이 있다는

사실을 망각하고 있었어.

팔짱을 낀 채은이 당황한 듯 서 있는 결아를 내려다봤다.

"와 준 건 고맙지만 지금 휘는 보호자 외엔 면회가 안 되는데, 어쩌죠?"

채은의 쌀쌀맞은 말에 짧게 숨을 들이켠 결아가 말했다.

"잠깐…… 얼굴만 보고 갈게요."

"면회는 곤란하다니까요?"

채은이 눈매를 치켜올리자 결아가 사정하듯 부탁했다.

"아주 잠깐이면 돼요. 무사한지만…… 그것만 제 눈으로 확인할 수 있게 해 줘요. 부탁드릴게요."

"이봐요. 내가……!"

"결아 씨?"

뒤에서 들려온 목소리에 채은과 결아의 고개가 동시에 돌아갔다. 현석이 우뚝 선 채로 둘을 번갈아 바라보고 있었다.

"안 들어가고 뭐 하고 있어요?"

현석이 서늘한 시선으로 채은을 본 뒤 결아에게 묻자 채은이 마지못해 말했다.

"그럼 잠깐만이에요."

채은이 뾰족한 목소리로 말하고는 막고 있던 입구에서 비켜 주자 결아가 비틀거리며 안으로 들어갔다. 넓은 VIP 병실 안에 휘가 누워 있는 침대가 보였다. 머리와 팔, 가슴에 붕대를 감고 링거 줄이 몇 개나 연결되어 있는 휘를 보자 왈칵 눈물이 터져 나왔다.

세상에, 이렇게나…….

침대 위의 휘를 보니 계속 부정하고 있던 현실이 제대로 인식이 됐다. 결아는 마음이 고통스럽게 미어졌다. 그 자리에 선 채 두 손

으로 입을 가리고 소리 죽여 울고 있는 결아의 뒤로 현석이 다가
와 말했다.

"오늘 의식이 돌아왔어요. 위험한 고비는 넘겼으니 안심해도 된
다고 합니다. 너무 걱정 말아요."

"……네."

결아가 울음을 참으며 겨우 고개를 끄덕였다.

"안 그래도 오늘까지 결아 씨와 연락이 안 되면 찾아가려고 했
는데……."

"그만 나가 주는 게 어때요? 환자에게 방해되잖아요."

현석의 말을 끊고 채은이 결아에게 말하자 그가 날카로운 시선
으로 채은을 봤다.

"유채은. 말 함부로……."

"갈게요."

결아는 얼른 손등으로 눈물을 슥슥 닦으며 말했다.

"무사한 거 확인했으니까…… 됐어요. 고마워요."

휘의 얼굴을 지그시 내려다본 결아가 짧게 숨을 들이켰다. 그러
고는 조용히 고개를 돌리고 병실을 나갔다.

채은을 싸늘하게 노려보고 있던 현석도 몸을 돌려 결아를 뒤따
라 나갔다.

"결아 씨."

복도로 나온 현석이 결아를 잡았다.

"바래다줄게요. 지금 결아 씨도 몸이 많이 안 좋아 보여요."

"괜찮아요."

"그래도……."

"정말, 괜찮아요. 지금 아래 기자들 많던데…… 같이 있는 모습

382

보이면 안 좋잖아요."

결아가 작지만 단호하게 말하자 현석이 아무 말도 못 하고 우두 커니 서 있었다.

"그럼 갈게요."

조용히 말한 그녀가 현석의 손에서 빠져나와 몸을 돌렸다. 현석 은 엘리베이터 쪽으로 향하는 결아를 안타까운 표정으로 보고 있 었다.

결아는 그길로 엘리베이터를 타고 다시 내려갔다. 기자들이 진 을 치고 있는 로비를 피해 후드를 뒤집어쓰고 뒷문 쪽으로 나오자 다리에 힘이 훅 풀렸다. 쓰러지듯 그 자리에 주저앉은 결아가 막힌 숨을 크게 토해 냈다.

"하아…… 다행이다."

의식이 돌아왔구나……. 휘가 누구와 함께든, 자신을 미워하든, 그건 이제 더 이상 중요하지 않았다. 그저 휘가 무사히 살아만 있 어 준다면…….

"그거면 돼."

다른 건 아무것도 필요 없으니까. 두 손 모아 신께 감사드린 결 아는 몸을 일으켜 병원 건물을 올려다봤다.

"휘…… 어서 일어나요."

당신을 기다리는 저 수많은 팬들을 위해서라도…….

결아는 기자와 팬들로 인산인해를 이루는 병원을 고개를 푹 숙 인 채 빠져나갔다.

병실로 돌아온 현석이 채은을 서늘하게 바라봤다. 그녀가 팔짱을 낀 채 그 시선을 피하자 현석이 말했다.

"경고해 두는데, 이결아 씨한테 함부로 굴지 마."

"어머. 내가 언제 함부로 대했다고? 난 아픈 휘에게 방해될까 봐⋯⋯."

"그런데 왜 너 혼자 있어?"

채은의 말을 끊고 현석이 묻자 그녀가 어깨를 으쓱였다.

"휘 부모님은 아까 소속사 대표 와서 같이 나갔고, 정석이도 좀 전에 나갔어."

채은이 대답하며 일어서서 냉장고 쪽으로 다가갔다.

"거기 그렇게 서 있지 말고 앉아. 음료수 마실래?"

"⋯⋯."

채은이 자연스럽게 냉장고 문을 열며 묻자 현석이 미간을 좁혔다. 휘가 사고 난 이후, 채은은 득달같이 달려와선 휘의 연인 역할을 하고 있었다. 휘 부모님이 사고 소식을 듣고 스위스에서 급히 귀국해 달려왔을 때도.

'어머님, 아버님. 저 휘와 만나고 있는 유채은이라고 해요. 많이 놀라셨죠?'

채은이 어찌나 자연스럽게 자신을 소개하던지, 4년간의 공백 없이 쭈욱 함께해 왔다고 착각해도 이상하지 않을 정도였다. 채은과 휘가 함께 있었던 일이라면 주차장에서의 그 장면이 유일했던 현석 입장에선 새삼 그때의 그 모습에 묘한 이질감을 느꼈다.

키스하는 모습까지 봤는데, 왜지? 정석의 반응 때문인가⋯⋯?

현석이 눈을 가늘게 떴다. 눈물을 흩뿌리며 채은이 달려왔을 때 정석이 당황한 얼굴로 그랬었다.

'어? 누나…… 여긴 어쩐 일이세요? 한국엔 언제……. 프랑스에 있지 않았어요?'

'아. 정석이 넌 모르겠구나. 우리 다시 만나고 있어. 좀 됐는데……. 휘가 비밀로 했나 봐.'

'그래요? 이상하네……. 형이 저한테 그런 거 숨길 사람은 아닌데…….'

'지금 그게 중요하니? 휘가 지금 수술 들어갔는데! 휘한테 무슨 일이라도 생기면 난 정말…… 흐흐흐흑.'


그때부터 채은이 큰 소리로 오열하기 시작해서 유야무야 넘어가긴 했지만, 사실 그 일 이후로 현석은 채은의 존재가 목에 박힌 가시처럼 내내 거슬렸다. 그녀의 말대로라면 휘가 한창 결아에게 소유욕을 드러내고 있을 때도 둘이 만나고 있었단 건데…….

휘가, 그런 성격이라고? 재영과 자신에게 숨긴 건 이해할 수 있다고 해도, 모든 일정을 함께하는 정석에게까지 비밀로 한다? 분명 결아에 대해선 빠삭하게 근황까지 꿰고 있던 정석이었는데, 채은이 한국에 돌아왔다는 사실조차 몰랐다니……. 거기에 아까 채은이 결아에게 보인 히스테릭한 반응까지 더해져 마음에 걸리는 것이 늘어나고 있었다.

그때 노크 소리가 들렸다.

"어머. 누구지?"

냉장고에서 음료수를 빼던 채은이 벌떡 일어나 문 쪽으로 향했다. 채은이 안방마님이라도 되는 양 문을 열자, 재영이 나타났다.

"왔어?"

채은이 웃으며 반기자 재영이 숨을 몰아쉬며 들어왔다.

"휘, 깨어났다며?"

"응. 이제 위험한 건 다 지나갔대. 의식만 완전히 돌아오면 된 대."

"현석이 너도 있었냐?"

병실로 들어서던 재영이 현석을 향해 말했다.

"어."

"후우. 그나저나 정말 다행이다. 자식……. 사람 걱정시키고 있 어."

재영이 의자에 털썩 앉으며 말하는데 그의 휴대폰 벨소리가 울 렸다. 액정을 본 재영이 미간을 좁혔다.

"애들이 진짜. 안 된다니까……."

"왜?"

채은이 묻자 재영이 난감한 표정으로 고개를 돌렸다.

"아니, 우리 코디랑 걔 친구가 휘 골수팬이거든. 지금 눈물까지 글썽이며 병원 앞이라고 병문안 한 번만 하게 해 달라고 계속 난 리야."

"……그래?"

재영의 말을 들은 채은이 눈을 빛냈다.

"얼마나 휘 팬이면 그러겠어. 잠깐 들어오라고 하지 그래?"

채은이 너그럽게 말하자 현석이 인상을 굳혔다. 하지만 재영은 아무런 의심 없이 채은에게 말했다.

"휘 쉬는 데 방해되는 거 아냐?"

"잠깐인데 괜찮지. 위험한 고비도 넘겼는데 뭐."

"결아 씨한테 했던 태도와는 사뭇 다른데."

그때 불쑥 현석의 차가운 목소리가 끼어들자 재영이 눈을 크게 떴다.

"아! 결아 씨도 왔었어? 정석이가 연락 안 된다고 난리더니, 언제?"

"너, 넌 내가 언제 그랬다고 그러니? 어쨌든 재영아. 괜찮으니까 어서 불러."

"어? 아, 그래."

재영이 코디에게 전화하는 모습을 보며 채은이 입술 끝을 휘어 올렸다. 코디네이터 사이에서의 소문은 빛보다 빠르거든. ……그 세계 내가 잘 알지. 휘의 옆에 자신이 있다는 걸 가능하면 많은 사람들에게 알리고 싶었다. 휘가 깨어나기 전에.

사실 그 키스 사진만 제대로 기사화된다면 문제 될 건 없지만……. 근데 그 인간은 협상하고 연락한다더니 왜 감감무소식이야?

고용했던 심부름센터 사람이 잡지사와 사진을 두고 가격을 조율 중이라는 연락을 받고 기다리는 중이었다. 마침 그때 사고가 터져 버려 선뜻 휘의 스캔들 사진을 내걸 수가 없기도 했지만, 또 일이 마음대로 되지 않아 채은은 짜증이 났다.

……할 수 없지. 지금으로선 휘의 병실에서 최대한 많이 내 존재를 퍼트리는 방법밖엔.

채은이 속으로 사악한 계획을 세우는데 재영에게 전화가 왔다.

"올라왔어? 거기 있어. 내가 데리러 갈 테니까."

재영이 휴대폰을 귀에 대고 코디네이터를 데리러 병실을 나갔다.

그사이 채은은 자신만만한 얼굴로 휘의 침대 옆에 섰다.

"난 간다."

그런 채은의 모든 것이 거슬리는 현석이 자리에서 일어났다.

"어머, 왜? 휘 곧 의식 돌아올 텐데 좀 더 있지."

"깨어나면 연락 줘."

"그래도……."

채은이 더 말하려는데 병실 문이 열렸다. 재영을 따라 눈물범벅된 얼굴로 훌쩍이는 여자 두 명이 병실로 들어왔다.

"인사해. 아. 현석이는 알지? 내 코디네이터 미진이, 그리고 옆엔 그 친구."

"안녕하세요."

재영이 현석에게 인사시키자 나갈 타이밍을 놓친 현석이 다시 자리에 앉을 수밖에 없었다.

"네. 안녕하세요."

"와 주셔서 고마워요."

채은이 당당하게 미소 지으며 인사하자 재영이 미진에게 말했다.

"이쪽은 휘 여자 친구."

재영의 소개에 미진과 그 옆의 친구가 손수건을 떼고 얼굴을 들었다.

"죄, 죄송해요. 업계 사람이지만 오랜 팬이라 오빠가 무사한지 꼭 보고 싶어서……."

"어머. 충분히 그럴 수 있죠. 저도 코디네이터였던 적이 있어서 이해해요."

너그럽게 말하던 채은이 순간 고개를 든 미진의 친구를 보고 놀라 그 자리에 굳었다.

"아……!"

눈물을 닦던 미진의 친구 역시 채은을 보고 눈을 크게 떴다.

"채은이 너 왜 여기……."

"보, 보미……야."

보미의 황당하단 시선과 마주친 채은의 얼굴이 창백하게 질렸다.

"유채은. 네가 왜 여기 있어? 파리에 있는 거 아니었어?"

침대 위의 휘와 채은을 번갈아 본 보미의 눈빛이 표독스러워졌다. 채은이 당황한 얼굴로 아무 말도 못 하고 있자 보미가 어이없다는 듯 헛웃음을 쳤다.

"네가 휘의 여자 친구라고?"

"어? 뭐야? 두 분…… 아는 사이?"

재영이 놀란 얼굴로 보자 채은이 재빨리 보미에게 가서 손을 맞잡았다.

"보미야! 이런 데서 보니까 정말 반갑다!"

채은이 오버스럽게 목소리 톤을 올려 말하자 보미가 인상을 찡그렸다. 거기에 아랑곳하지 않고 채은이 보미의 팔을 잡고 이끌었다.

"여긴 병실이니까 잠깐 밖에서 얘기하자. 우리 오랜만이라 할 얘기 많잖……."

채은이 빠르게 문 쪽으로 이끌려 하자 보미가 그 손을 뿌리쳤다. 그러고는 황당하다는 얼굴로 채은을 봤다.

"유채은 네가 휘 여자 친구라고……? 사실이야?"

"어? 아, 응. 맞아."

채은이 인정하자 보미의 눈빛이 날카로워졌다. 코디네이터 시절 자신이 휘를 먼저 좋아했다는 걸 알았으면서도 날름 휘를 낚아채선 늘 자랑하며 떠들어 댔던 채은이었다.

보미는 자신이 아직 휘를 좋아하고 있는 걸 알고 있으면서도 과시하듯 더 자랑을 늘어놓는 채은에게 열등감을 갖게 됐다. 그래서 겉으로는 친구라는 명목을 유지하고 있었지만, 속으로는 채은이 파리에서 칼에게 빨리 버림받기를 늘 바라고 있었다.

그리고 그게 드디어 머지않았다고 생각했는데…… 칼에게 버림받을 상황에 놓이니까 이제 와서 다시 휘를 차지하겠다고? 하! 내가 그렇게 놔둘 것 같아?

보미가 입술 끝을 끌어 올리고 채은을 봤다.

"아아…… 그래? 근데 너…… 파리에 있는 애인은 어쩌고?"

채은의 얼굴이 굳고 동시에 재영과 현석도 굳었다. 채은이 보미를 무섭게 노려보자 보미가 그 얼굴을 똑바로 보며 말했다.

"왜 못 알아듣는 척해? 칼 몰라? 너랑 파리에서 동거했던 남자."

"너 무슨……!"

채은의 얼굴이 붉게 달아오르는 걸 보미가 즐거운 눈빛으로 바라봤다.

"바로 저번 달까지 같이 살았잖아? 분명 얼마 전 통화할 때도 그이를 믿는다고 그러더니, 그새 헤어지고 휘를 다시 만나는 거였니?"

보미는 일부러 주변 사람들 들으라는 듯 천천히 말했다. 당혹스러운 얼굴로 보미를 노려보고 있던 채은이 갑자기 웃음을 터뜨렸다.

"아하하! 보미 너 웃긴다. 어쩌면 그렇게 거짓말을 잘해? 누가 들으면 진짜 줄 알겠네."

"거짓말?"

채은이 방금 전까지와는 달리 당혹스러운 표정을 싹 지우고 가슴 위로 팔짱을 꼈다. 그러고는 느긋한 얼굴로 보미를 응시했다.

"보미 너, 예전부터 나한테 열등감 있었잖아? 그래서 내가 휘 사귈 때도 내내 날 질투하고, 어떻게든 휘랑 같이 만날 구실 만들려고 그랬잖아."

"뭐?!"

보미의 얼굴이 벌겋게 달아올랐다. 채은은 그 얼굴을 한심하단 듯 쳐다보며 입술 끝을 비틀어 올렸다.

"아무리 그래도 휘와 나 사이를 질투해서 이런 되도 않는 거짓말을 하면 어쩌니? 그런다고 휘가 너 같은 앨 좋아하겠어?"

"잠깐, 이봐요! 지금 너무 말 함부로 하시는 거 아니에요?"

보미의 친구인 미진이 듣다못해 화를 내자 채은이 싸늘히 내려다봤다.

"그쪽도 친구 좀 골라 사귀는 게 어때요? 이런 허언증 있는 애를 친구로 두면 무척 피곤할 텐데."

"허언증? 하……!"

보미가 황당하다는 듯 헛웃음을 치더니 휴대폰을 꺼내 들었다. 그러자 그걸 본 채은의 눈이 일순 흔들렸다. 저, 저걸 왜 꺼내는 거야? 설마…….

채은이 불안한 감정을 애써 표정에 드러내지 않으려 밀사직으로 노력하고 있는데 보미가 생글거리며 말했다.

"너 정말 기억 안 나는 모양이구나?"

보미가 휴대폰을 흔들며 말하자 채은은 씰룩거리는 얼굴에 힘을 줘 미소를 유지하며 물었다.

"뭘?"

"정말 기억 안 나? 날 텐데? 네가 칼이랑 처음 잤다고 한 날."

"……!"

가까스로 평온한 표정을 유지하고 있던 채은의 얼굴에 균열이 갔다.

"그때 내가 못 믿겠다고 했더니 네가 증거 사진이라고 보내 준 거. 기억 안 나는 모양이니 할 수 없네. 내가 찾아서 보여 주는 수밖에."

노래하듯 말한 보미가 보란 듯이 휴대폰 잠금장치를 풀고 사진첩의 스크롤을 올리는 내내 채은의 심장은 타들어 갔다. 아니, 아닐 거야. 그게 언젠데……. 아직 저장해 놓고 있을 리가 없잖아. 그냥 오기로 허영을 부리는 것뿐이야. 진정해. 사진 같은 거 없어.

마침내 보미가 눈을 반짝 떴다.

"아, 여기 있다."

미소를 지은 보미가 주변을 휘 둘러보며 말했다.

"이 사진 수위가 좀 쎈데……. 그래도 내가 허언증 환자가 아니라는 걸 증명하려면 이 자리에서 오픈할 수밖에 없을 것 같은데요. 재영 씨가 봐 줄래요?"

보미가 재영에게 휴대폰을 내미는 순간, 채은이 득달같이 달려가 휴대폰을 낚아챘다.

"너 미쳤어?!"

채은이 히스테릭하게 소리 지르며 휴대폰을 바닥에 세게 내던졌다. 커다란 파열음과 함께 박살이 난 휴대폰에 모두의 시선이 꽂혀 있었다. 부서진 휴대폰을 두고 병실 안에 정적이 흘렀다. 바늘 하나 떨어지는 소리까지 울릴 듯한 완벽한 정적 속에 채은은 그제야 자신이 한 짓을 깨달았다.

"아, 아니 난……."

"유채은."

그때 뒤쪽 침대에서 들려오는 낮은 목소리에 다들 놀란 얼굴로 고개를 돌렸다.

"휘!"

휘가 가까스로 몸을 일으킨 자세로 침대 위에 앉아 채은을 노려보고 있었다.

"휘……."

사색이 된 채은이 침을 꿀꺽 삼켰다. 그러자 휘가 살벌한 눈빛으로 그녀를 노려보며 말했다.

"여기서 당장 꺼져."

경멸하는 듯한 휘의 냉랭한 눈빛에 채은의 얼굴이 하얗게 질렸다.

"아, 아니야. 휘."

채은이 빠르게 침대로 다가가 그의 팔에 절박하게 매달렸다.

"방금 들은 말은 오해야. 내가 설명할게. 하나하나 설명할 테니 오해하지 말…… 꺅!"

휘가 자신에게 매달린 채은을 거칠게 밀쳐 내자 그녀가 큰 소리를 내며 바닥으로 쓰러졌다.

"휘, 휘……."

채은이 바닥에 주저앉은 채 흔들리는 눈으로 바라보자 그가 으르듯 말했다.

"꺼지란 소리 안 들려?"

"……."

채은이 충격을 받은 얼굴로 그 자리에 굳어 있다가 비틀거리며 일어섰다. 그러고는 입을 틀어막고 병실을 빠져나갔다. 채은이 도망치듯 나가자 휘가 고통스러운 듯 붕대 감긴 가슴께를 움켜잡았다.

"크윽……."

"휘! 괜찮아?!"

휘가 인상을 쓰고 고통스러운 신음을 흘리자 현석이 빠르게 다가왔다.

"무리하면 안 돼. 수술 끝난 지 얼마 되지도 않았……."

현석이 어깨 부근에 손을 대려 하자 휘가 그 손을 뿌리쳤다. 가슴을 움켜잡은 휘가 현석을 차갑게 노려보며 말했다.

"나가, 너도."

"휘 너……!"

재영이 뭐라 하려 하자 휘가 버럭거렸다.

"전부 나가!"

휘가 한 손으로는 가슴께를 움켜잡고 다른 손으로는 시트를 움켜쥔 채 거친 숨을 몰아쉬었다. 그 모습을 보던 재영이 머뭇거리다 몸을 돌렸다.

"……나가자."

"네, 네."

재영이 망연자실 서 있는 미진과 보미를 데리고 병실을 나갔다. 병실 문이 닫히고 현석과 휘 단둘만 남으니 휘가 인상을 쓴 채 숨을 몰아쉬며 현석을 노려봤다.

"넌 왜 안 나가는데."

휘가 서늘하게 말하자 가만히 그를 보고 있던 현석이 입을 열었다.

"그날 사고…… 그때 일과 연관 있는 거냐?"

"……."

현석의 말에 휘가 미간을 좁힌 채 다시 고개를 돌렸다. 그러자 현석이 낮게 한숨을 내쉬었다.

"잔인하다, 너……. 나보고 평생 죄책감에 몸부림치며 살라는 거였어?"

현석의 말에 휘가 얼굴을 굳혔다.

"내가 목숨 가지고 장난칠 만큼 한심한 놈으로 보여?"

휘가 현석을 차갑게 노려보다가 제 머리칼을 성마르게 흩뜨렸다.

"그럴 리가 없잖아. 그런 일을 벌였다간…… 그 애가 제대로 살 수 없을 게 뻔한데."

그의 진지한 목소리에 현석이 미안한 눈빛으로 말했다.

"……미안하다. 너와 채은을 사귀는 사이라고 오해했어."

휘가 아무 말도 하지 않자 현석이 말을 이었다.

"그리고 너 역시, 오해했었잖아."

"오해?"

"나와 결아 씨."

현석의 말에 휘의 얼굴이 사나워졌다. 죽일 듯이 노려보는 그에게 현석이 말했다.

"결아 씨도 나와 똑같은 오해를 하고 있었어. 그건 결아 씨 탓이 아니야. 채은이 그렇게 만든 거겠지. 방금처럼."

"⋯⋯."

휘가 대꾸 없이 노려보고 있자 현석이 답답한 얼굴로 말을 이었다.

"분명히 말해 두는데, 내가 결아 씨를 좋아하는 건 사실이야. 하지만 난 결아 씨에게 거절당했어. 결아 씨 마음에 있는 사람은 휘, 너다."

현석의 말을 들은 휘의 눈썹이 일그러졌다.

"뭐라고 했냐, 지금."

휘가 무섭게 가라앉은 목소리로 되물었다. 그리고 그의 눈을 똑바로 보며 현석이 말했다.

"난 결아 씨에게 거절당했고, 결아 씨는 널 좋아한다고."

"⋯⋯장난해?"

휘가 얼굴을 딱딱하게 굳히고 으르자 현석이 조용히 시선을 내리깔았다.

"결아 씨 마음 가지고 장난칠 생각 없어."

"그런⋯⋯."

그러자 휘의 눈이 혼란스러운 빛으로 물들었다.

"결아 씨는 너와 채은의 관계를 오해하고 있어. 그래서 상처를 받고 그때 널 피했던 거였고. 넌 모르겠지만, 오늘 네가 깨어나기 전에도 여기 왔었어. ⋯⋯그때도 채은이가 네 애인처럼 굴어서 바로 돌아갔지만."

현석의 말에 성마르게 머리칼을 쓸어 올리던 휘가 멈칫했다.

"결아가 여길 왔었다고?"

"그래. 네 얼굴만 보고 간다고 채은이한테 사정해서 들어왔다가 정말 아주 잠깐만 보고 나갔어."

"……."

그대로 굳어 버린 휘의 눈이 흔들렸다.

"나와의 스캔들 때문에 시골에 내려가 있던 중이었는데, 늦게 알게 되어 급하게 올라온 모양이더라. 얼마나 급하게 왔는지 이 추운 겨울에 맨발로 슬리퍼만 신고 있었어. 결아 씨는 그만큼 널 걱정했던……!"

휘가 갑자기 팔에 꽂혀 있는 링거 줄을 확 잡아 뜯었다.

"휘!"

휘가 여러 개의 링거 줄을 단숨에 잡아서 뽑아 버리자 현석이 놀란 얼굴로 소리쳤다. 휘가 그대로 침대에서 벌떡 일어나 곧장 문으로 향하려 하자 현석이 막았다.

"이 몸으로 어딜 가려고!"

"비켜."

"휘. 정신 차려!"

"비키라고!"

현석이 필사적으로 휘를 저지하는데 병실 문이 벌컥 열렸다.

"형? 깨어났어요?!"

일어서 있는 휘를 본 정석이 놀란 얼굴로 소리쳤다. 동시에 정석의 뒤에서 방송 카메라와 리포터가 불쑥 튀어나왔다.

"선우휘 씨가 깨어났다고요?"

"잠깐, 무슨 짓입니까? 병실 입구만 찍기로 했잖아요!"

정석이 병실 안으로 들이닥치려는 리포터를 저지하며 소리쳤다.

"아니, 지금 오매불망 그 소식만을 기다리는 팬분이 전국에 얼마나 많은데요!"

리포터가 급습하듯 카메라와 함께 병실 안으로 들어왔다.

"어어! 안 된다니까요!"

정석이 그걸 막으려 하자 리포터는 숙련된 솜씨로 날쌔게 정석을 피해 휘에게 마이크를 들이밀었다.

31.

다시 너에게

 

 

기차를 기다리는 동안 역 내부의 TV 앞에 앉아 있는 결아는 슬리퍼 안의 맨발을 꼬물거렸다.

"춥다……."

너무 추워. 그러고 보니 머릿속도 너무 뜨겁네. 왜 이러지……?

심한 몸살을 앓았기 때문인지 아님 긴장이 풀렸기 때문인지 온몸에 힘이 하나도 없었다. 의식이 점점 몽롱해지자 결아가 머리를 푸르르 흔들었다.

"정신 차려야지."

눈에 힘을 바짝 주고 주변을 둘러보던 결아는 손에 들고 있는 기차표로 시선을 돌렸다. 휘는, 이제 괜찮겠지……? 신경 쓰면 안 되는 사람인데 자꾸 걱정이 됐다. 그렇게 붕대를 많이 감고…… 얼마나 아팠을까. 휘…….

"생각하지 마. 괜찮을 거야. 그래. 분명 괜찮을 거야."

결아가 고개를 작게 흔들고는 기차표를 물끄러미 바라보고 있는데 앞자리 여자들의 목소리가 귓속을 파고들었다.

"선우휘 깨어났나 봐!"

"어? 정말!"

그 소리를 들은 결아가 고개를 번쩍 들었다. 대형 TV 화면 안에는 병실을 배경으로 현석과 함께 서 있는 휘의 모습이 생방송으로 중계되고 있었다.

"……깨어났구나."

화면 속 휘의 모습을 본 결아의 눈에 눈물이 차올랐다. 게다가 서 있기까지 하다니……. 정말 괜찮은 건가 봐.

"다행이다……. 정말 다행이야."

이제 안심하고 내려갈 수 있겠어. 결아가 고개를 끄덕이고는 손등으로 눈물을 닦으며 일어났다. 그런데.

— 선우휘 씨! 생방송 〈연예가 뉴스〉 리포터 이규진입니다! 의식 돌아오신 걸 진심으로 축하드립니다. 선우휘 씨의 의식이 돌아오기만을 기다렸던 팬들에게 한 말씀만 해 주시죠!

TV 속 리포터 목소리를 들으며 몸을 돌리는데 문득 익숙한 목소리가 들려왔다.

— 결아야.

……어?

순간 결아가 그 자리에 우뚝 멈춰 섰다.

— 결아야. 이결아!

결아가 홱 고개를 돌리니 TV 화면 속에서 휘가 정면을 주시하고 있었다.

— 혀, 형?!

— 내 잘못이야, 다……. 전부 다 내가 잘못했어. 이결아! 들려? 듣고 있냐고!

— 네? 선우휘 씨. 방금 그게 무슨 뜻이죠?

화면 안으로 여러 사람의 목소리가 뒤엉켰지만, 휘는 결아 한 사람만 보듯, 정면만 똑바로 응시하고 있었다. 그러자 결아는 그 자리에 못 박힌 듯 선 채 휘의 진지한 얼굴을 홀린 듯 바라봤다.

— 내가 널 오해했어. 널 오해하게 만들었어. 전부 다 내 탓이야. 정말…… 죽을 만큼 후회하고 있다. 그러니까, 그러니까…….

말을 멈춘 휘의 눈이 붉게 충혈되더니 눈물이 차올랐다.

"아……."

그걸 본 결아가 놀란 얼굴로 제 입술을 두 손으로 가렸다.

— 제발.

겨우 이은 말을 또다시 멈춘 휘가 크게 숨을 들이켰다. 울컥 치솟은 울음을 참아 내려는 휘의 꽉 악물린 단단한 턱이 가늘게 떨렸다. 그것을 본 결아의 눈에서 눈물이 쏟아져 내렸다.

휘……!

그때 휘가 힘겹게 말을 이었다.

— 제발, 내 옆에 있어 줘. ……부탁이야.

억눌린 목소리로 겨우 말한 휘가 커다란 손으로 자신의 눈을 가렸다. 그의 손 아래로 야윈 뺨을 타고 흘러내리는 눈물 한 줄기가 보이자, 결아는 주저 없이 몸을 돌렸다.

"마, 말도 안 돼!"

"지금 저거 진짜야? 쓰루? 리얼리?"

"휘가 사고 때문에 머리가 어떻게 된 거 아니야?"

"선우휘 대박이다! 완전 남자야! 용기 있네!"

401

TV 앞에서 제각각 웅성거리는 사람들 뒤로 결아가 출구를 향해 힘껏 내달렸다.

"학, 학……."

병원 앞에 도착한 결아가 숨을 몰아쉬었다. 휘가 터뜨린 특종 때문인지 병원 앞엔 아까의 3배에 달하는 기자들이 몰려와 있었다. TV 중계 차량도 여러 대 서 있고 마이크를 들고 카메라 앞에서 흥분된 얼굴로 떠들고 있는 기자들도 보였다.

"지금 이곳은 오늘 오후 폭탄 발언을 한 배우 선우휘 씨가 입원해 있는 한국대 병원 앞입니다. 지금까지 들어온 소식으로는 그가 고백한 상대는 예전에 화제를 모은 바 있는 토크쇼에서 장준영 감독이 첫사랑이라던 인물로서……."

자신에 대한 이야기가 나오자 결아는 흠칫했다.

"장준영 감독 스캔들의 이름 없는 주역이었던 이 모 양은, 라디오 피디인 언니로 인해 선우휘 씨와의 만남이 이어졌을 거라고 추정되고 있습니다."

버, 벌써 거기까지 밝혀지다니? 결아의 얼굴이 창백해졌다.

"한편 선우휘 씨의 공개 프러포즈에 팬들은 큰 충격을 받고 병원 앞에 진을 치고 있는 모습입니다."

기자가 가리키는 곳엔 휘의 팬들이 결아와 다름없는 차림으로 나와서 오열하고 있었다.

"말도 안 돼! 오빠! 이러는 게 어딨어요! 어어엉……."

"으허어엉! 그 여자 가만 안 둘 거야 진짜! 으헝!"

"죽여 버릴 거야!"

산발을 하고 저주를 내뱉거나 주저앉아 땅을 퍽퍽 치며 오열하는 팬들을 보자 결아의 눈동자가 흔들렸다. 무, 무서워……! 결아는 병원 입구에 진을 치고 있는 수많은 방송 카메라들과 팬들을 보고 자기도 모르게 주춤주춤 뒷걸음질 쳤다.

하얗게 질린 채 뒷걸음질 치던 결아가 문득 멈춰 섰다. 여길 지나가지 않고는 그에게 갈 수가 없어……. 여기서 도망쳐 버리면, 배우로서의 모든 걸 걸고 진심을 보인 그의 마음에 대답해 줄 수가 없었다.

……지지 않아! 결아는 두 주먹을 불끈 움켜쥐고 고개를 번쩍 쳐들었다.

"좋아! 돌진이…… 어어?"

기세등등하게 카메라가 몰려 있는 기자들 쪽으로 한 걸음 내디디려던 결아의 어깨를 누군가가 불쑥 잡았다. 그녀가 휙 뒤돌아보니 눈에 익은 커다란 사람이 나타났다. 결아는 갑자기 나타난 거대한 남자를 놀란 얼굴로 올려다봤다.

"누구……세요?"

모자를 깊게 눌러쓰고 선글라스를 낀 남자가 미간을 좁히고 결아를 빤히 응시하더니 씩 웃었다.

"맞네."

남자가 선글라스를 척 내리자 결아가 눈을 크게 떴다.

"반달곰……! 아, 아니, 기훈 씨?"

예전 휘와 보성에 갔을 때 만났던 기훈이었다.

"기억하네요. 인도에 있다 휘 사고 소식 듣고 급히 들어오는 길인데…… 이런 이벤트가 기다리고 있었다니. 놀라운데요."

"네?"

기훈이 남이 알아듣든 말든 자기 식대로 중얼중얼 말하자 결아가 되물었다.

"뭐, 휘는 그럴 거라고 예상하긴 했지만…… 결아 씨는?"

"네?"

그가 눈을 가늘게 뜨고 묻는 말에 결아가 순간 당황한 표정을 지었다.

"결아 씨도 휘와 잘해 볼 생각으로 여기 온 거 맞냐고요."

"아아……!"

그제야 기훈의 말뜻을 알아들은 결아가 수줍게 고개를 끄덕였다.

"네. 맞아요."

"오!"

기훈이 빙긋 웃었다.

"대답 한번 명료하네요."

기분 좋은 듯 싱글싱글 웃은 그가 결아의 어깨를 잡고는 뒤쪽을 가리켰다.

"저기 보이죠? 저 차 뒤에 숨어 있다가 열만 세고 나와요. 나오면 곧장 내달려서 입구 통과해야 합니다."

"……네?"

"자, 얼른!"

"앗!"

기훈이 큼직한 손으로 결아를 쑥 떠밀었다. 그가 가리킨 방송 중계차 쪽으로 향하게 된 결아가 어리둥절한 얼굴로 걸어갔다.

"뭐, 뭔진 모르겠지만 시키는 대로 하는 게 좋겠지……?"

기훈의 말대로 중계차 뒤에 몸을 숨긴 결아가 숫자를 세기 시작했다.

"하나…… 둘…… 셋……."

결아가 숫자를 세기 시작한 순간 기훈이 벗어 든 선글라스를 주머니에 넣고는 기자들 틈으로 성큼성큼 걸어갔다. 그러고는 마이크를 들고 침 튀기며 방송하고 있는 기자의 어깨를 툭 쳤다.

"조금 전 선우휘 씨의 소속사를 통해 들어온 소식으로는…… 어이쿠!"

거대한 덩치에 떠밀린 기자가 크게 휘청거리자 기훈이 슥 내려다봤다.

"아, 실례."

"거참, 방송 중인 거 안 보이시……."

불쾌한 표정으로 올려다보던 기자의 눈이 일순 커다래졌다.

"어? 다, 당신 검은곰 감독?"

"뭐? 검은곰?"

"검은곰이라고?"

기자의 놀란 목소리에 주변 기자들의 고개가 일제히 기훈 쪽으로 쏠렸다. 기훈은 사람들의 시선이 자신에게 향한 걸 보고는 친절하게도 모자까지 벗어 주며 말했다.

"이런, 들켰네?"

기훈이 씩 웃자 기자들이 순식간에 우루루 달려들었다.

"검은곰이다!"

"카메라! 빨리 따라붙어!"

마침 결아가 열을 세고 중계차 밖으로 나오자 기훈에게 수많은 기자들이 몰려들고 있었다. 그리고 그 틈을 타 쌩하니 병원 안으로 내달린 결아는 안도의 숨을 내쉬었다.

"휴. 덕분에 무사히 통과했……. 어? 검은곰 감독이라고?"

그제야 방금 기자들이 소리치던 말을 떠올린 결아가 눈을 동그랗게 떴다. 10년 전 혜성처럼 등장해 얼굴 없는 감독으로 각종 영화제를 휩쓸고선 3년 전쯤 홀연히 사라졌던 검은곰 감독. 그 감독이 기훈이라고?

"아, 지금 그게 문제가 아니지!"

기훈이 검은곰 감독이었다는 것이 놀라웠지만 지금 우선순위는 그게 아니었다. 결아는 기자한테 들키기 전에 재빨리 뒷문으로 숨어들었다.

"……헉!"

로비에 쫙 깔린 기자들을 본 결아는 얼른 기둥 뒤로 몸을 숨겼다. 어, 어쩌지? 특종에 눈이 뒤집힌 기자들이 승냥이들처럼 눈에 불을 켜고 로비를 이리저리 배회하고 있었다. 그걸 본 결아는 눈앞이 깜깜해졌다.

전용 엘리베이터가 있는 안쪽 복도 쪽을 힐끗 본 결아가 용기를 냈다. 괜찮아. 갈 수 있어!

결아가 VIP 전용 엘리베이터가 있는 복도 쪽으로 날다람쥐처럼 잽싸게 달려갔다. 다행히 들키지 않고 복도에 진입했지만, 그녀는 놀란 얼굴로 멈춰 섰다. 아까와는 달리 보안요원들이 엘리베이터 앞을 지키고 있었다.

"뭡니까?"

보안요원이 위압적으로 내려다보며 물었다.

"아, 전 선우휘 씨를 만나러 왔어요."

결아가 침을 꿀꺽 삼키고 말하자 보안요원들이 '또야?' 하는 표정으로 서로를 바라봤다. 그러고는 성가시다는 듯 결아를 밀어 내며 말했다.

"팬은 들어갈 수 없습니다."

"아니 전 팬이 아니라……."

"팬 아니라며 비집고 올라가려다가 끌려 나간 팬들이 몇 명이나 되는지 알려 줘요? 나가요."

"아니 그니까 난 아니……."

마치 잡상인 내쫓듯 하는 보안요원들의 행태에 결아가 항의하는데 뒤에서 목소리가 들렸다.

"잠깐만요."

결아와 보안요원들이 돌아보자 그곳엔 현석이 서 있었다. 미간을 좁힌 그가 걸어와 결아를 밀쳐 내고 있는 보안요원의 손을 치우게 했다.

"비키세요. 당신들이 함부로 대할 사람 아닙니다."

"아, 네. 죄송합니다."

현석이 서늘하게 말하자 보안요원이 재깍 옆으로 비켜섰다.

"위에 있는 보안팀에도 연락해 둬요. 지금 올라가는 여자분, 휘 병실까지 무사히 에스코트해 드리라고."

"알겠습니다."

보안요원이 무전기 꺼내는 것을 본 현석이 결아에게 부드럽게 말했다.

"어서 타요. 결아 씨."

"아, 네."

얼른 엘리베이터로 올라타던 결아가 멈칫했다. 그러고는 몸을 돌려 현석을 향해 고개를 숙였다.

"고마워요. 현석 씨."

"뭘요. 어서 올라가 봐요."

현석이 싱긋 웃자 결아가 다시 꾸벅 인사하고는 몸을 돌렸다.

곧 문이 닫히고 엘리베이터가 빠르게 올라가기 시작했다.

LED 화면에 숫자가 바뀌는 것을 가만히 응시하고 있던 현석이 몸을 돌렸다.

이번엔 잘해 봐요. 결아 씨.

짧은 응원을 남긴 현석은 그대로 병원을 빠져나갔다.


결아가 엘리베이터에서 내리자 복도에 앉아 진을 치고 있던 기자들의 시선이 그녀에게 확 쏠렸다.

"어? 누구야?"

"……설마?"

기자들이 웅성거리는 사이 대기하고 있던 보안요원이 결아의 앞으로 앞장섰다.

"따라오시죠."

보안요원이 양쪽에서 결아를 에스코트해서 걸어 나가자, 기자들이 저마다 카메라를 들고 황급히 일어났다.

"맞아! 그 여자야!"

기자들이 일제히 일어나자 결아는 숨을 삼키고 주먹을 꼭 움켜쥐었다. ……떨지 마.

요란한 소리와 함께 사방에서 플래시가 사정없이 터지고 기자들이 몰려들었다.

"잠깐만요! 이결아 씨 맞습니까?"

"선우휘 씨가 프러포즈한 상대가 본인 맞습니까?"

"대답 좀 해 주시죠!"

"비키세요! 다칩니다!"

"이결아 씨! 한 말씀만 해 주시죠!"

마이크와 카메라를 들이대는 기자들과 그들을 저지하려는 보안요원들의 몸싸움 때문에 결아의 몸도 이리저리 흔들렸다. 아비규환 같은 그 혼란을 뚫고 결아는 초연하게 병실로 걸어갔다.

그 시간 병실 안에선 휘와 정석이 실랑이를 벌이고 있었다.

"이거 놔!"

"아, 형! 지금 형 움직이면 안 된다고요! 몇 번을 말해요!"

"놓으라고!"

나가겠다는 휘와 그걸 말리겠다는 정석이 팽팽히 맞섰다. 여간해서는 휘의 말을 들어주던 정석도 이번엔 어림없다는 듯 있는 힘껏 휘를 저지했다.

"당장 문밖에 기자들 쫙 깔렸는데 그 몸으로 거길 어떻게 뚫고 갈 건데요! 못 가요!"

"유정석!"

휘가 사납게 으르렁거렸지만 정석은 꿋꿋하게 버텼다.

"제가 결아 씨 찾아온다니까요? 무슨 일이 있어도 이 병실로 데려올 테니까 저한테 맡겨 두고 제발 여기 계시라구요!"

"당장 비켜……! 으윽!"

"형!"

휘가 인상을 일그러뜨리고 가슴을 움켜잡자 정석이 놀란 얼굴로 얼른 그를 부축했다.

"괘, 괜찮아요?"

푹 꺾이던 몸을 겨우 지탱한 휘가 고개를 들고 정석을 똑바로 바라봤다.

"내가, 찾을 거다."

휘가 고통으로 땀이 흥건하게 맺힌 얼굴로 정석을 강하게 응시했다.

"형······."

"결아. 내가 찾을 거라고. 그러니까······ 비켜."

휘의 진지한 얼굴에 정석은 더 이상 그를 막을 수가 없었다. 정석이 비켜 주자 휘가 비틀거리며 문 쪽으로 걸어 나갔다.

그때, 갑자기 문이 열렸다.

"겨, 결아 씨!"

문이 열리고 동시에 결아가 나타나자 휘가 움직임을 멈췄다. 병실 문을 열고 나타난 결아의 뒤로 카메라 플래시가 정신없이 터졌다.

결아······?

결아가 나타날 줄 전혀 예상하지 못했던 휘는 그녀를 확인한 순간 그 자리에서 굳어 버렸다. 숨을 크게 들이켠 결아는 멈춰 서 있는 휘에게 똑바로 다가갔다. 타박타박 걸어가 휘 앞에 마주 선 그녀가 그를 올려다봤다.

"휘 씨."

휘는 믿기 어려운 눈으로 결아를 바라보고 있었다. 흔들리는 그의 눈동자를 보며 결아가 용기 내어 말했다.

"나······ 왔어요. 이제 당신 옆에 있어 줄게요."

"······뭐?"

그녀를 내려다보는 휘가 믿기 어렵다는 듯 되물었다. 결아는 숨을 크게 들이켜고 떨리는 마음을 가다듬으며 말했다.

"어디에도 가지 않을게요. 난 항상 휘 씨 당신 옆에 있을 거예요······. 언제까지나."

결아의 말에 그의 눈이 순식간에 붉어졌다. 붉게 충혈된 눈으로 그녀를 내려다보며 휘가 낮게 잠긴 목소리로 물었다.

"……정말로?"

휘의 떨리는 목소리에 결아의 눈에 촉촉한 물기가 번졌다. 울음을 참으며 결아가 그를 향해 생긋 웃어 줬다.

"네. 정말요. 이 말을 하기까지 너무…… 오래 걸렸네요. 속상하게도 용기가 안 났어요. ……미안해요."

결아가 주먹을 꼬옥 움켜쥐었다.

"할 말이 많은데, 어떤 말부터 해야 할지 모르겠어서……. 그렇지만 변하지 않는 사실은요……. 난 처음부터 줄곧 휘 당신만을 바라보고 있었다는 거예요."

말을 마친 결아가 휘를 똑바로 올려다봤다. 그의 시선과 결아의 시선이 공중에서 얽혀 들었다. 그녀가 다시 입을 열었다.

"사랑해요. 휘."

순간 휘가 팔을 뻗어 결아를 강하게 껴안았다.

"하……."

결아를 소중하게 품에 안은 휘가 그녀의 정수리에 입을 맞추며 크게 숨을 토해 냈다.

"이제야, 대답해 주는구나."

휘의 꽉 잠긴 목소리에 결아가 그를 마주 안으며 작게 말했다.

"늦어서…… 미안해요."

"아니야. 아니야. 네 대답 하나면 충분해. ……그거면 충분해."

고개를 가로저은 휘가 그녀의 어깨를 잡아 천천히 품 안에서 떼어 냈다. 그러고는 충혈된 눈으로 결아에게 똑바로 시선을 맞췄다.

"사랑해. 결아야."

"……."

결아는 울컥 눈물이 터져 나와 대답을 하지 못했다.

"아주 오래전부터 사랑해 왔어, 널. ……너만을."

휘의 진실된 고백에 결아는 얼굴이 찡그려질 정도로 울음이 터져 나왔다.

"흑."

"……사랑해."

결아가 차마 하지 못한 대답까지 휘가 대신 속삭이며 그녀를 다시 품으로 끌어당겼다. 소중하게 그녀를 안은 손에 그가 강하게 힘을 주자, 결아가 넓은 그의 품에 눈물 젖은 얼굴을 묻은 채 그저 고개만 끄덕였다. 사랑해요……. 가슴이 터질 것만 같아 입 밖으로 나오지 않는 말을 속으로 되뇌며.

"찍지 마세요! 어허! 어딜 들어와요? 아, 찍지 말라니까요!"

셔터 소리가 요란해지고 그걸 막는 정석의 목소리도 덩달아 커졌지만, 휘와 결아는 두 사람만의 세계에 빠져 아무 소리도 들리지 않았다.

♡　♥　♡

「전 국민을 놀라게 한 선우휘의 공개 프러포즈 현장! 그 주인공 이결아(25) 씨에게 네티즌 관심 집중」

「방송 사상 최초 톱스타의 생방송 프러포즈에 전 국민 충격에 빠져」

「선우휘의 마음을 사로잡은 그녀는 누구?」

"우와. 엄청나다……. 이 피디 동생, 정말 엄청난데?"

인터넷 기사를 훑은 부장이 놀라운 얼굴로 말하자 루리가 고개를 절레절레 흔들었다.

"저도 제 동생이 이런 엄청난 스캔들을 터뜨릴 줄 정말 몰랐습니다. 그 조용하던 애가……. 연예인만 보면 게걸음으로 도망치던 게 엊그제 같은데……."

루리가 아직도 믿을 수 없다는 얼굴로 중얼거리자 부장이 껄껄 웃었다.

"그러니까 사랑의 힘은 위대하다는 거겠지. 근데 둘의 비하인드 스토리는 뭐야? 어떻게 만난 거래?"

부장이 묻자 루리가 어깨를 으쓱였다.

"저도 그걸 모르겠습니다."

"에이, 알면서 모르는 척하는 거 아니야?"

"제가 그럴 성격입니까?"

"……하긴."

바짝 다가왔던 부장이 김이 빠진 얼굴로 다시 자기 자리로 돌아갔다. 그리고 루리가 또다시 미간을 바짝 좁혔다.

"진짜 아무리 생각해도 그 둘은 접점이 없는데……. 도대체 뭐지? 어쩌다 매니저까지 하게 된 거고?"

루리가 도통 알 수 없다는 얼굴로 고개를 갸웃거렸다. 접점을 생각할 수 있는 건 이 방송국밖에 없는데 같이 촬영을 한 적도 없고, 자신의 라디오에 출연한 적도 없는 선우휘와 결아가 어떻게 만났는지 미스터리였다.

만날 사람은 어떻게든 만난다더니. 그 둘이 그런 모양이었다. 아무런 접점이 없는 사람이라도, 아무리 정반대의 극단에 있는 사

413

람이라도 이어질 운명이라면 어떻게든 만나게 되어 있는 거겠지.

그렇게 생각하던 루리가 피식 웃었다.

"그래도 대단하다 이결아. 선우휘 같은 대어를 낚다니."

장하다, 내 동생!

♡　♥　♡

"윽. 오늘도 기자들 숫자가 엄청나네요."

결아가 휘 병실 안에서 커튼 사이로 밖을 몰래 살피며 말했다. 그러자 휘가 결아의 뒤에 바짝 붙어 서며 귓가에 낮게 속삭였다.

"밤낮 동안 저러고 있는 걸 보니 우리에게 관심이 무척 많은 모양인데, 서비스 포즈라도 취해 줄까?"

"으앗!"

그가 뒤에서 허리를 감싸자 결아는 깜짝 놀라 커튼을 확 닫았다.

"휘, 휘 씨!"

결아가 난감한 얼굴로 돌아보자 휘가 싱글거리며 얼굴을 가까이 댔다.

"이제야 봐 주네. 내가 눈이 빠지게 기다리고 있었는데 오자마자 창밖만 기웃거리니까 그렇지."

결아가 당황스러운 표정을 짓자 휘가 창문 앞에 그녀를 가두고 고개를 가까이 기울였다.

"그, 그거야……."

"그거야?"

도망칠 데 없이 휘에게 갇힌 결아가 샐쭉하게 그를 올려다봤다.

"휘가 자꾸 이렇게 꼼짝도 못 하게 하니까 그렇죠."

"내가?"

휘가 천연덕스러운 얼굴로 한쪽 눈썹을 추켜올리더니 그녀의 허리를 잡아끌었다.

"앗!"

하반신이 바짝 밀착되자 결아의 얼굴이 새빨갛게 달아올랐다. 그걸 귀여워 죽겠다는 얼굴로 보고 있던 휘가 고개를 기울여 결아의 입술을 살짝 빨았다.

"아……."

입술에 닿는 짜릿한 감촉에 결아가 질끈 눈을 감았다.

"지금까지 갖고 싶어 안달 냈던 걸 겨우 손안에 넣었는데, 어떻게 그냥 놔둬?"

휘가 그녀의 아랫입술을 살짝 깨물며 말하자 결아는 머릿속이 어지럽게 빙글빙글 돌았다. 이 남자는 입술 물고 말하는 게 습관인 것 같아……. 너무 위험한 습관인 것 같은데……. 어떡하지?

"그, 그치만 여긴 병원이고…… 아!"

휘의 손이 결아의 니트를 들추고 들어가 탱글한 가슴을 거머쥐자 결아가 놀란 신음을 터뜨렸다.

"얼마나 힘들게 참아 왔는데……. 더 못 참아."

결아의 귓가에 휘의 허스키한 목소리가 훅 끼쳐 들었다. 그가 가슴을 주무르며 귓가에 탁한 숨결을 토해 내자 결아는 숨을 쉴 수가 없었다.

"아, 잠깐만요……. 아, 앗. 자, 자꾸 그러면 기분이 너무 이상해진단…… 말이에요."

결아의 입술에서도 하아하아 더운 숨이 새어 나왔다. 큰 위기를 겪은 뒤로 그 부작용인지 안 그래도 휘만 보면 온몸이 찌릿찌릿하고 심장이 쿵쿵거리고 입안이 바싹 말라 오기 일쑤였다. 그래도 휘의 몸이 어느 정도 나아지기 전까진 허벅지를 찌르며 참으려고 했는데, 그것마저도 휘가 못 하게 만들고 있었다.

"하아…… 안 되는데……."

하지만 이미 휘의 페로몬에 온몸은 연체동물처럼 흐물거리고 있었다. 동그란 가슴을 주무르는 기다란 손가락의 감촉에 온몸이 막 녹아내릴 것처럼 뜨거워져 결아는 연신 더운 숨을 쌕쌕 내쉬었다.

그때 휘가 결아의 목덜미에 키스하며 그녀를 안아 올리더니 곧장 침대에 눕혔다. 결아가 등에 닿은 병실 침대가 생각보다 푹신하다고 생각하는 순간, 눈앞에서 자신 위에 올라탄 휘의 진지한 눈동자가 보였다.

"휘……."

결아가 손을 뻗어 올려 휘의 얼굴을 매만졌다. 저 욕망에 물든 눈동자가 자신이 아닌 다른 여자를 향한다고 생각했을 때 세상이 무너지는 것 같았다. 천 길 낭떠러지 아래로 굴러떨어지는 듯했던 그땐 영영 이 예쁜 색의 눈동자를 다신 볼 수 없을 줄 알았는데…….

"결아야."

휘가 자신의 뺨에 닿은 결아의 손 위에 자신의 손을 겹쳐 잡았다.

"……사랑해."

그의 낮은 목소리에 결아의 심장이 뜨겁게 조여들었다.

"사고가 났을 때, 너에게 사랑한다는 말도 제대로 못 하고 죽을까 봐…… 그거 하나가 정말 후회됐었어."

"휘 씨……."

그의 눈빛이 진지하게 부딪쳐 오자 결아는 그 눈빛에 포박된 듯 그를 가만히 응시했다.

"앞으론 네가 듣기 싫어서 질릴 만큼 할 거야. 다신 그런 후회는 남기고 싶지 않으니까."

"……."

"사랑해. 내 결아."

눈물이 그렁그렁하게 맺힌 결아의 눈에 입을 맞추며 휘가 속삭였다. 결아는 그대로 휘의 강한 등을 껴안았다.

"……사랑해요."

결아가 그를 안은 채 작게 속삭이자 휘가 그녀의 입술을 살짝 빨더니 목덜미로 자잘하게 키스를 뿌리며 내려갔다. 앙고라 털 니트를 가슴 위까지 끌어 올리자 앙증맞은 선인장 그림이 프린트된 브래지어가 드러났다. 그걸 본 휘가 입술을 늘렸다.

"어떻게 넌 속옷까지 딱 너 같은 걸 고르지?"

"이, 이게 왜요? 귀여운데……."

결아가 뺨을 물들이며 입술을 달싹이자 휘가 그녀의 말랑한 입술을 살짝 빨았다.

"그러니까. 귀엽다고."

낮게 말한 휘가 입술을 떼고 고개를 내렸다. 그가 후크를 풀자 위로 들려 올라간 브래지어 아래로 소담하고 탱글한 귀여운 가슴이 드러났다.

"여기도 너무 귀여워."

"아……."

휘의 입술이 연한 핑크색의 젖꼭지를 삼키자 결아는 크게 숨을 들이켰다. 그의 입술 안에 갇힌 유두에서 짜릿한 쾌감이 터져 나왔다. 그가 축축한 혀로 살덩이를 누르자 작은 몽우리가 팽팽하게 팽창했다.

"아, 앗⋯⋯!"

결아가 어쩔 줄을 몰라 하며 휘의 환자복을 움켜잡았다. 타액으로 흠뻑 물든 젖가슴을 입술로 빨아들이는 휘의 숨결이 거칠어져 있었다. 예민한 살에 와 닿는 더운 숨결과 말캉한 혀의 감촉에 결아는 점점 호흡이 가빠 왔다.

뜨거워⋯⋯.

마치 몸이 불덩이가 된 것처럼 뜨거웠다. 휘의 손길과 입술이 닿는 곳마다 불길이 일 듯 홧홧했다. 머릿속이 아찔아찔해지는데 휘의 입술이 점차 아래쪽으로 내려가는 것이 느껴졌다. 아, 거기서 더 내려가면⋯⋯.

"휘, 휘⋯⋯."

"여기도 귀엽고."

휘의 입술이 할딱이는 아랫배로 내려가 오목하게 파인 배꼽으로 혀를 밀어 넣었다.

"으앗!"

결아의 허리가 튕겨 올랐다. 작고 귀여운 배꼽을 혀로 핥는 간질간질한 감촉에 결아는 발가락 끝까지 힘이 들어갔다. 아웃, 기분이 이상해⋯⋯. 솜털까지 곤두서는 감각에 머릿속이 아찔해지는데 휘가 결아의 바지 버클을 풀었다.

"아⋯⋯."

지퍼가 내려가는 은밀한 소리에 결아는 숨을 들이켰다. 매끈한 다리 사이로 바지를 벗겨 내는 휘의 어두운 눈동자가 한곳에 닿아 있었다.

"⋯⋯이 향을 잊을 수 없었어. 너의 체취가 아주 진하게 풍겨."

바지를 벗겨 낸 휘가 흐트러진 브래지어와 손바닥만 한 팬티만 입고 있는 결아의 동그란 무릎을 두 손으로 잡아 벌렸다. 그 사이에 얼굴을 가져가자 결아는 심장이 터질 것 같았다.

"휘, 휘⋯⋯ 아앗!"

지체 없이 다리 사이에 얼굴을 밀어 넣은 휘가 곧장 도톰한 속살을 팬티 위로 삼켰다. 뜨거운 입술에 얇은 천과 말랑한 살이 동시에 휩쓸려 들어가며 타액에 축축이 젖어 드는 감촉에 결아는 시트를 움켜잡았다.

"그대로 있어. 제대로 맛볼 거니까."

"네? 아, 잠깐⋯⋯."

결아는 눈앞이 팽글팽글 도는 기분에 숨만 할딱이는데 휘가 그녀의 무릎을 잡은 손을 놓더니 손가락으로 팬티를 들췄다. 그대로 온전한 속살이 노출되자 결아의 눈이 커졌다.

꺅! 어떡해!

휘의 입술이 촉촉하게 젖은 결아의 은밀한 속살을 살짝 빨더니 그대로 입술을 벌려 크게 삼켰다.

"으앗⋯⋯!"

맨살이 입술 안으로 삼켜져 혀로 짓뭉개지는 감각에 결아는 숨을 쉴 수가 없었다. 시트를 쥔 손을 허공에 뻗었다가 다시 내려놓으며 어찌할 바를 몰라 하는데 휘가 야한 소리가 나도록 빨아 대기 시작했다.

쭈웁, 쭙.

"하으, 아앙! 앙!"

아, 기분이 너무……! 얼굴이 새빨갛게 달아오른 결아가 급박한 신음을 터뜨렸다. 참기 힘들 정도로 강렬한 쾌감이 숨 막히게 몰려오자 눈물이 그렁그렁해져선 고개를 저어 댔다.

안 돼, 안 돼. 못 참겠어……! 뭘 참지 못 하겠는지도 정확히 알 수 없는 상태에서 결아는 그의 입술 안으로 삼켜질 때마다 몸을 가늘게 떨었다. 온몸의 솜털이 몽땅 곤두설 것 같은 자극적인 쾌감에 눈앞이 흐릿해지고 있었다.

"휘, 그만, 그만…… 하앙!"

"안 돼. 내가 얼마나 오래 참았는지 알아?"

"하웃……!"

그의 타액으로 흠뻑 젖은 속살을 물고 낮게 하는 말에 더운 숨이 훅 끼치자, 예민한 속살이 바르르 떨렸다. 휘는 멈추지 않고 그 안으로 자신의 혀를 밀어 넣었다.

"으앗! 안 돼요……!"

상상도 못 해 본 감각에 결아의 입술이 크게 벌어졌다. 휘는 결아의 팬티를 더 팽팽하게 잡아당기며 좁은 속살 안으로 혀를 세워 밀어 넣었다. 그대로 몇 번 들락날락거리며 자극하자 결아는 금세 온몸을 떨며 비명이 터져 나올 것 같은 제 입을 손으로 막았다.

"웃, 웃, 으웃, 웃…… 아아……!"

주르륵, 결아의 깊숙한 곳에서 우윳빛 애액이 흘러나왔다. 쾌감에 젖어 흘러나오는 달콤한 꿀을 남김없이 빨아 마신 휘가 천천히 고개를 들었다. 하아, 하아 숨을 토해 내는 결아의 눈물에 젖은 흐릿한 눈을 그가 이글거리는 눈동자로 똑바로 응시했다.

"……이제 더는 못 참아."

짓눌린 탁한 목소리로 내뱉은 휘가 결아의 팬티를 벗겨 냈다.

손수건처럼 돌돌 말린 팬티가 결아의 발목에 걸쳐지고 환자복 바지를 내린 그가 그녀의 다리 사이에 자리를 잡았다. 강렬한 욕망이 느껴지는 휘의 새까맣게 어두워진 눈에 결아는 온몸이 어떻게 될 것만 같았다.

"휘…… 아……!"

방금 전 그의 혀가 들어왔던 곳에 아주 크고 단단한 것이 밀고 들어오자 결아의 몸에 바짝 힘이 들어갔다. 좁은 내부가 빳빳한 그의 페니스를 끊어 놓을 기세로 힘껏 조여들자 휘가 이를 악물었다.

"……힘 풀어. 결아야."

"아, 웃…… 웃."

휘가 꽉 잠긴 목소리로 달래듯 말했지만, 결아는 도저히 어떻게 해야 할지를 몰랐다.

너, 너무 커서 저절로 힘이 들어간단 말이에…….

"하웃!"

한참 진입을 하지 못하던 둥근 끄트머리가 여린 속살 안으로 찔러 들어오자 결아의 입술이 크게 벌어졌다. 아주 조금 들어왔을 뿐인데 아래가 찢어지는 것 같은 압박이 느껴져 결아가 휘의 몸을 꽉 껴안았다.

"하아, 하아."

"후우…… 많이 아파?"

휘가 결아의 땀에 젖은 머리칼을 쓸어 넘기며 말하자 결아가 고개를 도리도리 저었다.

"아, 아프지 않게 빨리 넣어 주세요!"

쇠뿔도 단김에 빼랬다고 빨리 넣으면 안 아플 것 같아 결아가 말하니 휘는 웃음이 나올 것 같아 이마를 찡그렸다. 자신의 일부분

421

을 끊을 것처럼 조이는 압박감에 그 역시 아주 고통스러운 상태였지만, 결아가 느낄 통증이 더 걱정이었다.

"조금만 참아."

숨을 들이켜고 말한 휘가 결아의 입술에 키스하며 자신의 단단한 페니스를 천천히 안으로 밀어 넣었다.

"아, 음, 아웁……!"

결아가 고통을 잊기 위해 휘의 입술에 매달리며 그를 더 꼭 끌어안았다. 애달픈 움직임에 휘는 더 조심히 하고 싶었지만, 자신 역시 이런 관계가 처음이라 어떻게 조절해야 할지 알 수 없었다. 차라리 진입의 고통을 줄여 주는 것이 나을 것 같아 휘가 근육질 허벅지에 힘을 주고 강하게 들이쳤다.

"핫!"

쿵, 하고 밀고 들어오는 힘에 결아의 몸이 위아래로 크게 출렁였다. 휘는 결아의 입술을 정성스레 빨며 그녀 안으로 연신 깊숙이 찔러 들어갔다.

"아! 아아!"

"후우, 결아야……."

결아의 아랫입술을 문 휘가 신음처럼 낮게 말을 내뱉으며 좁은 속살 안으로 굵은 페니스를 강하게 밀고 들어갔다. 온몸의 근육을 타고 미칠 듯한 쾌감이 그를 숨 막히게 몰아세웠지만 결아의 반응을 살피며 천천히 움직였다.

"하…… 아아, 앗……. 으응."

천천히 내부로 밀고 들어갔다 빠져나오는 움직임이 반복될수록 결아의 찡그려진 얼굴이 점차 풀리며 입술에서 달짝지근한 숨이 새어 나왔다. 그래도 아직 많이 아파 보이는데……. 땀에 젖은 휘는 결아의 고통을 줄여 주기 위해 깊게 몸을 밀어 넣은 상태에서 손을 아래로 내려 음핵을 문질렀다.

"아잉! 응, 으응……! 핫!"

빠르게 문지르자 애액이 흠뻑 흘러나와 휘의 뿌리까지 촉촉하게 적셨다. 움직임이 부드러워진 휘가 좁은 내부를 느릿하게 짓쳐 올리며 결아의 귀에 잠긴 목소리로 속삭였다.

"아직 많이 아파?"

"아, 아까보단 많이 괜찮…… 아훗! 거, 거기 그만……! 핫, 앙, 아앙……!"

예민한 음핵을 강하게 문지를수록 결아에게서 아찔한 신음성이 터져 나오며 그녀의 내부가 크림처럼 부드러워졌다. 발갛게 달아오른 채 달뜬 신음을 터뜨리는 결아를 어둡게 타오르는 눈빛으로 응시하던 휘가 손을 떼고 허리를 세웠다.

"부드러워졌어. 결아야."

휘가 허스키하게 가라앉은 목소리로 말하며 결아의 다리를 넓게 벌려 그녀의 안으로 깊게 찔러 들어가기 시작했다.

"아웃! 휘, 휘……! 으, 앗, 아응……!"

결아가 발갛게 달아오른 얼굴로 할딱이며 위아래로 빠르게 흔들렸다. 휘는 사랑스럽게 흔들리는 결아를 내려다보며 그녀의 안으로 자신의 욕망을 강하게 밀어 넣기 시작했다. 탁탁거리며 깊이 들이칠수록 결아의 보드라운 내부에서 그를 힘껏 휘어 감으며 조여 댔다.

"웅! 핫! 아앗!"

"니무, 귀여워. 내 결아……."

강렬한 쾌감에 헐떡인 휘가 이를 악물고 그녀 안으로 더욱 깊이

423

찔러 들어갔다. 보풀어 오른 연한 도홧빛 속살이 빳빳하게 발기한 그의 두꺼운 페니스에 한껏 달라붙는 관능적인 모습이 고스란히 내려다보이자 그의 목울대에 힘이 들어갔다.

"내가 네 안에 들어가는 모습이 너무 자극적이야."

"아, 그런 말 하면 부끄럼…… 하웃!"

휘가 쾌감을 주체 못 하고 강하게 퍽 들이치자 결아의 허리가 위로 한껏 들쳐 올라갔다. 휘는 결아의 올라간 허리를 잡고 격렬하게 찔러 들기 시작했다.

"으! 아! 앗! 아앙! 흥!"

허리가 위로 들려 올라간 채 결아의 머리가 아래쪽으로 쏠렸다. 정신없이 흔들리며 결아는 자신을 채우는 그의 단단함에 아무런 생각도 할 수가 없었다. 고통과 쾌락이 뒤죽박죽 섞인 야릇한 감각이 온몸을 뜨겁게 달궈 놓고 있었다.

"휘, 휘…… 아웃, 아, 아앗, 아아……!"

휘는 결아의 허리를 잡고 자신의 강렬한 욕망을 사납게 찔러 넣으며 그녀를 내려다봤다. 고개를 뒤로 젖힌 채 허리를 한껏 세우고 있어서 탐스러운 젖가슴이 공중에서 이리저리 뒤흔들리고 있었다. 그 모습을 이글거리는 시선으로 노려보던 휘가 고개를 숙여 팽팽하게 부풀어 오른 젖꼭지와 젖가슴을 크게 삼켰다.

"흐앗……!"

그의 입술 안으로 가슴이 통째로 삼켜지자 결아는 머리 위로 시트를 움켜잡고 몸을 바르르 떨었다. 그녀의 젖가슴이 타액에 번들거리도록 빨아 댄 휘는 그대로 자신의 몸을 빼내고 고개를 아래로 내렸다.

"아, 잠깐……!"

그의 입술이 아래로 내려가자 결아가 본능적으로 엉덩이를 아래로 내리려 했다. 휘는 그런 그녀의 허리를 꽉 잡아 고정했다.

"가만히 있어."

욕망으로 낮게 가라앉은 목소리로 말한 휘가 까슬한 수풀 아래에 흥건하게 젖은 속살을 입술로 물었다.

"흐아앙!"

삽입으로 한껏 뜨거워진 속살을 휘가 삼키자 결아의 입술에서 커다란 신음이 터져 나왔다. 그 순간 결아가 당황스러운 표정을 지었다. 아, 어떡해. 여긴 병실인데 목소리가 너무 큰 것 같……

"아! 앗! 아앙! 앙!"

휘가 타액에 젖은 입술로 달아오른 속살을 쭙쭙 빨아들이자 결아는 미칠 듯한 쾌감에 사로잡혀 연신 신음을 터뜨렸다. 도저히 참을 수 없는 강렬한 쾌감에 어찌할 바 모르고 엉덩이를 바르작거리는데 휘가 곧장 몸을 일으켜 세우더니 결아의 다리를 크게 벌렸다.

퍽!

"하앙!"

강하게 찔러 들어오는 힘에 결아의 몸이 위로 쑥 밀려 올라갔다. 이렇게 세게 들이쳐 오는데도 방금 전 그가 입술로 빨았기 때문인지 고통보다 쾌감이 훨씬 컸다.

으, 어떡해. 내 몸이 내 몸이 아닌 것 같……

결아는 눈앞이 팽글팽글 돌면서도 이렇게 몸이 뜨거워질 수 있다는 것이 신기했다. 자신의 몸을 꽉 움켜잡는 휘의 손이, 정신없이 흔들리는 흐릿한 시야로 보이는 휘의 강렬한 눈동자가, 그리고 자신의 깊은 곳까지 애타는 몸짓으로 들이치는 그의 존재감이 몸을 불덩이처럼 뜨겁게 만들어 놓고 있었다.

"……결아."

타오를 듯한 시선으로 응시하던 휘가 고개를 숙여 결아의 입술에 키스했다. 결아는 두 팔을 뻗어 그의 남자다운 목을 끌어안았다.

"다신, 어디에도 가지 마."

"아, 안 가요. 어디도 안…… 하읏!"

휘는 결아의 애액으로 번들거리는 입술을 제 혀로 핥으며 그녀의 다리를 잡고 거칠게 찔러 들어갔다. 퍽퍽거리는 소리가 커질수록 결아의 내부가 부드러워지며 찰싹거리는 야릇한 소음이 울려댔다.

"아! 앙! 아앙! 휘, 휘……!"

결아가 정신없이 휘를 부르며 눈물이 번진 눈으로 그를 바라봤다. 완전히 쾌락에 젖은 결아의 발간 얼굴을 내려다보며 휘는 불끈거리는 자신의 페니스를 쉬지 않고 찔러 넣었다. 휘가 거세게 찔러 들어갈수록 결아의 발목에 걸쳐진 팬티가 공중에서 정신없이 달랑거렸다.

결아의 깊은 샘이 자신을 촉촉하게 감쌀수록 휘는 참을 수 없는 욕망이 강하게 터져 나왔다. 빈틈없이 맞물린 몸과 서로를 향한 뜨거운 눈동자가 완전한 일체감을 느끼게 만들어 줬다.

땀에 젖은 둥글고 탄탄한 근육질 엉덩이를 강하게 움직이며 휘가 결아를 내려다봤다.

"……사랑해."

거친 움직임에 그의 목소리가 뭉개졌다.

"사랑해. 결아야."

"휘, 휘…… 아앗……!"

그의 절박한 고백을 들으며 결아는 온몸에 힘을 줬다. 더는 참을 수 없는 무언가가 자신의 배 안 깊숙한 곳에서 끓어 넘치는 기분이었다. 그리고 마침내 그것이 터져 나왔다.

"흐아앙―!"

아찔한 절정에 휩쓸려 올라간 결아를 휘가 강하게 껴안았다. 결아는 땀에 젖은 휘의 환자복 위로 그의 탄탄한 상체를 마주 안았다.

하아, 하아. 짜릿한 절정의 끄트머리에서 죽을 듯이 숨을 고르는 결아의 입술에 휘가 입을 맞췄다. 진하게 키스한 그가 짙게 물든 눈동자로 응시하며 결아의 눈꼬리에 맺힌 눈물을 닦아 냈다.

"……많이 아팠어?"

"하아, 학. 생각보단 괜찮……았어요. 학."

결아가 숨을 몰아쉬며 겨우 대답하자 휘의 눈동자가 은밀하게 빛났다.

"다행이네. 지금부턴 더 버텨야 하는데."

"네? 앗……."

휘가 결아를 옆으로 눕히고 그 뒤에 자신이 바짝 붙어서 누웠다. 그러고 나서 한 손으로 그녀의 매끈한 다리를 옆으로 크게 잡아 올리고는 방금 절정에 올라 도톰하게 부어오른 속살을 다른 손으로 더듬었다.

"아, 아앙……."

"네 여기가 뜨거워. 결아야. 알아?"

"모, 모르겠…… 하읏!"

예민하게 사극된 속살을 그의 손길이 야릇하게 더듬자 결아의 몸은 금방 달아올랐다. 세상에, 이런 음란마귀가 내 몸에 있었다니? 결아는 놀라웠지만, 그런 생각을 길게 할 여유가 없었다. 휘가 뒤에서 아직도 빳빳하게 발기해 있는 페니스를 앞뒤로 길게 쓸며 속살을 자극하고 있었기 때문이다.

"하아, 아, 앗, 으응……!"

"금방 촉촉해졌어. 결아…… 기분 좋아?"

"조, 좋아……요. 훗…… 하, 하지만 누가 오면……."

일말의 이성으로 이곳이 병실이라는 걸 결아가 말하자 휘가 뒤에서 그녀의 귓불을 핥으며 속삭였다.

"괜찮아. 아무도 안 올 거야."

"그건 알 수가 없…… 하응!"

보풀어 오른 맨살이 단단하고 매끄러운 굵은 남성에 비벼지는 감촉이 너무나 아찔해 결아는 머릿속이 어지러웠다. 이러면 안 되는데, 이렇게 오래 이러고 있다가 정말 누가 들어오기라도 하면……. 아, 하지만 더는 아무 생각도 못 하겠어…….

"사랑스러운 내 결아."

휘가 낮게 속삭이며 결아의 다리를 벌리고 그녀의 촉촉한 샘 안으로 푹 찔러 들어갔다.

"아앗……!"

숨이 턱 막힐 것처럼 강한 힘이 자신의 몸 안으로 밀고 들어오자 결아가 짤막한 신음을 터뜨렸다. 휘는 뒤에서 거칠게 밀어 올리며 결아의 옆으로 쏠린 탱글한 젖가슴을 움켜잡았다.

"하응, 응."

흥분으로 도드라진 젖꼭지를 두 손가락으로 죽 잡아당기며 늘이는 감각에 결아는 달콤한 신음을 흩뿌렸다. 가슴의 정점을 문지르며 아래에서 첩첩 소리를 내며 몸이 뒤섞이자 참기 힘든 자극이 다시 아찔하게 밀려들고 있었다.

"아까보다 더 부드러워졌어. ……더 뜨겁고."

"아, 앗!"

귓가를 자극하는 더운 숨결에 결아는 어깨를 움츠리며 할딱였
다. 주름진 속살을 넓게 벌리며 들이치는 굵은 페니스의 자극이 내
부를 야릇하게 조여들게 만들고 있었다.

"큰일인데. 너무 좋아서."

땀에 젖은 매끈한 이마를 찌푸린 그가 거칠어진 숨을 내쉬었다.
그 숨결이 결아의 귓속을 자극해 본능적으로 탱글한 엉덩이를 바
짝 뒤로 밀었다. 그러자 휘는 낮게 신음을 흘리며 결아의 다리를
더 넓게 벌렸다. 그 안으로 자신의 사나운 욕망을 거칠게 찔러 넣
기 시작하자 결아의 몸이 정신없이 흔들리기 시작했다.

"응! 아! 아앗! 하읏!"

"매일 너만 끌어안고 안 놔줄 것 같은데 어떡하지? 결아야."

"아앙! 휘……!"

거친 숨을 내쉬며 휘가 사납게 허리를 튕겼다.

"후우, 너무 조여. 미칠 것 같아."

"나, 나도 미칠 것 같…… 아으읏!"

강하게 찔러 넣은 휘가 그대로 안에서 둥그렇게 돌리자 결아의
입술이 크게 벌어졌다.

"아, 아……."

그를 꽉 문 속살이 바들거리며 촉촉한 애액을 흘렸다. 매끄러운
질 내부의 감촉에 휘가 근육질 몸에 힘을 주고 거칠게 들이치기
시작했다.

"항! 앗! 앙! 아앙!"

"아아, 결아야, 결아야⋯⋯."

휘는 결아의 젖가슴을 꽉 움켜잡은 채 믿기 어려울 정도로 빠르게 그녀 안으로 찔러 들어갔다. 찰싹이며 살과 살이 치대는 소리가 크게 울리고 결아의 몸이 튕겨 나갈 듯 크게 출렁였다.

"으, 앗, 앗! 아웃! 휘⋯⋯!"

결아가 다급하게 내지르는 소리와 함께 휘가 그녀의 몸을 꽉 껴안고 자신의 모든 것을 깊숙한 내부에 터뜨렸다. 뜨거워⋯⋯! 결아는 자신의 안쪽에서 뜨거운 것이 내뿜어지는 감각에 머릿속이 아득해졌다.

"아아⋯⋯."

휘는 온몸에 힘이 풀리는 결아를 꽉 끌어안고 땀에 젖은 목덜미에 입을 맞췄다. 거친 숨소리가 두 사람의 입술에서 한동안 흘러나왔다.


한참 뒤에 그들은 마치 아무 일도 없었다는 듯 옷을 입은 채였지만, 여전히 침대 위에서 서로 안고 있었다. 결아는 휘의 가슴팍에 얼굴을 묻은 채 부끄러움으로 움직일 수가 없었다.

"⋯⋯정말 미쳤나 봐요. 병원에서 이런 짓을⋯⋯."

"스릴 있고 좋은데?"

"스, 스릴⋯⋯이라니. 누가 들어왔으면 어떡해요?"

결아가 얼굴이 새빨개져선 그의 가슴에 얼굴을 부비자 휘는 귀엽다는 듯 그녀의 머리를 쓰다듬었다.

"미안해. 나도 처음은 퇴원한 다음에 멋진 곳에서 하고 싶었는데 너무 오래 참아서 어쩔 수가 없었어. ⋯⋯후회돼?"

"⋯⋯."

결아는 말없이 고개만 저었다. 후회될 리가. 실은 무척 기분이 좋았다. 휘가 그런 식으로 사랑할 줄 아는 사람인 줄은 몰랐는데…… 절제하며 아껴 주는 모습과 아주 격렬하고 뜨거운 모습을 동시에 보게 되어 아직도 심장이 콩콩 뛰고 있었다.

"실은……."

결아가 입을 열려는데 문에서 노크 소리가 들렸다.

"으앗! 누가 왔나 봐요!"

깜짝 놀란 결아가 파다닥 휘에게서 떨어지자, 그가 못마땅한 얼굴로 미간을 확 일그러뜨렸다.

"누구십니까?"

휘가 대놓고 불쾌한 기색이 역력한 목소리로 묻자 조심스럽게 문이 열렸다. 그리고 열린 문 사이로 휘의 부모님이 쏙 고개를 내밀었다.

"우리가 방해한 건 아니지?"

"알면 왜 지금 들어오……."

"으앗! 아니에요! 그럴 리가요! 아하하하. 어, 어서 들어오세요."

결아가 휘의 말을 막고 얼른 소리치며 문 쪽으로 뛰어 갔다. 그걸 본 휘가 짜증스럽게 침대 위에 털썩 앉았다.

결아는 방금 그런 일이 있었는데 갑자기 휘의 부모님이 나타나자 무척 당황했지만, 최대한 표정 관리를 하기 위해 애썼다. 얼굴에 경련이 일어날 정도로 웃고 있는데 싱글싱글 웃으며 들어온 휘의 부모님이 소파에 앉으며 말했다.

"얘는, 아무리 우리가 방해꾼이라지만 어린애도 아니고 그렇게 표정 관리를 못 하면 어떡하니?"

"그래. 같은 남자로서 심히 창피하구나."

휘의 부모님인 용석과 희영이 핀잔주듯 말하자 그가 불퉁한 표정으로 말했다.

"그런 소리 하려거든 빨리 스위스로 돌아가세요."

"휘, 휘 씨!"

휘의 말에 결아가 가운데서 어쩔 줄을 몰라 하자 희영이 호호 웃었다.

"결아 씨 신경 쓰지 말아요. 쟤 말투가 원래 저렇거든요. 나쁜 뜻은 없는데…… 우리가 휘 어릴 때부터 세계 여행 다니느라 애를 워낙 방임주의로 키우다 보니 애가 더 까칠해진 것도 있어요."

"아…… 그런 건가요?"

휘의 가정 환경에 대해선 처음 듣는 결아가 호기심 어린 표정을 지었다.

"방임이라기보단 방치에 가까웠지 않나."

휘가 한마디 보태자 용석이 당당하게 말했다.

"네 부모긴 하지만 우리도 우리 인생 즐겨야 할 권리가 있잖냐."

"아, 네. 어련하시겠어요."

"자식. 그만 좀 삐져 있어. 우리도 너한테 아무것도 안 바라잖아. 네가 뭘 하든."

"그런 걸 보고 무관심이라고 하는 겁니다."

휘가 까칠하게 대답하자 용석이 씨익 웃었다.

"어이구, 우리 아들. 관심받고 싶으셨어요? 지금이라도 우쭈쭈쭈 해 줄까요?"

"왜 다 큰 아들 애 취급을 해요? 소름 돋게!"

휘가 진저리치자 용석이 껄껄 웃으며 결아를 바라봤다.

"우리가 원래 이런 사람들이니, 결아 씨가 이해해요. 지나치게 솔직한 면이 있지만 그만큼 거짓도 없어. 있는 그대로가 다거든. 이왕이면 편하게 생각해 주고."

"아, 네. 그럴게요."

결아가 얼른 대답하자 그녀를 보며 흐뭇하게 웃고 있던 용석이 휘에게 다가가더니 슬쩍 귓속말했다.

"귀여운 아가씨구나. 여기 온 첫날 네 애인이라 자칭하던 아가씨 때문에 솔직히 좀 걱정스러웠는데 이제 안심하고 돌아갈 수 있겠어."

"……당연하죠."

휘가 당당한 얼굴로 자랑스럽게 입술 끝을 말아 올리자 용석이 희영과 눈을 맞췄다.

"어이구, 저 팔불출. 우린 이만 호텔로 돌아갑시다."

"그래요."

희영이 소파에서 일어서서 결아 쪽으로 오더니 그녀의 손을 잡았다.

"아……."

결아가 올려다보니 희영이 다정하게 웃었다. 용석 역시 꽤 미남이긴 했지만, 희영은 나이가 믿기지 않을 정도로 미인이었다. 결아가 처음 보고 깜짝 놀랐을 정도로. 과연 유전자의 힘이란……! 희영은 휘와 많이 닮았으면서도 여성적인 미인이었다.

"뻔한 이야기지만 우리 휘 잘 부탁해요. 결아 씨."

희영이 상냥하게 말하자 결아는 따스한 손에서 전해지는 온기에 왠지 가슴이 뭉클해졌다.

"네. 저야말로……."

코끝이 찡해져 온 결아가 겨우 대답하자 그녀가 부드럽게 웃었다.

"우린 휘에게 아무것도 채워 주지 못했는데, 결아 씨가 그걸 다 채워 주고 있는 것 같아요. 그걸 보니까 안심이 돼."

"아뇨. 오히려 제가 휘 씨에게 많이 도움받고 있어요."

"그럼 더 다행이고. 난 내 아들이 배우를 하든 노동일을 하든 회사원이든 아무 상관이 없는데…… 소중한 사람이 옆에 있는지 없는지는 늘 신경이 쓰였거든요."

희영의 말에 휘도 의외라는 눈빛으로 그녀를 바라봤다. 온화한 미소를 지으며 결아를 바라보고 있던 희영이 말을 이었다.

"앞으로도 우리 휘 옆에 지금처럼 같이 있어 줘요."

"네. 걱정 마세요. 휘 씨보다 제가 더 옆에 있고 싶은 마음이 크거든요."

결아가 생긋 웃자 희영이 안심한 얼굴로 그녀의 손을 났다.

"고마워요. 결아 씨. 그럼 내일 출국 전에 한 번 더 봐요."

"네."

결아가 고개를 숙여 인사했다. 미소를 지으며 고개를 끄덕거린 희영이 몸을 돌리며 휘에게 말했다.

"휘. 내일 보자."

"그래요."

희영과 용석이 문 쪽으로 향하려는데 갑자기 병실 문이 벌컥 열렸다.

"결아야! 이게 무슨……!"

"아, 아부지!"

병실 안으로 두식과 순애가 들이닥치자 결아가 깜짝 놀라 그 자리에 굳었다.

"저, 정말 선우……."

휘와 눈이 마주친 순애의 눈이 커졌다. 아차! 결아의 얼굴이 순간 창백해졌다. 방송에서 그렇게 공개적으로 말했는데 집에서 봤을 수도 있잖아. 그걸 잊고 있었다니, 이 바보!

"아, 아부지!"

하얗게 질려 있는 결아의 얼굴을 확인한 휘가 침착하게 물었다.

"부모님이셔?"

"네. 부, 부모님……이세요."

결아의 말을 들은 휘가 빠르게 다가가 두식에게 깊이 고개를 숙였다.

"처음 뵙겠습니다. 선우휘라고 합니다."

휘의 정중한 태도에 두식이 눈을 크게 뜨고 그를 위아래로 쳐다봤다.

"자, 자네 정말 그…… TV에 나오는 선우휘 맞는가?"

"네. 맞습니다. 아버님."

"아, 아버님?!"

결아에게 프러포즈한 상대가 정말 선우휘라는 데 놀라고, 그의 입에서 나온 호칭이 '아버님'이라는 데 연달아 놀란 두식이 당황스러운 표정을 지었다.

"여, 여보. 지금 내가 들은 말이…… 어?"

자신의 옆자리가 비어 있는 것을 확인한 두식이 퍼뜩 뒤돌아봤다. 그러자 순애가 병실 문밖에 몸을 숨긴 채 고개만 빼꼼 내밀고 이쪽을 바라보고 있었다.

"당신 또 거기 숨었어? 어여 이리 와 봐!"

두식이 성마르게 손짓을 하자 순애가 고개를 저었다.

"여, 연예인이 코앞에 있으니 긴장이 돼서……. 여기서도 다 들리니 대화 나누세요."

"어허! 이리 오라니까?"

"다 들린다니까요."

두식과 순애의 실랑이를 보고 있던 휘는 결아의 소심 유전자가 어디에서 발현됐는지 단번에 알아챌 수 있었다. 휘가 두식을 향해 다시 말했다.

"급작스럽게 놀라게 해 드린 점 죄송합니다. 정식으로 제대로 인사드려야 했는데 그러지 못하고 방송으로 먼저…… 큰 결례를 범했습니다."

휘가 정중하게 고개를 숙였다.

"아, 아니……."

두식이 당황스러운 눈으로 보고 있자 다시 고개를 든 휘가 말했다.

"많이 놀라셨겠지만 결아, 저에게 너무나 소중한 사람이라 놓칠 수 없어 그랬습니다. 부디 용서해 주시길 부탁드립니다."

"허…… 아니…… 갑자기 이러면……."

두식이 혼란스러운 표정으로 휘와 결아를 번갈아 바라봤다. 그때 용석과 희영이 다가왔다.

"저…… 저희가 휘 부모 되는 사람입니다."

"네? 아아, 네."

용석이 악수를 권하자 두식이 얼떨결에 그 손을 잡았다. 악수하는 손에서 고개를 들어 용석의 얼굴을 본 순간 두식의 눈이 둥그레졌다. 아니, 뭐 이런 잘생긴 사람이 다 있어? 게다가 옆에 있는 부인은 더욱 빼어난 미인이었다.

두식이 당황하고 있는데 용석이 손을 맞잡은 채로 씩 웃으며 말했다.

"저희도 방송을 통해 알게 된 동지인데, 동병상련끼리 나가서 대화 좀 나눌 수 있을까요?"

"네? 아, 아니 난 여기 내 딸이……."

"결아 씨를 처음 보고 정말 깜짝 놀랐습니다. 어쩌면 요즘 사람같이 않게 이렇게 조신하고 마음씨도 좋은 데다 얼굴도 예쁜지. 결아 씨처럼 예쁘고 착한 따님을 두신 부모님이 어떤 분들인지 무척 궁금하던 차였거든요."

"물론 우리 결아가 예쁘고 착하고 마음씨도 좋긴 하지만……."

"거기에 속까지 얼마나 깊은지, 저와 집사람이 대화 나눠 보고는 아주 깜짝 놀랐습니다. 가정 교육을 잘 받아서 그런가, 정말 말한 마디 한 마디 참 예쁘게 하더라고요!"

"물론 우리 결아가 말 한 마디 한 마디 참으로 예쁘게 하긴 하지만……."

정신을 못 차릴 정도로 결아의 칭찬 세례가 날아오자 두식은 몹시 혼미해졌다. 마치 눈앞에서 최면술에 걸리듯 저도 모르게 맞장구치며 대답하고 있는데, 용석이 두식의 팔에 자연스럽게 팔짱을 꼈다.

"그렇다마다요! 자세한 얘긴 나가서 하고 싶은데, 괜찮으실까요?"

"그럼…… 그, 그럽시다."

두식은 홀린 듯 용석을 따라 병실을 나서고 있었다.

그때 희영이 문밖에 몸을 숨기고 얼굴만 내밀고 있는 순애에게 다가가 친근하게 말을 걸었다.

"어머님도 같이 가셔야죠. 호호호."

"아, 네, 네."

용석과 두식이 앞서 나가고 순애가 낯을 심하게 가리며 희영에게 끌려가는 모습을 결아가 놀라운 표정으로 바라봤다.

탁. 그렇게 문이 닫히고 병실에는 휘와 결아만 남게 됐다. 그러자 서로 시선을 교환한 두 사람이 동시에 안도의 한숨을 내쉬었다.

"후우……."

"휴……. 어?"

동시에 한숨을 뱉던 결아가 놀란 눈을 깜빡였다.

"휘 씨도 긴장했었어요?"

"당연하지. 네 부모님을 아무런 준비 없이 처음 만났는데 긴장이 안 됐겠어?"

"그랬어요? 전혀 긴장하는 모습으로 안 보였는데……."

결아가 의아한 얼굴로 보자 그가 굳어 있던 어깨를 주무르며 말했다.

"첫인상을 안 좋게 남길 순 없잖아. 기사로 알게 해 드려서 점수 아무리 따도 모자랄 판인데."

"아……."

휘가 진심으로 긴장했던 듯 안도한 얼굴로 웃자 결아는 왠지 웃음이 나왔다.

"휘 씨는 절대 긴장하는 일이 없을 줄 알았는데. 신기해요."

결아가 후후 웃자 휘가 그녀를 끌어당겨 품에 안았다.

"……내가 가장 사랑하는 여자의 부모님인데, 어떻게 긴장을 안 해."

438

그의 진지한 목소리에 결아는 심장이 두근거렸다. 휘의 품 안에서 결아가 얼굴을 붉히고 있는데 그가 말했다.

"많이 놀랐지?"

"솔직히…… 엄청요."

휘가 결아를 안은 팔에 힘을 주며 속삭였다.

"내가 미리 신경 썼어야 하는데 그러지 못해서 미안해."

"아니에요. 저도 잊고 있었는데요, 뭐……."

당장 휘 생각만으로도 머리가 가득 차 아무것도 생각 못 하고 있었으니.

휘가 고개를 들어 결아의 동그란 이마에 입을 맞췄다. 그러고는 진지하게 시선을 맞춰 왔다.

"그래도 내 잘못이야. 이왕 알게 된 거 내가 어떻게든 부모님 허락 받을 테니까 너무 걱정하지 마."

"걱정 안 해요."

결아가 생긋 웃으며 휘를 바라봤다. 솔직히 두식을 대하는 휘의 태도는 의외였다. 그런 식으로 타인에게 자신을 낮추는 모습은 처음 봤는데……. 두식에게 최대한 정중한 모습을 보이려는 휘를 보고 왠지 더 믿음이 갔다.

고마워요. 휘.

결아가 속으로 감동하고 있는데 그가 미간을 좁히고 말했다.

"……그런데, 우리 부모님이 뭐라고 하실지가 걱정이군. 해외에 오래 사셔서 한국인들의 정서를 이해 못 하시는 분들인데……."

"음. 전 괜찮을 것 같은데요?"

결아가 달콤하게 웃어 주자 휘가 사랑스럽다는 눈길로 응시하며 그녀의 입술에 쪽 입을 맞췄다.

"그래. 그렇게 생각하자."

"네."

휘가 미소 지으며 결아를 다시 품에 꼬옥 안았다.


저녁이 지난 시간, 병실 문이 활짝 열렸다.

"와하하하하!"

거나하게 술을 마신 두식과 용석이 어깨동무를 하고 들어오자 소파에 앉아 있던 휘와 결아가 벌떡 일어섰다.

"오셨어요?"

"그래. 우리 딸! 아빠가 오늘 휘 아빠와 절친 먹었다는 거 아니냐!"

"절친……이요?"

결아가 눈을 동그랗게 뜨고 묻자 두식이 껄껄 웃으며 말했다.

"용석이 동상이, 아주 친한 사람들을 절친이라고 하대? 안 그런가, 동상?"

"예! 그렇죠! 형님! 하하하핫!"

마주 보며 와하하, 웃던 두식이 다시 결아에게 고개를 돌렸다.

"그래. 동상에게 들어 보니 휘가 그렇게 내 딸 아니면 죽고 못 살겠다고 허니…… 딸자식 뺏긴 것 같아 마음이 아파도, 내 이해해 주기로 했다."

"정말요?"

결아가 눈을 반짝 뜨곤 얼른 휘와 시선을 맞췄다. 그러자 휘도 빠르게 그들에게 다가왔다.

"정말이십니까?"

"그래, 나 한 입 가지고 두 말 하는 사람 아니여!"

"감사합니다. 아버님."

휘가 꾸벅 고개를 숙이자 두식이 흡족한 얼굴로 고개를 주억거렸다.

"내 자네는 잘 모르지만, 우리 용석이 동상 아들이라면 믿을 만하다는 판단이 섰으께, 허락하는 것이여. 알었냐?"

"아…… 네. 감사합니다."

휘가 그의 말에 대답하며 한편으론 놀라운 시선으로 용석을 바라봤다. 그러자 용석은 씩 웃으며 뒤에서 브이 자를 그렸다.

"그러니께! 내 딸한테 잘하라고. 알겠냐아?!"

"명심하겠습니다."

"그래. 그래. 그거믄 됐어."

휘를 보며 흐뭇하게 고개를 끄덕이던 두식이 용석에게 다시 어깨동무를 하고는 몸을 빙글 돌렸다.

"그럼 우린 4차 가야지? 동상!"

"예! 형님! 오늘 10차까지 가기로 하신 거 잊으시면 안 됩니다?"

"당연하지! 그걸 내가 왜 잊어? 여보, 빨리 가자고!"

두식과 용석이 요란하게 병실을 빠져나가자, 그제야 결아의 시선에 뒤에 서 있던 순애와 희영이 보였다. 발간 뺨으로 수줍게 희영의 팔짱을 낀 순애가 말했다.

"엄마들도 한잔 더 하고 올게."

"네? 그, 그래요. 다녀오세요."

"그래. 그럼 갈까요? 사돈."

"네."

빙글 몸을 돌린 순애와 희영이 총총 사라지자 병실 안은 다시

441

조용해졌다. 휘와 결아가 말없이 시선을 맞췄다.

"휘 씨 부모님…… 정말 대단하신데요?"

"……그러게. 괜한 걱정이었나?"

"그런가 봐요."

"그런데……."

휘가 문득 한쪽 눈썹을 치켜올렸다.

"아버지는 거의 해외에 계셨는데 절친이니 하는 말은 어디서 배우신 거지?"

"글쎄요……?"

미스터리한 표정으로 서로를 바라보던 두 사람이 푸웃, 하고 웃음을 터뜨렸다.

"아! 다행이다."

결아가 안도하며 말하자 휘가 그녀의 팔을 끌어당겨 침대 위에 털썩 앉았다.

"어어?"

휘가 자신의 무릎 위에 그녀를 앉히고 마주 보자 눈을 깜빡이던 결아가 슬쩍 얼굴을 붉혔다. 이 자세는 너, 너무 야하잖아? 아까의 일이 떠올라 홍시처럼 붉어진 결아의 얼굴을 싱글거리며 보고 있던 휘가 말했다.

"이제 넌 자타공인 내 건가?"

휘가 그녀의 홍조를 띤 뺨을 부드럽게 쓸며 말하자 결아가 부끄러운 얼굴로 웃었다.

"음. 그럴걸요?"

"어? 걸요? 그럴걸요라니? 그런 불확실한 말로 넘어가기야?"

휘가 좌시하지 않겠다는 듯 눈을 부릅뜨자 결아가 휘의 어깨를 잡고 그의 입술에 살짝 입을 맞췄다.

"……어?"

휘의 눈이 커다래지자 결아가 한 번 더 부드럽게 그의 입술에
키스했다. 서로의 입술이 말랑하게 맞물렸다 촉촉한 소리를 내며
떨어졌다.

"……."

휘가 얼떨떨한 얼굴로 홀린 듯 결아를 바라보자 그녀의 눈이 반
달 모양으로 달콤하게 휘었다.

"난 처음부터 당신 거였어요. 기억 안 나요? 난 당신의 노예였
잖아요."

결아의 말에 휘가 입술 끝을 말아 올리고는 그녀를 침대 위로
쓰러뜨렸다.

"……꺅!"

순식간에 침대 위에 눕게 된 결아가 그의 양팔 안에 갇히게 됐
다. 휘가 위에서 똑바로 결아를 내려다보며 속삭였다.

"착각하는 게 있어."

"뭐, 뭔데요?"

결아가 발갛게 달아오른 얼굴로 묻자 그가 낮게 속삭였다.

"처음부터 너에게 빠진 건 나야. ……네가 날 모르던 때부터,
난 이미 너의 노예였어."

"……네? 그게 무슨 소리예요?"

결아가 어리둥절한 얼굴로 묻자 휘가 천천히 고개를 떨어뜨렸
다. 숨결이 가까워지자 결아가 살며시 눈을 감았다. 입술이 부드럽
게 겹쳐지고 뜨거운 숨결이 서로에게 감미롭게 스며들었다.

"하아……."

살짝 벌어진 입술 사이로 결아의 달짝지근한 숨결이 새어 나왔다. 그녀의 앵두빛 입술을 잘근거리며 빨던 휘가 살짝 입술을 떼고 결아를 바라봤다. 그 진지한 눈빛에 빠져들 듯 결아가 가만히 그를 올려다봤다.

"미안해."

"……뭐가요?"

결아가 묻자 휘가 깊어진 눈으로 그녀를 응시하며 말했다.

"내가 제대로 처신하지 못하고, 속 좁게 질투해서 널 오래……힘들게 해서."

휘가 그 전의 일을 진심을 담아 사과하자 결아가 조용히 고개를 저었다.

"나도 당신을 오해했는걸요. 그런 말 하지 말아요."

"그래도."

휘가 미안한 표정을 짓자 결아가 부드럽게 웃었다.

"휘. 난…… 그때 일이 우리를 더 단단하게 만들어 줬다고 생각해요. 그런 일이 없었다면, 아마 난 아직도 휘에게 용기를 내지 못했을 거예요."

"……."

휘가 가만히 내려다보자 결아가 손을 뻗어 그의 얼굴을 매만졌다.

"난 아주 오랫동안 겁쟁이였어요. 치사한 핑계 뒤에 숨어 내 마음도 인정하지 못하는 못난 겁쟁이."

그저 자신의 소심함만 탓하고, 제대로 맞닥뜨려 해결해 볼 용기조차 없던 못난 자신의 모습을 떠올리자 결아의 눈이 우울해졌다. 멋대로 판단하고 있을지도 모르겠다고 생각하면서도 휘의 입으로 제대로 듣는 게 두려워서, 괴로운 일을 눈앞에서 맞닥뜨리기 무서워서 스스로의 껍질 안에 갇혀 있었다.

조금만 노력했더라면 우리가 이렇게 돌아오는 일은 없었을 텐데, 어쩌면 휘에게 이런 사고가 일어나지 않았을 수도 있었을 텐데……

결아의 가라앉은 눈빛을 휘가 안타깝게 바라봤다.

"그렇지 않아. 그건 네 탓이 아니라, 내가 너에게 확신을 주지 못했기 때문이야."

"아니에요. 휘."

결아가 고개를 저었다.

"난요. 휘를 만나서 나 스스로 당당해지고 강해질 수 있었어요."

그녀가 확고한 눈으로 그를 바라봤다. 그것 하나만은 자신할 수 있었다. 정말 스스로가 답답해서 참기 어려울 정도로 소심하기 짝이 없던 자신을 세상 밖으로 끌어내 준 것은 휘였다. 비록 바보 같은 행동도 했지만, 그 모든 과정을 거쳐…… 결국 휘에게 다가올 수 있는 용기를 낼 수 있었다. 그리고 그 용기는 오직 자신만을 바라봤던 그의 진실된 고백 덕분이었다.

휘가 결아의 까맣고 윤기 있는 눈을 가만히 들여다봤다.

"……정말 그렇게 생각해?"

"응. 정말요."

결아가 환하게 웃으며 고개를 끄덕였다.

"고마워요, 휘……. 날 변하게 해 줘서요. 용기를 낼 수 있게 해 줘서, 진심으로 고마워요. 오직 당신만이 날 변화시킬 수 있었어요."

그녀의 진심을 담은 고백에 휘가 결아를 짙은 눈빛으로 응시했다. 그러자 그들의 시선이 가까이에서 진하게 얽혀 들었다.

"……날 변화시킨 것도 너야. 네 존재가 날 바꿨어. 가장 소중한 걸 놓치지 않게 해 줬어."

그가 낮게 말하며 결아의 뺨을 다정하게 어루만졌다. 이렇게 심장이 터질 것처럼 소중한 존재를 만날 수 있을 거라고는 평생 기대조차 하지 않았다. 세상은 늘 지루하고 어떤 것에도 진심을 쏟을 만큼 가치 있게 느껴지지 않았으니까.

"널 만난 후 너에 관한 모든 것에 진심이 됐어. 네가 작은 일에도 열심히 하는 모습…… 내가 우습게 생각했던 것들에도 최선을 다하는 모습을 보며 날 반성하게 됐어. 너에게 이끌리며 널 갖기 위해 노력했던 그 시간들 전부가, 결국 날 변하게 만들었어. 결아야."

내 세상의 중심이 너로부터 시작되는 순간. 그 순간 나는 너에게 사랑에 빠졌다. 헤어 나올 수 없는 달콤하고 사랑스러운 마법 같은 시간 속으로. 그게 나에게 얼마나 큰 축복인지 네가 알까?

"사랑해."

휘가 매혹적인 눈빛으로 진지하게 응시하며 낮게 속삭이자 결아가 그의 목에 팔을 둘렀다.

"나도, 사랑해요. 휘……."

결아의 고백과 함께 다시 입술이 겹쳐졌다. 이번엔 좀 더 뜨겁게, 좀 더 절박한 움직임으로.

그리고 두 사람은 서로에게로 흠뻑 빠져들어 갔다.

에필로그

― 사노라면~ 언젠가는~ 바맑은 날도 오겠지이~

벨소리가 들리자 결아는 잠결에 손을 더듬거려 휴대폰을 잡았다. 그러고는 비몽사몽으로 귀에 가져다 댔다.

"네⋯⋯."

결아가 잠에 잔뜩 취한 목소리로 전화를 받자 곧바로 휘의 목소리가 들렸다.

― 아직 꿈속인 모양이네?

"응⋯⋯. 몇 신데요⋯⋯?"

결아가 졸린 눈을 비비며 묻자 휘가 당당하게 대답했다.

― 4시.

"4, 4시요?"

어쩐지 밖이 캄캄하더라니! 결아가 당황한 목소리로 되묻자 그가 말했다.

— 오늘 나 퇴원하는 날인 거 알지?

"그거야 알죠. 조금 이따 병원 가려고……."

— 올 거 없어.

"네?"

결아가 아직 안 떠지는 눈을 인상을 찌푸리며 뜨고는 되물었다.

— 이미 퇴원했거든.

"벌써요?"

결아는 순간 잠이 확 깨는 기분이었다. 오늘 휘가 퇴원하는 시간에 맞춰서 예쁘게 단장하고 가려고 이것저것 다 준비해 놨는데 벌써 퇴원하다니? 퇴원 선물이라며 곱게 자신의 머리 위에 매달 선물용 리본을 떠올린 결아는 마음이 조급해졌다.

— 어. 퇴원 시간엔 기자들도 뻗치기 할 거 같고, 몇 시간이야 별 차이 없으니까 미리 했어. 4시니까 아침에 속하는 거 맞지? 아침 좀 주라. 지금 올라갈게.

"네? 올라간다니……."

휘의 말을 머릿속에서 되감기 시키던 결아가 눈을 번쩍 떴다.

"혹시 지금 우리 집 앞이에요?"

— 어. 문 앞에서 다시 전화할게.

"아, 아니 잠……!"

휘의 대답과 함께 뭐라 말할 새도 없이 전화가 끊기자, 결아가 눈을 끔벅거렸다. 그러니까 지금 이 남자가 뭐라고 했어……. 집으로 올라온다고?

"꺅! 어떡해!"

침대에서 스프링처럼 벌떡 튕기듯 일어난 결아가 부리나케 방을 나섰다. 그러곤 재빠르게 욕실로 달려가 폭풍 세수를 하고 칫솔을 입에 문 뒤 다람쥐처럼 날쌔게 방으로 돌아왔다. 아앙! 어떡해! 다 틀렸어! 예쁜 원피스랑 구두랑 리…… 리본은 어쩌지? 아니, 지금 리본이 문제가 아니야! 일단 옷!

결아가 급히 옷장을 열어젖히려는 찰나.

— 사노라면~ 언젠가는~

"헉!"

벌써 왔어?! 아직 잠옷 차림인데! 어쩌지? 칫솔을 입에 문 채 어찌할 바 모르고 우왕좌왕하던 결아는 울리는 휴대폰을 낚아챘다. 그러고는 휴대폰을 들고 현관으로 달려갔다.

결아가 조심스럽게 현관문을 열자 멋들어진 네이비색 폴로 코트를 입은 휘가 서 있었다.

"좋은 아침."

휘가 싱긋 웃으며 인사하자 결아가 칫솔을 입에 문 채 중얼거렸다.

"아, 아직 새벽인데……. 일단 들어오세요."

결아가 옆으로 비켜 주자 휘는 자기 집인 양 성큼 집 안으로 들어섰다.

"누님은? 아직 주무셔?"

"네. 전 마저 씻고 나올 테니 제 방에 먼저 가 있어요."

재빨리 말한 결아가 욕실로 쌩하니 도망쳤다. 그 모습을 본 휘가 피식 웃고는 결아의 방으로 향했다.

방으로 들어오자 달콤한 결아의 향기가 기분 좋게 코끝에 맺혔다.

"아, 결아 냄새."

휘는 입술 끝을 부드럽게 휘어 올린 채 흐트러져 있는 결아의 침대로 다가가 털썩 앉았다. 그러고는 아직 그녀의 온기가 남아 있는 듯한 침대를 손바닥으로 쓸었다.

"……."

은은한 미소를 띠고 침대를 쓸던 휘가 그 위에 풀썩 누웠다.

"침대도 되게 작네. 꼭 자기처럼."

침대 밖으로 발이 쑥 빠져나가자 그가 쿡쿡 웃었다. 그러다가 벽에 매달린 마른 장미를 봤다.

"아, 저건……."

자신이 준 장미를 결아가 소중히 말려 놓은 걸 보자, 휘의 얼굴에 숨길 수 없는 미소가 번졌다.

그때 마침 결아가 문을 열고 들어왔다. 알록달록한 잠옷을 입은 채 쭈뼛거리며 들어오자 휘가 웃으며 말했다.

"버려 버린 줄 알았는데."

"……네?"

결아가 의아스럽게 보자 휘가 손가락으로 장미를 가리켰다.

"저거."

"아, 저거……. 저걸 왜 버려요?"

결아가 대강 대답하며 침대 옆으로 사사삭 다가왔다. 그러고는 옷장을 열고 잽싸게 갈아입을 옷을 챙겨 들었다.

"저 일단 옷 좀 갈아입고 올게요."

역사적 사명을 띤 듯 결연한 얼굴로 말한 결아가 휙 몸을 돌리려는데 휘가 그녀를 탁 낚아챘다.

"어? 어어엇……!"

휘가 자신 쪽으로 끌어당기자 옷 더미를 끌어안은 결아가 그대로 그에게 퐁당 안겼다.

"!"

휘에게 백허그 자세로 침대 위에서 안기게 되자 결아의 얼굴이 펑 붉어졌다. 으앗! 내 방 침대 위에서 안기다니! 전에도 휘가 이 방에 들어온 적은 있었지만 그때와 지금은 상황이 달랐다. 결아가 당황한 얼굴로 휘의 품에서 빠져나가기 위해 펭귄처럼 퍼덕거렸다.

"놔, 놔줘요. 집에 언니가……!"

"왜? 내가 언니한테 들키면 안 될 짓이라도 할까 봐?"

휘가 뒤에서 결아를 끌어안은 채 말랑한 귓불에 입술을 가까이 대고 속삭였다.

"아니, 그게 아니라……. 저기……."

결아가 얼굴이 새빨개져선 어쩔 줄을 몰라 하자, 휘가 쿡쿡 웃으며 그녀의 얼굴을 돌리게 해 뺨에 입을 맞췄다.

"고마워. 여자에게 처음 준 꽃을 쓰레기통에 넣지 않아 줘서."

"아……."

휘의 낮은 목소리에 결아가 슬쩍 버둥거림을 멈췄다.

"내가 왜 버렸을 거라고 생각했어요?"

방금 전 휘가 한 말을 떠올리며 결아가 물었다. 그러자 그가 미간을 슬쩍 좁히고는 결아를 더 단단히 껴안으며 말했다.

"그냥, 자신이 없었다고나 할까? 게다가 고백에 대한 대답도 안해 줬던 때였고."

"자신이 없다니요? 나한테요?"

결아가 황당하다는 얼굴로 되물었다. 그 당당하고 자신만만한 선우휘가 나에게 자신이 없었다니?

"내가 널 처음에 많이 괴롭혔잖아. 그게 사실 계속 맘에 걸렸었어. 그때 너무 상처를 줘서, 나한테 정이 떨어졌을 수도 있다고 생각했거든."

"……."

"그래서 내 고백에 대답하지 않는 건가……라고도 생각했었고."

휘에게 안긴 채 가만히 있던 결아가 자신을 감고 있던 그의 팔을 내렸다.

"으샤."

결아가 꼬물거리며 몸을 뒤집어 휘를 아래에 두고 그 위에 엎드렸다.

"엇, 너……."

그녀가 대담하게도 자신을 타고 오르자 휘가 일순 긴장했다.

"휘."

결아가 위에서 휘와 얼굴을 마주 보며 말했다.

"난요. 휘가 많이 밉긴 했지만 한 번도 휘가 싫다고 생각한 적은 없어요."

그녀의 확고한 말에 휘가 가만히 결아를 올려다봤다.

"당신은 내 말 안 믿어요? 난 처음부터 휘가 좋았다고 했잖아요."

"그래도 너…… 그때 대답하지 않았잖아."

휘가 미간을 좁히자 결아가 고개를 저었다.

"으응. 아니에요. 난 그때 휘가 고백해 줘서 속으로 엄청 기뻐했어요."

"기뻐……했다고?"

휘가 그때의 결아의 반응을 떠올리며 더욱 이해가 되지 않는다는 표정을 지었다.

"그때도 말했던 것 같은데. 그땐 내가 '배우 선우휘'를 감당할

수 있을지 자신이 없었을 뿐이었어요. 내가 휘를 좋아하고 있다는
건 이미 자각한 다음이었는걸요?"

"……그랬어?"

휘가 놀라운 표정을 짓자 결아가 생긋 웃었다.

"그럼요. 그때 저 장미꽃이 얼마나 기뻤는데요……. 내가 그걸
왜 버려요? 휘가 나에게 처음 준 꽃인데."

그녀를 올려다보던 휘가 환하게 웃으며 결아를 와락 껴안았다.

"……기뻐."

그가 결아를 강하게 껴안고는 귓가에 달콤한 목소리로 속삭였다.

"나 무지 기쁘다. 결아야. 정말, 정말로 기뻐. 이렇게 기쁜 게
놀라울 만큼."

휘의 진정 어린 목소리를 듣고 결아도 부드럽게 미소 지으며 그
를 마주 껴안았다.

"내가 휘를 믿는 만큼 휘도 나 믿어 줘요. 내 마음 의심하지 말
고."

"안 해. 이제 안 할게. 정말로."

"응. 그래요."

결아가 배시시 웃으며 단단한 휘의 몸을 힘껏 껴안았다. 그때
휘가 그녀를 데굴 굴렸다. 어어? 순식간에 시야가 반 바퀴 빙그
르 돌더니 휘가 위에서 자신을 내려다보는 자세가 되었다.

"……휘, 휘?"

그의 눈동자가 짙게 물들어 있는 것을 본 결아는 숨을 꼴깍 삼
켰다. 그간 병원에서의 이런저런 에로틱한 상황들로 이렇게 휘의
눈이 어두워지면 어떤 일이 벌어지는지 충분히 훈련된 뒤였다.

"마, 말했듯이 집엔 언니가…… 꺅!"

소리 낮춰 말하던 결아는 휘가 자신의 잠옷을 확 들추자 눈을 크게 떴다. 휘는 결아의 놀라서 벌어진 입술을 핥으며 낮게 말했다.

"이렇게 유혹적인 결아가 눈앞에 있는데 어떻게 참아?"

"하, 하지만……."

"쉬이."

결아의 귓가에 속삭인 휘는 끌어 올린 원피스 잠옷을 가슴 위까지 들췄다. 집이라 브래지어를 하고 있지 않아서 그대로 맨가슴이 시야에 나타나자 휘는 먹음직스러운 동그란 가슴을 입술을 벌려 삼켰다.

"아……."

저도 모르게 흘러나오는 신음에 결아는 얼른 제 입을 손으로 막았다. 어쩌지? 집에서 이런 대담한 행각을……! 이러다가 언니가 깨면……. 무, 물론 언니가 늦게 들어온 데다 웬만해선 이 시간에 깨지 않긴 하지만……. 하지만 그래도……. 아아, 모르겠어. 기분이 너무 좋…….

츄읍, 츕.

조용한 방 안에 휘가 젖가슴을 빠는 소리만이 야하게 울리자 결아는 점점 더 이성적인 판단이 흐려졌다. 대담한 휘 덕분에 그의 병실에서 이미 여러 번 관계한 몸이 야릇한 감각에 적응되어 금세 예민하게 반응해 버리고 있었다.

하아……. 조금만……이면 괜찮지 않을까?

머릿속에서 저도 모르게 타협하고 있는데 입술로 젖꼭지를 물고 쭉 늘리던 휘가 손을 아래로 내려 팬티 속으로 집어넣었다.

"핫……."

454

결아는 또 신음이 터져 나와 제 손으로 입을 막았다. 그러자 휘가 고개를 들고 지나치게 관능적인 미소를 지으며 결아를 바라봤다.

"⋯⋯손 떼 봐. 내가 막아 줄 테니까."

"네? 앗⋯⋯."

결아가 손을 떼자 휘가 젖은 입술로 그녀의 입술을 삼켰다. 그대로 팬티 속으로 밀어 넣은 손을 더듬고 내려가 촉촉하게 샘물이 고인 속살을 확인하자 결아는 그의 입술 안에서 막힌 신음을 흘렸다.

"음, 으음⋯⋯."

휘가 결아에게 진하게 키스하며 좁은 속살 안으로 손가락 하나를 찔러 넣었다. 아⋯⋯! 단단하고 기다란 손가락이 도톰한 속살 안으로 푹 찔러 들어오자 결아의 숨이 금방 급박하게 달아올랐다.

찌걱, 찌걱.

손가락이 흥건하게 젖은 내부를 찌르고 깊게 들어갔다가 빠져나오고 다시 찔러 들어가는 소리가 조용한 방 안을 울리자 결아의 내부가 점차 뜨겁게 조여들었다.

"너무 맛있게 젖었어."

"하음⋯⋯."

휘가 입술을 떼 내고 낮게 속삭인 뒤 다시 입술을 겹치자 결아가 달콤한 숨을 흘렸다. 찰박이는 속살 안을 손가락으로 쿡쿡 쑤셔 대던 휘가 못 참겠다는 듯 그녀의 팬티를 옆으로 벌리며 다른 손으로 자신의 바지 버클을 풀었다.

"넌 너무 유혹적이야."

꽉 잠긴 목소리로 내뱉은 휘가 자신의 드로어즈 밖으로 튕기듯 나온 단단하게 솟은 페니스를 결아의 흥건하게 젖은 속살 안으로 단번에 찔러 넣었다.

"읍……!"

결아의 입술을 삼킨 채 거칠게 찔러 들어가자 그의 입술 안에서 막힌 신음이 터져 나왔다.

어떡해……! 언니가 자고 있는 집인데도 머릿속이 아찔해질 만큼 강한 쾌감이 터져 나오자 결아는 정신이 하나도 없었다.

"읍, 으읍, 압……."

삐걱, 삐걱. 휘가 찔러 들어올 때마다 작은 침대가 흔들리는 소리가 신경 쓰였지만, 결아는 도저히 멈출 수 없는 흥분에 휩싸여 버렸다. 그의 몸을 끌어안으며 다급하게 키스하자 휘의 움직임이 더 거칠어졌다.

"음! 으음! 읍!"

삐걱, 삐걱, 삐걱.

휘가 작은 팬티를 찢을 듯 벌리며 강하게 찔러 들 때마다 침대가 야릇한 소리를 내며 흔들렸다. 아슬아슬한 그 소리와 내부를 꽉 채우는 감각에 결아는 숨도 제대로 쉴 수가 없었다.

하웃, 너무 기분 좋…….

결아의 입술에서 휘가 입술을 떼자 젖은 타액이 서로의 입술에서 실처럼 이어졌다. 그것을 그녀의 입술을 빨아 삼킨 휘가 똑바로 시선을 맞췄다. 결아의 발갛게 달아오른 얼굴과 쾌락에 흐릿해진 눈동자를 이글거리는 눈빛으로 응시한 그가 낮게 말했다.

"……넌 너무 맛있어서 문제야. 이결아."

허스키하게 잠긴 목소리로 낮게 내뱉은 휘가 결아의 입술을 자신의 손으로 막았다. 그러고는 강한 하반신에 힘을 주고 빠르게 쑤셔 들어가기 시작했다.

"읍! 읍! 으읍!"

"매번 날 미치게 만들어."

무서운 힘에 정신없이 흔들리며 결아는 그의 손안에서 막힌 신음을 터뜨렸다. 단단한 페니스가 푹푹 찔러 들 때마다 도홧빛 속살이 한껏 그를 물고 빨아 댔다. 삐걱삐걱삐걱! 침대가 흔들리는 소리가 점차 요란해지자 휘가 움직임을 멈췄다.

아, 멈추기 싫은데…….

그가 움직임을 멈추고 깊이 박혀 있던 자신의 것을 빼내자 결아는 아쉬운 한숨을 흘렸다.

헉, 이런 대담한 생각을 하다니!

다음 순간 얼굴이 달아올랐지만 몸은 여전히 강한 흥분에 휩싸여 있어 휘를 원했다. 하지만 소리가 너무 시끄러우니까 어쩔 수 없…… 응?

휘가 결아의 몸을 일으켜 세우더니 책상을 짚게 했다.

"그대로 있어."

"아……."

결아가 뒤돌아선 채 책상을 잡고 서자 휘는 그녀의 잠옷을 탱글한 엉덩이 위까지 끌어 올렸다. 그러고는 축축하게 젖은 팬티를 무릎까지 벗겨 내리고 결아의 애액이 흥건하게 묻은 자신의 페니스를 움켜잡았다.

"……도저히 자제가 안 돼. 진짜 미친 것 같아."

휘가 허스키하게 잠긴 음성으로 말하며 뒤에서 그녀의 엉덩이를 꽉 잡자 결아는 심장이 티길 듯 뛰었다.

"목소리, 참을 수 있겠어?"

"아, 잘 모르겠······ 훗!"

휘가 탱탱한 엉덩이 사이로 단번에 찔러 들어가자 결아의 몸이 앞으로 확 밀렸다.

"으읏······."

뒤에서 깊이 쑤셔 드는 감각에 결아가 터져 나오는 신음을 있는 힘껏 참았다.

"못 참겠으면 참지 마. 내가 막아 줄 테니까."

"읏, 아······!"

낮게 말한 휘가 그대로 거칠게 들이치기 시작했다. 책상을 지탱한 결아는 강한 힘으로 찔러 들어오는 자극에 앞뒤로 크게 흔들리며 신음을 참아 보려 했지만, 입술 사이로 제멋대로 소리가 터져 나오려고 했다.

"안 되겠군."

"읍."

휘는 뒤에서 손을 뻗어 결아의 입술을 막고 사납게 찔러 올렸다. 팽팽하게 달아오른 굵은 남성이 여린 살을 헤집고 들이칠 때마다 그의 손안에서 결아의 더운 숨이 새어 나왔다. 휘는 결아의 엉덩이 사이로 박혀 드는 자신의 검붉은 페니스를 노려보며 더욱 세게 쑤셔 들어갔다.

"······음! 으음! 음!"

책상에 손톱을 박을 듯 움켜잡은 결아가 막힌 신음을 터뜨리며 엉덩이를 흔들어 댔다. 야릇하고 강렬한 쾌감이 전신을 짜릿하게 훑으며 까치발 하고 선 발가락 끝까지 힘이 들어가게 했다.

아아! 휘······!

쾌감에 휩싸인 결아가 야릇하게 흔드는 엉덩이의 움직임에 맞춰

휘가 탄력적으로 골반을 퉁겨 댔다. 탁탁거리며 살이 치대는 소리
가 울려 대자 그가 뒤에서 낮게 헐떡이며 말했다.

"아, 갈 거 같아……."

앗! 그런 식으로 말하면……!

"으음……!"

그의 짓눌린 듯한 섹시한 목소리에 결아가 먼저 절정으로 치달
아 버렸다. 상체를 책상 위로 떨어뜨린 채 엉덩이만 높이 쳐들고
바르르 떨자 휘가 한껏 조여드는 그녀 안에 자신의 페니스를 천천
히 박아 넣었다.

"으으음, 음, 음……!"

아찔한 쾌감 속에서 그가 내부를 자극하자 넘쳐흐른 달콤한 꿀
이 결아의 허벅지를 타고 흘러내렸다.

"아직 가면 안 돼. 결아야."

뒤에서 낮게 속삭인 휘가 결아의 몸에서 빠져나오더니 그녀의
몸을 돌려 안아 올렸다.

"아……."

그대로 책상 위에 걸터앉게 한 휘가 그녀의 두 다리를 활짝 벌
린 채 방금 자신이 절정에 다다르게 한 흥건한 속살을 내려다봤
다.

"싫어, 부끄럽게……."

결아가 얼굴이 붉어져선 다리를 오므리려 하자 휘는 그녀의 무
릎을 잡아 더 넓게 벌렸다.

"지금부터 더 부끄럽게 할 건데?"

휘가 결아의 귓가에 관능 어린 목소리로 속삭이며 흠뻑 젖은 속
살 안으로 자신의 페니스를 깊게 밀어 넣었다.

"핫……."

휘는 결아의 벌어진 입술에 거칠게 키스하며 그녀 안으로 격렬하게 들이치기 시작했다.

"읍, 아음, 읍!"

결아는 또다시 그의 입술에 사로잡힌 채 휘의 셔츠를 꼭 움켜잡았다.

"망할!"

어두운 오피스텔 안, 채은이 히스테릭하게 소리치며 잔을 탁 내려놨다.

"왜 하필 거기 그 계집애가 나타나선……!"

채은이 표독스러운 얼굴로 이를 갈았다. 보미 때문에 자신의 모든 계획은 끝장이 나 버렸다.

"그때 그년만 나타나지 않았더라도, 이런 처지가 되진 않았을 텐데! 아악!"

채은이 신경질을 내며 술잔을 바닥에 내던졌다. 쨍! 벽에 부딪쳐 산산조각이 난 유리잔을 그녀가 씩씩거리며 노려봤다. 휘에게 쫓겨난 뒤 미련을 버리지 못하고 몇 번이나 연락을 시도했지만 되지 않았다. 아예 대놓고 무시를 당하는 지경이 되자 채은은 포기할 수밖에 없었다.

"하아, 이렇게 되면 할 수 없지……."

채은이 깨진 잔을 보며 중얼거렸다.

"다시 칼에게 갈 수밖에."

자존심은 상하지만 어쩔 수가 없었다. 이제 남은 건 그거밖에 없으니까. 휘와의 화려한 생활을 꿈꿨던 것이 모두 물거품이 되어 버렸으니 또 칼의 바람기를 인내하며 속 좋은 첫째 부인 역할이라도 해야만 했다. 그거마저 놓치면 정말 낙동강 오리알 신세가 되게 생겼으니까……

이러고 있을 때가 아니야.

채은은 사납게 눈을 번뜩이고는 곧장 캐리어를 열고 짐을 싸기 시작했다.


다음 날이 되자마자 채은은 급히 다시 파리행 비행기에 올랐다. 이동하는 동안 내내 칼에게 어떤 식으로 돌아가야 효과적인 재회가 될지를 생각했다.

자신이 말도 없이 사라져서 그는 분명 상심했겠지……

채은은 이제 와서 휘와 다시 합칠 계획에 칼에게 아무 말도 없이 한국으로 돌아와 버린 것이 후회가 됐다.

아니, 아니야. 차라리 잘됐어.

불안한 얼굴을 하고 있던 채은이 입술 끝을 말아 올렸다. 칼이 그 어린 모델 따위하고 오래갈 리가 없지. 그 남자는 어떤 여자에게든 쉽게 질리는 남자니까. 자신이 지금까지 그의 옆에 계속 남을 수 있었던 건 그런 일들을 다 눈감아 줬기 때문이었다.

칼의 그런 면을 이해해 줄 수 있는 여자는 나뿐이야. 그도 이제 깨달았을걸?

남자란 자신의 바람기를 어느 정도 용인해 주는 여자를 바라는 법이니 칼도 여러 여자를 만나면서도 자신을 버리진 않았던 것이다. 채은은 그의 심리를 누구보다 잘 알고 있었기 때문에 칼이 자

461

신 외의 다른 여자에게 오래 머무를 수 없다는 확신을 가지고 있었다.

채은은 파리에 도착하자마자 곧장 칼을 찾아갔다. 고급스러운 모피 코트에 값비싼 선글라스를 낀 채은은 모피 안에 과감한 원피스 차림이었다. 몸의 라인을 그대로 드러내는 헐벗었다시피 한 섹시 계열 원피스는 지금의 그녀에겐 전투복과 다름없었다.

지금쯤 후회로 술독에 빠져 있을 칼과 드라마 같은 재회를 한 뒤 모피를 벗어 던지고 자신의 장기인 육탄전으로 들어갈 계획이었다. 칼은 자신의 현란한 기술 구사에 언제나 넋을 잃고는 했으니까.

채은은 그렇게 생각하며 칼의 집에 도착했다. 벨을 누르고선 눈물의 재회쇼를 벌이기 위해 눈에 잔뜩 힘을 줬다. 그렁그렁하게 눈물이 차오르는 순간 문이 열렸다.

『칼······!』

하지만 문을 열어 준 건 우크라이나 출신의 모델, 칼의 새 애인이었다. 칼의 아이를 임신했다던 모델 율리가 그의 집에서 나오자 채은이 굳었다.

『누구시죠?』

남자에게 사랑을 듬뿍 받는 여자 특유의 환한 분위기를 풍기며 율리가 물었다.

『아, 아니······.』

채은이 당황한 얼굴로 서 있는데 집 안에서 칼의 목소리가 들렸다.

『율리. 누군데 그래?』

율리의 허리에 손을 두르며 칼이 얼굴을 내밀었다. 부드러운 표정을 짓고 있던 칼은 채은을 보고 미간을 확 찌푸렸다.

『칼. 아는 사람이에요?』

율리가 묻자 칼이 인상을 쓴 채로 문을 닫았다.

『아니. 전혀.』

세게 문이 닫히자 채은은 흔들리는 눈빛으로 그 자리에 못 박힌 듯 서 있었다.


♡　♥　♡


"……어?"

용맹한 사자 머리를 하고 주방으로 들어오던 루리가 식탁 앞에 앉아 있는 휘를 보곤 잠이 덜 깬 얼굴로 멈춰 섰다. 루리가 눈을 가늘게 뜨고 휘를 보며 중얼거렸다.

"누가 우리 주방에 조각상을 갖다 놨…… 헛! 서, 선우휘 씨?!"

"안녕하세요. 피디님."

휘가 단정한 얼굴로 싱긋 웃으며 인사하자 루리가 눈이 부신 듯 손으로 앞을 가렸다.

"아유, 아침부터 눈앞에서 종족이 다른 것 같은 미남이 앉아 있으니 감당하기 힘드네. 마저 식사하세요."

루리가 오버스럽게 눈을 가리며 뒷걸음질 쳤다.

"언니는 밥 안 먹어?"

"아서라. 너나 조각님이랑 많이 드셔."

루리가 결아의 말에 온몸으로 거부 의사를 표하며 빠르게 사라졌다.

"아! 조각님!"

그리고 잠시 후에 사라졌던 루리가 빛의 속도로 다시 주방으로 달려왔다.

"저희 다음 달에 품절남 특집 하는데 혹시 나와 주실 수 있으신 가요?"

"아, 네. 물론이죠."

휘가 고개를 끄덕이자 루리가 눈을 번쩍였다.

"고맙습니다! 그럼 식사 맛있게들 하십쇼! 하하하하하!"

루리가 '나이스!'를 외치며 달려 나가자 결아와 휘가 서로를 마주 봤다. 은밀하게 시선을 맞춘 둘은 동시에 웃음을 터뜨렸다.

"잠귀가 어두우신 모양이네."

"……다행히도요."

소곤거리며 대답한 결아의 뺨이 발갛게 물들어 있었다. 그런 그녀의 볼을 귀엽다는 듯 쓰다듬으며 휘가 낮게 속삭였다.

"감사하게도 집을 비워 주기까지 하시고."

"네. 다행히……. 네, 네?"

홍조 띤 얼굴로 대답하던 결아가 흠칫 놀라 휘를 보자 그는 또다시 은밀한 눈빛으로 자신을 응시하고 있었다. 아, 아니 왜 또 저런 음란마귀가 가득 찬 눈으로……?!

"휘 설마……."

결아가 당혹스러운 얼굴로 보고 있는데 휘는 수저를 내려놓고는 대신 결아의 몸을 달랑 들어 올렸다.

"꺅!"

"자, 이제 소리 신경 쓰지 말고 해 볼까?"

"꺅! 말도 안 돼! 아침에 그렇게나 했……!"

"그땐 그때고, 지금은 지금이지. 내가 병원에서 얼마나 참았는데?"

"그, 그게 참은 거였단 말인…… 꺄악!"

소파 위에 털썩 눕게 된 결아는 휘가 위험한 미소를 지으며 상의를 벗는 것을 보고 오늘 자신의 허리가 온전치 못할 것임을 예감했다.

— *The end*

외전 01.

봄날의 그들

결아와 휘는 다시 한번 파리 세느강을 찾았다. 둘만의 추억이
가득한 파리로 오자 풋풋했던 기억이 새록새록 떠올랐다. 그때와
마찬가지로 요트를 타러 선착장으로 걸어가며 둘은 손깍지를 낀
채였다. 환한 햇빛이 쏟아지는 세느강 강변을 걷는 두 사람의 모습
이 햇살을 받아 반짝반짝 빛나고 있었다.

댄디한 블루 셔츠와 블랙 진을 멋스럽게 입은 휘와 페도라 모자
를 쓰고 귀여운 파스텔 톤의 민트색 원피스를 입은 결아는 사람들
의 시선을 의식하지 않고 맑은 웃음을 터뜨리며 걸어갔다.

선착장에 도착하자 요트에 타기 전 휘가 깍지를 낀 결아의 손을
슥 들어 올렸다.

"이제 이 손을 잡기 위한 핑계는 필요 없어졌네."

"네?"

결아가 묻자 휘가 요트 위로 그녀를 이끌며 피식 웃었다.

"전에 여기 왔을 때, 이 손을 잡으려고 말도 안 되는 핑계를 대던 게 떠올라서."

"그랬던가……?"

결아가 갸웃거리자 휘가 고개를 돌리며 그녀의 손을 잡아끌었다.

"쓸데없는 거 기억해 내려 하지 말고 빨리 와."

휘의 재촉에 결아가 그의 얼굴 가까이 자신의 얼굴을 슥 가져갔다.

"어? 휘. 지금 부끄러워하는 거예요?"

결아가 눈을 가늘게 뜬 채 의미심장하게 자신을 보고 있자 휘가 흠칫 놀랐다.

"부끄러워하긴 누가?"

휘가 재빨리 당혹감을 감추며 말했다.

"그런 거 같은…… 어어?"

휘가 결아의 손을 잡고 빠르게 갑판으로 향하는 계단을 올라갔다. 하얀 갑판 위로 올라서자 결아가 탁 트인 세느강을 보고 감탄 어린 탄성을 질렀다.

"와! 그때랑 똑같아요. 세상에. 노을이 너무 예뻐요. 그죠?"

방금 전에 하던 대화는 다 까먹은 듯 결아가 감격에 찬 얼굴로 말하자 휘가 미소 지었다.

"이리 와."

의자에 앉은 휘가 자신의 옆자리를 툭툭 치자 결아가 생긋 웃으며 다가갔다.

"그때도 휘가 그 자리에서 나 불렀어요. 맞죠?"

"그랬지."

결아가 자신의 옆자리에 앉자 휘가 부드럽게 웃으며 준비시킨 와인병을 꺼냈다. 그러고는 투명한 글라스 두 개에 와인을 따르며 말했다.

"그때 첫 시음 하신 와인 맛은 괜찮으셨는지?"

휘가 근사하게 웃으며 와인 잔을 건네자 결아가 그것을 받아 들고는 고개를 끄덕였다.

"음. 꽤 괜찮던데요?"

"영광이네요. 다시 한번 저와 건배해 주시겠습니까?"

휘가 와인 잔을 허공에 들며 정중하게 말하자, 결아가 포실포실 새어 나오는 웃음을 참으며 잔을 들었다.

"물론이죠."

가볍게 잔을 부딪친 결아가 한 모금 들이켜자 달콤한 포도향이 입안 가득 퍼졌다.

"와. 맛있다……. 너무 달콤해요."

결아가 눈을 반짝이자 휘가 입술을 끌어 올리며 말했다.

"맛있다고 그때처럼 물처럼 마셔 대면 곤란해."

"네? 왜요……?"

결아가 와인 잔을 들고 눈을 깜빡이자 휘가 은근하게 눈빛을 빛냈다.

"오늘은 취하게 놔두지 않을 거니까."

"아……."

휘의 의미심장한 목소리에 결아의 얼굴이 슬몃 붉어졌다.

"내, 내가 마시면 얼마나 마신다고……."

"허어? 혀가 완전히 꼬부라져서 나쁜 사람, 나쁜 사람 노래를 불렀던 건 기억 안 나나?"

"그…… 그랬던가…… ."

결아가 어물쩍 말을 흘리며 헛기침을 큼큼하자 휘가 그녀를 가만히 바라봤다.

"그때 왜 나한테 나쁜 사람이라고 했는지 기억나?"

휘가 진지한 눈빛으로 결아를 보며 물었다.

"그때요? 뭐였더라?"

결아가 미간을 좁히고 기억을 더듬는데 그가 말했다.

"내가 너, 예전에 키우던 개 닮았다고 했잖아."

"아! 기억나요! 그 개 이름이 무슨 소설 주인공 이름이었는데?"

"모모."

"맞다. 모모!"

결아가 생각난 듯 박수를 짝! 쳤다. 그러자 휘가 와인을 한 모금 마시곤 느른히 말했다.

"그래……. 모모였어."

"귀여운 이름이네요. 그 개가 날 그렇게 닮았어요?"

결아가 생글생글 웃으며 묻자 휘가 입가에 부드러운 미소를 매달았다.

"널 처음 만났을 때부터 무언가를 닮았다고 생각했었어. 그런데 그게 내내 생각날 듯 말 듯 머릿속을 맴돌기만 해서 한동안 답답했었거든. 그런데 그때…… 여기서 모모가 딱 생각났어."

휘의 말을 듣자 결아는 순간 무언가 떠올린 표정을 지었다.

"아! 그래서 처음에 휘가 무언가를 닮았다고 날 빤히 바라보고 그랬던 거였어요?"

"낮아."

"어쩐지. 조금 이상하다고는 생각했었어요. 왜 사람을 자꾸 빤히 보나 하고⋯⋯."

결아가 이제야 의문이 풀렸다는 얼굴로 고개를 끄덕였다. 휘는 그런 그녀의 얼굴을 가만히 바라보며 보드라운 뺨을 매만졌다.

"모모도 너처럼 까맣고 큰 눈을 가지고 있었거든. 거기에 바들바들 움찔움찔거리는 모습이, 너와 많이 닮았었어."

"바들바들 움찔움찔⋯⋯?"

결아가 눈을 가늘게 뜨는데 휘가 부드러운 목소리로 말을 이었다.

"난 개가 싫었어. 그래서 예뻐해 주지도 않고 괴롭히기만 했는데 모모는 그럼에도 유독 날 따랐었어."

"흥. 그러다 후회하지."

결아가 삐죽거리며 말하고는 와인을 홀짝였다. 그러자 휘가 깊어진 눈으로 강을 응시하며 말했다.

"⋯⋯맞아. 그러다 모모가 병에 걸렸을 때, 내가 부모님보다 더 서럽게 울고 있더라고. 못난아, 내가 잘못했어. 못난아, 하면서."

"⋯⋯."

휘가 회상에 잠긴 얼굴로 어두워지는 세느강을 바라봤다. 결아도 말없이 그의 옆에 가만히 앉아 있었다.

그렇게 조용히 강을 바라보던 휘가 한참 후 입을 열었다.

"모모가 떠난 후, 그 후로 한 달을 밥도 제대로 못 먹었어. 이러다 정신과 치료라도 받아야 되는 거 아니냐고 부모님이 걱정하실 정도였지."

"그 정도였구나⋯⋯."

"나중에 생각해 보니까⋯⋯ 난 모모를 처음부터 좋아했더라고."

"네? 좀 전엔 개를 안 좋아했다고 했잖아요."

결아가 영문 모를 표정으로 미간을 바짝 좁히자 휘가 잔잔한 미소를 지었다.

"걔는 싫어했는데 모모만은 특별했던 거야. 좋아하면 잘 대해 줬어야 됐는데 난 이상하게 괴롭히는 걸로 애정 표현을 하고 있더라고. ……나 상당히 삐뚤어졌지?"

휘가 결아의 빈 잔에 와인을 따라 주며 묻자 그녀가 그것을 두 손으로 받으며 진지한 얼굴로 끄덕였다.

"네. 솔직히 좋아하는 여학생 괴롭히는 초등학생 같다고 속으로 생각했어요."

결아의 말에 휘가 하하 웃었다.

"그거 맞아. 유치한 초등학생, 난 딱 그 수준이었지. 그런데……."

휘가 웃음을 멈추고 결아를 바라봤다.

"그걸 너한테 또 반복하고 있더라고. 지금 생각해 보면 모모나, 너나 내가 이유도 없이 끌리는 상대에게는 묘하게 심술을 부렸었어……. 그런 점 때문에 모모와 네가 닮았다고 생각했던 거고."

"그래서 처음에 그렇게 노예로 부려 먹었던 거였어요?"

"그랬던 거 같아. 미안."

휘가 순순히 인정하자 결아가 새우 눈을 뜨고는 고개를 팩 돌렸다.

"너무해. 그때 얼마나 힘들었는데……."

결아가 토라진 척 고개를 돌린 채 팔짱을 꼈다. 그러자 휘가 난처한 표정으로 결아의 허리를 끌어당겼다.

"미안해. 내가 잘못했어."

"매일 눈물로 베갯잇을 적시고 말이죠."

"정말 미안."

휘가 어쩔 줄 모르는 표정으로 결아의 허리를 끌어당기며 얼굴
을 돌려 뺨에 입술을 맞췄다. 그럼에도 반응이 없자 그가 그녀의
눈치를 보듯 표정을 살폈다.

"용서…… 안 해 줄 거야?"

그때 결아가 휘를 향해 고개를 슥 돌렸다.

"키스해 줘요. 그럼."

결아가 입술을 쭉 내밀고 말하자 긴장된 표정을 짓고 있던 휘가
안도한 듯 웃었다. 그러고선 고개를 기울여 결아의 작고 도톰한 귀
여운 입술에 입을 맞추자 향긋한 와인향이 서로의 입술로 천천히
스며들었다.

감미로운 키스를 선사하고 부드럽게 입술을 뗀 휘가 결아를 바
라봤다. 한껏 촉촉해진 까만 눈망울을 가까이에서 응시하며 휘가
속삭였다.

"이 까만 눈동자가 미치도록 좋았어……. 지금도. 아니, 오히려
점점 더 깊게 빠져드는 것 같아. 마치 마약처럼……."

낮게 속삭인 휘가 결아의 눈꺼풀에 하나씩 소중하게 입을 맞췄
다. 그리고 그의 입술이 멀어진 뒤 결아가 천천히 기다란 속눈썹을
들어 올렸다.

"……나도 휘가 너무 좋아요."

결아가 방긋 웃으며 휘에게 안기니 그가 그녀의 몸을 힘주어 껴
안았다. 결아는 그의 단단한 품 안에서 깊게 숨을 들이켜고는 가만
히 안겨 있었다.

"너무 좋다……."

결아가 나른하게 속삭이자 휘의 입술이 휘어 올라갔다. 그의 품
안에 포옥 안겨 마음까지 충족시켜 주는 달달한 안도감에 눈을 감

고 있던 결아가 반짝 눈을 떴다.

"근데, 여기 우리 첫 키스 장소인 거 알아요?"

"설마 그걸 잊겠어?"

"하긴."

휘가 핀잔을 주듯 말하자 결아가 헤실헤실 웃었다. 그러곤 다시 휘의 품에 아기처럼 파고들던 결아가 문득 소리쳤다.

"휘! 저길 봐요."

결아가 가리킨 곳으로 그가 고개를 돌리자 환한 조명이 눈부시게 밝히고 있는 에펠탑의 모습이 보였다.

"너무 예뻐요……. 그죠?"

"……예뻐."

결아는 환한 빛을 쏟아 내고 있는 에펠탑을 향해, 휘는 에펠탑을 바라보고 있는 결아를 응시하며 말했다.

"그때도 이런……."

뒤돌던 결아가 자신을 보고 있는 휘와 눈이 마주쳤다. 그제야 그가 에펠탑이 아닌 자신을 바라보며 예쁘다고 말한 것을 깨달은 결아가 부끄러운 듯 얼굴을 붉혔다.

휘가 붉어진 그 얼굴을 감싸 쥐고 고개를 기울이며 말했다.

"내 눈엔 결아 네가 세상 그 무엇보다 가장 환하고, 예뻐."

귓가에 낮게 속삭인 휘가 결아의 입술을 삼켰다. 말랑한 젤리 같은 달고 맛있는 결아의 입술을 그가 담뿍 빨아들였다. 하아, 뜨거운 숨결이 벌어진 입술에서 흘러나오고 휘가 그 안으로 혀를 밀어 넣었다. 말캉한 혀가 진하게 섞여 드는데 에펠탑 쪽에서 폭죽이 터지기 시작했다.

펑! 퍼엉!

폭죽 소리에 세느강에 있던 모든 이들의 시선이 에펠탑 쪽으로 향했다. 그러는 동안에도 휘와 결아는 온전히 두 사람만의 시간 속에만 담뿍 빠져 있었다.

파리 시내의 호텔 안으로 들어오자마자 휘의 손이 다급하게 결아의 원피스를 끌어 올렸다.

"하, 휘, 잠깐…… 하읍."

그의 입술에 사로잡힌 채 현관 벽에 바짝 밀쳐진 결아에게서 달뜬 호흡이 터져 나왔다.

"안 돼. 너무 오래 참았어."

휘가 허스키하게 잠긴 목소리로 낮게 헐떡이며 결아의 맨 허벅지를 타고 올라 탱글한 엉덩이를 꽉 움켜잡았다.

"핫……!"

그대로 자신의 하반신에 바짝 끌어당긴 채 야릇하게 문지르자 결아의 얇은 팬티 위로 단단하게 솟구친 그의 욕망이 고스란히 느껴졌다.

"앙, 아, 아응……."

할딱이며 신음을 흘리는 결아의 촉촉하게 달아오른 입술을 핥으며 휘가 어둡게 타오르는 눈빛으로 그녀를 내려다봤다.

"결아 널 통째로 삼켜 버리고 싶어. 이렇게 빨고 있어도 허기가 져서 미칠 것 같아."

"아웃, 휘……."

휘가 결아의 움켜잡은 엉덩이를 꽉 끌어당기며 그녀의 중심부로 자신의 사납게 팽창된 욕망을 비벼 대자 그녀의 얇은 팬티가 속수무책으로 흥건하게 젖어 들었다.

"이것 봐. 이렇게 달콤한 걸 흘리는데 내가 어떻게 제정신이겠어?"

낮게 말한 휘가 그대로 긴 다리를 접어 그 자리에서 몸을 숙이더니 결아의 다리 사이로 얼굴을 집어넣었다.

"앗! 안 돼요⋯⋯!"

자신의 흐트러져 올라간 원피스 스커트를 들추며 그 사이로 휘의 얼굴이 파고들자 결아는 숨을 삼켰다. 휘는 그녀의 도망치려는 엉덩이를 꽉 잡아 고정한 채 방금 자신이 적셔 놓은 은밀한 속살을 팬티 위로 크게 베어 물었다.

"⋯⋯하앙!"

뜨거운 입술 안으로 한껏 달아오른 살덩이가 팬티째 삼켜지자, 벽에 기대고 선 결아의 구두를 신은 다리에 잔뜩 힘이 들어갔다.

"휘, 휘⋯⋯! 아응, 아⋯⋯ 앗!"

츄웁, 춥. 젖은 살덩이를 빨아 당기는 원색적인 소음이 조용한 스위트룸 안을 울리자 결아는 가쁜 숨을 몰아쉬며 휘를 내려다봤다. 너무 야해⋯⋯. 자신의 은밀한 부위를 빨고 있는 휘의 높은 콧날과 입술의 움직임이 보이자 결아는 아랫배가 꽉 조여드는 기분이었다.

그때 휘가 시선을 들어 결아에게 똑바로 맞춘 채 팬티를 들춰 올렸다.

"아⋯⋯!"

자신의 우윳빛 애액으로 축축하게 젖어 든 수풀과 보드라운 둔덕의 살을 그대로 입술로 삼키는 휘의 관능적을 모습을 보자 결아의 몸은 뜨겁게 흥분됐다. 어떡해⋯⋯!

휘는 팬티를 강하게 당기며 주름진 속살을 혀로 훑어 내리고 숨은 진주 같은 동그란 음핵을 부드럽게 굴렸다. 결아의 숨결이 급박하게 달아오르자 입술을 크게 벌려 전체를 물고는 쭙쭙 소리가 나도록 빨아들이기 시작했다.

"하, 웃, 핫! 앗! 안 돼! 못 버티겠……."

결아가 다리를 덜덜 떨며 휘의 부드러운 머리칼에 손을 집어넣어 그러쥐었다. 휘는 한쪽 손으로 그녀의 엉덩이를 잡아 자신 쪽으로 바짝 끌어당기며 흥분으로 팽창된 쾌감의 진주를 강하게 빨아 댔다.

"앙! 앙! 아앙, 앗! 아앗—!"

휘의 머리칼을 잡고 급박한 신음을 터뜨리던 결아가 고개를 한껏 쳐들었다. 그의 입술 안에서 왈칵 터져 나온 쾌락의 정수를 휘가 모조리 삼킨 뒤에 고개를 들었다. 새까맣게 욕망에 가라앉은 눈동자와 쾌감으로 한껏 흐릿해진 눈이 허공에서 마주쳤다.

"휘……."

타액에 번들거리는 제 입술을 혀로 핥으며 관능의 신처럼 똑바로 올려다보고 있는 휘를 결아가 하아하아 숨을 내쉬며 내려다봤다.

그때 그가 결아의 팬티를 확 잡아 내렸다.

"……아."

결아의 팬티를 벗겨 한쪽 발목에 걸쳐 둔 휘가 일어서자 구두를 신은 다리로 겨우 버티고 있던 결아는 지지대가 없어진 듯 비틀거렸다.

"맛을 보니까 더 못 참겠어."

휘가 낮게 으르듯 내뱉으며 그대로 결아의 한쪽 다리를 들어 올렸다.

"앗."

하얀 다리가 넓게 벌어지고 그 사이에 자리를 잡은 그가 거친 손놀림으로 자신의 바지 버클을 풀었다. 터질 듯 발기한 페니스를 드로어즈에서 꺼내 움켜잡은 휘가 방금 전 자신이 맛본 보드라운 살결 속으로 푹 찔러 넣었다.

"흐앗……!"

한껏 달아오른 속살 안으로 성난 남성이 꿰뚫듯 들이치자 결아의 입술이 크게 벌어졌다. 아, 너무……! 휘가 지나치게 흥분한 탓인지 충분히 젖어 든 속살로 받아들이기에도 버거울 정도였다.

"하아…… 꽉 조여."

휘가 낮게 신음을 헐떡이며 아직 반밖에 들어가지 않은 자신의 욕망을 더욱 깊게 찔러 넣었다.

"하앙!"

"……읏."

좁은 속살에 팽팽하게 곤두선 페니스가 깊이 파고들자 결아의 내부가 한껏 조여들었다. 그 강렬한 자극에 이를 악문 휘가 그녀의 다리를 움켜잡고 거칠게 찔러 들기 시작했다.

"앙! 앙! 아앙!"

퍽퍽거리는 젖은 살을 치대는 야릇한 소리가 터져 나올 정도로 강하고 격렬하게 쑤셔 올리자 문에 기댄 결아의 작은 몸이 정신없이 흔들거렸다. 쏟아지는 쾌감에 눈을 감고 발갛게 달아오른 얼굴로 가쁜 숨을 할딱이는 결아의 얼굴을 휘가 똑바로 내려다봤다.

"결아야. 날 봐."

허리를 사납게 움직이며 휘가 말하자 결아가 흐릿한 눈을 떴다. 정신없이 흔들리며 쾌락에 젖은 커다란 눈망울을 응시하던 휘가 그녀의 고개를 들어 올렸다.

"……사랑해."

휘가 거친 숨결이 섞여 든 목소리로 낮게 속삭이고는 결아의 벌어진 입술을 빨았다.

"아음……."

감미로운 고백과 더 달콤한 키스에 결아는 심장이 터질 것만 같았다. 그녀가 손을 뻗어 그의 목을 끌어안자 휘가 진하게 키스하며 촉촉하게 젖은 속살 안으로 부드럽게 자신의 굵은 페니스를 밀고 들어갔다.

"아, 아아……."

너무 부드러워……. 짐승처럼 사납게 몰아치다가 부드럽게 움직이자 결아는 달콤한 신음을 흘렸다.

"사랑해. 내 결아."

휘가 입술을 떼고 결아의 귓가에 속삭이며 그녀의 두 다리를 들어 올려 자신의 허리에 감게 했다. 그대로 탱글한 엉덩이를 두 손으로 꽉 거머쥐자 엉덩이까지 흘러내린 결아의 쾌감의 산물이 그의 손가락 끝을 흥건하게 적셨다.

"너무 좋아…… 이 느낌."

"아, 휘……."

휘가 신음처럼 내뱉으며 결아의 미끄덩거리는 젖은 엉덩이를 주무르자 안에 깊숙이 박혀 든 그를 결아가 꽉 조였다.

"너무 조이지 마. 벌써 싸게 만들면 어떡하려고?"

휘가 인상을 쓰곤 결아의 입술을 핥자 결아도 그의 얼굴을 잡고 키스하며 할딱였다.

"하아…… 나도 너무 좋아요."

"정말?"

휘가 이마를 맞대고 묻자 결아가 그의 얼굴을 잡고 달아오른 뺨으로 고개를 끄덕였다. 그런 결아를 보며 부드럽게 웃은 휘가 그대로 허리를 강하게 튕겨 더 깊이 자신의 몸을 찔러 넣었다.

"……핫!"

결아의 입술이 아찔하게 벌어지자 그가 그녀의 엉덩이를 꽉 움켜잡고서 사납게 들이치기 시작했다.

"앗! 앗! 아앙!"

다시 정신없이 빨라지는 움직임에 결아는 하얀 다리로 휘의 날렵한 허리를 힘껏 휘어 감았다. 그가 돌덩이처럼 강하게 힘이 들어간 탄탄한 근육질 엉덩이에 힘을 주고 강하게 쳐올릴 때마다 결아의 몸이 위아래로 정신없이 들썩거렸다.

"아앙! 앙! 하웃, 웃, ……아웃!"

휘는 쾌감의 신음을 흩뿌리는 결아를 타오르는 눈동자로 응시하며 애액으로 번들거리는 빳빳한 페니스를 사정없이 찔러 넣었다. 좁은 속살 틈으로 파고들었다 빠져나올 때마다 결아의 촘촘한 내부가 뜨겁게 감싸 왔다.

"아, 정말…… 지나치게 자극적이야."

"하웃! 거기서 더 벌리면…… 아앙!"

휘가 결아의 등을 벽에 지탱하게 하고 그녀의 팬티가 걸쳐진 발목을 잡아 넓게 벌렸다. 구두 신은 다리가 공중에서 한껏 벌어지며 휘가 그 사이를 강하게 쑤셔 들어가기 시작했다. 결아는 발갛게 달아오른 얼굴로 다리를 한껏 넓게 벌린 채 그를 받아들이는 자세가 됐다. 휘의 시선이 놈과 몸이 섞여 드는 쪽으로 향하자 결아의 내부가 본능적으로 꽉 조여들었다.

"하으웃……!"

뜨겁게 조여드는 속살 안으로 휘가 격렬하게 쑤셔 들어갔다.

"앗! 아앗! 앗! 아웃!"

그가 그대로 그녀의 벌린 다리를 어깨에 걸치고 탱글한 엉덩이를 두 손으로 움켜잡았다.

"학!"

그대로 휘가 근육을 꿈틀거리며 사납게 찔러 들어가기 시작했다. 결아의 에나멜 구두와 발목에 걸쳐진 팬티가 정신없이 공중에서 흔들리고 땀에 젖은 탄탄한 휘의 몸에 셔츠가 찰싹 달라붙었다. 퍽퍽 치대는 도홧빛 속살에서 흘러나온 흥건한 애액이 휘의 굵은 페니스를 흠뻑 적셨다. 벽에 등이 세게 부딪힐 만큼 강하게 쑤셔 들어오는 힘에 결아는 정신을 차릴 수 없을 만큼 흥분되어 버렸다.

"아, 휘! 자, 잠깐……!"

다급하게 소리친 결아가 어찌할 바 모르고 고개를 저어 대자 휘가 무서운 힘으로 그녀의 내부를 찔러 들어갔다. 그 힘에 휘의 단단한 몸을 꽉 움켜잡은 결아가 그의 것을 분질러 버릴 듯이 힘껏 조였다.

"흐아앙……!"

결아가 쾌감의 절정으로 치솟아 오르자 휘는 결아의 한껏 벌어진 입술과 파르르 떨리는 속눈썹을 응시하며 그녀의 안으로 몇 번더 담금질해 들어갔다. 길고 두꺼운 남성이 느릿하게 찔러 들자 결아의 뜨겁게 달아오른 속살이 흠칫거리며 미끈한 애액을 흘려보냈다.

"아…… 웅…….."

온몸에 힘을 주고 가늘게 경련하던 결아의 몸에서 힘이 훅 풀리자, 휘는 그녀의 땀에 젖은 이마에 입술을 맞췄다.

"세계 제일로 섹시한 얼굴이었어."

하아, 하아. 결아가 가쁜 숨을 내쉬며 달아오른 얼굴로 휘를 바라보자 그는 근사한 미소를 짓고는 그녀를 안아 올렸다.

"내 결아가 언제 이렇게 에로틱 여왕이 됐지?"

"하아…… 휘도, 하아…… 참……."

결아는 진정되지 않는 숨결을 진정시키며 휘의 목을 끌어안았다. 휘는 그녀를 안은 채 넓은 공간을 가로질러 커다란 침대 쪽으로 걸어갔다.

폭신한 침대 위에 결아를 눕힌 그가 팔 안에 그녀를 가두고 느른한 미소를 지으며 위에서 내려다봤다.

"등 아프지 않았어?"

"……괜찮았어요."

결아가 아직도 가라앉지 않은 들뜬 숨결을 고르면서 대답하자 휘가 고개를 숙여 입술을 살짝 빨았다.

"다행이다."

입술을 떼고 관능적인 눈빛으로 시선을 맞춘 휘가 결아의 흐트러진 원피스를 벗겨 냈다. 브래지어와 구두, 그리고 발목에 걸쳐진 팬티까지 하나하나 벗겨 낸 그가 나신이 된 결아의 몸을 응시하며 자신의 옷을 벗었다.

콩콩 뛰는 심장 부근을 지그시 누르며 결아는 홀린 듯 휘를 응시했다. 땀에 젖은 셔츠와 바지와 드로어즈를 벗어 내자 그리스 조각상 같은 남성적인 근육질 몸이 드러났다.

하아…… 볼 때마다 너무…….

마치 예술 작품처럼 완벽한 휘의 몸을 홀린 듯 쳐다보며 결아는 침을 꼴깍 삼켰다. 두근두근 뛰고 있는 심장 소리가 귓속을 먹먹하게 하고 다리 사이가 흥분으로 야릇하게 조여들었다.

"아주 좋은 눈빛인데."

휘가 자신을 보고 있는 결아의 흐릿한 눈빛을 만족스럽게 바라보며 그녀에게 다가갔다.

"사랑스러워."

"아."

휘가 낮게 속삭이며 결아의 귓가에 훅 더운 숨결을 불어 넣자 결아의 어깨가 흠칫거렸다. 귓불을 할짝이던 그의 입술이 서서히 아래로 내려오며 목덜미에 키스 마크를 남겼다.

"그, 그런 데 남기면…… 누가 본단, 말이에요."

"보라고 남기는 거야."

결아의 난감한 목소리에 아랑곳하지 않고 대담한 휘가 탱글하고 말랑한 젖가슴을 거머쥐었다.

"내 거라는 표식을 남겨야 다른 놈들이 탐내지 않을 테니까."

소유욕이 물씬 묻어나는 허스키한 목소리로 말한 휘가 고개를 숙여 결아의 가슴을 입술로 크게 삼켰다.

"핫."

뜨거운 입술에 말캉한 살덩이가 휩쓸려 들어가는 감각에 결아의 허리가 바짝 들려 올라갔다. 휘는 그녀의 젖가슴을 삼키고 탱글한 유두를 혀로 굴리며 빨다가 하얀 가슴에도 키스 마크를 여러 개 남겼다.

"네 몸 하나하나…… 전부 다 내 거야."

휘가 낮게 말하며 달싹이는 아랫배와 허벅지 안쪽의 여린 살에도 키스 마크를 남겼다. 마치 온몸에 키스 마크를 남길 기세로 표식을 늘려 가는 휘 때문에 결아는 온몸이 뜨거워져서 연신 가쁜 숨을 흘려 댔다.

"아…… 휘……."

그의 입술이 종아리에서 발목까지 타고 내려갔다가 다시 훑어 올라와 다리 사이의 보풀어 오른 속살 주위를 맴돌자 결아는 안타까운 듯 엉덩이를 달싹였다.

아, 어서…….

그 모습을 타오르는 눈동자로 응시하며 휘가 입술 끝을 말아 올렸다. 애를 태우듯 허벅지 안쪽의 말랑한 살을 빨아들이며 근처에 자잘한 키스만 뿌리자 결아는 정말 숨이 막혀서 참을 수가 없었다.

"휘, 어서, 어서요."

안타깝게 바르작거리는 귀여운 엉덩이와 젖어 든 속살을 응시하며 휘가 속삭였다.

"여길 아까처럼 빨아 줬으면 좋겠어?"

"네, 네. 거길…… 아앙."

휘의 입김이 혹, 하고 잔뜩 예민해진 속살을 자극하자 결아는 시트를 힘껏 그러쥐었다. 야릇한 애액을 흘리며 파르르 떨리는 속살을 가까이에서 응시하는 휘의 눈빛이 어둠보다 깊게 가라앉아 있었다.

"좀 더 애원해 봐. 결아야."

허스키하게 가라앉은 휘의 목소리까지 지금 결아에겐 너무나 자극적이었다.

숨 막혀……!

"제발, 제발요. 제발, 휘……!"

결아의 목소리가 참을 수 없다는 듯 다급하게 터져 나오자 휘는 곧장 결아의 도홧빛 속살을 크게 삼켰다.

"흐앙!"

한껏 흥분된 속살이 뜨거운 입술 안에 갇히자 아찔한 쾌감이 터져 나왔다. 허리를 확 들어 올린 결아가 시트를 움켜잡은 손에 힘을 줬다. 쭙, 쭈웁, 쭙. 휘가 한 번 쾌락의 정점에 다다른 속살을 담뿍 빨아들이는 음란한 소리에 결아의 엉덩이가 위아래로 달싹거렸다.

"앙, 아, 하응…… 응! 아웅!"

쭙쭙거리는 소리가 커져 갈수록 결아의 엉덩이도 더 대담하게 움직였다. 그의 입술 쪽으로 자신의 은밀한 부위를 내밀 듯 연신 엉덩이를 흔들던 결아가 어느 순간 온몸에 힘을 줬다.

"아, 아, 아앗……."

한껏 들쳐 올라간 엉덩이가 요염하게 흔들리다 딱 멈춰 서는데, 그때 휘가 고개를 들고 빠르게 그녀의 몸 위로 올라탔다.

"또 혼자 가 버릴 셈이야?"

휘가 결아의 다리를 넓게 잡아 벌리자 결아가 할딱였다.

"나, 난…… 아웃!"

절정 직전까지 갔던 뜨거운 속살 안으로 굵은 페니스가 단번에 박혀 들자 결아의 입술이 크게 벌어졌다. 휘는 결아의 다리를 잡아 벌리며 그녀의 안으로 강렬하게 찔러 들어갔다.

"아! 앗! 아앙! 앙!"

정신없이 빨라지는 움직임에 결아의 머릿속은 또다시 완전히 텅 비어 버렸다.


한참 뒤.

두 사람은 얇은 시트만 덮고 함께 누워 있었다. 휘가 결아의 맨

살결을 부드럽게 쓸어내리자 결아가 기분 좋은 감각에 한숨을 내쉬었다.

"하아⋯⋯."

달콤한 한숨에 휘가 부드럽게 미소 지으며 결아를 응시했다. 행복한 눈으로 마주 보며 그녀가 입술 끝을 둥글게 올리고 말했다.

"그땐 정말 이 방에서 당신과 이렇게 같이 있을 줄은 상상도 못 했는데."

"그랬어?"

휘가 결아의 등을 부드럽게 쓸어내리며 되묻자, 결아가 커다란 눈동자로 그를 가만히 바라보며 말했다.

"인연이란 건 참 신기한 것 같아요⋯⋯. 내가 당신과 함께 있는 게 종종 아직도 실감이 안 나거든요."

"그건 나도 그래."

휘의 대답에 천천히 고개를 끄덕이던 결아가 혼잣말처럼 속삭였다.

"우리 언니도 우민 씨랑 결혼한다고 하고⋯⋯. 하아, 세상에. 너무 신기해요. 그 루리 언니가 결혼이라니."

"사랑하면 결혼하는 거지. 뭐가 신기해."

"하긴⋯⋯. 그 두사람도 인연이겠죠. 신기한 인연."

그 용맹한 사자 같은 루리 언니를 길들인 사람이니 얼마나 특별한 인연일까. 곰곰이 그런 생각에 잠겨 있던 결아는 갑자기 뭔가 떠오른 듯 고개를 반짝 들었다.

"아, 그러고 보니 이 방도⋯⋯ 일부러 여기로 예약한 거예요?"

"맞아. 그때 이 침대 위에 널 눕히고 싶었거든."

휘가 느른한 미소를 지으며 말하자 결아가 부끄러운 듯 그의 품으로 파고들었다.

"난 몰랐는데……."

결아가 휘의 단단한 가슴에 얼굴을 묻고 속삭이자 그가 말했다.

"그땐 그런 충동을 이기는 게 너무 힘이 들었어. 섣불리 내 욕심대로 했다간 네가 멀리 도망쳐 버릴 것만 같았으니까."

"아아……."

결아는 머릿속으로 그때를 떠올렸다. 그러고 보니 휘의 행동들과 눈빛들이 당시엔 잘 몰랐는데 이상했던 점들이 많았다. 술버릇인 줄 알았는데 지금 생각하니 휘는 술김에 키스하는 남자도 아니었고……. 이 방에서 휘의 두 팔 사이에 갇힌 순간을 떠올려 봐도 그랬다. 휘는 아무에게나 그런 식으로 행동하는 남자가 아니니까.

"정말 난 아무것도 몰랐던 것 같아요."

결아가 한숨을 포옥 내쉬자 휘가 강한 팔로 그녀를 안으며 속삭였다.

"그때, 네가 레스토랑에서 사라져 버렸을 때…… 처음으로 공포감을 느꼈어."

결아가 고개를 들자 휘가 짙은 눈빛으로 그녀를 내려다봤다.

"세상에 무서운 거라곤 없었는데. 네가, 내 옆에서 사라진다고 생각하니까 감당할 수 없을 정도로 무서워지더라."

"그랬구나……."

결아가 작게 속삭이듯 말하며 휘의 가슴에 다시 포옥 얼굴을 묻었다. 휘는 그때부터 진지했는데 자신 때문에 너무 멀리 돌아온 것 같다는 생각이 들었다.

그런 생각을 하며 안겨 있는 사이, 그의 남성적인 향기가 설레게 하면서도 한편으로는 기분 좋게 마음을 안정시켜 줬다.

신기해……. 이런 기분.

"지금 생각하면 참 바보 같았어. 왜 그땐 인정하지 못했는지……. 그런 공포를 느끼고도 애써 아니라고 부정하면서 나 스스로에게 거짓말을 했었어."

몰랐던 휘의 진심을 들으며 결아는 천천히 눈을 감았다. 계속해 줘요. 휘…….

나른한 잠 속으로 빠져들면서도 결아는 휘의 잔잔한 목소리가 끊기지 않길 바랐다.

"……결아?"

결아의 숨소리를 들은 휘가 하던 말을 멈추고 그녀를 내려다봤다. 아이처럼 잠든 결아를 보자 휘가 부드럽게 미소 지었다.

"……."

고개를 숙인 휘가 잠든 결아의 이마에 살짝 입을 맞췄다.

"사랑해. 내 결아."

다시는 그때처럼…… 바보 같은 이유로 널 놓치지 않을 거다. 휘가 속으로 다짐하며 품 안에서 잠든 결아를 다정한 눈빛으로 바라봤다.

그렇게 파리의 밤이 아름답게 깊어 갔다.

외전 02.

아드리안의 숭고한 희생에 관하여

레드카펫 앞에 윤기 나는 몸체의 블랙 리무진이 멈춰 서고, 그 안에서 완벽한 슈트 차림의 휘가 내렸다.

휘가 내리자마자 수많은 카메라가 일제히 플래시를 터뜨렸다. 카메라들을 향해 그림처럼 근사한 미소를 지은 휘가 레드카펫 위를 걸어갔다. 포토라인을 넘어서자 기자들이 잽싸게 따라붙었다.

"선우휘 씨!"

"선우휘 씨. 작년 〈시간의 꽃〉에 이어 올해 검은곰 감독의 〈순간〉으로 드라마, 영화 부문 연속 대상을 노리고 계신데요. 기분이 어떠십니까?"

기자의 질문에 휘가 매혹적인 미소를 지으며 대답했다.

"후보에 오른 것만으로도 감사하게 생각하고 있습니다."

이동하는 휘를 따라 눈이 아프도록 플래시가 사방에서 터져 댔다.

"선우휘 씨! 이번에 상을 받으신다면 누구에게 가장 먼저 영광을 돌리실 건가요?"

"물론 제 연인에게 돌릴 생각입니다."

"라디오 작가로 활동 중인 연인분과 여전히 사이가 뜨겁기로 유명하신데, 혹시 지금 떠오르는 그분과의 특별한 에피소드 같은 게 있을까요?"

기자의 질문에 휘가 잠시 생각하듯 미간을 살짝 좁혔다. 그 얼굴까지 섹시한 페로몬을 마구마구 풍기고 있어 마이크를 대고 있는 여기자의 얼굴이 슬며시 붉어졌다.

"아."

기억을 더듬던 휘가 떠올랐다는 듯 눈을 빛냈다.

"아드리안이 떠오르는군요."

"아드리안……이요?"

여기자가 의아한 얼굴로 되묻자 휘가 부드럽게 미소 지었다.

"네. 한 번 그녀를 놓칠 뻔한 위기가 있었는데…… 아드리안으로 인해 제 옆에 둘 수 있었거든요. 이태리 장인의 섬세한 손길이 우리에게 가져다준 기적이죠."

"네? 그, 그게 무슨 말씀이신지……."

여기자가 당혹스러운 표정을 짓고 있는 사이 다른 채널의 리포터들이 그 사이로 얼른 끼어들었다.

"선우휘 씨! 〈연예투데이〉에서 나왔습니다! 이번 영화 〈순간〉이 세계 3대 영화제에 모두 공식 초청 됐는데 거기에 대해서 소감 한 미디 해 주시죠!"

"선우휘 씨! 심사위원과 전문가들 사이에서 이번 대상 수상이 유력하다는 평이 돌고 있는데 어떻게 생각하시는지……."

"선우휘 씨, 선우휘 씨!"

리포터들의 열띤 취재 경쟁을 뒤로한 휘가 의연하게 시상식장 안으로 들어갔다.

시상식장 안에서 휘는 기훈과 같은 테이블에 앉아 있었다. 일명 '검은곰' 감독으로 불리는 기훈은 턱시도를 차려입고 있어 보성에서의 모습하고는 사뭇 다른 느낌이었다. 하얀 테이블보가 깔린 고급스러운 테이블 위에는 이미 기훈이 수상한 감독상의 트로피와 꽃다발이 놓여 있었다.

같은 테이블에 앉아 있는 그들에게 연신 카메라가 향했다. 이날의 주인공이 누가 될지 예상한 듯한 카메라 동선에 기훈이 입을 열었다.

"긴장 안 되냐?"

정면을 응시하고 있던 휘가 고개를 돌려 기훈을 바라봤다.

"긴장?"

"그래. 어쨌든 대상 후보잖아. 아무리 선우휘라고 해도 그렇게 열심히 영화를 찍어 놨는데 긴장이 안 되진 않을 것 같아서 묻는 거야."

기훈의 말에 휘가 입술 끝을 말아 올렸다.

"내가 긴장씩이나 할 위인가."

"하긴."

평소 같은 휘의 말투에 기훈이 쿡쿡 웃었다.

"그래도 대단하잖아. 불과 2년 전까지만 해도 넌 재벌 3세 전문 배우 타이틀을 지닌 그냥 잘생긴 배우였는데, 이젠 이런 시상식에서 연기력으로 대상 후보에까지 오르고."

"그땐 그랬지."

휘가 순순히 인정하자 기훈이 의미심장한 눈빛을 했다.

"변화의 이유는, 역시 그녀?"

"당연한 걸 물어."

"에라이, 자식."

당당하게 대답하는 휘를 보며 기훈이 못 말린다는 듯 웃었다. 그러자 휘가 어깨를 으쓱이고는 기훈에게 말했다.

"솔직히 난 그랬잖아. 연기가 쉬웠으니까 만만하게 봤던 거지. 그런데 결아를 만나고 보니 설렁설렁 하는 내 모습이 싫더라고. 마침 장준영 감독한테 제대로 굴욕당하는 일도 있어서 그때부터 마음가짐이 달라졌던 것 같아."

"좋은 변화지. 그게 배우 선우휘의 위상을 달라지게 했으니까."

"……맞아. 만약 결아를 만나지 않았다면 난 지금도 건성건성 하고 있었을걸. 대충 재벌 3세 연기만 비슷하게 하면서."

휘의 진지한 눈빛을 보던 기훈이 고개를 끄덕였다.

"누구에게나 변곡점이 되는 시점이 있어. 넌 그 타이밍을 놓치지 않고 지금까지 노력했으니까 이만큼 변한 거야. 네 연기 덕분에 내 영화도 많이 무게가 생겼고. 캐스팅하느라 애먹었는데…… 배우 중에 연기와 외모 둘 다 받쳐 주는 경우가 어디 흔해야지. 덕분에 살았어. 고맙다."

"왜 이래? 징그럽게."

휘가 미간을 찡그리자 기훈이 너털웃음을 터뜨렸다. 휘도 피식 마주 웃는데 기훈이 문득 생각난 듯 말했다.

"아! 너 밖에서 한 말 뭐냐?"

"어?"

기훈이 묻는 말에 휘가 의아스럽게 그를 바라봤다.

"아까 인터뷰 때 아드리안느인지 아드레안인지 뭐라고 했던 거."

휘가 기훈의 질문을 알아채고는 피식 웃었다.

"아무것도 아니야."

"뭔데 아무것도 아닌데? 암호 같은 말만 줄줄 늘어놓곤."

기훈이 못마땅한 듯 투덜거리자 휘가 의미심장한 미소를 지었다.

"뭐, 그냥……. 그 애를 곁에 두게 하기 위한 구실이 필요했거든."

"구실이라. 뭔 구실의 이름이 그렇게 거창해."

기훈이 가슴 앞에서 팔짱을 끼고는 고개를 젓는데 휘는 묘한 미소를 지은 채 조용히 있었다.

첫 번째 노예 계약이 끝나 가던 그때, 어떻게든 결아와의 계약을 연장시키기 위해 눈에 불을 켜고 유리 공예품 장인들을 찾던 기억이 떠올랐다. 그러던 중 매우 섬세하고 툭 건들기만 해도 와장창 부서지는 이태리 장인의 작품 〈아드리안의 눈물〉을 만났을 때 어찌나 기뻤던지…….

"그런데 너. 생각난 김에 그거 하나 묻자."

기훈의 말에 휘가 아련한 추억에서 깨어나 고개를 돌렸다.

"또 뭘?"

휘가 돌아보자 그가 눈을 가늘게 떴다.

"너 그때, 일부러 나 찾아온 거였지? 보성에서."

"……."

기훈의 말에 휘가 대답 없이 입술 끝을 끌어 올렸다.

"맞구만. 맞아."

그럴 줄 알았다는 얼굴로 기훈이 말하자 휘가 생각에 잠긴 듯 테이블을 응시했다.

"그땐 내가 그 애를 괴롭히려고 형한테 데려갔다고 생각했었는 데…… 그 후에 다시 생각해 보니 그냥, 형한테 보여 주고 싶었던 것 같아."

휘의 말에 기훈이 알고 있었다는 듯 씩 웃었다.

"네가 처음 사랑하게 된 여자를?"

"……어."

휘가 잔잔한 미소를 띠고 입술 끝을 말아 올리는데 마침 대상이 호명됐다.

"제 39회 백호영화상 영예의 대상을 발표하겠습니다. 대상 은…… 아! 역시 많은 분들이 예상하셨던 그분입니다. 〈순간〉의 선우휘 씨. 축하드립니다!"

시상자의 발표와 함께 모든 카메라가 휘를 비췄다.

"축하해요!"

"축하드립니다!"

주변에서 열띤 박수를 쳐 주자 기훈이 씩 웃으며 턱짓했다.

"빨리 나가 봐."

휘가 기훈을 향해 마주 웃어 준 뒤 자리에서 일어섰다. 그가 무 대로 나가는 동안 커다란 대형 스크린에는 〈순간〉의 영화 장면들 이 펼쳐졌다. 2층에 마련된 방청석에서 팬들의 환호가 쏟아져 내 렸다.

무대로 나간 휘가 트로피와 꽃다발을 받고는 수상 소감을 발표 하기 위해 마이크 앞에 섰다. 휘는 전혀 긴장하지 않은 얼굴로 수 상 소감을 말하기 시작했다.

"분에 넘치도록 이런 큰 상을 주셔서 감사드립니다. 흔한 말이지만 영화에 대한 스태프들의 모든 열정들이 모여 저에게 이런 영광을 얻을 수 있도록 해 주신 것 같습니다. 좋은 영화 만들어 주신 감독님, 고생하신 스태프분들, 함께한 배우분들 모두 감사드리고. 특히……."

말을 멈춘 휘가 카메라를 보며 근사한 미소를 지었다.

"무엇보다 사랑하는 나의 연인, 이결아에게 이 영광을 돌리겠습니다. 감사합니다."

"와아아!"

휘의 수상 멘트가 끝나자 기다렸다는 듯 여기저기서 박수가 터져 나왔다. 기훈도 흐뭇하게 웃으며 박수를 보냈다.

"결아 씨 또 이거 보면서 울겠구만."


기훈의 예상대로, 그 시간 결아는 식구들과 TV 앞에 둘러앉아 긴장된 얼굴로 시상식을 보다가 펑펑 울고 있었다.

그 누구보다 행복한 얼굴로.

"축하한다!"

"축하해."

진심 어린 축하와 함께 잔이 경쾌하게 부딪쳤다.

"고맙다."

휘가 싱긋 웃으며 술을 들이켜자 재영과 현석도 단숨에 술잔을 비웠다.

"캬! 술맛 좋다! 배가 아파서 그런지 더 좋아!"

재영이 농담처럼 말하다가 눈을 진지하게 떴다.

"야. 농담 아니야. 너 때문에 배가 아파서 내가 맨날 기도한다고. 신이시여, 나도 영화제 상 좀 받게 해 주소서!"

"별 기도를 다 한다."

재영의 넉살에 휘가 미간을 찡그리며 웃었다.

"아주 진심이라고. 그래서 내년엔 전투적으로 좀 일해 볼까 해. 이번에 아주 좋은 자극을 받아서 앞으로 의욕적으로 작품 활동을 할 계획이지."

재영이 스스로가 뿌듯한 얼굴로 고개를 주억거리자 옆에 있던 현석이 말을 보탰다.

"나도 내년에 영화만 세 편 잡아 놨어."

"뭐? 세 편이나?"

재영이 눈을 크게 뜨고 물었다.

"너무 빡센 스케줄 아니냐? 넌 평소에 한 해에 드라마 하나, 영화 하나가 철칙이었잖아."

"지금까진 그랬는데……."

현석이 휘를 보고는 씩 웃었다.

"나도 휘처럼 그럴듯한 상 하나 받아 보고 싶어서. 멋지잖아."

"역시 너도 부러웠구나! 자식."

재영이 동병상련의 시선을 보내며 잔을 부딪치자 현석이 웃음 지었다.

"농담이고, 실은…… 포기할 수 없는 작품들이 동시에 들어와서. 하나도 놓치고 싶지 않거든."

현석이 진지한 눈빛을 빛내자 휘가 물었다.

"스케줄이 가능하겠어?"

"맞춰 봐야지."

현석이 말하자 재영이 미간을 좁히고 고개를 끄덕였다.

"음…… 하긴. 포기할 수 없는 것들이 갑자기 몰릴 때가 있긴 하지."

"지금까진 그냥 포기했었는데…… 이젠 어떤 일이든 미리 겁먹고 포기하지 않기로 했다. 어떻게 되든 최선을 다해 보려고."

현석이 싱긋 웃으며 말하자 휘가 시선을 들어 그 얼굴을 바라봤다.

"그래서 일도, 다음에 찾아올 사랑도 나 자신에게 후회 없이 최선을 다해 보려고."

"……그래."

현석이 휘를 보며 미소 짓자 그도 마주 웃어 주었다.

"좋은 자세야! 우리 샌님도 드디어 자세가 제대로 됐구나! 축하한다!"

재영이 잔을 높이 치켜들자 휘와 현석도 술잔을 들었다.

"현석의 새로운 출발과 내년의 내 영화제 트로피를 위해, 건배!"

맑은 유리가 부딪치는 소리가 경쾌하게 울렸다.

세 사람은 서로를 축복하며 단숨에 술잔을 비웠다.

「20○○년 12월 ××일.

오늘, 그가 집에 바래다주는 길에 작은 선물을 줬다.

보고 대답해 달라는 말과 함께.

혹시? 하고 떨리는 마음을 누르며 집에 와서 포장을 열어 보니…….

　세상에!

〈*Marry Me.*〉

　그의 글씨가 적혀 있는 카드와, 반지……. 아, 정말. 이렇게 행복해도 되는 걸까?

　흑흑. 지금도 눈물이 멈추질 않아서 걱정이다.

　그런데 대답이라니? 이 남자는 너무 웃겨. 내가 도대체 무슨 수로 당신의 프러포즈를 거절하라고?

　난 이렇게나 당신을 사랑하는데!

　……라고, 지금 당장 대답해 줘야지. 사랑해요. 선우휘 씨.」

　탁.

　일기장을 덮은 결아가 눈꼬리에 맺힌 반짝이는 눈물을 닦으며 생긋 웃었다. 그러고는 휘에게 전화를 걸기 위해 휴대폰을 잡았다.

외전 03.

신혼의 사정

쏴아아아아아.

차가운 빗줄기가 사정없이 몸에 쏟아져 내렸다. 인적이 드문 어
두운 골목길, 온몸이 비로 흠뻑 젖어 위태로워 보이는 두 남녀가
서 있었다.

"……이제 그만해요. 우리."

여자가 차가운 목소리로 말했다.

"그만, 하자고?"

믿기 어렵다는 듯 휘가 되물었다. 끝을 알고 있었음에도 끝내
놓지 못하고 버렸다. 하지만 여자의 말에 그것도 이제 정말 마지막
이라는 실감이 났다. 여자의 웃음기 없는 하얀 얼굴이 그 생각에
확신을 더해 주고 있었다.

"이제 지쳤어요. 남들 눈을 피해 만나는 것도, 사랑하면 안 되
는 사람 잡고 있는 죄책감도 지긋지긋해요."

"혜정아."

"이제 내 이름 부르지 말아요."

단호하게 말하는 여자의 눈이 붉어져 있었다.

"당신도 그 사람한테 미안해서 힘들어하잖아."

"……."

여자의 말에 휘의 얼굴이 굳었다. 주먹을 꽉 쥐었다 놓은 그의 얼굴에도 어쩔 수 없는 체념의 빛이 어렸다.

"……미안."

어깨를 축 늘어뜨린 휘가 억눌린 목소리로 말하자 여자의 흔들리는 눈에 눈물이 차올랐다.

"미안하다. 혜정아."

"나쁜 사람. 끝까지……."

"컷!"

두 사람의 대화에 우렁찬 목소리가 끼어들었다. 혼신의 연기를 펼치던 휘와 여배우가 하던 대사를 멈추고 뒤돌아봤다. 피디 옆에 앉아 있던 결아가 대본을 든 채 위풍당당하게 일어서 있었다.

또인가, 하는 표정으로 휘가 결아에게 다가갔다.

"이번엔 뭡니까."

휘가 긴장된 눈빛으로 묻자 결아가 매의 눈으로 대본을 응시했다.

"선우휘 씨. 제가 분명 토씨 하나 틀리지 말고 대본대로 해 달라고 했을 텐데요?"

결아가 새우 눈을 뜨고 대본을 손으로 탁딕 치자 휘가 미간을 좁혔다.

"대본대로 했잖아요."

"아닌데요?"

결아는 빠르게 대본을 펼쳐 들었다.

"여기 보세요. 미안하다, 가 아니라 정말 미안하다, 라고 써 있 잖아요?"

"그 정도 차이는 배우의 감정에 따라 바꿀 수도 있는 거 아닙니 까?"

"아뇨. 이 장면은 정말 중요한 장면이니 꼭 여기 써 있는 대로 정확히 해 달라고 부탁드렸잖아요. 그렇게 해 주셔야죠."

티끌만 한 애드리브도 용납하지 않겠다는 듯 결아가 단호하게 말하자 휘가 못마땅한 표정으로 쳐다봤다. 그 시선을 지지 않고 응 시하며 결아가 말했다.

"감정 좀 더 잡아 주시구요. 지금은 좀 약해요. 수지 씨는 눈에 눈물이 그렁그렁한데 휘 씨는 그런 애절함이 안 느껴진다구요."

"알겠습니다. 다시 하죠."

몸을 돌린 휘가 다시 원래의 자리로 돌아가자 결아가 의자 위에 착 앉았다. 그러곤 눈짓을 하자 피디가 소리쳤다.

"자, 방금 전 유정이 대사부터 다시 하죠."

퍼붓는 물줄기 아래에서 휘가 다시 감정을 잡았다.

"하이, 큐!"

슬레이트 소리와 함께 다시 촬영이 시작됐다. 작가석에 앉은 결 아는 매의 눈을 뜨고 그의 연기를 지켜봤다.


"수고하셨습니다!"

"감독님 수고 많았어요."

촬영이 끝나자 결아는 벌떡 일어나 감독과 스태프들에게 꾸벅 인사했다. 연신 허리를 숙이며 인사하는 결아에게 피디가 말했다.

"결아 씨는 촬영만 들어가면 아주 딴사람 같아진다니까."

피디가 웃으며 말하자 결아는 쑥스러운 듯 머리를 긁적였다.

"아, 그런가요? 하하."

"평소엔 순한 강아지처럼 있다가 촬영 땐 아주 칼 문 독사 같달까. 아주 무시무시해."

"죄송해요. 저도 모르게 자꾸 참견을……."

결아가 민망한 표정으로 고개를 푹 숙이자 피디가 결아의 어깨를 툭툭 두드렸다.

"죄송하긴. 좋은 거야. 덕분에 연출이 확 사는 경우가 아주 많거든. 결아 씨가 괜히 스타 작가겠어? 하하하."

"아닌데……. 하하."

"사람 참 겸손해. 그럼 전에 얘기한 56번 씬 촬영 스케줄 잡히면 말해 주면 되지?"

"네. 그렇게 해 주세요. 그럼 들어가 볼게요. 수고하셨습니다!"

피디에게 인사한 결아는 아까부터 따끔따끔한 시선이 느껴지는 쪽으로 힐끗 고개를 돌렸다. ……엑. 역시. 휘가 혜진이 가져다준 수건으로 젖은 몸을 닦으며 눈을 가늘게 뜨고 이쪽을 응시하고 있었다. 꿀꺽 침을 삼킨 결아는 수건 하나를 챙겨 얼른 휘에게 달려갔다.

"아유, 완전 추웠죠? 촬영하느라 정말 고생 많았어요. 헤헤."

"……."

결아가 까치발을 들고 요란스럽게 휘의 얼굴을 닦아 주자 그가 눈을 내리깔고 그녀를 응시했다. 똑바로 내리박히는 서늘한 시선에 결아는 더욱 밝은 목소리로 말했다.

"아까 모니터로 보니까 우와, 비주얼이 정말 장난 아니던데요? 그냥 앵글 안에 담기만 해도 시청률 쭉쭉 올라가는 소리가 들리더라고요. 역시 휘 씨는……."

"연기는요."

"……네, 네?"

휘가 눈을 가늘게 뜨고 묻자 결아가 얼굴을 두드리던 손을 멈추고 그를 쳐다봤다.

"연기는 어떠셨느냐고 묻는 겁니다. 작. 가. 님."

'작가님'에 힘을 실어 휘가 묻자 결아가 어물거렸다.

"아…… 연기요? 그, 그야 물론 훌륭했죠! 아주 만족스러웠어요!"

결아가 어색한 웃음을 지으며 말하니 휘의 눈이 더욱 가늘어졌다.

"역시 제 연기가 작가님 마음에는 차지 않는 모양이군요."

"네? 아, 아니 저기 그게 아니라……."

난감한 표정을 짓고 있는 그녀의 옆을 휘가 쌩한 얼굴로 스쳐지나갔다. 성큼성큼 차로 걸어가는 휘의 뒷모습을 보고 있는 결아의 어깨를 혜진이 툭 쳤다.

"삐졌네."

결아가 난감한 얼굴로 혜진을 돌아봤다.

"많이 기분 상한 것…… 같죠?"

"응. 그런 것 같아."

혜진이 고개를 끄덕이자 결아가 한숨을 포옥 내쉬었다.

"하아…… 어쩌지?"

"그러게 그냥 쉽게 쉽게 넘어가지. 자기 남편인데도 왜 그리 박해? 사실 휘 정도면 연기에 흠잡을 데 없잖아. 평도 좋고."

"그건 그런데……."

결아가 시무룩한 얼굴로 휘가 있는 쪽을 힐긋 쳐다보고는 말했다.

"내가 선우휘 팬이라서 더 그런 것 같아요. 조금만 더 하면 더 굉장한 것을 끌어낼 수 있지 않을까, 휘라면 충분히 해내지 않을까 해서……."

결아의 말에 혜진이 고개를 끄덕였다.

"하긴. 자기가 다시 찍자고 하면 항상 그 전보다 훨씬 나은 장면이 나오긴 했으니까……. 뭐, 집에 가서 기분 좀 잘 풀어 줘."

"그럴게요."

"내일 찬바람 쌩쌩 불면 정석 씨랑 나랑 눈치 엄청 봐야 되는 거 알지? 저기 봐 봐."

혜진이 가리킨 쪽을 보자 휘가 차 앞에서 정석을 쥐 잡듯 잡고 있었다.

"어머. 어떡해……."

풀이 죽은 얼굴로 밴으로 향하는 정석을 결아가 안쓰러운 듯 바라봤다.

"어서 가 봐. 휘 기다리겠다."

"아, 네! 언니 그럼 저 가 볼게요."

결아가 얼른 몸을 돌려 차 쪽으로 총총 걸어갔다. 휘와 거리가 가까워질수록 어둠의 오라가 진하게 풍겨 왔다. 윽, 이거 너무 위험한데…….

결아가 다가오는 것을 본 휘가 휙 몸을 돌려 운전석으로 들어갔다. 차 문을 어찌나 세게 닫는지 여기까지 소리가 크게 울리자 결아가 움찔거렸다.

"휴우. 난감하네……."

결아가 슬쩍 한숨을 내쉬고는 긴장된 표정으로 차로 향했다.

"미안해요. 기다렸죠?"

결아가 생글생글 웃으며 차에 오르자 휘는 아무 말 없이 운전석에 앉아 있었다. 결아가 촬영장에 나오는 날은 밴이 아닌 휘 개인 차량으로 둘만 움직이는지라 그가 직접 운전했다.

"……."

휘가 미간을 좁힌 채 시동을 걸자 결아는 순간 긴장이 됐다. 예전, 기분 안 좋을 때 나오던 나쁜 버릇이 다시 나오는 거 아니야? 공포의 질주가 떠오른 결아는 얼른 안전벨트를 매고 꽉 움켜잡았다.

하지만 예상과 다르게 휘는 생각보다 훨씬 부드럽게 차를 출발시켰다. 결아는 의외라는 얼굴로 운전하는 그를 바라봤다. 여전히 표정은 화가 난 듯 못마땅해 보였지만, 속도를 자제하고 있는 걸 보니 머리끝까지 화가 난 건 아닌 모양이었다.

하긴. 그러고 보니까 휘는 연애를 시작한 이후로 위험 운전을 한 적이 없잖아? 결혼 후엔 말할 것도 없고……. 아주 예전의 일인데도 아직까지 이렇게 떨게 되다니. 트라우마란 정말 무서운 거라니까.

속으로 중얼중얼거리던 결아가 안심한 얼굴로 휘를 힐끔 바라봤다.

"저…… 기분 안 좋아요?"

"전혀."

거짓말. 목소리에 찬바람이 씽씽 부는데……. 결아가 눈치를 보

504

며 손가락을 꼼질거렸다.

"기분 상하게 했다면 미안해요. 난 그저 휘의 조금 더 완벽한 모습을 담고 싶은 마음에…… 그런 건데……."

"……."

휘가 대답 없이 밤길만 내달렸다. 촬영지가 외딴 시골 동네에 있어 인적 드문 비포장도로를 달려야 했다. 어두운 밤 풍경이 차창 밖으로 을씨년스럽게 펼쳐지는데 분위기까지 이렇게 살벌하다니……. 가시방석에 앉은 기분에 결아는 조용히 침만 삼켰다.

한참이 지나도 휘가 말이 없자 잠자코 창밖의 어두운 풍경만 보고 있던 결아가 슬쩍 다시 입을 열었다.

"저기…… 화 많이 났어요?"

끼익. 휘가 갑자기 차를 세우자 결아가 움찔했다. 부, 분노를 터뜨리려고? 결아가 긴장된 표정으로 휘를 보자 그가 가슴을 들썩이며 크게 숨을 들이켰다.

"후."

분노를 삭이듯 길게 숨을 내쉰 휘가 눈을 예리하게 뜨고 결아를 바라봤다.

"너. 앞으로 촬영장 나오지 마."

"네?"

휘의 말에 결아가 당황스러운 표정을 지었다.

"아, 아니 내가 참견해서 기분 나쁜 건 알겠지만…… 그래도 촬영장에 나오지 말라고 하는 게 어디 있어요. 자주 가는 것도 아니고 중요한 장면일 때만 가는 건데……. 감독님도 꼭 오라고 말씀하셨……."

"그게 아니라."

휘가 결아의 말을 끊고 미간을 좁히자 그녀가 시무룩한 얼굴로 말했다.

"……나도 알아요. 배우로서의 자존심도 있는데 사람들 앞에서 그러면 안 되는 건데……."

"그게 아니……."

"정말 미안해요. 앞으론 나도 되도록 참견하지 않을 테니까 촬영장에 오지 말라고는……."

"이 바보! 그게 아니라니까!"

"네, 네?"

휘가 버럭 소리치자 결아가 깜짝 놀라 말을 멈추고 그를 바라봤다. 그러자 휘가 인상을 쓴 채 결아를 쳐다보고 있었다.

"휴…… 정말."

답답한 한숨을 내쉰 휘가 성마르게 제 머리칼을 쓸어 넘겼다.

"자존심 상하네."

"그러니까 내가 잘못……."

"아니, 그거 때문이 아니라."

휘가 팔을 뻗어 결아의 얼굴을 손으로 감쌌다. 어? 결아가 눈을 동그랗게 뜨자 휘가 그녀의 얼굴을 자신 쪽으로 고정한 채 똑바로 응시했다. 그러고는 진지한 목소리로 말했다.

"아까 감독님이 네 어깨 만졌잖아."

"네? 언제……."

"촬영 끝나고 인사할 때. 그리고 촬영장 왔을 때 준식이 자식은 네 머리 쓰다듬었고, 형태도 네가 타 준 커피 받으면서 고의로 네 손과 닿았어."

다시 떠올리니 또 분노가 솟구치는 듯 휘의 눈빛이 무섭게 번뜩였다. 그러자 결아가 영문 모를 표정으로 눈을 동그랗게 떴다.

"네에? 고의로 닿다니……. 설마요. 그냥 커피 받으면서 손이 스친 것뿐인……."

"어쨌든 난 싫어."

휘가 딱 잘라 말하자 결아가 커다랗게 뜬 눈을 깜빡거렸다.

"휘. 설마…… 아까부터 기분 안 좋은 게 그거 때문……이에 요?"

결아가 믿기 힘들다는 듯 묻자 그가 불쾌한 얼굴로 웅얼거렸다.

"오늘만이 아니야. 네가 올 때마다 남자 스태프들과 친하게 인사하고 그러는 거 싫어. 볼 때마다 화가 나."

"그런 거였어요? 난 내가 자꾸 촬영 끊고 많은 걸 요구해서 당신이 기분 상한 건 줄 알았는데……."

결아의 말에 휘가 한쪽 눈썹을 치켜올렸다.

"그게 왜 기분이 상해? 그럴 때 이결아가 얼마나 멋있는데."

"……정말요?"

예상치 못한 말을 들은 결아가 기쁜 표정을 숨기지 못하고 감동한 얼굴로 바라보자, 휘가 못마땅해하며 그녀의 얼굴을 쓰다듬었다.

"속 좁아 보여서 끝까지 말 안 하려고 했는데 안 되겠다. 나 질투 나서 돌아 버릴 것 같으니까 너 이제 촬영장 오지 마. 알았어?"

"……싫은데요."

"뭐?"

휘가 미간을 바짝 좁히사 결이기 그의 목에 팔을 감았다.

"어어?"

휘가 당황한 눈빛을 하자 결아가 얼굴을 가까이 대고 생글생글 웃으며 말했다.

"난 질투해 주니까 좋은데요? 당신이랑 여배우가 케미 돋을 때마다 맨날 나만 혼자 질투했었는데…… 휘 당신이 질투해 주니까 너무 좋다."

"뭐라고? 너……."

휘가 황당하단 표정을 짓는데 결아가 그의 입술에 쪽, 입을 맞췄다.

"그러니까 계속 가서 질투 나게 해 줘야지."

결아가 팔로 휘의 목을 감은 채 달콤하게 미소 짓자 그 모습을 멍하니 보고 있던 휘의 눈이 진지해졌다.

"너 그 말 후회할 텐데."

"네?"

그리고 휘가 거칠게 그녀의 입술을 삼켰다.

"……읍!"

그가 결아를 의자에 밀어붙이며 사납게 키스를 퍼붓기 시작했다. 입술을 벌리고 들어가 작은 혀를 휘감아 숨도 못 쉬도록 강렬히 빨아들이자 결아가 할딱거렸다.

"휘, 휘…… 음, 아읍……."

거칠게 밀어붙이던 휘가 입술을 떼고는 욕망이 일렁이는 눈빛으로 결아를 강렬하게 응시했다. 하아. 하아. 결아가 막혔던 숨을 내쉬며 발갛게 달아오른 얼굴로 휘를 바라봤다. 그러자 그가 그녀의 젖은 입술을 손가락으로 쓸며 낮게 말했다.

"내가 여기서 더 질투하면 네가 감당 못 할 텐데. 그래도?"

그의 은밀함이 깃든 목소리에 결아의 심장이 빠르게 뛰었다.

"아니, 난……."

결아가 발그레해진 얼굴로 젖은 입술을 달싹이자 강렬한 시선으로 응시하던 휘가 갑자기 그녀 쪽 의자를 뒤로 확 젖혔다.

"으앗!"

몸이 갑자기 뒤로 넘어가자 결아가 깜짝 놀라 소리쳤다. ……어? 그런데 그가 결아의 위로 올라타 양팔 안에 가뒀다. 이, 이 자세는……. 설마 하면서도 결아의 얼굴이 점점 더 붉게 물드는데 휘가 그녀를 내려다보며 천천히 고개를 숙였다.

"보여 줄까? 내가 질투하면 얼마나 무서워지는지."

휘가 귓가에 낮게 속삭이자 결아의 얼굴이 새빨개졌다.

"지, 지금요?"

"어. 지금."

단호하게 말한 휘가 결아의 목덜미를 빨아들였다.

"자, 잠깐만요. 그치만 여긴……."

어깨를 움츠린 결아가 어쩔 줄 몰라 하며 말하자 휘가 고개를 들고 그녀의 얼굴을 가까이에서 들여다봤다.

"상관없어."

네? 그럴 리가요? 태연히 말하는 그의 목소리에 결아는 식은땀이 났다. 여기서 그렇고 그런 행동을 했다가 만약 기사라도 나면…….

"휘, 휘! 일단, 일단 집으로 가는 게…… 으아앗!"

휘가 결아의 티셔츠 안으로 손을 집어넣어 맨살을 훑고 올라갔다.

"아까 촬영장에서도 널 만지고 싶어서 내가 얼마나 힘들었는지 알아?"

그의 손이 브래지어를 밀치고 들어와 탱글한 젖가슴을 움켜잡자 결아의 몸이 흠칫거렸다. 어떡해……! 급작스럽게 에로에로 모드가 되자 머릿속이 팽글팽글 돌았다. 휘의 뜨거운 입술이 그녀의 목덜미를 빨며 천천히 아래로 내려가고 있었다. 이런 난감한 상황에서도 몸은 착실하게 반응하고 있는 것이 더 난감했다.

"아, 안…… 되는데……."

머릿속에선 어서 정신을 차리라고 아우성이었지만, 아찔한 감각에 그대로 휩쓸려 가고 있었다. 그가 은밀한 곳을 주무르는 손길과 목덜미에 닿는 더운 숨결에 호흡이 가빠지고 있었다.

"아……."

결아의 입술에서 야릇한 신음이 새어 나오자 휘의 움직임이 더 거칠어졌다. 여린 목덜미를 진하게 빨아들이니 결아가 고개를 젖히며 가쁜 숨을 할딱였다.

"하아. 하아. 휘……."

휘의 손이 결아의 허리를 타고 내려가 긴 멜빵 청치마 위로 앙증맞은 엉덩이를 꽉 움켜잡았다.

"앗!"

"날 미치게 만들지 마."

휘가 낮게 말하며 입술을 점차 아래로 가져갔다. 결아는 당황스러우면서도 그의 입술과 손길에 꼼짝을 할 수가 없었다.

"지금도 죽을 것 같으니까."

그의 손이 결아의 치마를 걷어 올려 매끈한 다리를 타고 올라갔다. 은밀하게 허벅지 사이를 파고드는 손길에 결아는 신음을 흘리며 저도 모르게 다리를 조금 벌렸다. 그 사이를 거침없이 침범한 손이 팬티 위로 도톰한 속살을 문지르기 시작했다.

"아, 아……."

달뜬 신음과 함께 결아의 다리가 점점 더 벌어졌다. 야릇하게 문지르는 손길에 팬티가 축축하게 젖어 들고 있었다. 그가 갈라진 속살 사이 진주알같이 동그란 음핵을 찾아내 손가락으로 비벼 대자 그녀의 엉덩이가 흠칫거렸다.

"흐, 아훗, 웃……."

휘는 다른 손으로 결아의 멜빵을 끌어 내리고 티셔츠를 걷어 올려 흐트러진 브래지어 사이로 삐져나온 젖가슴을 입술로 물었다.

"아웅!"

연한 핑크빛의 젖꼭지가 그의 입술 안에서 혀로 굴려지며 동시에 야릇한 클리토리스가 문질러지자 결아는 더운 숨을 쌕쌕거리며 엉덩이를 달싹였다.

"하응, 응, 아앙……."

"귀여워, 결아야."

타액으로 번들거리는 젖꼭지를 입술로 물고 웅얼거리듯 말한 휘가 고개를 내렸다.

"앗……."

다리 사이로 미끄러져 내려간 그의 입술이 촉촉한 샘물로 젖어들어 도톰한 속살에 달라붙은 팬티를 이로 지그시 물었다 놨다.

"하웃!"

달아오른 속살에 찰싹이며 마찰이 가해지자 짜릿한 쾌감에 결아는 온몸에 힘을 주고 다리를 더 벌렸다.

"으응, 아! 아웃……!"

쭈읍, 쭙. 뜨거운 입술이 달아오른 속살을 덩어리째 삼켰다가 팬티 위를 혀로 지그시 누를 때마다 결아의 엉덩이가 옴찔거렸다. 순식간에 참을 수 없을 만큼 몸이 달아오른 결아가 손을 내려 자신의 야릇한 부위에 닿아 있는 휘의 머리칼 속으로 손가락을 밀어 넣었다.

"……하앙! 휘…… 아! 아앙, 앙!"

그의 입술이 젖은 살을 물었다가 강하게 빨아 댈 때마다 결아는 부드러운 휘의 머리칼을 잡아당기며 어쩔 줄을 몰라 했다. 그의 입술이 벌어질 때마다 훅 끼쳐 드는 더운 입김에 온몸에 전기가 오르는 것처럼 짜릿했다.

"더, 더는 못 참겠……. 휘, 휘. 어서……."

"아직이야."

결아가 안타깝게 엉덩이를 달싹이며 그의 머리칼을 헝클이는데도 휘는 터질 듯 땡땡하게 팽창된 작은 음핵을 물고 놔주지 않았다.

"하웃……! 나 정말, 숨이, 숨이…… 핫!"

정말 숨이 넘어갈 듯 할딱이며 허리를 비틀어 댔지만, 휘는 그녀의 엉덩이를 꽉 잡고 들어 올린 채 정성스럽게 빨아 대기만 했다. 바들거리는 탱탱한 엉덩이에 꽉 힘이 들어가고 그녀가 어쩔 줄을 몰라 하자 휘가 팬티를 손가락으로 들춰 흥건하게 젖은 맨살을 입술로 물었다.

"아앙!"

안 그래도 미칠 것만 같았는데 휘가 맨살을 입술로 빨기 시작하자 결아는 허리를 한껏 들어 올렸다.

"움직여 봐. 결아야."

휘가 허스키하게 가라앉은 목소리로 말하자 결아가 공중에 바짝 들어 올린 엉덩이를 야릇하게 흔들기 시작했다.

"아, 아앗, ……이, 이렇게……요?"

"그래. 그렇게."

"하앙……! 앙, 아…… 앗! 아앗!"

엉덩이를 움직일 때마다 미칠 듯한 쾌감이 훅 끼쳐 들자 결아의 다리가 바들바들 떨렸다. 저도 모르게 그의 입술 쪽으로 밀어붙이듯 달싹이며 움직여 대자 휘가 거친 숨을 흘리며 클리토리스를 단단한 이로 살짝 물었다.

"아아앙……!"

동시에 결아가 크게 신음을 내지르며 공중에서 엉덩이를 바르르 떨었다. 급작스럽게 치솟아 올라간 절정의 쾌감 속에 우윳빛 애액이 속살 사이에서 흘러나오자 휘가 혀로 그것을 남김없이 핥았다.

"아, 아웃……."

그가 혀로 핥아 내는 움직임에도 참을 수 없이 자극 되자 결아가 달뜬 얼굴로 신음을 흘렸다. 그러자 휘가 그녀의 엉덩이를 놔주고 상체를 들어 올렸다.

"역시 달아. 결아의 맛."

"하아, 하아……."

제 입술에 묻은 우윳빛 쾌감의 산물을 혀로 핥는 관능적인 그의 모습에 결아의 눈물 맺힌 눈이 흐릿해졌다. 그 눈을 강렬한 눈빛으로 응시하며 휘가 자신의 바지 버클을 풀고 좁은 공간 안에서 결아의 다리를 최대한 벌렸다.

"이게 네 안에 들어가고 싶어서 잔뜩 성이 나 있어."

휘가 탁한 목소리로 내뱉으며 핏대 솟은 커다란 페니스를 움켜잡았다. 불끈거리는 남성을 잡아 흠뻑 젖은 살 앞에 갖다 대며 결아의 팬티를 찢을 듯 옆으로 당겼다.

"흐앗……!"

그 사이로 푹 찔러 드는 단단한 귀두의 감각에 결아의 입술이 크게 벌어졌다. 휘가 강한 허리에 힘을 주고 깊게 찔러 들어가자 흥건하게 젖은 속살이 굵은 페니스를 힘껏 빨아 댔다.

"아웃……!"

"아……."

뜨겁게 조여드는 감각에 휘의 입술에서도 낮은 신음이 흘렀다.

"미치게 조여."

거칠게 헐떡이며 말한 휘가 허리까지 들쳐 올라간 치마 아래 한껏 벌어진 결아의 다리 사이에 시선을 박았다. 타오르듯 이글거리는 눈동자로 시선을 박은 그가 팬티를 찢을 듯 벌리며 강하게 쑤셔 들어가기 시작했다.

"핫! 앗! 앙! 아앙!"

들썩거리며 격렬하게 들이치는 힘에 결아의 몸이 위아래로 정신없이 흔들리기 시작했다. 휘는 강한 힘으로 결아의 몸을 의자에 파묻히게 할 것처럼 사정없이 찔러 들어갔다.

"하앙! 휘, 휘……! 너, 너무 깊어……!"

결아가 휘의 단단한 근육질 상체를 끌어안으며 할딱이자 휘는 멈출 수 없다는 듯 격렬하게 움직이며 그녀의 팬티를 최대치로 당겼다. 찌지직!

"앗!"

강한 힘에 결국 팬티가 찢어져 버리자 결아의 눈이 놀란 듯 동그래졌다. 세상에! 이런 짐승 같은 힘이 어디 있……!

"아! 앗! 핫! 하웃!"

하지만 놀랄 겨를도 없이 찢어진 팬티 사이로 움직임이 자유로워진 굵은 페니스가 아주 깊이 쑤셔 들어오자 결아는 정신없이 신음을 터뜨렸다. 휘는 시트와 그녀 사이로 두 손을 밀어 넣어 결아의 땀에 젖은 탱글한 엉덩이를 꽉 움켜잡았다. 그대로 움직일 수 없도록 엉덩이를 고정한 채 사납게 찔러 들어가기 시작했다.

"크윽……!"

"흐아앗……!"

자궁까지 닿을 듯 아주 깊숙이 찔러 들게 되자 빈틈없이 몸을 맞붙인 두 사람의 입술에서 탄성 같은 신음이 터져 나왔다. 휘는 땀에 젖은 탄탄한 근육질 몸을 짐승처럼 움직이며 결아를 밀어붙였다.

"후욱, 후욱. 아, 결아야. 너무 좋아……."

"나, 나도 미칠 것 같…… 핫! 하읏!"

뜨거운 숨결과 신음이 거친 움직임 때문에 서로의 입술에서 뚝뚝 끊겨 나왔다. 휘는 탱글한 결아의 엉덩이를 터질 듯한 풍선처럼 꽉 움켜잡고 그녀의 애액이 잔뜩 묻은 두꺼운 페니스를 좁은 속살 틈으로 연달아 찔러 들어갔다.

"학! 하웅! 아앙! 앙!"

푹푹 찔러 들어가는 움직임이 거칠어질수록 차창에 김이 서릴 만큼 가쁜 숨이 터져 나왔다. 차체가 요란하게 뒤흔들릴 만큼 격렬하게 움직이고 있는데도 결아는 더 이상 그런 데에 신경을 쓸 수 없을 정도로 한껏 흥분된 상태였다.

"아으응! 휘……!"

땀에 젖은 휘의 셔츠가 찰싹 달라붙어 있는 근육질 등에 손톱을 박으며 결아가 그의 이름을 불렀다. 휘는 고개를 숙여 벌어진 입술을 삼키며 탄탄한 근육질 엉덩이를 힘차게 움직여 댔다.

"음! 음! 으음……!"

그의 입술에 갇힌 채 결아는 아찔한 신음을 터뜨렸다. 섞여 드는 말캉한 혀의 짜릿한 감각과 아랫배까지 닿을 듯 깊숙이 짓쳐들어오는 감각이 더해져 숨도 쉴 수 없을 만큼 그녀를 몰아붙이고 있었다.

그때 입술을 떼어 낸 휘가 결아의 몸을 잡고 뒤로 돌렸다.

"앗."

순식간에 의자에 엎드린 자세가 된 결아는 찢어진 팬티가 걸쳐진 탱글한 엉덩이를 그에게 고스란히 드러낸 체였다.

"너무 자극적인데."

휘가 허스키하게 잠긴 목소리로 내뱉으며 뒤에서 결아의 엉덩이를 꽉 움켜잡았다.

"하앙……."

터뜨릴 듯 엉덩이를 움켜잡히자 결아가 야릇한 신음을 흘리며 허리를 비틀었다.

"뒤에서 넣어 줄까?"

"앙, 어, 어서……."

휘가 엉덩이를 주무르며 낮게 속삭이자 결아가 어서 넣어 달라는 듯 엉덩이를 들쳐 올렸다. 그 모습을 본 휘의 눈이 까맣게 어두워졌다.

"……못 참게 만드는군."

그녀의 들쳐 올라간 엉덩이를 두 손으로 잡아 고정한 휘가 음란한 골 사이의 촉촉한 골짜기로 빳빳한 페니스를 단번에 찔러 넣었다.

"……핫……!"

강한 삽입에 결아의 머리가 뒤로 한껏 젖혀지며 허리가 휘어졌다. 고양이처럼 휘어진 결아의 골반과 엉덩이를 움켜잡은 휘가 사납게 쑤셔 들어갔다.

"앗! 하읏! 앙! 아앙!"

흠뻑 젖은 엉덩이 사이로 굵은 남성이 들락날락거리는 모습이 그의 시야에 그대로 노출됐다. 촉촉한 속살에 깊숙이 들어갔다 빠져나올 때마다 번들거리는 애액이 담뿍 묻어 나오는 음란한 모습을 노려보며 휘가 격렬하게 허리를 튕겨 댔다. 그때마다 결아의 머리칼이 공중에서 정신없이 흔들리며 신음이 터져 나왔다.

"하읏! 휘! 나, 나 이제 더 이상……!"

결아가 못 참겠다는 듯 고개를 저어 대자 한껏 조여드는 속살의 감촉을 느끼며 휘가 미칠 듯이 빠르게 들이치기 시작했다.

"아아아앗―!"

의자 가죽에 손톱을 박을 듯 움켜잡은 결아가 온몸에 힘을 준 채 고개를 뒤로 확 젖혔다. 그러자 휘가 뒤에서 그녀의 입술에 거꾸로 입을 맞추며 젖가슴을 거머쥐었다.

"아…… 으음……."

휘의 입술에 갇힌 채 절정에 치솟아 올라간 결아가 몸을 바르르 떨었다. 그런 그녀의 젖가슴을 꽉 움켜잡은 휘는 공중에서 터질 듯 땡땡해진 젖꼭지를 문지르며 그녀의 안에 아주 깊이 사정했다.

깍! 어떡해!

아찔한 순간이 지나가자 제정신을 차린 결아는 새빨간 얼굴을 두 손으로 가린 채 어쩔 줄을 몰라 하고 있었다. 이, 이런 곳에서 이런 대담한 짓을! 말도 안 돼!

결아가 얼굴을 들지 못하고 있는데 휘가 마치 아무 일도 없었다는 듯 태연하게 시동을 걸며 말했다.

"출발할까?"

"네, 네."

결아가 민망한 목소리로 얼른 대답하자 휘가 귀엽다는 듯 웃으며 손을 뻗어 그녀의 머리통을 슬슬 쓸었다.

"그러니까 날 너무 자극하지 말아 주라. 아무리 와이프랑 벌인 일이라지만, 배우가 경범죄나 음란죄 뭐 이런 걸로 기사에 나면 안 되잖아."

"네, 네."

결아가 얼굴을 가리고 대답하자 휘가 그녀의 가린 얼굴을 가만히 바라봤다.

"나 또 질투 나게 할 거야?"

"아, 안 할 테니까 일단 출발해요."

결아가 여전히 고개를 들지 못한 채 빨리 출발하라는 듯 급히 손을 휘저었다.

"그래. 알았어."

휘가 귀여워 죽겠다는 얼굴로 결아를 보고 있다가 못 이기는 척 차를 출발시켰다.


"이제 도착했으니까 나와."

두 사람의 보금자리로 돌아오고 나서야 결아는 휘의 등짝에 묻고 있던 얼굴을 슬쩍 떼어 냈다.

"……네."

아직도 발그레한 홍조가 남아 있는 결아의 얼굴을 휘가 사랑스럽게 매만졌다.

"나 배고픈데."

"아! 맞다. 잠시만 기다려요!"

결아는 그제서야 퍼뜩 정신을 차리고 후다닥 주방으로 뛰어 들어갔다. 그러다가 끼익 멈춰 서선 휘에게 얼른 말했다.

"시간이 좀 걸리니까 먼저 샤워하고 나와요!"

"그냥 간단하게 먹어도 돼."

"알았어요!"

날다람쥐같이 주방으로 뛰어 들어가는 결아를 흐뭇한 시선으로 보고 있던 휘가 욕실로 들어갔다.

샤워를 마치고 나오자 식탁 위엔 식사 준비가 끝나 있었다. 드라마 촬영 중이라 저지방 닭가슴살을 스테이크식으로 굽고 그린 샐러드를 곁들여 내놓은 결아가 와인 저장고를 열었다.

"오늘은 뭘로 할까요?"

"드라이한 걸로."

"네."

드라이한 화이트 와인을 꺼낸 결아가 그것을 잔에 따랐다. 체중 관리 때문에 식사에는 제약을 받아도 저녁 식사 시간에 부부가 함께 와인을 가볍게 마시는 것은 휘의 철칙이었다.

"오늘도 수고 많았어."

"당신도요."

가볍게 잔을 부딪친 결아가 익숙하게 화이트 와인을 한 모금 마셨다.

"음. 원래는 달콤한 와인만 좋아했는데 이것도 먹다 보니 괜찮네요."

결아가 혀를 날름 내밀어 제 입술을 핥으며 말했다. 그러다 다시 쏙 입안으로 들어가는 결아의 작은 혀를 보고 있자니, 휘는 다시 몸이 뜨거워지는 것을 느꼈다.

……중증이군.

휘는 침대 위에서 결아의 체력을 남겨 놓기 위해 와인을 들이켜며 욕망을 꾹 눌렀다. 그리고 말을 돌리려던 휘의 시선이 결아의 접시 위로 향했다.

"매번 말하지만, 너까지 내 식단에 맞출 필요는 없어."

결아의 접시에도 똑같이 올라간 닭가슴살 스테이크를 못마땅하게 바라보며 그가 말하자 결아가 고개를 저었다.

"괜찮아요."

"지겨울 텐데. 매번 닭가슴살만 먹으려면……."

"정말 괜찮아요. 매번 다르게 해 보려고 이것저것 소스 만드는 것도 은근히 재밌고요."

결아가 밝게 웃으며 말하자 휘가 미소 지었다.

"고마워."

"뭘요."

포크를 물고 헤헤 웃은 결아가 와인을 한 모금 더 마셨다. 그러고는 와인 잔을 조심스럽게 내려놓고 말했다.

"저기…… 아까 한 말이요."

"어?"

휘가 고개를 들자 그녀가 머뭇거리며 말했다.

"아까 촬영장에서 오지 말라고 한 말…… 생각해 봤는데요."

"아아. 그거."

"당신이 정 그렇게 싫다면 앞으로 가지 않을게요."

결아의 말에 휘가 한 손으로 턱을 괴고는 와인 잔을 응시했다.

"……어린애 같지?"

"네?"

휘의 물음에 결아가 눈을 깜빡이며 그를 봤다. 그러자 휘가 미간을 슬몃 좁히며 말했다.

"나도 알아. 내가 어린애 같은 억지 부린 거."

"아니, 억지라고 생각하진 않아요."

결아가 얼른 고개를 젓자 휘가 그녀에게 시선을 옮겼다.

"아까 한 말은 진심이야. 촬영장에서 다른 남자가 너에게 말만 걸어도 화가 나고 부글부글 끓으니까."

휘가 입을 다물고 낮게 한숨을 내쉬었다.

"……하지만 내가 억지를 부리는 거라는 것도 알아. 그건 네 일이고, 커리어인데 내가 쓸데없는 질투로 그걸 제한하면 안 된다는 것도."

"……."

조용히 휘의 말을 듣고 있던 결아가 몸을 일으켜 그에게 다가갔다. 그러고는 휘의 무릎 위에 살포시 앉아 그를 내려다봤다. 휘의 고민에 찬 얼굴을 살피던 결아가 그의 머리칼을 부드럽게 쓸며 말했다.

"어린애 같은 투정 부려도 괜찮아요. 당신이 싫다면 안 갈게요. 난 굳이 촬영장 가지 않아도 상관없어요. 다들 잘 찍어 주실 텐데요, 뭐."

결아가 미소를 지으며 말하자 휘가 제 머리칼을 매만지는 그녀의 손을 잡아 무릎 위로 내렸다. 그리고 무릎 위에서 결아의 손을 잡은 채 휘가 말없이 시선을 맞췄다. 한참이나 그녀의 얼굴을 보고 있던 그가 입을 열었다.

"나 너한테 한심한 남자가 되고 싶지 않아. 못난 욕심으로 자기 여자 일까지 방해하는 그런 놈은 되고 싶지 않다고."

"하지만……."

결아가 고민하는 얼굴로 휘를 응시하자 그가 결아의 보드러운 손등을 엄지로 쓸며 말했다.

"아까 그런 말 해서 미안해. 내 욕심만 부려서, 네 마음 불편하게 만들어서 미안."

휘가 부드러운 눈길로 결아를 바라봤다.

"최대한 너그럽게 참아 볼 테니까…… 네가 신경 쓰고 싶은 장면은 언제든 와서 지켜봐. 네 작품이잖아. 네 세계고."

"휘……."

결아가 진심으로 감동받은 얼굴로 그를 바라봤다.

"지금 감동했지?"

휘가 장난스러운 얼굴로 씩 웃자 결아도 그를 따라 활짝 웃었다.

"응. 무척요."

결아의 대답을 들은 휘가 그녀의 사랑스러운 뺨에 입술을 맞췄다.

"거봐. 난 감동 넘치는 남자라니까."

"응. 맞아요."

결아가 미소 지으며 고개를 끄덕였다. 두 사람의 시선이 다정하게 얽혀 들었다.

"……있죠. 휘."

"응?"

"이런 얘기 한 적 없지만…… 난 지금 꿈을 이뤘어요."

"무슨 꿈?"

휘가 결아의 허리를 감싸며 묻자 그런 그를 결아가 가만히 내려다봤다.

"내가 제대로 된 라디오 작가가 될 수 있었던 것도 휘 덕분이었고…… 그저 꿈만 꿨던 드라마 작가에 도전할 수 있었던 것도 휘 덕분이에요."

"내가 뭘 했다고? 네가 나 몰래 공모전 준비해서 당선된 거였잖아."

휘가 말도 안 된다는 듯 잘라 말하자 결아가 천천히 고개를 저었다. 그러고는 진심을 담아 말했다.

"당신이라는 반짝반짝 빛나는 배우를 보면서 꿈이 생겼거든요. 내가 만든 세계에 선우휘라는 배우가 연기해 준다면 얼마나 좋을까, 하고."

"……그랬어?"

처음 듣는 소리에 휘가 의외라는 표정을 지었다.

"응. 난요, 그 꿈을 위해서 공모전에 도전하고…… 그다음 작품, 그다음 작품에도 도전할 수 있었던 거예요. 오직 당신 덕분에."

"……."

결아가 휘의 매혹적인 다크브라운색 눈동자를 가만히 응시하며 속삭였다.

"당신으로 인해 내 꿈이 이뤄질 수 있었어요. 정말 고마워요. 휘."

홀린 듯한 얼굴로 결아의 말을 듣고 있던 휘가 숨을 크게 들이켰다.

"후우…… 넌 정말."

"네? ……앗!"

휘가 잡고 있던 결아의 허리를 끌어당겨 그녀의 보드라운 가슴에 얼굴을 묻었다. 그러고는 깊게 숨을 뱉어 냈다.

"넌 사람을 감동시키는 재주가 있어. 어쩌면 이렇게…… 날 기분 좋게 만들 수가 있어?"

기쁨을 숨기지 않는 목소리로 휘가 말하자 당황스러운 표정을 한 결아가 포시시 웃었다.

"그랬어요? 사실인데……."

"나도. 열심히 할게."

휘가 결아를 끌어안은 손에 단단히 힘을 준 채 말했다.

"네가 열심히 하는 만큼 나도 더 열심히 해서 널 실망시키지 않는 배우가 될게. 네가 항상 함께하고 싶은 배우가 되도록……. 노력할게. 결아야."

휘의 진지한 다짐에 결아가 환하게 웃으며 그를 마주 안았다.

"당신은 나에게 늘 최고인걸요?"

그러자 휘가 갑자기 그녀를 번쩍 안아 들었다.

"어엇? 휘?"

결아가 눈을 동그랗게 뜨자 휘가 짙어진 눈으로 그녀를 강렬하게 응시하며 말했다.

"안 되겠어. 감동 허용치가 오버됐거든. 당장 내가 얼마나 감동받았는지를 온몸으로 보여 줘야 다시 공간이 생길 것 같아."

"네? 그게 무슨……. 어? 어어? 자, 잠깐만요! 휘!"

휘가 결아를 안은 채 침실로 성큼성큼 걸어가자 그제야 그 말의 의미를 알아챈 결아가 몹시 당황스러운 얼굴로 말했다.

"휘! 잠깐만요. 배고프다면서요? 아직 식사도⋯⋯."

"식사보다 이게 더 중요해."

"네에? 그래도 식사는 다 하고⋯⋯ 꺅!"

침대 위로 결아의 몸이 출렁 떨어지는 순간, 침실 문이 은밀하게 닫혔다.

탁.

닫힌 방 안에서 그들의 달달하고 뜨거운 신혼의 밤이 또다시 시작되고 있었다.

## 작가 후기

바나이옵니다.

2015년 초에 《So Lovely》 낸 뒤에 무려 2년 하고도 절반이나 흘렀네요. 다들 강녕하셨는지요.

저는 사실 그다지 강녕하지 못한 나날을 보냈답니다. 태어나서 처음으로 입원이란 것도 해 보고 병원 생활이란 것도 해 보고. 허허허허허. 사실 무척 무리를 하고 있던 차에 몸이 일부러 브레이크를 걸어 준 게 아닐까 하는 생각이 들 정도로 도저히 일을 하지 못하는 몸 상태를 만들어 주더라구요. 어찌나 고맙던지…….

그래서 깨달은 것은 첫째도 건강, 둘째도 건강, 셋째도 건강이라는 것인데 어느샌가 또 무리를 하고 있는 저를 얼마 전에 발견하여서 호되게 혼을 낸 차였어요. 뭐랄까, 말하자면 자아비판……자아검열…… 자아성찰…… 그런 것이랄까요.

아까부터 제가 구구절절 무슨 이야기를 하고 있느냐면, 사실 그

렇습니다. 핑계를 대고 있는 것이지요. 도저히 바나스러운 유쾌상
쾌발랄한 글이 나오지 않아서 이렇게 늦게 독자님들을 찾아뵙게
된 것에 대한 간사한 핑계이옵니다.

부디 선처, 아, 아니 용서를 바라옵고…….

이번 작품은 아시는 분들도 계시겠지만 플랫폼에서 연재했던 글
을 보강하고 다듬어서 다시 책으로 만든 거예요. 연재 당시 한창
몸이 안 좋던 시기라 아쉬움이 많이 남았던 글이었는데 이런 식으
로 수정할 수 있게 되어 저에겐 좋은 기회가 되었답니다.

물론 아직도 아쉬움은 남지만 그래도 제 안에서 휘와 결아가 훨
씬 더 생생한 이미지로 다시 태어난 기분이랄까요. 덜어 낼 건 덜
어 내고 보강할 건 보강하면서 둘의 감정선도 더 확실해지고 성장
한 느낌이라 수정하면서 무척 즐거웠어요.

보시는 분들도 휘와 결아의 성장을 아이구 내 새끼, 장하네, 하
는 흐뭇한 기분으로 봐 주셨으면 하는 바람이랍니다.

함께 작업해 주신 편집자님, 그리고 예쁜 표지 만들어 주신 디
자이너님, 도움 주신 출판사분들 모두 감사드리옵고 앞으로 더 좋
은 작품으로 찾아뵐 수 있도록 노력하겠습니다.

감사합니다.


— 바나 드림

www.b-books.co.kr